Lena Riess

Die Zeit der Kinder

LENA RIESS

Die Zeit der Kinder

Roman

List

Besuchen Sie uns im Internet:
www.ullstein.de

Wir verpflichten uns zu Nachhaltigkeit
- Papiere aus nachhaltiger Waldwirtschaft und anderen kontrollierten Quellen
- Druckfarben auf pflanzlicher Basis
- ullstein.de/nachhaltigkeit

MIX
Papier | Fördert gute Waldnutzung
FSC® C014496

List ist ein Verlag
der Ullstein Buchverlage GmbH

ISBN 978-3-471-36073-6

Gesetzt aus der Albertina powered by *pepyrus*
Druck und Bindearbeiten: GGP Media GmbH, Pößneck

Prolog

Oberweißbach im Thüringer Wald, 1788

Friedrich strich mit den Fingern über die weichen Spitzen der Wildgräser, als er durch den Garten des Pfarrhauses lief. Aurikeln, Tausendschön, Nelken, Rosmarin. Was sollte er ihr heute mitbringen? Er pflückte jeweils eine Blüte. Das Tor zum angrenzenden Friedhof protestierte leise, und der steinerne Sonnenuhrwürfel thronte wie immer mystisch geheimnisvoll zwischen den Gräbern. Vier Reihen zählte er ab und legte die Blumen samt eines kleinen Grußes auf ihr Grab.

Und nun? Der gesamte Tag erstreckte sich vor ihm, ohne dass er mit den Dorfkindern hätte spielen dürfen. Ja, es war ihm nicht einmal gestattet, den Garten zu verlassen. Er warf einen Blick über die Schulter hin zur großen Kirche, deren Turm in den Himmel ragte. Morgen würde der Herr Vater feierlich in seinem Talar den schnurgeraden, mit Taxusstauden bepflanzten Weg hinunterschreiten und in seiner Sonntagspredigt der Unzucht und dem Aberglauben zu Leibe rücken. In dieser Hinsicht war er sehr streng.

Schon zu Beginn seiner Amtszeit hatte er die alten Volksbräuche abgeschafft. Julfeste und Oktoberfeuer entsprachen nicht den sittlichen Forderungen der neuen Zeit. Heute würde er den gesamten Tag seine Predigt vorbereiten, die er stets voller Inbrunst vortrug. Oft dauerte sie so lange, dass das Mittagessen in den Töpfen verkochte. »Kloßverderber« nannten die Dorfbewohner seinen Vater hinter vorgehaltener Hand und trieben ihn damit jedes Mal erneut zur Weißglut.

Friedrich beschloss, sich über das Gebot des Vaters hinwegzusetzen. Er lief bis zum Ende des Gartens und von dort weiter in den Wald. Tief sog er die frische Luft in sich ein. Kiefernnadeln mit einem Hauch von Moos. Das Vogelgezwitscher und das Knacken der Äste unter seinen Schuhen vertrieben langsam die zeternde Stimme aus seinem Kopf. Er solle ihr aus den Augen gehen, hatte sie gesagt.

Anfangs war es schön gewesen, sie im Haus zu haben. Von den anderen hatte sich kaum je einer für ihn interessiert; der Vater war mit den Schäfchen seiner Gemeinde beschäftigt, und bis auf Traugott standen alle Geschwister längst in Lohn und Brot. Niemand hatte etwas übrig für einen Knirps wie ihn.

Aber sie, sie hatte mit ihm geredet. Wenn sie lächelte, waren ihre Augen warm geworden und gesäumt von unzähligen Fältchen. Und wenn sie ihm seinen Teller hinstellte, hatte sie ihm danach über sein braunes Haar gestrichen.

So musste es sein, eine Mutter zu haben. Ein wolkenweiches Gefühl im Bauch. Aber seit einiger Zeit war es anders. Friedrich blieb stehen, beugte sich über die Schwertlilien, die ihm entgegenstrahlten. Der weiße Dom in der Mitte wurde von einem zartlila Band gekrönt, und die Hängeblätter waren in einem tiefen Violetton. Vorsichtig stieg er darüber hinweg, um seinen Weg zum See fortzusetzen. Oder sollte er lieber auf den Bärenfelsen klettern? Aber er hatte, nachdem der Frost in die Ritzen geflossen war und den Stein gesprengt hatte, bereits jeden Winkel nach neuen Schätzen für seine Sammlung abgesucht. Einhundertsiebenundzwanzig Steine hatte er jetzt beisammen. Jeder von ihnen ein von der Natur geformtes Wunderwerk. Einige rau und ursprünglich, andere samtweich. Jedem gebührte ein Ehrenplatz auf der schmalen Borte in seinem Zimmer, das einst seinen großen Brüdern, Christian und Christoph, gehört hatte und das er nun ganz alleine bewohnte.

Friedrich kam oft in den Wald, er kannte so gut wie jeden Winkel. Heute entschied er sich für den See, wo er eine Angelschnur unter einem Dornenbusch versteckt hielt. Wenn er eine Forelle mit nach Hause brachte, war sie ihm vielleicht wieder wohlgesinnt.

Wenn er nur wüsste, was er falsch gemacht hatte! Er würde alles versuchen, um es wiedergutzumachen. Aber sie sprach kaum noch mit ihm. Oder war er es einfach nicht wert, gemocht zu werden? Musste man dazu niedliche Zöpfe wie Nachbars Tineke haben? War er wirklich solch ein Teufelsbraten, wie alle sagten? Neulich hatte er auf seinen Ausflügen in den Wald nicht gut genug auf seine Knickerbocker achtgegeben, sodass sie Flecken bekommen hatten. Zürnte sie ihm noch deswegen? Oder war das Herz einer Mutter nur groß genug für ein Kind?

Er sprang über den Bach, der leise gurgelte, und seine Finger glitten wie von selbst in die borkige Rinde der Eiche, um am anderen Ufer Halt zu finden. Wenn sie auch nicht mehr wollte, dass er in den Wald ging, würde er es lassen – obgleich er manchmal dachte, dass er ohne den Wald gar nichts mehr hätte.

Ein ungewohntes Geräusch ließ Friedrich innehalten. Das Rascheln der Blätter wies ihm den Weg, und da stand er, ein wahrer Kapitalhirsch. Friedrich hielt die Luft an, während der Hirsch unwirsch den Kopf schüttelte, als wolle er etwas loswerden. Friedrichs Großvater, der Förster, hatte ihm davon erzählt, dass die Rothirsche einmal im Jahr ihr Geweih abwarfen. Er wusste nicht mehr, warum, aber es war faszinierend. Hinter einer Tanne verborgen, beobachtete er den merkwürdigen Tanz des Hirsches. Schütteln, an Bäumen und Sträuchern reiben, immer wieder. Bis die Geweihstange schließlich zu Boden fiel.

Auch danach verweilte er noch eine ganze Zeit lang in sein Versteck gekauert, bis der Hirsch mit nur mehr halbem Geweih, aber nicht weniger anmutig, davongeschritten war. Andächtig ging Friedrich auf die Stelle zu, wo es dem Hirsch geglückt war, und beugte sich darüber. Die Geweihstange wirkte in ihren gedeckten Tönen wie ein verzweigter Ast und wäre leicht zu übersehen gewesen. Mit den Fingern fuhr der Junge darüber, fast erstaunt, dass sie noch etwas warm war. In der Mitte fühlte er kleine Erhebungen, an den heller werdenden Spitzen wurde es glatt. Sophie würde Augen machen! Er konnte es kaum abwarten, ihr diesen besonderen Fund zu zeigen.

Feierlich hob er die Geweihstange hoch, der Moment erschien ihm so heilig wie die Momente bei seinem Vater in der Kirche, wenn das Orgelspiel einsetzte. Mit gemäßigten, aber großen Schritten ging er auf direktem Weg nach Hause und stellte sich vor, wie sie auf der Stelle ihren Platz an der Wiege verlassen würde. Er legte sich Worte zurecht, wie er ihr das Fegen des Hirsches so gut wie möglich beschreiben könnte. Gewiss würde sie die Spitzenhandschuhe ausziehen, um das Geweih zu betasten.

»Sophie«, rief er, noch bevor er das Haus betreten hatte. Dann stürmte er doch etwas die Stufen zur Haustür hinauf, gab aber auf das Geweih acht. »Sophie, du glaubst nicht, was ich gefunden habe!«

Wie immer antwortete sie nicht. Die Küche lag verwaist da, also suchte er sie in der Wohnstube. Dort saß sie. In ihrem weißen Teekleid direkt neben Karlchens Wiege und stickte. »Sophie«, sagte er, und Stolz quoll aus seiner Stimme. Jetzt würde sie ihn gewiss wieder liebhaben. »Schau mal, was ich hier habe.« Er ächzte, als er die Geweihstange höher hob.

Endlich sah sie von der Stickarbeit auf. Ihre Nase zog sich nach oben. »Pfui, was ist denn das?«

Noch ehe Friedrich antworten konnte, hatte seine Stiefmutter die Stickarbeit beiseitegelegt und war zwei Schritte auf ihn zugekommen. Voller Abscheu betrachtete sie das Geweih. »Ist das etwa

Blut? Bist du von allen guten Geistern verlassen? Schaff das sofort hier raus, du Teufelsbraten!«

Karl begann lauthals zu plärren, ihr Blick wurde noch zorniger, also duckte Friedrich sich und beeilte sich, ihrer Aufforderung nachzukommen. Die Geweihstange legte er hinter dem Haus ab. Ob wenigstens Traugott sie sich ansehen würde?

Schuldbewusst trottete er zurück ins Haus. Er wusste nicht, wofür, aber er wusste, dass er um Verzeihung bitten musste.

»Es tut mir leid«, stammelte er in der Wohnstube, wo Sophie das wieder eingeschlafene Karlchen gerade zurück in die Wiege legte. Sie nickte knapp. Ob er ihr zumindest sein Abenteuer aus dem Wald erzählen sollte? Waren Abenteuergeschichten nicht für alle aufregend? Sophie hatte gerade den Stickrahmen wieder aufgenommen, da freute sie sich doch sicher über etwas Unterhaltung.

»Weißt du«, setzte er vorsichtig an, doch an der Art, wie sie enerviert den Rahmen in den Schoß sinken ließ, merkte er, dass er wieder einen Fehler gemacht hatte.

»Ich habe mir etwas überlegt, Friedrich«, sagte sie dann und sah ihm in die Augen.

»Ja?«, fragte er hoffnungsvoll. So direkt hatte sie lange nicht mit ihm gesprochen. Was mochte sie sich Schönes für ihn überlegt haben? Vielleicht einen Ausflug? Oder würden sie zusammen Häuser aus Bauklötzen bauen? Das hatten sie im vergangenen Jahr einmal gemacht, und es gehörte zu seinen schönsten Erinnerungen. Vielleicht wollte sie ihm auch zeigen, wie man stickte? Vielleicht war das gar nicht so langweilig. Immerhin dürfte er dann an ihrer Seite sitzen. »Was denn?«

»Ich wünsche nicht mehr, dass er mich duzt.«

Sie musste ihm angesehen haben, dass er nicht verstand, worauf sie hinauswollte.

»Fortan sagt er wieder Frau Fröbel und redet mich mit Sie an.«

Er? Vorsichtig blickte er über die Schulter. Es war niemand sonst im Raum.

Sein Hals fühlte sich auf einmal ganz heiß an. Sprach sie von ihm? Sollte er die neue Frau seines Vaters siezen wie eine Fremde? Gehörte er denn nicht mehr zur Familie, seit Karlchen da war? Würde der seine Mutter auch siezen müssen?

An ihren hochgezogenen Augenbrauen erkannte er, dass sie auf etwas wartete. »In Ordnung.« Die Brauen waren immer noch weit über den Augen. »Frau … Fröbel«, setzte er hinzu, wandte sich um und schloss leise die Tür hinter sich.

Kapitel 1

Jacobsdorf bei Frankfurt an der Oder, 1842

Luise lächelte, als das Juchzen ihrer Neffen vom Apfelbaum zu ihr herüberdrang. Viel zu lang war es still geblieben in den vergangenen Monaten. Aber heute, an diesem ersten richtig warmen Tag des Jahres, roch man den bevorstehenden Sommer, und sein Duft schien nicht nur ihre eigene Stimmung zu heben. Bereits am Frühstückstisch hatten Conrad und Otto überlegt, wann sie wieder an die Badestelle am Fluss gehen konnten. Im vergangenen Jahr hatten sie dort ein langes Seil an einen Baum gebunden, mit dem sie sich tollkühn ins Wasser schwangen. Das war vor dem dunklen Tag gewesen. Luise nahm eine der drei Wäscheklammern aus dem Mund und heftete sie über das makellose Laken, das sie gerade auf die Leine gehängt hatte. Vermutlich würde es bereits am Abend trocken sein. Es war immer eine Erleichterung, wenn die große Wäsche geschafft war. Vielleicht konnte sie heute Abend noch einige Seiten in Lavaters *Worte des Herzens* lesen, das die Frau des Pfarrers ihr mitgebracht hatte. Viel Zeit blieb ihr nicht mehr für ihre liebste Beschäftigung, seit im vergangenen Jahr ihre Schwester überraschend der Schwindsucht erlegen und sie zu ihrem Schwager gezogen war, um ihm den Haushalt zu führen.

Für den Moment aber ließ sie die restlichen Laken im Weidenkorb zurück und schlich sich auf leisen Sohlen hinter den knospenden Fliederbusch. Als die Knaben daran vorbeigingen, schüttelte sie ihn und sprang, als die beiden stehen blieben, mit einem lauten »Buh!« dahinter hervor. Die Jungen kreischten vor Vergnügen und stoben davon. Luise lief hinterher, bis keiner von ihnen vor Lachen mehr Luft bekam. Viermal musste sie das Spiel wiederholen, bis die Jungen sie zur Wäsche zurückkehren ließen.

Conrad und Otto waren so verschieden wie Rosen und Sukkulenten. Wenn sie von der Schule kamen, sprudelten die Worte aus Otto nur so heraus. Oft brauchte es einige Mühe, um aus den zahlreichen Szenen, die er skizzierte, einen Tag zusammenzusetzen, da er vor Mitteilungsdrang von einem Thema zum nächsten hüpfte. Ganz anders Conrad. Sieben Jahre mit den weisen Augen eines Achtzigjährigen; als habe er bereits alles gesehen. Ohne Nachfrage hatte er zu Beginn rein gar nichts erzählt, und es hatte einige Wochen gedauert, bis Luise erkannte, dass es besser war, keine Fragen zu stellen, die sich mit nur einem Wort beantworten ließen.

Es machte sie stolz, dass er mittlerweile schon so viel Vertrauen zu ihr gefasst hatte, dass er unbefangen mit ihr sprach. Jetzt rannte er zu ihr hinüber, in sein Gesicht war kindliche Unbefangenheit zurückgekehrt, die Ernsthaftigkeit war verschwunden.

»Soll ich dir mal zeigen, wie man Schweinebammel macht?« Er strahlte sie fröhlich an.

Rasch befestigte Luise die letzte Klammer über dem Laken. »Schweinebammel? Was ist denn das?« Er war immer so glücklich, wenn er ihr etwas erklären konnte. Glucksend rannte er zum Apfelbaum, drehte sich dabei aber immer wieder um, um sich zu vergewissern, dass sie ihm auch wirklich folgte. Dann erklomm er ihn mit wohlgeübten Griffen, während Otto ihr von der anderen Seite des Baumes zeigte, wie er hinuntersprang. »Großartig, ich war als Kind nicht so mutig wie du!« Nun hatte Conrad seinen Ast erreicht.

»Guck, Tante Luise, das ist Schweinebammel!« Vorsichtig ließ er sich nach hinten gleiten, bis die Kniekehlen sich um den Ast legten und er wie der Räucherspeck am Fleischhaken kopfüber am Ast hing. Luise klatschte ihm begeistert zu. Gotthilf hatte ihr aufgetragen, mit Lob sparsam umzugehen, aber sie freute sich immer so, wenn die Kinder mit Sonne in der Stimme sprachen.

»Und jetzt springe ich auch vom Baum«, kündigte Conrad an, zog sich wieder hoch und kletterte zu der Stelle, von der auch sein Bruder gesprungen war. Er zählte ab, und bei drei segelte er mutig durch die Luft – begleitet von einem Geräusch, das sie alle zusammenzucken ließ. Dem Reißen von Stoff.

Unten angekommen, begutachtete er beklemmt das klaffende Loch in seiner Hose. »Oh nein.« Seine Stimme war tonlos, und er blinzelte heftig. Luise wollte ihn in den Arm nehmen, doch er wehrte sich.

»Jungen weinen nicht«, erinnerte Otto auch sogleich.

»Ich werde das nähen.«

Conrad nickte. Seine Augen waren wieder die eines Greises. Luise hätte gern hinzugesetzt, dass er sich keine Sorgen machen solle, doch ihr Schwager war ein Mann traditioneller Werte, und obwohl sie eine geübte Näherin war, würde die Naht sichtbar bleiben. Besser sie beichteten, was geschehen war, alles andere würde seine Wut nur zusätzlich schüren. Was mochte Conrad erwarten? Fünf Hiebe oder gar sechs? Körperliche Züchtigung war Luise zuwider, doch sie wusste, dass es keine Ausnahme geben würde. Prügel gehörten zur Erziehung wie das Erlernen der Tischmanieren. Erst letzte Woche hatte sie gesehen, wie die kleine Elsa von nebenan ihrer Puppe den Hintern versohlt hatte, und die war erst fünf. »Das Büblein hat getropfet – Vater hat geklopfet«, hieß es schon in den Versen über *Das Büblein auf dem Eis.*

»Ich werde mit ihm reden«, versprach sie Conrad. Vielleicht konnte sie Gotthilf dazu bewegen, dass er Milde walten ließ.

Als am Abend die Haustür ins Schloss fiel, erstarrte Conrad dennoch. Luise drückte seine Hand und nickte ihm aufmunternd zu, doch er sah immer wieder furchtsam zur Tür, jegliche Lebensfreude hatte sein Gesicht verlassen.

»Hmmm, Lammbraten? Das riecht köstlich«, rief Gotthilf aus dem Korridor zu ihnen herüber. Keiner antwortete. Überrascht sah er von einem zum anderen, als er in die Küche trat. Sein Lächeln erstarb. Spürte er die Anspannung in der Luft?

Luise erhob sich mit der fein säuberlich genähten Hose in der Hand. »Heute ist ein kleines Missgeschick geschehen. Nicht weiter schlimm. Wenn man nicht so genau hinsieht, fällt die Naht kaum ins Auge.«

Wortlos betrachtete ihr Schwager das Flickwerk, bevor er sich an Conrad wandte. »Du weißt, was es bedeutet, wenn du nachlässig mit deinen Sachen bist?«

Conrad nickte mit gesenktem Kopf und bat um Verzeihung.

»Hol den Riemen.« Der Riemen hing als Mahnmal oben zwischen den Schlafräumen. Er stammte noch aus der Ledermanufaktur ihres Vaters, mittlerweile war die Oberfläche zerkratzt, und die Unterseite franste an den Kanten aus.

Luise wollte protestieren, besann sich aber eines Besseren. Gotthilf würde es nicht gutheißen, wenn sie ihm vor den Kindern widersprach. Stattdessen bat sie die Jungen, auf ihr Zimmer zu gehen. Überrascht sah ihr Schwager sie an. Eigenmächtige Handlungen sahen ihr nicht ähnlich, fügte sie sich sonst doch stets und ordnete sich unter. Aber diesmal konnte sie nicht anders.

»Muss es wirklich sein, Conrad? Die Kinder … Sie haben so viel durchgemacht. Und es war keine Absicht. Wir sind doch früher auch auf Bäume geklettert. Du warst sogar einmal ein richtiger Wildfang, hat Johanna erzählt.« Gotthilf war im gleichen Dorf im Harz aufgewachsen wie sie selbst. Sie war zu jung gewesen, um sich an die Streiche ihres Schwagers zu erinnern, aber sie hatte gerne den Geschichten ihrer ältesten Schwester gelauscht.

»Und für jede Nachlässigkeit habe ich büßen müssen.«

»Aber war es dir nicht zuwider?« Sie selbst spürte noch die Verachtung, die mit jedem Hieb gewachsen war, denn es war weniger demütigend, von jemandem geschlagen zu werden, den man verachtete, als von jemandem, den man liebte. Die Erwachsenen mochten sich den Gehorsam erzwingen, doch sie bezahlten einen hohen Preis dafür.

»Natürlich. Aber Böses *muss* mit Bösem vergolten werden. Das weißt du doch! Glaubst du etwa, ich tue das gerne? Es tut mir in der Seele weh, ihn züchtigen zu müssen. Aber es geht nicht anders. Im Gegenteil. *Weil* ich ihn liebe, muss ich den Riemen nehmen. Er darf nicht auf den falschen Weg kommen, nicht jetzt, wo sein Geist noch formbar ist.«

»Aber …« Was sollte sie erwidern? Welche Worte sollte sie finden, um ihn umzustimmen? Johanna, ihre älteste Schwester, hatte sich, als Luise noch klein war, mit dem Konrektor Renner verheiratet, der aus erster Ehe eine Tochter in Luises Alter hatte. Er hatte die beiden unterrichtet. Als Stadtgelehrter hatte er sich jedoch kaum in die zwei Mädchen hineinversetzen können, und so war das meiste Wissen für Luise ohne Sinn und Zusammenhang geblieben. Manchmal wünschte sie sich, wie ihr Bruder Louis, der ausgewandert war, zu jeder Gelegenheit aus einer passenden Publikation zitieren zu können. Oder wie der Pfarrer eine Bibelstelle heranzuziehen, die jede weitere Diskussion hinfällig machte. Was entgegnete man einem Regierungsrat, der ein Meister der Redekunst war? Der schwierige Zusammenhänge klar und einfach zusammenfassen konnte und dessen Sprache so flüssig war, dass sie immer ganz genau zu der Art von Menschen passte, mit der er gerade sprach? Ihr war nicht entgangen, dass er in ihrer Gegenwart stets besonders einfache Worte wählte.

»Es fühlt sich einfach falsch an.« Sie klang kraftlos. Hatte den Kampf aufgegeben, noch bevor sie ihn begonnen hatte.

»Luise«, sagte er laut, doch im Raum schwang ein anderes

Wort: *Dummerchen.* Er setzte sich zu ihr an den Tisch. Seufzte. »Du bist ein einfühlsamer Mensch mit einer herzensguten Seele, es ist verständlich, dass du meinst, die Kinder beschützen zu müssen. Aber verstehst du denn nicht, dass du zu solch einer edlen Natur herangewachsen bist, eben *weil* dein Vater mit dem Lederriemen nicht zimperlich war?«

Luise zog die Strickjacke um sich. Der Hauch von Sommer, der sie heute Mittag umgeben hatte, war nur noch eine blasse Erinnerung. War es wirklich so? Verdankte sie ihr Wesen der Züchtigung? Oder war sie *trotz* der Schläge gutmütig geblieben? Rottete man mit dem Austreiben der Sünde nicht gleichzeitig die Lebendigkeit und Leidenschaft aus? Sie traute sich nicht, Gotthilf zu widersprechen, schließlich war ihr Schwager viel klüger als sie, doch ihr Herz konnte ihm nicht glauben.

Der Stuhl schabte über den Boden, als Gotthilf aufstand. Er ging zur Anrichte, griff nach der Flasche Harzer Immergrün, dem Kräuterlikör aus fünfzig verschiedenen Kräutern, den sie ihm aus der Heimat mitgebracht hatte, und schenkte sich ein großzügiges Glas ein. Wenn sie gewusst hätte, wozu er sich damit Mut antrinken würde, hätte sie den Schnaps zu Hause gelassen. Nachdem er das Glas geleert hatte, verließ er schnurstracks das Zimmer.

Schon das Geräusch der sich schließenden Tür war kaum zu ertragen.

Luise wusste nicht, wohin mit ihrer tosenden Wut, sprang auf und pfefferte das Geschirrtuch gegen die Wand. Das Knarzen der Treppenstufen ließ die feinen Härchen in ihrem Nacken sich aufstellen. Schwer atmend klammerte sie sich an den Tisch, den Kopf zurückgelegt, und kämpfte die Übelkeit zurück. Stille. Zwei Atemzüge lang. Das war der Moment, wo er noch einen Augenblick innehielt. Schließlich die Türklinke. Die nächsten Geräusche wollte sie nicht hören. Sie schloss die Augen, aber nicht ihre Ohren.

Kapitel 2

Hamburg, Gängeviertel, 1833

»Marieke, wach auf!« Die Hand der Mutter ruckelte an ihrer Schulter. Marieke zwang die Lider auseinander und blinzelte krümelig ins Halbdunkel. Ihre Arme und Beine fühlten sich noch schwer an, aber sie wusste, dass sie nicht liegen bleiben durfte. Die Mutter hatte es ihr erklärt. Tagsüber schlief nun Hans unter Omas Flickendecke, nachdem er die ganze Nacht bei den Schiffen gearbeitet hat. Hans hatte ekelige Zähne, und sein Hemd stank nach Rauch und Schmieröl, doch sie brauchten dringend sein Geld.

Matje, das neue Schwesterchen, weinte auf dem Arm der Mutter, obwohl diese ihm sachte den Rücken streichelte. »Weckst du Fiete?« Ihre Mutter verschwand wieder in die Küche, wo das Weinen lauter wurde.

Anfangs rief Marieke ihn vorsichtig, aber Fiete konnte fast nichts hören. Also rüttelte sie an seinem Arm und zog ihm, als das nicht half, die Decke weg. Er jammerte und versuchte, die Decke wieder über sich zu ziehen, doch dann würde Mama schimpfen. Marieke tastete nach Fietes Hand und zog ihn mit sich in die Küche. Die Mutter saß vor der Wäscheleine auf dem wackelnden Stuhl am Tisch, über der Lehne hingen Hemden von Papa und Hans, die sie gestern Abend geflickt hatte. Vor der Ofenluke lag noch eine Handvoll Holzscheite im Dreck, aber es waren nur die zum Anfachen des Feuers. Die Kohlen waren bereits in der vergangenen Woche ausgegangen. Ihre Mutter klopfte sich immer wieder auf die Brust, die wie ein Aal aus ihrer zerschlissenen Bluse hing. »Na komm schon!«, murmelte sie flehentlich und hob Matje auf die Höhe der Brustwarze. Der kleine Mund fand sie sofort, saugte gierig, spuckte sie dann aber wieder aus. »Verfluchter Himmel!« Unwirsch stand die Mutter auf, drückte Matje an ihre Schulter und tänzelte mit ihr durch den Raum, der nun von ihrem beruhigenden »Schsch« erfüllt wurde.

Marieke verstand das nicht. Warum trank ihre Schwester nicht? Hatte sie denn keinen Hunger?

Ihre Augen wanderten von allein zu der Fläche neben der Waschschüssel. Kein Brot. Nicht mal der Knust.

Rasch blickte sie woandershin, aber ihre Mutter hatte es schon bemerkt, und die Augen in den dunklen Höhlen wurden noch trauriger. Mit leiser Stimme sagte sie: »Es tut mir leid. Heute Abend! Da gibt es etwas, ich werde uns eine schöne Suppe kochen. Klingt das gut?«

Marieke lächelte und nickte, und als Fiete das sah, machte er es nach. Sie erinnerte die Mutter nicht an die fehlenden Kohlen, denn sehr viel mehr als Wasser würde ohnehin nicht im Topf sein. Die Mutter trieb zur Eile. Bald würde Hans von der Nachtschicht kommen, und er brauchte Ruhe. Schlafsachen aus, Kleider an. Marieke half Fiete, Papas altes Hemd über den Kopf zu ziehen, und krempelte ihm die Ärmel hoch, bevor sie ohne Hilfe ihre zerschlissene Strickjacke überstreifte; sie war ja schon groß. Eigentlich hatte sie auch eine große Schwester, aber Stine hatte letztes Jahr fürchterlichen Husten bekommen, der ihren ganzen Körper durchgeschüttelt hatte. Und dann hatte sie eines Morgens still neben ihr gelegen. Still, aber eiskalt.

»Nun gut. Denk dran, wenn ihr den Michel fünfmal habt läuten hören! Vorher kann ich euch hier nicht gebrauchen, Hans macht mir sonst die Hölle heiß.« Sie hob den Finger. »Und keine Fisimatenten!«, kam Marieke ihr zuvor. Ein Lächeln zuckte um die Mundwinkel ihrer Mutter, doch dann wurde Matjes Weinen lauter, und sie wandte sich ab.

Sobald sie die Twiete betraten, roch es nach Urin und irgendetwas anderem Ekeligen. Am Himmel stand der Rauch der Fabrikschlote. Marieke spürte Fietes Hand in ihrer. Es würde dauern, bis er sich im Gewirr der Straßen genauso gut auskannte wie sie. Sie drückte seine Hand; wie immer war sie etwas klebrig.

Weder Robbe noch Sanne oder Plinker-Willi, der immer mit den Augen plinkerte, seit er das rechte verloren hatte, waren zwischen den Wäscheleinen zu entdecken, also konnten sie unbesorgt losziehen. Der kalte Wind kroch Marieke durch die Strickjacke, und sie und Fietje rannten ein Stück. Hinter der nächsten Ecke stießen sie fast mit dem Wasserträger zusammen. Die schweren Eimer gerieten arg ins Wanken, und ein Teil der kostbaren Flüssigkeit versickerte in den Ritzen des unebenen Kopfsteinpflasters. »Schert euch weg, Lumpenpack. Wollt wohl den Mors voll haben!?«

Marieke riss Fiete in die Seitengasse, und sie rannten weiter, erst vor dem Markt wurden sie wieder langsamer. Hier durften sie nicht auffallen. Sie hielten sich dicht hinter einem Stand mit Hühnern und beobachteten eine Magd mit einem großen Weidenkorb. Sie lud den Korb so voll mit Gemüse und Fleisch, dass Mariekes Bauch anfing zu brodeln. Mit einer Handbewegung bedeutete sie Fiete, dass er warten solle. Als die Magd dem Händler die Münzen reichte, spazierte sie scheinbar gemächlich am Stand entlang. Im nächsten Moment lag ein wurmstichiger Apfel in ihrer schweißnassen Hand.

»Pfoten weg, du Drecksgöre!« Der Mann mit dem grauen Schnauzer stürzte in ihre Richtung, doch sie gab die Beute nicht frei und raste über das Kopfsteinpflaster. Im nächsten Moment war Fiete an ihrer Seite. Steine bohrten sich durch die Löcher in den Sohlen ihrer Schuhe, aber sie machten erst an den Landungsbrücken halt.

Dort kletterten sie auf ihre Mauer, von der sie den gesamten Hafen überblicken konnten. Hinter der Elbe ging die Sonne auf, und ein einfahrendes Schiff ließ das Nebelhorn zum Gruß ertönen. Marieke bohrte einen Daumennagel in die Mitte des Apfels, gleich neben den Stängel, da ging es am besten. Im nächsten Moment brach der Apfel in zwei Hälften. Sie reichte Fiete seine. Er hätte Pausbacken haben sollen, die nun breiter wurden, stattdessen strahlte er sie aus seinem viel zu kantigen Gesicht glücklich an.

Mit baumelnden Beinen bissen sie winzige Happen von ihrem Frühstück ab, während sie beobachteten, wie in der Ferne viele kleine Ameisenmenschen vom Schiff stiegen.

Kapitel 3

Jacobsdorf bei Frankfurt an der Oder, Juni 1845

»Schneller, Conrad, schneller!« Lachend feuerte Luise ihren Neffen an, der mit hoch erhobenen Händen am Flussufer entlangeilte, damit der Drachen, an dem sie in den vergangenen Tagen so eifrig gearbeitet hatten, sich endlich in die Lüfte hinaufschwang. Bisher hing er allerdings noch immer schlaff an der Schnur herunter. Luise wollte gerade ihre Fertigkeiten anzweifeln, als eine Böe den Stoff erfasste, den sie um die gekreuzten Stöcker gebunden hatten.

»Sieh nur, Tante Luise, er fliegt, er fliegt!« Conrads Stimme leuchtete vor Glück, und Luise lief ihm und dem Drachen jubilierend hinterher. Obgleich sie Seitenstechen bekam, brachte sie es nicht übers Herz, die ansteckende Fröhlichkeit zu unterbrechen.

Erst als in der Ferne die Kirchturmglocke viermal läutete, gab es kein Vertun mehr. Otto wäre bald aus der Schule zurück, und Gotthilf duldete kein Zuspätkommen. Disziplin, Fleiß, Gehorsam, Tapferkeit, Ausdauer und eben Pünktlichkeit. Die preußischen Tugenden. Unumgänglich für nützliche und produktive Mitglieder der Nation. Alles, was diesen Tugenden widersprach, wurde bestraft. Mal durch Zurechtweisungen oder In-der-Ecke-Stehen, ab und an kam aber auch der Lederriemen zum Einsatz – und hinterließ Spuren. Nicht auf der Haut – diese Verletzungen heilten –, aber er hatte Conrad die Kindlichkeit ausgetrieben. Deswegen war es so besonders schön, dass er heute wieder Kind war, auch wenn er bald in die Schule kommen würde.

»Conrad«, rief Luise ihm japsend hinterher, »wir müssen leider gehen.«

Er blieb so abrupt stehen, dass der Drachen im Sinkflug hinunterkam und gegen ihn prallte. Er zögerte, und Luise spürte sein Ringen. Fast wünschte sie sich, er würde protestieren, doch der Gehorsam hatte tiefe Wurzeln geschlagen. Er bettelte nicht um weitere fünf Minuten, wie sein Bruder es getan hätte. Otto gelang es irgendwie, dass die Schläge seinen Kern nie erreichten. Doch Conrad sah nur traurig zu ihr hoch und wickelte dann brav die Schnur um die Spule.

Die Angst saß zu fest.

Im Vestibül der Villa mussten sie sich verabschieden. Das schlichte Haus, in dem sie bisher gelebt hatten, war nach Gotthilfs letzter Beförderung nicht mehr standesgemäß gewesen. Anstatt auf Bäume zu klettern und in Flüsse zu springen, spazierten die Jungen daher nun über akkurate Kieswege zwischen Rosenbeeten umher. Der Pavillon in der Mitte hätte ein gutes Klettergerüst abgegeben, doch ihn zu erklimmen war natürlich strengstens untersagt. Sie speisten nun auch nicht mehr alle zusammen, sondern die Jungen aßen mit der Köchin in einer gesonderten Stube. So mache man es in bessergestellten Familien, hatte Gotthilf erklärt. *Selbst, wenn man seine Kinder ohnehin den ganzen Tag nicht gesehen hat,* hatte Luise in Gedanken ergänzt.

Und war doch still geblieben.

Auch ihr Gehorsam war tief verwurzelt.

Sie sorgte dafür, dass Conrad und Otto manierlich aussahen, bevor sie selbst das Esszimmer ansteuerte, wo Johanna, ihre Schwester, bereits am Tisch Platz genommen hatte. Vor einem Jahr war sie ebenfalls zu Gotthilf gezogen, nachdem ihr Ehemann verstorben war. Und mittlerweile hatten sie und der Hausherr sich nicht nur kennen-, sondern auch lieben gelernt, was selbstverständlich in einer Eheschließung gemündet war. Wenig später wallte Gotthilf in den Raum. Nicht nur sein Vermögen hatte an Umfang gewonnen. Er begrüßte die beiden Frauen und durchmaß in seinen blank polierten Stiefeln das Zimmer. Kurz ruckte er den Stehkragen seiner Uniformjacke zurecht und strich über die linke Epaulette, die auf seiner Schulter saß, bevor er am Kopfende der zu großen Tafel Platz nahm. Abwartend blickte er zu Johanna hinüber.

»Auf die Beförderung«, sagte sie rasch und hob den Kristallkelch, in dessen Kanten sich die tausend Lichter des Kronleuchters spiegelten. Der neue Luxus war noch immer ungewohnt für Luise; in ihrem Elternhaus war es eher bescheiden zugegangen. Doch ihr Schwager hatte es zu etwas gebracht, und ab heute war er Geheimer Finanzrat der Bezirksregierung in Frankfurt an der Oder. Damit gehöre er zum verlängerten Arm der Kamarilla, dem inoffiziellen, aber sehr einflussreichen Beraterkreis um den König, hatte er erklärt.

»Sie haben eine gute Wahl getroffen«, sagte Gotthilf zufrieden, nachdem sie die Gläser hatten klingen lassen, und Luise erinnerte sich daran, dass er für seine Errungenschaften hart gearbeitet hatte, um seine Selbstgefälligkeit besser ertragen zu können. Als er ein Kind war, hatten seine eigenen Eltern ihn weggegeben, weil sie ihn nicht hatten ernähren können. Ihm war nichts in den Schoß gefallen, weder der Abschluss an der Universität noch die Villa mit dem Rosengarten.

Eine Weile war nur das leise Schaben des Bestecks im Raum zu hören, dann räusperte Johanna sich. »Marie hat heute geschrieben. Offenbar haben die Fröbels vor einigen Jahren eine eigene Schule gegründet. Es war wohl Friedrichs Idee, und sein Bruder Christian, der ja damals in Osterode unser Nachbar war, ist ihm mit Frau und Kindern gefolgt. Dort soll alles ganz anders sein.«

»Anders? Inwiefern?«, fragte Gotthilf kauend.

»Genau weiß ich es nicht. Aber sie sind offenbar weniger

streng. Zudem gibt es ungewöhnliche Fächer, die auch anders unterrichtet werden.«

»Ts, was für ein Unfug. Die werden ja sehen, wohin das führt, bald werden die Bälger ihnen auf der Nase herumtanzen.« Er schüttelte den Kopf und schob sich ein weiteres Stück Fleisch in den Mund, obwohl er den letzten Bissen noch nicht geschluckt hatte. »Das reinste Proletarierpack zieht man sich so heran. Ihr beide meidet die großen Städte ja, aber ich war erst neulich wieder in Berlin. Das müsstet ihr sehen, die Arbeiterkinder ziehen dort wie die Ratten durch die Straßen. Ungewaschen, und die Kleidung starrt vor Dreck. Klauen wie die Raben und stehen ihren Eltern im Fluchen in nichts nach … Widerwärtig ist das!«

Allein bei dem Gedanken an eine Großstadt wurde Luise ganz anders, und sie hielt mit dem Essen inne. Sie war in einem beschaulichen Örtchen im Harz aufgewachsen, umgeben von Hügeln und dichten Wäldern; die großen Städte mit ihrem Lärm und all den Fuhrwerken und Kutschen hatten ihr stets Angst gemacht. In ihrer Heimat kannte sie die Bauern, den Schmied, den Schuhmacher und die Besitzerin des Dorfladens mit Namen. Jedes Kind konnte sie einer Familie zuordnen, und es war üblich gewesen, dass jeder ein Auge auf die Kinder hatte, damit nichts passierte. Wenn sie sich nun vorstellte, dass in einer Großstadt sogar die Kinder keine harmlosen Geschöpfe mehr waren, sondern eher kleine Kriminelle, schnürte sich ihr die Kehle zu. Hatten sie denn niemanden, der sich um sie kümmerte?

Das Herz wurde ihr schwer vor Mitgefühl und Kummer. Am liebsten wäre sie selbst hingefahren, um zu helfen, doch diesen Schritt wagte sie nicht. Sie wusste, inmitten rauchender Fabrikschlote und Raufereien zwischen Trunkenbolden würde sie sich nicht behaupten können.

»Das ist es ja«, Johanna griff nach der Servierschüssel mit den Erbsen, »offenbar besteht die Schule schon einige Jahre, und … es scheint zu funktionieren. Dabei verzichtet man dort sogar auf die Prügelstrafe!«

Gotthilf schüttelte missbilligend den Kopf, während Luises Gabel mit der aufgespießten Kartoffel zurück zum Teller sank. Sie wollte etwas sagen, doch Gotthilf war schneller.

»Unverantwortlich! Es ist unsere Aufgabe, die Kinder auf den richtigen Weg zu bringen. Ich mag mir kaum vorstellen, was für Satansbraten diese Schule hervorbringt.«

»Also Marie klang wirklich recht angetan. Die Kinder sollen sehr selbstständig sein. Und ich dachte, dass vielleicht Otto und Conrad …«

Er ließ sie den Satz nicht beenden. »Heilige Mutter Gottes! Bist du nicht mehr bei Sinnen? Nach der Primarstufe werden sie wie geplant das Königliche Gymnasium in Potsdam besuchen. Etwas anderes kommt nicht infrage. Es ist schlimm genug, dass du mit diesen Personen offenbar bekannt bist!« Seine Miene wirkte, als habe er Sorge, die schandhafte Bekanntschaft könne jeden Moment auf ihn überspringen. »Wolltest du etwas sagen?«, wandte er sich dann an Luise, die rasch das Besteck ablegte. »Ich … ich habe nur überlegt, ob man nicht zunächst schauen sollte, wie die Zöglinge sich entwickeln, bevor man urteilt.«

Er warf ihr einen Blick zu, mit dem Erwachsene sonst nur Kinder bedenken, wenn diese etwas Törichtes von sich gegeben haben, das aber doch eine Spur Niedlichkeit enthält. So wie sie und Johanna neulich, als Conrad gesagt hatte, dass er sich wie ein Pechvogel freue.

»Du weißt ja nicht, wovon du da sprichst.«

Um ruhig zu bleiben, konzentrierte Luise sich auf ihren Teller. Zählte die Kartoffeln und überlegte, wie viele Stücke sie aus dem verbliebenen Fleisch schneiden könnte. »Vielleicht gehe ich sie einmal besuchen. Es wäre schön, Albertine und Emilie wiederzusehen.« Sie hatte damals gern mit Christian Fröbels Töchtern gespielt, obwohl diese etwas älter waren als sie selbst. Gemeinsam hatten sie Kaulquappen gefangen und Eicheln für die Pferde gesammelt. Ob sie sich daran noch erinnerten? »Sobald auch für Conrad die Schule beginnt, könnt ihr mich gewiss für ein paar Tage entbehren?«

Gotthilf schnaubte. »Du bist schon lange nicht mehr unentbehrlich.«

Der Griff der Gabel bohrte sich in Luises Handballen und gab doch keinen Halt. »Was willst du damit sagen?«

»Nichts.« Johannas Stimme war ungewöhnlich scharf, so wie der Blick, den sie ihrem Gatten zu warf. »Du bist hier immer willkommen.«

Willkommen? Luise wollte nicht *willkommen* sein, nicht höflich geduldet werden. Sie wollte *gebraucht* werden. Bisher war sie sich sicher gewesen, dass dem so war, dass man sie hier schätzte. Nicht Gotthilf und Johanna, aber ihr Verhältnis zu Conrad und Otto war in den vergangenen Jahren noch inniger geworden. Sie konnte sich ein Leben ohne die beiden kaum mehr vorstellen.

»Was bringt es denn, um den heißen Brei herumzureden, Hanna? Spätestens seit unserer Heirat bist du die Mutter von Conrad und Otto, und Luise kann tun und lassen, was ihr gefällt. Wenn sie darauf besteht, eine anarchistische Schule, die nichts als hirnverweichlichende Bildung bietet, zu besuchen, soll sie dies gerne tun.« Er lächelte seine Frau an. »Doch selbstredend kann ich dies nicht akzeptieren, solange sie Teil unseres Haushalts ist. So weit kommt es noch, dass das Personal mir die nächste Beförderung verpatzt.«

Luise schluckte. Die Luft hatte plötzlich an Konsistenz gewonnen, drückte auf ihre Lungen und verhinderte offenbar auch jegliche Bewegung ihrer Schwester. Nur Gotthilf sezierte mühelos das nächste Stück Fleisch und führte es zum Mund, wo er es mit zur Seite geneigtem Kopf genüsslich kaute. Was denken? Worüber am meisten erschüttert sein? Die harschen Worte? Die schnelle Verurteilung? Die Beleidigung? Die unverhohlene Drohung?

Denk an die Kinder, rief ihr Herz. Richtig, die Kinder waren das Wichtigste. Sie konnte sie nicht im Stich lassen. Johanna liebte sie ebenso, aber um einen Menschen wie Gotthilf auszugleichen, konnte es kaum genügend gute Seelen geben. Sie musste seine Worte hinunterschlucken, durfte sie nicht weiter auf sich wirken lassen, wenn sie bleiben wollte. Sie zwang sich, die Gabel wieder aufzunehmen, um zumindest äußerlich ruhig und gesittet zu bleiben. Das stachelige »Schon in Ordnung«, das hervorzupressen ihr gelang, kratzte an ihrem Kehlkopf.

Spät am Abend klopfte es an der Tür zu Luises Kammer. So zart, dass es nur Johanna sein konnte. Außerdem schliefen die Kinder um diese Zeit längst. Luise legte ihr Buch auf den Schreibtisch und bat die Besucherin herein. Ihre Schwester zog sich einen Stuhl zu ihr heran und legte Luise die Hand auf den Arm. Sie fühlte sich warm und weich an wie der Bauch einer Katze. »Du weißt, dass er es nicht so gemeint hat?«

Luise nickte. Auch wenn sie beide wussten, dass es nicht stimmte.

»Im Winter werden wir wieder zusammen am Kaminfeuer stricken«, malte Johanna ihr ihre gemeinsame Zukunft aus, als müsse sie sie dennoch überzeugen. »Im Frühling kümmern wir uns um die Gemüsebeete, und im Sommer lesen wir uns unter dem Apfelbaum vor. So wie früher, zu Hause.«

Luise nickte abermals. Es war eine schöne Kindheit gewesen, sehr behütet.

»Dann … dann bleibst du also?«

Luise drückte die Hand ihrer Schwester. »Aber natürlich.«

Eine Stunde später wollte sie das Licht löschen, als ein zackigeres Klopfen ertönte. Gotthilf trat ein, ohne ein Herein abzuwarten. »Ich hab mir die Sache durch den Kopf gehen lassen.« Luise bot ihm einen Platz an, doch er blieb stehen.

Luise sah ihn abwartend an.

»Ich weiß es sehr zu schätzen, was du für uns getan hast, aber im Grunde …« Er sah zur Tür.

Im Grunde wurde sie hier nicht länger gebraucht. Die Luft wurde wieder zu dick zum Atmen, passte nicht mehr in ihre Lunge. Luise erhob sich zittrig. »Wenn es darum geht, was ich beim Essen gesagt habe …«

»Nein. Nein, das ist es nicht. Ich will dich auch gar nicht an die Luft setzen, es ist nur …«

Zwei Frauen sind eine zu viel.

»Du hast ein großes Haus, ein Anwesen eher. Ich muss mich nicht ausschließlich um die Kinder kümmern. Du weißt, dass ich auch vor Besen und Kehrblech nicht zurückschrecke. Und vergiss den Garten nicht! Ich bin hier durchaus kundig.« Unzählige Stunden hatte sie mit Johanna früher im heimischen Garten verbracht, Unkraut gezupft, Büsche beschnitten, Radieschen und Gurken ausgesät. Und es war ihr stets eine Freude gewesen.

Gotthilfs fleischiger Arm fuhr durch die Luft, als er sich die schütteren Haare zurückstrich. »Du passt nicht hierher, Luise. Hast eine andere Art zu denken. Wenn du Johannas Wesen hättest, könnte ich auch dich auf den rechten Weg lenken, aber trotz deiner Zaghaftigkeit birgst du einen so sturen Kern in dir, dass er sich immer wieder Bahn bricht.«

Was er vorhatte, durfte nicht geschehen. »Bitte, Gotthilf. Es tut mir aufrichtig leid, was ich heute Abend gesagt habe. Wenn du sagst, dass diese freie Schule nicht gut ist, glaube ich dir. Du hast immerhin studiert, ich habe nur die Volksschule besucht und hab von derlei Dingen keine Ahnung.« Sie würgte die Worte aus, hoffte, dass ihr Widerwillen nicht hindurchschien. Wenn es nötig war, würde sie sich ihm sogar flehend zu Füßen werfen. Alles. Wenn sie nur bleiben durfte. Sie liebte die Kinder wie ihre eigenen und konnte den Gedanken nicht ertragen, dass sie in Zukunft ohne diese fast mütterliche Liebe sein sollten. Doch der Entschluss ihres Schwagers stand fest. Er wandte sich zur Tür und blickte sie, schon mit der Klinke in der Hand, noch einmal an. »Ich gebe dir einen Monat. Mitte Juli will ich dich hier nicht mehr sehen.«

Kapitel 4

Oberweißbach im Thüringer Wald, 1790

Ich glaubte mich verhört zu haben, als Vater mir im Garten die Neuigkeiten überbrachte. Ich hatte gerade den neusten Fund für meine Sammlung, einen Mandelstein oder Melaphyr, in dem Teich gewaschen, den ich im vergangenen Jahr angelegt hatte. Direkt hinter dem Haselnussstrauch. Der neue Schatz hatte mich fasziniert, vielleicht hatte ich deswegen nicht richtig zugehört. Langsam richtete ich mich auf und sah meinen Vater an. Doch tatsächlich – es war kein Missverständnis.

Meine Hand versuchte unwillkürlich, den Stein darin zusammenzupressen. Ich wusste, man widersprach seinem Vater nicht, stellte elterliche Entscheidungen nicht infrage. Verhielt sich eher wie die Steine meiner Sammlung. Aber ich musste es wissen.

»Warum?«

Seine Lippen wurden schmal. Sein Sohn maßte sich etwas an. Mal wieder.

»Die Ausbildung dort ist besser. Ich kenne den Direktor«, war seine knappe Antwort. Damit war das Thema beendet.

Womöglich würde es sogar nett werden, hatte ich mir in den kommenden Tagen einzureden versucht. Hatte ich nicht schon immer Spielkameraden haben wollen, mit denen ich durch die Natur streifen und neue Steinfunde würdigen konnte?

Doch als mich nun fünfzig Augenpaare zwischen akkuraten Flechtfrisuren verdutzt anstarren, fühle ich mich wie aus einem

Kuckucksei geschlüpft. Ich gehöre hier nicht hin. Das ist offensichtlich.

Der einzige Junge in einer Mädchenschule.

»Das ist Friedrich, euer neuer Mitschüler«, sagt der Lehrer und legt mir eine Hand auf die Schulter.

Die meisten Mädchen blicken zu Boden, doch vereinzelte lassen mich kaum aus den Augen, während sie tuscheln. Mittendrin ein freundliches Gesicht. Pia. Sie hat mich auch im Dorfladen schon einmal angelächelt. Die nimmt es mit den Regeln nicht so genau, das weiß ich. Im vergangenen Jahr hat sie dem Metzger sogar einmal die Zunge herausgestreckt. Drei Wochen hat man sie danach nicht mehr im Dorf gesehen.

Vielleicht könnte ich neben ihr sitzen? Sie müsste so alt sein wie ich. Und womöglich kann sie sich für den Unterschied zwischen einem Quarz-Anorthosit und einem Alkali-Diorit begeistern?

Der Lehrer schiebt mich nun sanft nach vorne. Fast wäre ich zusammengeschreckt, als er mich nun anspricht. »Du sitzt hier vorne, Friedrich.«

Ich zögere.

»Direkt bei mir«, setzt er hinzu.

Das Schlucken fällt mir schwer. Schon in der Kirche muss ich abgesondert von der Gemeinde auf einem für mich gezimmerten Bänkchen in der Sakristei sitzen. Die Mädchen in den ersten beiden Reihen gehören alle zu den älteren Schülerinnen, sie machen bald den Abschluss. Eine von ihnen verdreht die Augen, so wie ich es von Traugott kenne.

Unsicher schaue ich in die hinteren Reihen, zu den Mädchen in meinem Alter. Der Lehrer blickt mich entschuldigend an. »Es war der ausdrückliche Wunsch deines Vaters, damit du nichts verpasst.«

Ich senke den Kopf, die Gedanken zu schwer. Fortan bin ich

also ein doppelter Außenseiter: der einzige Junge und der einzige Kleine zwischen den Großen.

»Er meint es gut mit dir«, erklärt der Lehrer, und ich nicke.

Kapitel 5

Keilhau, 1845

Ein Donnern in der Ferne riss Luise abermals aus dem Dämmerschlaf. Noch immer pochte der Regen gegen die schwarzen Scheiben der Postkutsche. Sie konnte nur beten, dass dies für ihre bevorstehende Zeit kein schlechtes Omen war. Das Gewitter und die Reaktion des Mitreisenden, der bis Erfurt mit ihr in der Kutsche gesessen hatte.

»Die *Allgemeine deutsche Erziehungsanstalt* in Keilhau?« Der geschniegelte Herr hatte die Nase gerümpft, sodass sich sein Oberlippenbärtchen verzog. »Was darf ich mir denn nun darunter vorstellen?«

Oje. Nicht noch mehr Zweifler. Die Wut auf Gotthilf hatte ihr zwar die Kraft für diesen Schritt gegeben, doch der Mut war nun fast aufgebraucht, nur mehr ein kleiner Rest war noch vorhanden.

»Es sind Bekannte von mir, die eine eigene Schule gegründet haben. Ich muss ehrlich gestehen, dass ich selbst noch nicht genau weiß, was mich erwartet. Es klang nur recht … nett.«

Nett. In ihren Ohren klang all dies nun recht einfältig. Wegen einer so vagen Beschreibung nahm sie eine solche Reise auf sich? War das nicht leichtsinnig? Auf ihre briefliche Nachfrage hin hatte sie eine Einladung erhalten, die Institution als Haushälterin zu unterstützen. Offenbar hatte die letzte vor kurzer Zeit gekündigt.

»Besonders erfolgreich kann sie ja nicht sein, sonst hätte ich gewiss schon einmal davon gehört.«

Entschieden klappte er die Zeitung wieder auf. Eine bessere Zerstreuung als eine Unterhaltung mit ihr.

Schlimmstenfalls kannst du wieder abreisen, sprach sie sich Mut zu. Doch wohin?

Gotthilf hatte mehr als deutlich gemacht, dass sie in seinem Hause nicht mehr erwünscht war. Nicht als Kindermädchen und auch sonst nicht. Der Abschied von den Kindern und Johanna war kein leichter gewesen. Am traurigsten hatte Conrad sie aus seinen weisen Augen angesehen, und es hatte sie viel Kraft gekostet, ihre eigenen Tränen zurückzuhalten. Auszuhalten, dass sie nicht mehr für ihn da sein konnte. Einzig ein selbst gehäkeltes Zebra hatte sie für ihn zurücklassen können. Die gestreiften Tiere hatten ihn bereits fasziniert, als er noch ein Kleinkind gewesen war und erstmals eines in einem Buch über exotische Tiere entdeckt hatte. Bipscha hatte er fasziniert gerufen, noch nicht in der Lage, das schwierige Wort über die Lippen zu bringen.

Luise hatte ihm eine Botschaft, die er nie vergessen sollte, auf einen kleinen Zettel geschrieben und sie in den Bauch des Tieres eingenäht. Er knisterte, wenn man das Tier an sich drückte, und sollte Conrad an den dunklen Tagen ein wenig trösten. »Das ist ein Kraft-Spender«, hatte sie ihm gesagt. Nichts sonst hatte sie für ihn tun können. Es waren nicht ihre Kinder, und selbst wenn, hatte Gotthilf als Familienoberhaupt das Sagen. Sie hasste diese Ohnmacht.

Vielleicht würde sie zumindest aus der Ferne hilfreich sein können, falls die sonderbare Schule gute Ratschläge für den Umgang mit Kindern gab, die sie an Johanna weitergeben könnte? Womöglich würde Gotthilf sie annehmen, wenn er nicht wusste, woher sie stammten?

Seufzend gab sie sich dem Anblick der tiefgrünen Bäume und Wiesen hin, die in der Morgendämmerung an ihr vorüberzogen. Sie hatte das Gefühl, als sei selbst die Pflanzenwelt aktiver als sie.

Trübsinnig. Das war das Wort, das Luise als Erstes in den Kopf kam, als sie mit hölzernen Gliedern und leicht zerzauster Frisur in den frühen Morgenstunden aus der Kutsche stieg. Schwere Wolken hingen vor den Bergen, und die Häuser des Dörfchens sahen fahl aus; selbst die dicke Kirche in der Mitte des Dorfes hatte etwas Trostloses.

Zwischen all der Tristesse plötzlich ein herzliches Lächeln. »Luise.« Friedrich Fröbel wirkte mit seinen halblangen Haaren, dem aus der Form geratenen Hut und dem altmodischen, trotz des Wetters offen stehenden Mantel wie aus einer anderen Welt. Luise musste sich zusammenreißen, um ihn nicht anzustarren. Nie zuvor hatte sie einen Mann mit langen Haaren gesehen. Genau in der Mitte waren sie gescheitelt, wie sie sah, als er den Hut zog. Seine braunen Augen blickten nachdenklich, wissend und suchend zugleich. Ein bisschen wie die von Conrad. Seine Ohren standen ab, und die Nase lief spitz zu, aber sein warmes Lächeln machte ihn dennoch sympathisch. Er trat etwas näher. »Wie unendlich viele Jahre durfte ich Ihr Antlitz nicht mehr erblicken?«

Nervös rückte Luise ihren Hut zurecht. Lachte vorsichtshalber. Seine altertümliche Sprache erinnerte sie an den Dorfpfarrer. Sie war nicht sicher, ob er tatsächlich erwartete, dass sie sich erinnerte, schließlich war sie erst zwei oder drei Jahre alt gewesen, als sie sich zuletzt begegnet waren. Es musste kurz vor seiner Heirat gewesen sein, mittlerweile war seine Frau allerdings schon seit vielen Jahren verstorben.

»Kommen Sie, ich bringe Sie zu unserer Schule.« Er wandte sich einem Pferdewagen zu, lief mehr, als dass er ging, und Luise hatte Schwierigkeiten, Schritt zu halten.

Das Schulgelände lag oben auf einem Hügel. Die Häuser des Dorfes duckten sich neben Büschen und Bäumen ins Tal. Luise sah sich neugierig um. Eine junge Frau, sie musste in Luises Alter sein, lief über den Hof und winkte ihnen ausgelassen zu.

»Huhu, Fröbelchen!«, rief sie zu ihnen herüber und warf sich die rotblonden Locken über die Schulter. Friedrich hob kurz die Hand, wandte sich jedoch rasch wieder ab und steuerte ohne Erklärung auf einen zweistöckigen Bau mit steilem Satteldach und schmalem Giebel zu. »Das ist unsere Schule«, verkündete er stattdessen stolz und erklomm die Mitteltreppe. Luise folgte ihm zögerlich. Er ließ sie in ein Klassenzimmer nach dem anderen spähen, weitläufige Räume mit unglaublich großen Fenstern, in denen überraschend wenig Tische standen. So viel Platz und Licht für die jungen Menschen! Perplex sah sie Fröbel an. Hier verbrachte man gerne Zeit. Wer wohl die Idee zu diesen Räumen gehabt hatte? Ihre Nachfrage machte ihn verlegen.

»Nun. Das war ich höchstpersönlich. Während meiner Studienzeit habe ich mich unter anderem auch mit Architektur beschäftigt.«

Luise nickte anerkennend und folgte ihm kurze Zeit später über das weitere Gelände. Die Sonne brach durch die letzten Gewitterwolken und tauchte die neben der Schule stehenden Bauernhäuser in ein mystisches Licht. Nahezu alle waren aus braunem Fachwerk, einige mit Schiefer gedeckt, andere noch mit Stroh. Etwas weiter entfernt erinnerte ein dreistöckiges Gutshaus trotz des abblätternden Putzes an bessere Zeiten. Zwischen den Häusern befanden sich kleine Küchengärten mit kniehohen Holzzäunen, an denen sich Kapuzinerkresse mit ihren orangefarbenen Blüten hochrankte. Um das Gelände nichts als Felder, Wiesen und Wald – ganz so, wie Luise es liebte.

Fröbel war ihrem Blick gefolgt und lächelte. »›Schule am Wald‹ nennen die Menschen unsere Erziehungsanstalt. Komm, ich bringe dich zu Christian, er wohnt drüben auf dem Lindenhof. Er wird sich freuen, seine ehemalige Nachbarin nach all den Jahren wiederzusehen.«

Zielsicher steuerte er einen Weg zwischen den Bauernhäusern

an, direkt auf ein weiteres weißes Fachwerkhaus zu, das etwas abseits zwischen hochgewachsenen Linden mit majestätischen Baumkronen stand.

Als Luise Christian Fröbel gegenüberstand, erschrak sie. Aus dem kräftigen Mann mit dem runden Gesicht war ein erblindeter Greis geworden. Dennoch war seine Freude offensichtlich, und auch seine Frau Caroline hatte sie nicht vergessen. Ihre älteste Tochter, Albertine, hatte Friedrich Fröbels Mitstreiter Middendorff geheiratet, der mit ihm und einem weiteren Freund die Schule gegründet hatte. Gemeinsam mit Fröbel verließ sie den Lindenhof wenig später, damit Luise ihre Kammer beziehen konnte.

Unterwegs trafen sie eine Gruppe von Lehrerinnen und Lehrern; sie alle schienen direkt auf dem Schulgelände zu leben. Da war die Namensvetterin ihrer Schwester, Johanna Goldammer, deren feine Fältchen um die Augen zeigten, wie gerne sie lachte. Wilhelm Rein und Julius Langbehn sowie Ernst August Steffenhagen, der eine ungewöhnlich große Brille trug. Die Fächer, die die einzelnen Lehrer unterrichteten, konnte Luise sich allen Bemühungen zum Trotz nicht merken. Ihr fiel nur auf, dass hier sehr viel Wert auf Bewegung und Musik gelegt wurde. Beides schien fast wichtiger als die üblichen Fächer zu sein.

»Sieh aber zu, dass du die nicht auch noch vergraulst«, sagte Ernst August mit einem Zwinkern. Fröbels Belustigung hielt sich in Grenzen, er sah seinen Kollegen verstimmt an.

»Ich halte es mit dem Sonderling nicht länger aus, hat sie gesagt«, erklärte Ernst August Luise, und sie unterdrückte ein Lachen. Sie war also nicht die Einzige, auf die Friedrich Fröbel ein wenig … sonderlich wirkte.

»Wir müssen weiter«, entschied dieser nun knapp, und sie folgte ihm zögerlich, als er in großen Schritten davonstapfte, denn sie hatten sich nicht einmal verabschiedet. Sie hob die Hand und überlegte, ob seine Art tatsächlich bereits mehrere Haushälterinnen in die Flucht geschlagen hatte? Oder gab es dafür andere Gründe?

»Da drüben ist es«, Friedrich deutete auf ein hübsches Haus mit rotem Dach am Waldrand. »Ich lebe auch dort und ebenso Johanna und Hermann Barth, unser Musiklehrer, den du sicherlich bald ebenfalls kennenlernen wirst. Außerdem ist vor Kurzem meine Großnichte Henriette angereist, sie wird einen Kindergärtnerinnen-Kurs hier absolvieren. Gewiss werdet ihr euch hervorragend verstehen.«

Luise nickte, auch wenn die Namen mittlerweile ungeordnet durch ihren Kopf schwirrten. Aber es war schön, dass noch mehr Verwandte von ihm herkamen, im Kreise seiner Familie hatte sie sich stets wohlgefühlt.

»Wer aus deiner Familie ist denn sonst noch hier?«, erkundigte sie sich. Schließlich hatte er die gesamte Schule nur gegründet, um seinen Neffen ein Zuhause zu bieten.

Erstmals wich er ihrem Blick aus, und sofort schalt Luise sich im Stillen. Warum hatte sie so neugierig sein müssen? Sie hatte bei der Unterhaltung mit dem Lehrer doch gesehen, wie schnell er gekränkt war.

»Ah, da ist ja Henriette!« Er deutete auf eine junge Frau mit sommersprossigem Gesicht und Locken, die wild von ihrem Kopf abstanden. Kurze Locken. Männer mit langen Haaren, Frauen mit kurzen. Luise konnte kaum den Blick von ihr wenden. Es stand ihr gut, aber Luise mochte sich kaum vorstellen, wie viel Getuschel eine solche Frisur im Dorf hervorrief. Fröbel winkte sie zu sich herüber, und die Frauen begrüßten sich. Henriette wirkte nett, doch bei so viel Selbstbewusstsein fühlte Luise sich wie ein Gänseblümchen.

Fast war sie erleichtert, als sie sich von der jungen Frau wieder verabschiedeten und ihren Weg fortsetzten.

»Friedrich, ich muss dir etwas zeigen!«, rief da plötzlich ein

Zögling, der mit wehenden Haaren auf sie zustürmte. Er hatte seinen Lehrer geduzt! Luise presste die Lippen aufeinander. Nun würde er ordentlich zurechtgewiesen werden, der Arme. Doch statt mit ihm zu schimpfen, ging Friedrich in die Hocke und nahm sich Zeit, den Stein, den der Junge gefunden hatte, zu begutachten. Dann erklärte er ihm, was genau er da entdeckt hatte.

Nachdem der Junge fröhlich davongerannt war, starrte sie Friedrich ungläubig an.

»Wir pflegen hier einen partnerschaftlichen Umgang mit den Zöglingen und reden uns alle mit ›Du‹ an«, erklärte er. »Das können wir ebenfalls gerne so handhaben. Generell pflegen wir eine einfache Lebensweise mit viel Nähe zur Natur. Die Kost ist ländlich, mit einfachen, aber schmackhaften Gerichten, hierfür hoffen wir sehr auf deine Künste, zudem kultivieren wir unser eigenes Gemüse. Das Bestellen der Felder und die Ernte sind Teil des Unterrichts.«

»Wirklich?« Luise war sprachlos. Sie dachte an die nicht endenden Rezitationen im Klassenzimmer, die ihr Unterricht gewesen waren. Von dem, was sie damals auswendig gelernt hatte, konnte sie heute nicht einmal mehr die Überschriften wiedergeben.

»Ja, eine Verbindung von geistiger und körperlicher Tätigkeit ist sehr wichtig. Ich bin der Auffassung, dass es das Bedürfnis des erwachenden Menschengeistes ist, alles, was der reife Geist dereinst als allgemeinen Begriff abstrahiert, in seiner ursprünglichen Form durch die Anschauung von Konkretem aufzunehmen und …«

Abrupt blieb er stehen und warf ihr einen fragenden Blick zu. Luise betete wie damals in der Schule, dass er sie nicht bitten würde, seine Ausführungen wiederzugeben. Doch stattdessen fuhr er sich mit gespreizten Fingern durch das ergraute Haar und wirkte plötzlich so zerknirscht wie ein Schuljunge, der etwas ausgefressen hat. Er war wirklich ein merkwürdiger Kauz.

»Entschuldige, bitte. Middendorff und Langethal weisen mich immer wieder darauf hin, dass ich die Menschen nicht mit meinen abstrakten Theorien erschlagen darf. Sie behaupten, das sei zu anspruchsvoll. Dabei ist es doch so schlüssig, wenn man erst einmal die Zusammenhänge kennt. Hast du Hegel gelesen?«

Ihre Miene verriet sie, aber das schien ihn nicht zu stören. »Ein großartiger Philosoph. Ich werde dir seine Bücher geben, wenn du möchtest. Und Rousseau! Wichtig zu verstehen ist im Moment jedoch nur die Einheit von Körper und Geist. Durch das Fassen und Greifen schaffen wir Voraussetzungen für das Lernen.«

Er breitete die Arme aus, als wolle er das Schulgelände umarmen.

»Deswegen haben unsere Zöglinge sogar beim Bau geholfen, als wir all das hier errichtet haben. Nun sind wir fertig, doch wir verbringen noch immer so viel Zeit wie möglich an der frischen Luft. Behandeln wir das Mittelalter im Geschichtsunterricht, werden zur Vertiefung Ritterrüstungen gefertigt und in die Abenteuer einbezogen. Statt im Geografieunterricht Landkarten zu studieren, ziehen wir es vor, selbst Feld und Flur zu erwandern und unsere eigenen Karten zu zeichnen.«

Luise war beeindruckt. Das war bestimmt sehr viel spannender. Und wandern konnte man hier gewiss sehr gut.

Die Sonne hatte sich mittlerweile ganz durch die Wolken geschoben, und sowohl an der Nord- als auch an der Westseite des Grundstücks erhoben sich herrliche Berge.

»Häufiges Wandern weckt die Wanderlust und bildet den Sinn für Naturschönheiten«, erklärte Friedrich in seiner fast kindlichen Begeisterung. »Nach Osten hin eröffnet sich hier das Saaltal, und die Höhen bieten liebliche Nah- und Fernsicht der Kalkvorberge des Thüringer Waldes. Die Zöglinge verbringen jede freie Minute dort. Und sollte selbst das nicht genügen, sind Blankenburg, das Schwarzatal, Paulinzella und der Singerberg in wenigen Stunden bequem zu erreichen. Begleite uns, wann immer dir der Sinn danach steht.«

»Ich?« Luise legte drei Finger auf den Mund. Vor Verwunderung hatte sie viel zu laut gesprochen. »Aber ich soll mich doch um den Haushalt kümmern.«

»Wie gesagt, wir leben ein partnerschaftliches Verhältnis. Durch meine Reisen und Besuche anderer Erziehungsanstalten habe ich festgestellt, dass ein Internat mit Familiencharakter ideal für die Heranbildung eines Menschen ist. Wenn du Hilfe für die anfallenden Arbeiten im Haushalt benötigst, sprich die Zöglinge an, wie es auch die Mütter und Schwestern in einer Familie tun würden. Es gibt an diesem Ort niemanden, der höher oder niedriger gestellt ist. Wir leben hier gemeinsam und teilen alle Arbeiten.«

In der Ferne sah Luise einen Erwachsenen über den Hof gehen, vermutlich ein weiterer Lehrer. Er trug die Ärmel seines vom Waschen ausgeblichenen blauen Hemdes hochgekrempelt. Ein Lehrer im einfachen Hemd! Offenbar spielte standesgemäße Kleidung hier keine Rolle.

»Hermann, machst du mit?«, rief ein Mädchen mit Zöpfen zu ihm hinüber. Sie schlug mit einer Freundin raumgreifend das Seil, in dessen Mitte ein jüngerer Zögling in die Höhe sprang, kurz bevor es kraftvoll auf den Boden klatschte. Luise war überzeugt, dass der Lehrer sie mit einem konsternierten Blick abtun würde, doch stattdessen legte er einen Stapel Hefte, die er unter dem Arm getragen hatte, auf einen Baumstumpf, stellte sich vor das wirbelnde Seil und wartete auf den richtigen Moment. Als er gekommen war, zögerte er nicht, trat in die Mitte und sprang gleichzeitig mit dem Zögling in die Höhe. Beim nächsten Sprung machte er sogar eine kleine Drehung, und die Kinder jubelten.

»Hermann Barth«, sagte Friedrich mit einem Nicken in Richtung des tollkühnen Springers, der das Seil jetzt für sich alleine hatte. »Er unterrichtet Musik, Geometrie, Physik und Naturgeschichte.« Die Mädchen erhöhten das Tempo, und Anstrengung zeigte sich im Gesicht des Lehrers, doch als er schließlich aus dem Seil heraussprang und sich vor den jubelnden Kindern verneigte, wirkte er glücklich. Lachend nahm er die Hefte wieder auf und steuerte eins der Bauernhäuser an.

Oh ja, dachte Luise, hier wehte wahrlich ein anderer Wind.

Kapitel 6

Hamburg, Gängeviertel, 1833

Die Hand ihrer Mutter quetschte Mariekes zusammen, während sie durch den Irrgarten des Elends liefen. Kleine Gassen, die Marieke so vertraut waren, dass sie mit geschlossenen Augen nach Hause finden würde. Je tiefer man in die Stadt hineinging, desto enger wurden sie. Überall presste sich Häuschen an Häuschen. Wenn in zwei gegenüberliegenden Wohnungen die Fenster geöffnet wurden, stießen die Rahmen zusammen; die Wäscheleinen waren kaum eine Armeslänge lang. Überall beugten sich Kinder aus den Fenstern, einer der Köpfe lugte durch ein Loch in der Mauer. In dem Fleet am Rande der Gasse schöpfte eine Frau mit Kopftuch einen Eimer des braungrauen Wassers. Kein Geld für den Wasserträger. Es roch modrig und faul, erst zum Hafen hin wurde die Luft salziger. Der Michel begann zu läuten, und die Schritte der Mutter wurden noch größer. Marieke stolperte, doch die Mutter blieb nicht stehen und zerrte Marieke schon beim Hochziehen weiter.

»Wenn wir zu spät kommen, lassen sie uns nicht mehr rein.«

Eine Horde Kinder stürmte an ihnen vorbei. Ein Junge in Fietes Alter humpelte mit etwas Abstand o-beinig hinterher und verschwand im nächsten Augenblick um die nächste Ecke. Fiete. Sie konnte seine klebrige Hand noch in ihrer fühlen. Rasch dachte Marieke an etwas anderes.

»Da vorne ist es.« Ihre Mutter deutete auf ein großes Gebäude.

Ein echtes Haus. Rote Ziegel, vier Reihen weiße Fenster. In der Mitte die Tür wie ein Schlund. Jetzt quetschte Marieke Mamas Hand. Sie wollte da nicht hinein. Auf der Straße kannte sie sich aus, aber hier? Doch nach dem, was mit Fiete passiert war, musste es sein. Ihre Mutter hatte daran keinen Zweifel gelassen. Drei Tage lang hatte sie so gut wie gar nicht gesprochen. Die Augen hatten noch tiefer in den Höhlen gelegen als sonst. Wie bei Fiete.

Fiete, der nun nicht mehr war. Und es war ihre Schuld. Sie war schon fünf und hatte trotzdem nicht gut genug aufgepasst.

Die Mutter entwand Marieke ihre Hand und pochte gegen die dunkle Tür, mit der andere Hand hielt sie Matjes Rücken im Tragetuch. Ausnahmsweise schlief das Schwesterchen. Eine Frau mit einer hellgrauen Haube auf dem Kopf öffnete. Es war eine Nonne, das wusste Marieke. Der Mund der Frau wurde schmal, und sie verschränkte die Arme, als sie Marieke und ihre Mutter sah. Mit ihrem knochigen Zeigefinger deutete sie zum Michel. Mehrmals. »Neun Uhr. Auf den Punkt!« Jetzt musterte sie Marieke von Kopf bis Fuß und verweilte kurz an dem lang gezogenen Kratzer unter ihrem Auge. Marieke versuchte zu lächeln, obwohl nichts Fröhliches in ihr war. Der Ausdruck der Nonne wurde seltsam, so als würde sie innerlich die Nase rümpfen.

»Und sauber und gekämmt müssen die Kinder sein. Sonst können wir sie hier nicht aufnehmen.«

Ihre Mutter unterdrückte ein bitteres Auflachen, nickte aber mit dem Kopf. Mit der Hand strich sie über Mariekes Hinterkopf.

»Haben Sie das Geld?«

Die Lippen ihrer Mutter verschwanden, während sie das zerfledderte Portemonnaie aus der Tasche zog und die Münze entnahm. Die einzige, die noch drinnen lag. Ganz langsam legte sie der Nonne das Geldstück in die Hand, sie konnte kaum den Blick davon abwenden.

Schnell verschwand es im Gewand der Schwester. »Gut. Jeden

Montag bekomme ich das Geld, sonst können wir das Mädchen nicht behalten.« Jetzt blickte die Nonne zu Marieke hinunter. »Ich bin Schwester Eufrasia. Ab heute bist du hier in der Kinderbewahranstalt, solange deine Mutter arbeiten ist. Komm, ich zeige dir alles.«

Marieke sah zu ihrer Mutter hoch. Die nickte, also nickte auch Marieke. Im nächsten Moment war die warme Hand an ihrem Hinterkopf weg, und Marieke folgte dem wehenden Gewand der Schwester. Die führte sie in einen großen Saal, der voller Betten war. Das Licht war schummrig, wie am Waschtag, wenn der Dampf durch die Wohnung waberte, und es war ebenso stickig, aber ohne den Seifengeruch. Eher roch es nach der Wäsche vor dem Waschen. Ranzig und verräuchert. Hier war alles voller Kinder. Viele saßen zusammengesunken auf den Betten, den Blick auf den steinernen Fußboden gerichtet. Offenbar fehlte ihnen sogar die Lust, die Beine baumeln zu lassen.

Ganz vorne saßen zwei Kinder mit grauen Haaren, doch Marieke ahnte, dass sie vermutlich hellblond waren, wenn man erst einmal den Aschenstaub hinausgeschüttelt hatte. Das war bei Fiete auch so gewesen. Der kleinere Junge hatte Dreck um den Mund, und aus seinen zerfledderten Ärmeln schauten so dünne Arme heraus wie bei Fiete.

Schwester Eufrasia seufzte, spuckte in ein Taschentuch und wischte dem Jungen das Gesicht ab. Dann ging sie weg. Unschlüssig blieb Marieke stehen. Weitere Kinder saßen auf dem Boden, in dessen Löchern sich grauer Staub und Dreck gesammelt hatte. Gewiss war es dort ganz weich, wenn man den Finger hineinsteckte, so wie es das Mädchen zu ihrer Linken gerade tat. Was sollte sie hier den ganzen Tag tun? Hier gab es nur die eisernen Bettgestelle. Keine Schiffe zum Beobachten, keine Gassen zum Entlangrennen, keine Äpfel zum Stehlen.

Sobald es zu laut wurde, legten Schwester Eufrasia und die anderen Schwestern den Zeigefinger auf die Lippen und mahnten: »Schsch! Von Kindern darf man weder etwas hören noch sehen!«

Doch trotz der Verurteilung zum Gespensterdasein flackerte immer wieder Lebendigkeit in den Kindern auf.

»He!«, tönte die Stimme einer weiteren Nonne durch den Saal, als ein Mädchen in Mariekes Alter kichernd angefangen hatte zu rennen. Umgehend wurde das Mädchen langsamer und bat demütig um Verzeihung.

Marieke ging im Saal umher und wusste nichts mit sich anzufangen. Irgendwann ließ sie sich an der Wand auf den Boden rutschen und blieb einfach sitzen. Ihr war entsetzlich langweilig. Aber als der Michel zwölfmal läutete, passierte etwas Herrliches. Schwester Eufrasia rief, dass sich alle Kinder an den Tisch setzen sollten. Marieke folgte den anderen in einen Nebenraum, wo mehrere Reihen langer Tische standen. Schon als sie die Suppe roch, jubilierte ihr Magen. Und es gab sogar Brot dazu.

Nach dem Essen sollten sich alle hinlegen. Auch wenn man nicht müde war, musste man die Augen schließen. Marieke blinzelte immer wieder und wurde ermahnt, doch sobald sie die Augen schloss, kamen die Bilder. Fiete, der auf der Straße hockte und summend mit einem Stock im Boden stocherte, ganz in seiner Welt versunken. Marieke sprach währenddessen mit Krischa. Sie mussten es schaffen, in eine der Gruppen aufgenommen zu werden, wenn sie auf der Straße überleben wollten.

»Vorsicht, das Fuhrwerk!«, rief plötzlich eine helle Stimme. Erst jetzt sah Marieke auf. Der Wagen mit einem mächtigen Fass donnerte direkt auf Fiete zu, auch wenn der Fahrer nun »Weg da!« schrie und die Zügel zur Seite riss.

»Fiete!« Außer sich vor Angst rannte sie los, stürzte zu Boden und schabte sich die Haut unter dem rechten Auge ab.

Zu spät.

Marieke wimmerte.

»Schsch«, kam es von Schwester Eufrasia. Kinder sollte man weder hören noch sehen.

Kapitel 7

Hirschberg an der Saale, 1797

Die Erinnerungen an die vergangenen Jahre rasen durch meinen Kopf wie die Landschaft hinter dem Zugfenster. Weniger laut, aber mit schärferen Konturen. Die Worte meiner Stiefmutter klingen zu den ungünstigsten Momenten in meinen Ohren.

Was hat er nun wieder gemacht?

Er soll mir aus den Augen gehen.

Zu nichts taugt er.

Sie hat nie aufgehört, mich in der dritten Person anzureden. Doch mein Leben wurde besser. Als ich zehn Jahre alt war, hat mein Onkel mich trotz all meiner Makel zu sich geholt. Leider ist es mir entgegen all meinen Bemühungen nie gelungen, vollkommen nach Gottes Gesetzen zu leben und würdig zu sein. Daran haben Vater und meine Stiefmutter keinen Zweifel gelassen. Bei meinem Onkel war mir plötzlich dennoch das erlaubt, wonach ich mich so lange gesehnt hatte. Ich durfte lärmend mit anderen Kindern durch die Straßen ziehen, raufen mit den Jungen, auch wenn sie alle viel kräftiger waren als ich. Er hat es mir gestattet, eigene Entscheidungen zu treffen. Und mir vertraut. Mein Herz ist in diesen Jahren aufgeblüht.

Ist es deswegen so schmerzhaft, dass mir ein Studium verwehrt bleiben soll? Zu verträumt. Nicht so begabt wie meine vier Brüder soll ich sein. »Der Welt entrückt«, hat mein Ohr, das fest an die Tür aus Buchenholz gedrückt war, vernommen. Dabei glaube ich kaum, dass andere Kinder ihre Welt so gut kennen wie ich die meine. Viele können einen Ahorn nicht von einer Platane unterscheiden. Von den Steinen ganz zu schweigen.

Trotz alledem füge ich mich meinem Schicksal, immerhin darf ich mich in den kommenden Jahren voll und ganz dem Studium der Natur widmen. Ich werde eine Lehre bei Förster Wirtz in Hirschberg an der Saale beginnen. Stunde um Stunde werden wir gemeinsam im Wald verbringen, und ich freue mich auf den Austausch unserer Beobachtungen und die Gelegenheit zu lernen. Ich habe mich bestens vorbereitet. Meinen grünen Hut ziert eine lange Fasanenfeder, die hin und her schwingt, wenn ich gehe. Als Schutz vor den matschigen Wegen habe ich mir dicke Stiefel besorgt. Die Leute am Bahnsteig haben geflüstert, als ich eingestiegen bin. Gewiss ist der Jägerhut ein ungewöhnlicher Anblick, und die Stiefel sind für die heiße Jahreszeit viel zu klobig, aber im Winter werde ich dankbar für sie sein.

Zwei Stunden muss ich am Bahnhof auf den Förster warten, er entschuldigt sich jedoch aufrichtig dafür. Er bewohnt ein kleines Fachwerkhaus am Waldrand, das nächste Dorf liegt einen ordentlichen Fußmarsch entfernt. Meine Kammer ist sparsam eingerichtet, aber alles Notwendige ist vorhanden. Viel Zeit werde ich hier ohnehin nicht verbringen und wenn doch, werde ich gewiss rasch in die Welt der Bücher versinken. Ich bin stolz, als ich am nächsten Tag an der Seite des Försters durch den Wald schreite. Die Feder an seinem Hut ist nicht ganz so prächtig wie meine. Vielleicht finde ich im Laufe der Zeit eine schönere, die ich ihm schenken kann. Tausend Fragen habe ich und stelle sie auch. Er soll nicht denken, sein neuer Lehrling sei wissensscheu. Allerdings muss er den Kopf voller Gedanken haben, jede Antwort benötigt drei Wimpernschläge, bevor sie herauskommt. Ich bin müde, diese abzuwarten, es gibt so viel, was ich lernen will. Lernen muss. Als ich mich erkundige, wie er bereits aus der Ferne den Borkenkäferbefall an einem Baum erkannt hat, kann er es nicht erklären. »Erfahrung«, sagt er achselzuckend. Die unpräzise Antwort macht mich zornig, doch ich nehme mich zusammen. Wir haben Zeit. Zwei Jahre soll ich bleiben.

Abends hole ich mir ein Buch aus seiner Bibliothek. Sie ist gut sortiert, und ich weiß, dass ich hier noch meine Freude haben werde. Ich will nachlesen, was er zuvor über Baumharz erklärt hat, denn es sind einige meiner Fragen offengeblieben. Beim Blättern entdecke ich einen wunderschönen Birken-

spanner, sogleich muss ich fragen, ob es diese Falter in der hiesigen Gegend gibt und wo wir im kommenden Frühjahr die Verpuppungen finden könnten. Aufgeregt klopfe ich an seine Tür. Zu meiner Erleichterung kommt umgehend das »Herein!«.

»Entschuldigen Sie vielmals die Störung«, beginne ich und lispele dabei leicht, was mich ärgert. Dann sehe ich die Reisetasche auf dem Bett. Sie ist aus Leder mit zahlreichen Schnallen, wie ein Kohlkopf, der von Schnecken übersät ist. Förster Wirtz steht vor dem geöffneten Schrank.

»Sie wollen verreisen?«

»Ja.« Er wendet mir den Rücken zu, greift routiniert nach einigen Wollsocken und legt sie in die Tasche. »Ich habe noch anderweitige Geschäfte. Vom Försterdasein allein kann man nicht leben. Morgen geht es mit dem Floß los.«

Ein Floß? Jetzt erinnere ich mich, dass ich schon einige Male die Flößer auf den aneinandergebundenen Stämmen den Fluss habe entlanggleiten sehen. Die stolzen Flößer breitbeinig darauf stehend, die lange Stoßstange über die Schulter gelehnt, als hätten sie ein wildes Biest bezwungen. Mittlerweile leuchtet es mir ein, natürlich muss das geerntete Holz weiterverkauft werden. Mir war nur nicht bewusst, dass es zu unseren Aufgaben gehören würde. Nun, da ich es weiß, bin ich aber nur zu gerne bereit, mich auf dieses neue Abenteuer zu begeben. Ich sehe mich schon als tollkühnen Floßbezwinger, wie ich breitbeinig auf den von Wasser überspülten Baumstämmen stehe.

»Großartig! Wann geht es los? Was soll ich einpacken? Wohin fahren wir überhaupt? Und wie lange bleiben wir weg?«

Jetzt zögert er, setzt sich aufs Bett und greift nach seinen Stiefeln, unter denen Eisenkrampen befestigt sind. Bestimmt, weil die Baumstämme mitunter recht glitschig sind, überlege ich.

»Auf einem Floß ist nicht viel Platz.«

Ich nicke. »Ich brauche nicht viel.« Nirgendwo habe ich bisher viel Raum eingenommen. Auch auf ein Floß sollte ich passen. Gut, dass ich meine Stiefel habe. Am liebsten hätte ich den Menschen am Bahnhof ein verspätetes »Ha!« zugerufen. Vielleicht bin ich gar nicht weltfremd, vielleicht bin ich vorausschauend.

Der Förster schüttelt kaum merklich den Kopf. »Das ist zu gefährlich. Es sind nur vierzehn Tage.«

»Ich soll alleine zurückbleiben?« In mir zieht sich alles zusammen.

Entschlossen stellt er die Schuhe beiseite. Die Eisenkrampen klackern gegen die Holzdielen. »Bist doch kein Kind mehr.«

Meine Fingernägel schieben sich tief in meine Handballen.

»Und was soll ich so lange machen?«

Er deutet mit dem Kinn auf das Buch in meiner Hand. »Gibt genug zu lernen.«

Kapitel 8

Keilhau, 1845

Während sie den Tisch abwischte, schenkte Luise Friedrich, der mit den Kindern am Fenster stand, mehr Beachtung als den Krümeln, die vom Frühstück übrig geblieben waren. So ganz hatte sie sich noch immer nicht an seine Art gewöhnt. Nach all den gemeinsamen Mahlzeiten und zahlreichen Spaziergängen fand sie ihn aber eher faszinierend als sonderbar. Heute hatte sich der erste Frost über das Land gelegt und Eisblumen auf die Glasscheiben gehaucht. Die Kinder wetteiferten, wer die schönste Blume fand, und stürmten auf ihrer Suche von einem Fenster zum nächsten. Der kleine Benno preschte in seinem Eifer gegen Luises Beine, als sie mit dem Tuch in der Hand zur Waschschüssel zurückkehren wollte. »Nicht so stürmisch, junger Mann!« Sie tanzte um ihn herum, zerzauste ihm das Haar und deutete dann verschwörerisch auf das schmale Fenster an der rückliegenden Wand, wo sie zuvor einige besonders aparte Eisblumen entdeckt hatte.

Fröhlich sah sie ihm hinterher und begegnete Friedrichs Blick, als sie den Besen holen wollte. Er lächelte sie an, bevor er sich wieder den Kindern zuwandte und diese sich um ihn scharten. Luise hörte, wie er sich nach ihren Beobachtungen erkundigte. Jeder kam zu Wort, gerade auch die Kleinen. Er wartete geduldig ab, bis sie nach Luft geschnappt und die Antwort in ihrem Kopf vorformuliert hatten. Falsche Antworten gab es hier nicht. Dann wies er auf die ewige Symmetrie des Eises hin und erklärte die sechseckige

Grundform. »Schneeflocken und auch Kristalle sind ganz ähnlich aufgebaut«, Luise hörte ihm gebannt zu, während sie den Besen so leise wie möglich über den Boden gleiten ließ.

Es war äußerst spannend, was Friedrich erzählte. Er wusste derartige Naturphänomene zu nutzen, um physikalische Gesetze und Verbindungen zu erklären. Zumindest den Kindern. Sobald er mit Erwachsenen sprach, driftete seine Sprache oft ins ... Schwulstige. Es gab kein Wort, das es besser traf. Vielleicht lag es an all dem Wissen in seinem Kopf. Inzwischen wusste sie, dass er zahlreiche Fächer an der Universität studiert hatte, aber Kristallografie gehörte bis heute zu seinen Vorlieben. Aufgeregt wie ein kleiner Junge, erklärte er seinen Zöglingen nun die Gemeinsamkeiten von Kristallen und Eisblumen.

»Oh, jetzt fällt mir ein, dass ich im Waschhaus weitere prächtige Eisblumen gesehen habe. Wollen wir uns die ebenfalls ansehen?«

Die Kinder stimmten begeistert zu und stürmten mit großem Hallo zur Tür. Schmunzelnd ging er hinterher. An der Tür legte er eine Hand an den Rahmen, hielt inne und sah Luise an.

»Möchtest du ebenfalls weitere Wunder der Natur inspizieren?« Er wusste, dass sie Blumen liebte. Im Sommer war er höchst erfreut gewesen, dass sie auf den Spaziergängen in ihrem Weidenkorb Waldmeister, Salbei und Bärlauch für die Küche gesammelt hatte, die sie dann an einer langen Leine über den Tonkrügen trocknete, um Geld zu sparen. Dass sie den Wald-Gelbstern mühelos vom Scharbockskraut unterscheiden konnte, hatte ihn regelrecht beeindruckt. »Ich habe mir vieles im Selbststudium erschlossen«, hatte er gesagt.

Nur zu gerne hätte Luise ihn und die Kinder begleitet, doch heute gab es zu viel zu tun. Die Schule in Keilhau war eine vollkommen neue Welt, und sie liebte die geistige Nahrung, die sie hier bekam. Bisher hatte sie sich stets für etwas dümmlich gehalten, doch nun erkannte sie, dass sie lediglich eine andere Form der Wissensvermittlung benötigt hätte. Das Auswendiglernen von Textstellen aus Büchern hatte ihren Horizont nicht erweitern können, Erklärungen mit praktischen Beispielen taten es jedoch durchaus. »Es tut mir leid. Ich muss noch Brot backen und die Gaben für das nächste Spielefest vorbereiten.« Sie hielten regelmäßig Spielefeste ab, um Friedrichs Ideen der Menschenbildung und die Spielgaben, die er entwickelt hatte, möglichst anschaulich vorzustellen. Bisher kannte nur ein relativ kleiner Kreis seine Ideen, und sie setzten alles daran, dies zu ändern.

War das Betrübnis in seinen Augen, als sie ablehnte? Nein, der Gedanke war töricht. Sie war eine einfache Haushaltshilfe, er ein vielfach studierter Mann. Er hatte eigene Theorien entwickelt, veröffentlichte regelmäßig in Zeitschriften und hatte sogar Bücher geschrieben. Warum hätte er auf ihre Gesellschaft Wert legen sollen?

»Aber du begleitest uns doch später zum Spaziergang?«

Zum Sonnenuntergang blieb er ungern im Haus. Lieber stieg er den nächsten Berg hinauf, um das Schauspiel von dort zu betrachten. Es war schön zu sehen, wie glücklich ihn derlei Dinge machten.

»Vielleicht entdecken wir die ersten Galanthus nivalis«, setzte er hinzu.

Schneeglöckchen. Ein wunderhübscher Anblick, wenn sie sich durch den glitzernden Schnee gekämpft hatten. Sie willigte ein, und am späten Nachmittag wanderten sie Seite an Seite den vorauseilenden Zöglingen hinterher. Die Luft war so klar, dass jeglicher Trübsinn sich nach einigen kräftigen Atemzügen auflöste. Nur kleine Wölkchen aus warmem Atem, als der Aufstieg anstrengender wurde. Friedrich machte das nichts aus. Er deutete auf Pfotenabdrücke im Schnee und die frostüberzogenen Nadeln der Tannen. Dann rief er die Zöglinge herbei, um anhand der Struktur weitere physikalische Phänomene zu erklären – und im nächsten Schritt Parallelen zwischen Physik und menschlicher Wahrnehmung zu ziehen. Die Kinder waren so still wie der Wintertag, um kein einziges Wort zu verpassen.

»Ist es nicht faszinierend?«, fragte er, als sie die Spitze des Berges erreichten und den Blick schwer atmend über die weiße Landschaft gleiten ließen. »Es ist fast so, als würde die Natur die Menschen magisch anziehen.«

Luise nickte. Darüber hatte sie auch schon oft nachgedacht. Und dies war auch einer der Gründe, warum sie sich nicht vorstellen konnte, in einer großen Stadt zu leben. »Jeder Kontakt mit der Natur scheint einen zu erheben. Sie gibt Stärke und erfrischt. In gewisser Weise reinigt sie die Seele.«

Überrascht sah er sie an, und Luise wurde rot. War sie zu weit gegangen, ihre blumigen Gedanken so offen vor ihm darzulegen? Doch er nickte zustimmend und führte ihre Gedanken sogar fort. »All meine Ideen habe ich in der Natur bekommen. Wenn ich an einer lang gezogenen Bergkette entlanglaufe, am Ufer eines kristallklaren Sees, in einem schattigen Hain oder unter hochgewachsenen Tannen, ganz gleich, was es ist – die Natur erfüllt meinen Geist und meine Seele mit neuen Ideen.«

Er verstand also tatsächlich, was sie meinte. Sie sahen einander an und genossen das behagliche Gefühl des gegenseitigen Verständnisses.

Auf dem Weg zurück ins Tal war das Licht sanft geworden. Der Schnee leuchtete zwischen den lang gezogenen Schatten der Tannen im orangefarbenen Schein der untergehenden Sonne. Ein Anblick, der Demut erweckte. Sie genossen ihn schweigend, unterbrochen nur vom Juchzen der Kinder, die meistens schon eine Kurve voraus waren. Kurz bevor sie Keilhau erreichten, blieb Friedrich stehen und sah Luise mit ernster Miene an. »Versprich mir, solch schöne Stunden niemals zu vergessen.«

An das Preußische Ministerium der Geistlichen, Unterrichts- und Medizinal-Angelegenheiten

Hochverehrte Herren,

ich, Ludwig Krause, Lehrer aus Stadtilm, wende mich heute an Sie, um meine tiefen Bedenken bezüglich der »Allgemeinen Deutschen Erziehungsanstalt« in Keilhau, geleitet von Herrn Friedrich Fröbel, zum Ausdruck zu bringen.
Mir wurde berichtet, dass die dort angewandten Lehrmethoden auf Selbsttätigkeit und Spiel abzielen, was im starken Widerspruch zu unserer traditionellen und bewährten Erziehung zu Respekt und Disziplin steht, welche die Grundlage für Charakter und Moral bilden. Gerade in den heutigen unsicheren Zeiten des sozialen Wandels sollten wir auf diese Tugenden nicht verzichten, allzumal sie die Basis für das Funktionieren unserer sozialen Ordnung sind.
Überdies werden in der Schule Zöglinge aus verschiedenen sozialen Schichten gemeinsam unterrichtet, und man fördert sogar ein Zusammenleben ohne Rücksicht auf Stand oder Klasse! Dies halte ich für gefährlich, muss es doch langfristig zu sozialen Unruhen und Missverständnissen in der Gesellschaft führen, wenn die bisher klare und nachvollziehbare Trennung aufgehoben wird.
Schon jetzt ziehen selbst die Jungen mit langen Haaren (!) oft barfuß durch die Wälder, sodass nicht einmal mehr an der oft verdreckten Kleidung die Stellung der Herkunftsfamilie zu erkennen ist.
Mir wurde außerdem berichtet, dass in der »Allgemeinen Deutschen Erziehungsanstalt« in Keilhau die Vermittlung religiöser Werte nicht auf die Art und Weise erfolgt, wie es im Rahmen unserer Tradition üblich ist.
Für mich als Lehrer ist aber gerade eine frühe Verankerung der Grundsteine unseres christlichen Glaubens von großer Bedeutung, um moralisch handelnde und rechtschaffene Bürger zu erziehen. Sollten Sie

die Institution einer Prüfung unterziehen, sollte dieser Punkt unter keinen Umständen vernachlässigt werden.

Mit tiefstem Respekt und ergebenster Hochachtung,
Ludwig Krause

Kapitel 9

Keilhau, 1846

»Haben wir noch Äpfel?« Hermann Barth steckte den Kopf in die Küche. Ein Jahr lang lebte Luise nun schon in Keilhau und hatte sich so gut eingelebt, dass sie sich fühlte, als sei die Gemeinschaft ihre eigene Familie. Sie standen ihr geistig so viel näher als ihre Schwester Johanna, mit der sie zwar regelmäßig Briefe austauschte, die aber all ihre Einladungen zu einem Besuch ausgeschlagen hatte. »Ich nehme die Zöglinge heute mit auf ein Picknick für den Naturkundeunterricht. Brauchst du noch frische Kräuter, die ich dir mitbringen könnte?«

Luise lehnte dankend ab, sie ging mittlerweile fast täglich mit Friedrich in den Bergen spazieren und kehrte nie ohne eine Handvoll frischen Spitzwegerich oder Giersch nach Hause zurück. Sie trat in die Speisekammer und sammelte sieben Äpfel in ihrer Schürze zusammen. Gut, dass er nur nach Obst gefragt hatte. In diesem Jahr war die Speisekammer nämlich noch leerer als im Jahr zuvor. Aber im vergangenen Herbst hatten die Kinder »Stoppeln« gehen dürfen, was bedeutete, dass sie mit langen Stöcken und Steinwürfen das übrig gebliebene Obst von den Bäumen schlagen durften, wie Luise gelernt hatte. Einen Teil davon hatten sie sogleich an einem Feuer im Wald gebraten und dazu noch Kartoffeln in der Asche geröstet. Den Rest hatten sie zu Luise getragen, die ihn eingelagert oder zu Mus verarbeitet hatte.

Hermann bedankte sich überschwänglich. Er zog gar seinen

Hut, und Luise schob ihn lachend nach draußen. Sie griff nach einem Teller und begann, das Geschirr abzutrocknen. Gedankenverloren trat sie ans Fenster. Von der Szene, die sich ihr dort bot, war sie sogleich so gefesselt, dass sie kaum bemerkte, wie Henriette neben sie trat. Barop, Middendorffs Neffe und Finanzbeauftragter der Schule, redete heftig gestikulierend auf Friedrich ein, der seinerseits die Hände in die Hüften stemmte.

»Um was geht es denn dort?«, erkundigte Luise sich bei Henriette. Als Friedrichs Großnichte war sie über derlei Dinge besser informiert. Nach ihrem Kurs sollte sie einen Kindergarten in Norddeutschland leiten.

Neben dem Schulunterricht hielt Friedrich immer wieder solche Kindergärtnerinnen-Kurse ab. Sechs Monate vollgestopft mit Wissen, um die Kinder bestmöglich in ihrer Entwicklung zu fördern und zu freiem Denken anzuregen. Eigentlich hätte es mehr Zeit gebraucht, um all das Wissen zu vermitteln, doch dazu fehlte das Geld. Nur wenige Eltern investierten gerne in die Ausbildung ihrer Töchter.

»Im Erzgebirge wird ein neuer Kindergarten eröffnet.« Henriette schob das Haarband um ihren Wuschelkopf minimal nach hinten, ohne den Blick von der Szene zu lösen. »Es ist jetzt schon der fünfte in Deutschland. Der Oheim will hinreisen, aber Barop sagt, es sei zu weit weg. Die Reise sei teuer, und wir müssten sparen …«

Luise nickte. An der Schule gab es immer etwas, das repariert werden musste, und zahlreiche Handwerker warteten bereits auf ihr Geld, wie sie wusste. Die Lehrer schrieben Unmengen an Briefen in dem Bemühen, auf die Schule aufmerksam zu machen, und Friedrich versuchte, Veranstaltungen ins Leben zu rufen oder zumindest als Redner auf Tagungen eingeladen zu werden. Die Antworten waren meist kurz oder blieben ganz aus – so wie die des regierenden Herzogs von Sachsen-Meiningen, der eigentlich für seine liberalen Ansichten bekannt war. Friedrich schrieb ihn regelmäßig an, doch ohne Erfolg.

Ungeachtet ihrer Geldsorgen verschenkte Friedrich gern seine Bücher, die er auf eigene Kosten hatte drucken lassen, und die Anfertigung der Spielgaben, die er als Beschäftigungsmittel für seine Kindergärten entwickelt hatte, war ebenfalls mit Kosten verbunden. Die Erfindung war brillant. Es handelte sich zwar um einfache Elemente wie Kugel, Quader und eine Walze, doch sie konnten ganz unterschiedlich genutzt werden und so spielerisch Wissen vermitteln. Bauklötze hatte es zwar zuvor schon gegeben, um Kinder mit geometrischen Formen vertraut zu machen, aber Fröbels Spielzeug brachte den Kindern nicht nur mathematische und räumliche Konzepte näher, sondern förderte ebenso ihre Kreativität und das Vorstellungsvermögen. So ganzheitlich war bisher niemand an die Erziehung herangegangen.

Das alles wusste sie von Henriette, die ihr trotz aller Vorbehalte eine liebe Freundin geworden war.

Luise hängte das Geschirrtuch über den Haken, ergriff Henriettes Hände und zog sie zum Tisch. »Und? Was hast du heute gelernt? Erzähl es mir ganz genau. Hast du wieder mitgeschrieben?«

Luise liebte es, alles zu hören, was Henriette im Kindergärtnerinnen-Kurs erfuhr. Henriette und Amalie Krüger, um genau zu sein. Amalie war die Frau mit den rotblonden Haaren, die Friedrich am Tag ihrer Ankunft so enthusiastisch begrüßt und auf die er so merkwürdig reagiert hatte. Bis heute hatte Luise nicht herausfinden können, was zwischen den beiden war. Im Gegensatz zu Henriette war sie mit Amalie nie richtig warm geworden, bei ihr wusste Luise nicht so richtig, woran sie war. Meistens beachtete Amalie sie gar nicht. Mit Henriette hingegen fühlte Luise sich wohl, mit ihr saß sie nach ihren Stunden täglich beisammen, und gemeinsam gingen sie durch, was die Freundin gelernt hatte.

Friedrich war überzeugt, dass das Innere des Kindes durch das

Äußere geweckt wird, erfuhr sie heute. Immer wieder betonte er die kindliche Individualität, was ihr gefiel. Gemeinhin sah man in Kindern nichts anderes als kleinere Erwachsene, die keiner besonderen Behandlung bedurften. Wieso war bisher niemand auf die Idee gekommen, dass es anders sein könnte? Neben Friedrich müsste selbst ein Professor vor Ehrfurcht erblassen, fand Luise. Sie stand auf, als Henriette fertig war, griff nach dem leeren Kerzenhalter auf der Anrichte und befreite ihn vom angetrockneten Wachs, das in dicken Klecksen an ihm herabgelaufen war. Ach, wäre sie doch nur einige Jahre früher gekommen. Sie wünschte, sie wäre noch jung und begabt genug, um seine Schülerin zu sein. So eine Arbeit wäre genau das Richtige für sie gewesen. Aber nun war sie ja schon über dreißig. Resigniert stellte sie den Kerzenhalter beiseite und legte die krümeligen Wachsstücke an den Rand, um sie für die nächste Kerze zu schmelzen. Dann trat sie wieder ans Fenster.

»Wie … wie kommt er zu all diesen Erkenntnissen? Er hat Kristalle, Architektur und Mathematik studiert, und doch scheint er mehr über Kinder zu wissen als jeder andere von uns.«

Henriette erhob sich und stellte sich neben Luise ans Fenster. »Nun ja, er war ja auch bei Pestalozzi, das hat sicherlich einiges in Gang gesetzt. Aber vor allem hat er in seiner Philosophie das Kind in den Mittelpunkt gestellt und Kinder und ihr Verhalten eingehend studiert. Das hat vor ihm noch keiner getan. Von dort ausgehend, versuchte er eine Erziehung zu entwickeln, die ebenjene kindlichen Bedürfnisse berücksichtigt, die er durch seine Studien herausgearbeitet hat. Oder um es in seinen Worten zu sagen: ›Erziehung nimmt und beachtet jedes Wesen als eine Knospe am großen Lebensbaume.‹« Sie hatte mit tief verstellter Stimme gesprochen und gackerte nun laut los, und auch Luise musste lächeln. Henriette nahm gerne die gediegene Sprache ihres Onkels aufs Korn, doch das änderte nichts daran, dass Luise gefiel, was er sagte.

Ein schönes Bild, der Lebensbaum mit den Knospen, die zum Blühen gebracht werden. Und sie? Hatte sie überhaupt je geblüht? Oder war der Zeitpunkt schlichtweg verstrichen, ohne dass dem jemand Aufmerksamkeit geschenkt hätte?

Nachdenklich strich sie über eines der Bücher auf der Fensterbank. *Mutter- und Koselieder*. Dutzende Exemplare hatten sie davon, überall lagen sie herum. Friedrich wurde nie müde zu betonen, wie wichtig die Mutterliebe für die Entwicklung von Kindern war. Das, was ihm selbst nicht zuteilgeworden war.

»Das ist auch so eine Sache«, sagte Henriette mit Blick auf das Buch. »Die haben den Oheim so viel Geld gekostet, und nun liegen sie nur herum. Er hätte sich an einen Verlag wenden sollen, anstatt sie selbst in Auftrag zu geben, dafür haben wir doch gar kein Geld. Aber du kennst ja den Sturkopf … Alles muss haargenau so sein, wie er sich das vorstellt.«

Luise klappte den Deckel auf und blätterte durch die Seiten.

»Es ist wunderschön. Wenn es jetzt nicht gekauft wird, muss es später Anerkennung finden.«

Henriette lachte leise. »Du bist eine unverbesserliche Optimistin.«

Luise legte eine Hand auf ihr Herz, und gemeinsam sahen sie wieder nach draußen, wo gerade neuer Tumult ausbrach. In großen Schritten kam Friedrich zurück auf den Hof, und irgendetwas schepperte leise. »Barop!«, rief er so laut, dass sie es bis nach drinnen hören konnten. Hinter ihm tauchte ein Junge aus dem Dorf auf, der eine Schubkarre schob.

»Was zum …?«, murmelte Henriette und griff Luise am Oberarm, als diese es zeitgleich mit ihr erkannte. Luise schnappte nach Luft. In der Schubkarre türmten sich Geschirr und Silberbesteck. Ein silberner Kerzenleuchter ragte schräg aus der Karre heraus wie eine Mistgabel aus dem Heuhaufen. Friedrich nahm dem Knaben die Schubkarre aus den Händen und schob sie den letzten Meter auf Barop zu, der jetzt nach draußen gekommen war und die Hände in die Hüften stemmte. Schwungvoll setzte Friedrich die Karre ab, und abermals schepperte es leise.

»Hier. Das ist das Letzte, was ich habe.« Er gestikulierte wild zum Inhalt der Schubkarre. »Gestattest du es mir nun, ins Erzgebirge zu fahren?«

Ohne eine Antwort abzuwarten, wandte er sich ab und ging davon.

Verblüfft sah Luise zu Henriette, die die Schultern hob. »Um seine Ziele zu erreichen, würde er eben auch sein letztes Hemd geben.«

Kapitel 10

Keilhau, 1846

»Luise, könntest du mir einen unermesslich großen Gefallen erweisen?«, hatte Friedrich am Morgen nach dem Frühstück gefragt, als Luise die Kaffeetassen abtrocknete. »Henriette ist krank geworden, und ich habe endlich einen Vortrag auf einem Lehrerkongress ergattern können, der übermorgen stattfindet.« Mehrere Monate waren seinen Bemühungen, seine pädagogischen Überlegungen bekannter zu machen, vergebens gewesen. Nun leuchteten seine Augen über diesen kleinen Erfolg so sehr, dass Luise sich von Herzen mitfreute. »Ich muss meinen Vortrag noch einmal durchgehen, bevor ich mich auf den Weg mache, aber Amalie schafft den Kindergarten nicht alleine. Könntest du vielleicht …?«

Luise nickte heftig. Nachdem sie bereits so viel über die Kindergärten gehört hatte, brannte sie darauf, selbst einen Tag dort zu erleben. An Friedrichs Seite lief sie ins Dorf, wo ein Kindergarten für die Dorfkinder eingerichtet worden war, der nach seinen Prinzipien arbeitete.

Wie schon die Schule hatte auch das Kindergartengebäude helle, große Räume, und jedes Kind hatte eine eigene Bank, außerdem gab es Basteltische und Spielecken. Draußen im Garten war sogar ein eigenes kleines Beet für jedes Kind vorhanden, wie ein Mädchen mit schiefen Zöpfen ihr stolz zeigte.

»Fröbelchen, na das ist aber eine Überraschung«, sagte Amalie, die ihre rotblonden Haare heute zu einem Pferdeschwanz gebunden hatte. Sie lächelte nicht nur, ihre petrolblauen Augen mit den extrem langen Wimpern strahlten. »Eine überaus angenehme Überraschung, muss ich sagen. Schon viel zu lange hast du mich nicht mehr besucht.«

Friedrich nickte knapp. »Amalie, heute wird Luise dich unterstützen. Henriette ist leider erkrankt.« Luise wollte etwas sagen, doch Amalie würdigte sie keines Blickes und zupfte an Friedrichs Weste. »Komm, ich zeig dir die neusten Werke der Kinder.«

Unschlüssig, ob sie folgen sollte, blieb Luise zurück. Sie war dankbar, als nach und nach die Kinder hereintröpfelten. Offenbar gab es keine festgelegten Plätze wie in der Schule, und zu Luises Überraschung auch kein Morgengebet. Einige setzten sich an den Tisch, griffen nach Papier und Stift und hatten sichtbar Freude, die Linien zu sehen, die durch ihre Bewegungen entstanden – und dauerhaft blieben. Ganz anders als auf einer Tafel. Zeichnen für Kinder? So etwas hätte es bei ihr zu Hause nicht gegeben. Papier wurde für wichtige Notizen und Berechnungen genutzt. Allemal Baukünstler durften mit ihren überlangen Linealen und Winkeln geometrische Formen zu Papier bringen, aber alles andere war …

»Papierverschwendung?«, fragte Friedrich, der an ihre Seite getreten war.

Sie schmunzelte »Genau. Ich erinnere mich noch, wie ich Vater beim Schreiben beobachtet habe und wie gerne ich auch etwas zu Papier gebracht hätte. Aber …« Sie zuckte die Schultern. Da war es wieder, das allgegenwärtige Argument. »Man machte es schlichtweg nicht. Das ist nichts für Kinder, sagten sie.«

»Stimmt. Und es ist ein Jammer. Wenn man Kinder beobachtet, wird dieser Drang, etwas darzustellen und zu gestalten, schnell offensichtlich. Sie malen mit den Fingern im Sand, mit Steinen auf der Straße, manchmal auch mit Essen auf den Tisch …«, er lachte leise, »warum ihnen also nicht diese Mittel an die Hand geben, um sich selbst auszudrücken? Deswegen dürfen die Kinder hier zeichnen und auch Dinge modellieren. Sie sollen die Möglichkeit bekommen, ihre innere Welt im Außen zu zeigen. Dabei entstehen höchst beeindruckende Dinge.« Er führte Luise an eine Wand, wo zahlreiche Bilder der Kinder aufgehängt waren. Pferde mit überlangen kastenförmigen Beinen. Menschen, die fast nur aus Bauch und Kopf bestanden. Häuser mit rauchenden Schornsteinen – und manchmal schlichtweg lockere Wollknäuel, gemalt mit so viel Energie, dass das Papier an einzelnen Stellen gerissen war.

»Das hab ich gemalt«, sagte ein Junge mit breiter Zahnlücke, die Brust vor Stolz durchgedrückt wie ein Fasan.

Luise kniete sich zu ihm hinunter und lobte seine Kunst. Danach machte sie sich weiter mit dem Raum vertraut. Auf einer langen Kommode lagen zahlreiche Kästen mit den Spielgaben und Beschäftigungsmitteln, die Fröbel entwickelt hatte. Bauklötze, Bälle, Würfel, Walzen. Sie hatte angenommen, er würde sich nun langsam auf den Rückweg begeben, doch er griff sich die Legestäbchen und hockte sich zu drei Kindern auf den Spielteppich. Dort bewunderte er jedes einzelne der gelegten Häuser und alle Sterne, lauschte den eifrigen Erklärungen der Kinder und legte eine beeindruckende Form aus Kreuzen und Rechtecken auf den Boden. Blieb er so lange, weil Amalie sich beschwert hatte? Gefiel sie ihm?

»So einfach diese Stäbchen auch sein mögen, sie sind nur für Kinder geeignet, die bereits mit dreidimensionalen Formen vertraut sind, denn hiermit müssen sie die Formen eigenständig schaffen«, erklärte er nun. Luise half dem Mädchen an ihrer Seite, weitere rote Stäbchen zu finden, und war beeindruckt, auf welch vielfältige Ideen die Kinder kamen. Noch schöner wäre es gewesen, neben den geraden Stäbchen auch gebogene zu haben, um Kreise und Blumen zu legen, überlegte sie, verwarf den Gedanken aber wieder, schließlich hatte sie nicht jahrelang das Wesen von Kindern studiert, sondern lediglich Conrad und Otto gehabt.

Zwei Jungen tauchten in der Tür auf, stürmten auf Friedrich zu, sobald sie ihn erspähten, und überschütteten ihn mit haspeligen Worten.

Luise riss ihren Blick los, Amalies verweilte.

»Wie kann ich dich noch unterstützen?«, fragte Friedrich sie über die hohen Kinderstimmen hinweg.

»Hm? Ach so, als Nächstes werden wir zu den gelegten Formen singen.«

Ächzend erhob Fröbel sich. »Am besten erklärst du Luise auch, warum wir das machen.«

Amalie wirkte überrascht. »Aber sie …«

Der Satz lief ins Leere, doch das Ende fand seinen Weg dennoch in Luises Innerstes. Sie war nur die Haushälterin. Friedrich ging nicht darauf ein, er schien Amalie gar nicht gehört zu haben. Er lehnte sich an die Kommode und beobachtete die Kinder, die sich nun gegenseitig Aufgaben stellten und um die Wette Formen legten.

»Erst werden Formen gelegt, dann wird dazu gesungen«, fasste er zusammen. »Das heißt, wir haben zunächst die Kreativität, wo Farben und Formen erlernt und Geduld und Bewegung der Hände geschult werden. Als Nächstes fördern wir dann durch das Singen die Sprachentwicklung, und die Kinder bekommen noch einmal die Gelegenheit, sich an dem zu erfreuen, was sie geschaffen haben. Es ist immer gut, die Dinge miteinander zu verknüpfen. Im Optimalfall findet man etwas für den Körper, die Seele und den Geist. Ganzheitliche Bildung – das ist es, was Kinder brauchen. Es reicht nicht, sie irgendwo zu verwahren, sie wollen gefördert werden.«

Luise gab ihm im Stillen recht; so viel war durch Spiel möglich. Kein Wunder, dass er es als das wichtigste Gut für Kinder sah. Wie sie von Henriette erfahren hatte, beruhte jegliche Entwicklung seiner Meinung nach auf dem Spiel.

Jetzt schaltete Amalie sich beflissen ein. »Die Kinder bekommen durch das Spiel alles, was sie benötigen, um im späteren Leben mit jeglichen Anforderungen umgehen zu können.« Es klang so sehr nach Friedrich, dass Luise sicher war, dass sie hier genau das nachplapperte, was sie in seinem Kurs gelernt hatte. Begierig sah Amalie zu Friedrich hin, ganz so, als erwarte sie ein Lob. Friedrich stieß sich von der Kommode ab und ging langsam durch den Raum.

»Genau. Durch das Spiel bekommen die Kinder die Gelegenheit, sich auszuprobieren. Es übt sozusagen für das spätere Leben.«

Amalie nickte mit geröteten Wangen, die sie noch hübscher machten. »Faszinierend«, hauchte sie.

»Absolut«, stimmte Luise zu. »Nur wie …?«

Sie stutzte. War es unangebracht, eine solche Frage zu stellen? Sie ließ sie seit geraumer Zeit schon nicht mehr los. Seit jeher war mit dem Spiel immer maßvoll umgegangen worden. Auch für die Kinder bestand ein Großteil des Tages für gewöhnlich aus Arbeit und Üben, das Spielen war stets nur eine Belohnung, ein Lockmittel für danach gewesen. Wie war es ihm gelungen, diese tief verwurzelten Gepflogenheiten auf den Kopf zu stellen? »Wie bist du zu all diesen Einsichten gekommen? Woher weißt du, wie wichtig das Spiel ist?«

Ein seltenes, leichtes Lachen erfüllte den Raum. Friedrich wirkte so verschmitzt, als habe sie ihn bei etwas Verwerflichem ertappt. »Dir meinen gesamten Weg zu schildern wäre eine tagesfüllende Unternehmung. Was ich sehr gerne einmal nachhole, aber lass mich für heute zunächst sagen: Ich habe viel gelesen, viel beobachtet, viel gegrübelt, viel diskutiert und viel gelebt.«

Viel gelitten.

Er sprach das fehlende Puzzlestück nicht aus, aber für Luise war es so präsent, dass sie es schmecken konnte.

»Und kannst du mir diese Geschichte auch erzählen, Fröbelchen?« Amalies Augen waren klar und doch irgendwie undurchdringlich, und von ihren glänzenden Haaren stand kein einziges wirr in die Luft.

Er lächelte ihnen beiden noch einmal zu. »Ich muss jetzt wirklich …«

Kapitel 11

Jena, 1801

Mit Bedacht klopfe ich an die Tür und trete ein. Wie früher in unserem Elternhaus gleicht Traugotts Zimmer einem Marktplatz. In jedem Winkel findet sich etwas, nicht ein Millimeter ist ungenutzt. Auf seinem Schreibtisch türmen sich aufgeschlagene Bücher und Stapel von Papieren. Dazwischen Kaffeetassen und Tonbecher. Es riecht wie in der kleinen Kirche unseres Vaters nach einem zweistündigen Gottesdienst. Der Stuhl schabt umgehend nach hinten, sobald mein Bruder mich entdeckt. »Friedrich«, sagt er und steht auf. Ich räuspere mich, bevor ich spreche. Schlucke den salzigen Schleim herunter, doch das Unbehagen bleibt. Er lächelt mich an. Gleichzeitig wirkt er gehetzt.

»Womit kann ich dir zu Diensten sein? Ich fürchte, ich habe wenig Zeit. Was machen die Studien?«

Ich muss ihm dankbar sein. Er und mein anderer Bruder Christoph haben sich bei Vater für mich eingesetzt, damit ich doch noch studieren kann. Zwei Jahre war ich beim Förster. In den unzähligen freien Stunden dort habe ich die gesamte Bibliothek durchgearbeitet, mein botanisches Wissen vertieft und mich in die Mathematik verliebt. Diese Klarheit und Genauigkeit! Sie ermöglicht es, basierend auf wenigen Grundannahmen, riesige, elegante und unglaublich komplexe Theoriegebäude zu erstellen. Tage-, manchmal wochenlang habe ich über mathematischen Problemen gebrütet, um den Freudenrausch nach dem erfolgreichen Beweis zu genießen – auch wenn er sich oft genug nicht finden lassen wollte. Aber so konnte ich die neuerlichen Tage der Einsamkeit ertragen, denn Wirtz war häufig fort. Außerdem sind wir in den beiden Jahren keine Freunde geworden. Er wollte, nachdem ich mir so viel praktisches Wissen angeeignet hatte, dass ich ein weiteres Jahr bleibe. Ich war mir jedoch gewiss, dass ich meinen Horizont bei ihm nicht mehr erweitern können würde, und zog es daher vor, weiterzuziehen. Noch bevor ich zu Hause eintraf, erreichte meinen Vater ein bitterböser Brief, in dem sich Wirtz über meine Unzulänglichkeit ausließ.

Aber es war in Gottes Sinne, dass auch etwas Gutes daraus entsprang. Vater willigte dank Christoph endlich ein, dass ich die Universität besuchen durfte.

Kaum dort angekommen, fühlte ich mich wie ein Vogel, der zuvor nicht wusste, dass er fliegen kann. All die Gedanken und Ideen! Ich kam mir vor wie in einem Paternoster – unablässig rollt alles an mir vorbei, sodass ich kaum entscheiden kann, welcher Möglichkeit ich nachgehen will. Was soll ich studieren? Was hilft mir, um den Menschen, um diese Welt zu verstehen? Mathematik, Botanik, Naturgeschichte, Physik, Chemie – alles interessiert mich, die Naturgesetze genauso wie die Linguistik. Ich möchte das alles in der Gesamtheit erfassen, aufsaugen wie ein Schwamm, um endlich Antworten zu finden. Antworten auf das Leben.

Und doch werde ich enttäuscht. In jedem Kurs aufs Neue. Die Mathematik ist mir zu leicht, selbst die Seminare der exzellentesten Lehrer können mich nicht richtig befriedigen. Oft erscheint mir die Anordnung der Lehrinhalte willkürlich. Es gelingt ihnen nicht, die Themen in einen universellen Zusammenhang zu stellen, weder zur äußeren Welt noch zu meiner inneren.

Und danach lechze ich doch so sehr.

Ich bemerke, dass Traugott mich abwartend anschaut, und ich antworte. »Chemie ist faszinierend. Der Professor versteht es, die

Phänomene zu erklären und ins Gesamtbild zu setzen. Und auch die Kristallografie ist höchst interessant. Wusstest du, dass die Strukturen, die sich im subatomaren Bereich bilden, sich gleichermaßen im Großen wiederfinden?! Aber die meisten Seminare langweilen mich. Die Professoren erklären das Wissen nicht umfassend genug. Es bleibt stets noch so vieles offen.«

»Schreibst du denn immer schön mit?«

Erstaunt sehe ich ihn an. Auf die Idee bin ich nie gekommen. Was bedeutend ist, wird ohnehin in mir bleiben, und was nicht, ist es nicht wert, aufgeschrieben zu werden.

Ich sammele mich. »Weswegen ich dich aufgesucht habe: Ich benötige dringend das Geld zurück, das ich dir geborgt habe. Der Speisewirt zum Halben Mond, wo ich meine Mahlzeiten einnehme, liegt mir in den Ohren. Er hat sich bereits an die Hochschule gewandt, und die droht nun mit dem Karzer.«

Ich lache dazu, obwohl mir bei dem Gedanken an die karge Zelle nicht wohl ist. Karzer. Das Wort erinnert an Keller. Ein Keller wie das dunkle Gelass im Gestein des Hügels, der hinter dem Pfarrhaus aufstieg. Er führte über den Obst- und Gemüsegarten zum Friedhof. In besonders dunklen Nächten habe ich den Geruch nach feuchtem Stein, Kartoffeln und Rüben noch heute in der Nase. Eine ganze Nacht habe ich nach meinem Zuspätkommen dort einmal verbringen müssen. Hatte man mich vergessen? Am nächsten Morgen soll ich mit glänzenden Augen erklärt haben, dass mir nicht bange gewesen sei und ich auch keinen Hunger gelitten hätte, weil meine Mutter mich versorgt habe. Die tote, nicht die neue. Es hat Vaters Ärger nicht besänftigt.

Wenn der Wind besonders sanft über meine Wange streicht, spüre ich sie noch heute. Aber mittlerweile weiß ich es besser, als jemandem davon zu berichten.

Traugott legt mir eine Hand auf den Rücken und begleitet mich nach draußen. »Bald, Friedrich. Bald habe ich es wieder zusammen. Ich bin untröstlich, dich in diese Lage gebracht zu haben, aber kannst du noch eine Woche warten?«

Wenn ich es morgen nicht habe, kenne ich kein Pardon mehr!, hatte der Aufseher gesagt. Aber ich weiß, dass Traugott es nicht bis morgen haben wird. Er vertröstet mich seit Monaten. Vater hat mir lediglich eine kleine Summe zugestanden und betont, dass sie für das gesamte Studium reichen müsse, deswegen kann ich ihn nicht um Hilfe bitten. Als Traugott in einer Notlage war, habe ich ihm gerne ausgeholfen. Drei Monate hat er gesagt. Nach drei Monaten sollte ich das Geld zurückbekommen. Das ist nun dreizehn Monate her.

Jetzt weiß ich nicht, was leidvoller wäre – einsame Tage und Nächte im Karzer oder das elsterngleiche Grienen meiner Stiefmutter, wenn ich beichte, dass mir das Geld ausgegangen ist.

Kapitel 12

Hamburg, 1850

Die Arbeit in der Abendroth'schen Dampfmühle am Kehrwieder war anstrengend, dreckig und laut. Die gefräßigen Mahlsteine mussten unablässig mit Korn gefüttert werden, und unter dem Zischen des monströsen Dampfkessels, dem Schlackern der Treibriemen und dem Röhren der runden Steine verstand Marieke ihr eigenes Wort nicht.

Die frische Seeluft in der kurzen Mittagspause war da eine Genugtuung. Endlich wieder kreischende Möwen statt Maschinenlärm.

»Hast du's gehört?«, fragte Matje, die sich neben Marieke auf die Bank plumpsen ließ. »Die Barmherzigen Schwestern suchen jemanden für die Kinderbewahranstalt. Wäre das nicht etwas für dich? Du kannst doch an keiner Rotzgöre vorbeigehen, ohne sie anzulächeln.«

Mariekes Brot sank zurück in ihren Schoß. Langsam. Nur das Herz pochte ganz schnell. »Die Schwestern suchen jemanden? Ich dachte, solche Aufgaben wären den Novizinnen vorbehalten …«

»Anscheinend haben sie Nachwuchsprobleme«, erklärte Matje und strich sich einen Krümel aus dem Mundwinkel. »Sie durften längere Zeit keine Novizinnen aufnehmen.«

Marieke schlug ihr Brot wieder ins Papier. Mehrere Male hatte ihre Mutter damals im Kloster angefragt, ob sie Marieke aufnehmen würden. Oder Matje. Oder Joris. Oder Fenja. Die beiden waren noch nachgekommen. Doch wenn man keine adelige Herkunft vorzuweisen hatte, ließ die Kirche nicht mit sich reden. Natürlich konnte nicht jede einfach ins Kloster kommen. Drei Viertel der Bevölkerung waren völlig verarmt, für ein kleines Brot mussten die meisten einen ganzen Tag arbeiten. Allein für das Essen hätte ein Großteil der Frauen nur zu gerne das Gelübde abgelegt – auch wenn sie nicht an Gott glaubten, der Glaube an einen vollen Magen war allemal groß genug. Doch der Eintritt ins Kloster war nur möglich, wenn man eine Art »Mitgift« einbrachte. Ländereien oder Geldschenkungen der Familien zur Sicherung ihres Seelenheils.

Nach der letzten Absage hatte Marieke in einer Fabrik angefangen, noch bevor sie mit der Schule fertig war. Zwei Jahre später war Matje ihr gefolgt, die mittlerweile selbst Kinder zu versorgen hatte. Marieke hatte sich noch nicht für einen Hafenarbeiter oder Matrosen erwärmen können. Vielleicht war die Liebe nichts für sie. Man bekam sie ohnehin nicht ohne den Schmerz.

Mariekes Erinnerung an die eigene Zeit in der Bewahranstalt war wie ein diesiger Tag an der Elbe, wenn die Nebelschwaden besonders tief und dick über Land und Wasser hingen. Sie konnte heute nicht mehr genau sagen, wann sie dorthin gekommen und zu welchem Zeitpunkt sie die Anstalt wieder verlassen hatte. Und auch nicht, was dazwischen geschehen war. Ein Tag hatte dem anderen geglichen. Stets hatten die Kinder auf den Betten oder dem Boden herumgesessen und vor sich hin gedöst. Bei größeren Zankereien waren die Schwestern eingeschritten, ansonsten waren Marieke und die anderen sich selbst überlassen gewesen. Sie wurden so zwar vor größerem Unheil oder Unfällen auf der Straße bewahrt, aber die Stunden des Tages hatten sich für Marieke verdoppelt. Gefühlte zwanzig Stunden, in denen sie ihre abgekämpfte Mutter nicht sah, die nach der Arbeit mit Matje im Tragetuch wippend versuchte, ein paar Beeren haltbar zu machen. Kein

Fiete mit klebriger Hand und auch kein Vater, der nach Fusel roch, sie aber trotzdem warm anlächelte.

»Gibt allerdings wohl nicht viel Geld.« Mit einem lauten *Flopp* leckte Matje sich die buttrigen Finger ab. »Dafür aber Essen am Mittag. Und man kann dort wohnen.«

Marieke horchte in sich hinein. Matje konnte mit dem neuen Kind im Bauch ihre Matratze gewiss gut gebrauchen. Und trotz der ewig gleichen, langen Tage würde sie gerne für die Kinder der Bewahranstalt da sein. Mit ihnen spielen und dafür sorgen, dass sie es besser hatten als sie selbst seinerzeit. Mit Fiete hatte sie tagsüber immer so viel gespielt. Es war herzerwärmend gewesen, wenn es ihr gelungen war, ihn zum Juchzen zu bringen. Oder wenn er so laut gekichert hatte, dass seine Stimme sich überschlug und ihm der Bauch vor Lachen schmerzte und nicht vor Hunger.

• • •

»Na zumindest sind Sie keine von diesen Wohltäterinnen«, sagte eine Woche später die Mutter Oberin zu Marieke, während sie ihre Papiere mit einem routinierten dreifachen Klopfen des Stapels auf dem Tisch zusammenfasste. Sie inspizierte Marieke dabei so genau, als könnte ihr dadurch womöglich ein anderer Makel ins Auge fallen. Als könnte man vom Äußeren auf das Innere schließen. Hoffentlich verurteilte sie sie nicht für die feine Narbe unter ihrem Auge, die nach Fietes Unfall zurückgeblieben war.

»Ich … habe nicht vor, irgendetwas im Schilde zu führen«, stellte Marieke klar, denn sie war nicht sicher, worauf die Oberin mit ihrer Bemerkung anspielte. Sie wollte die Stelle, dessen war sie sich seit einigen Tagen sicher. Daher sollte es keinen Raum für Missverständnisse geben. Sie setzte sich noch ein wenig aufrechter hin, drückte die feuchtnasse Hand gegen den Rock. Für gewöhnlich war sie nicht leicht einzuschüchtern, doch die Mutter Oberin bewegte sich so zielstrebig und betonte die Worte so kraftvoll, dass Marieke wieder zu jenem Kind wurde, das vor zehn Jahren eine ganz ähnliche Einrichtung besucht hatte. Innerhalb der letzten Jahre waren die Zustände dort aber doch gewiss besser geworden?

»Nein, ich meinte die höheren Töchter«, erklärte die Nonne. »Bei den jungen Fräuleins ist es jetzt wohl in der Mode, einer Tätigkeit nachzugehen. Sie kommen hierher und denken, sie können ein wenig mit den armen Kinderlein spielen und dann beim nächsten Kaffeekränzchen stolz von ihren Wohltaten berichten. Aber vor der eigentlichen Arbeit scheuen sich die jungen Damen. Wenn die Kinder ungewaschen sind oder eingenässt haben, rümpfen sie die Nase. Und was noch viel schlimmer ist: Sie tragen ihre eigene Lebenswelt an die Kinder heran. Erzählen von Ballkleidern und Cotillons und allerlei Spielereien, die man sich zum Geburtstag wünschen könnte. Das weckt vollkommen falsche Begehrlichkeiten in den Kindern. Sie …«

» … können bereits froh sein, wenn sie ein Ei und ein Stück Gebäck zum Geburtstag kriegen?«

Es dauerte zwei Sekunden, doch dann breitete sich ein Lächeln auf dem Gesicht der Oberin aus. Entschieden legte sie die Papiere auf den dunklen Schreibtisch.

»Ich denke, wir verstehen uns. Können Sie nächste Woche mit dem Probearbeiten beginnen?«

Der Stoff unter Mariekes Händen war schon ganz riffelig. Und die Freude, dass sie diese Hürde genommen hatte, samtweich. Sie würde die Arbeit mit den Kindern lieben. Nur diese eine Sache musste sie erst noch klären.

»Ich … ich habe noch eine Frage. Ich habe als Kind selbst eine Bewahranstalt besucht.«

Die Oberin nickte ermunternd und stützte sich mit gekreuzten Armen auf den Schreibtisch.

»Damals …« Wie sollte sie es sagen? Sie konnte die Nonnen nicht als Müßiggängerinnen bezeichnen, das war schließlich eine Todsünde, soweit sie wusste. »Damals gab es so viele Kinder in den Anstalten, dass die Schwestern kaum mit der Arbeit hinterhergekommen sind. Daher waren viele Kinder mehr oder weniger sich selbst überlassen.«

Die Oberin stieß sich vom Tisch ab und lehnte sich nach hinten. »Da seien Sie bei uns ganz ohne Sorge. Inzwischen hat sich viel verändert. Sie können sich gewiss sein, dass bei uns im Herz Jesu keinerlei Langeweile aufkommen wird.«

Marieke atmete erleichtert aus. »Dann komme ich sehr gerne zum Probearbeiten.«

Kapitel 13

Keilhau, 1847

Luise hörte die Stimmen, noch bevor sie Fröbels Arbeitszimmer erreicht hatte.

»Aber das freie Spiel ist der Kern meiner Erziehung. Wenn du das noch immer nicht verstanden hast, entschuldige bitte, aber dann hast du an dieser Schule nichts zu suchen.«

»Natürlich ist mir das bewusst.« Das war die Stimme von Martin Baumgartner, der vor zwei Monaten fein herausgeputzt als Lehrer für Naturkunde und Geschichte an der Schule begonnen hatte – und seitdem immer wieder mit Friedrich aneinandergeraten war. »Mir geht es um das richtige Maß. Ich finde es nicht richtig, wenn der Unterricht sofort unterbrochen wird, nur weil einer der Zöglinge einen Kaninchenbau entdeckt hat. Ich hatte mir für den Tag etwas anderes vorgenommen, doch all meine Unterrichtsplanung wurde zunichtegemacht, weil ihr den restlichen Tag nur noch über Kaninchen gesprochen habt. Zum Schluss seid ihr ja sogar selbst wie Kaninchen durch die Gegend gehoppelt. Hast du auch nur eine Sekunde über die Außenwirkung nachgedacht? Und …«

»Nein!«, donnerte Friedrichs Stimme so laut, dass Luise zusammenzuckte. »Die *Außenwirkung* ist mir einerlei! Für mich zählt, dass die Kinder den Gegenstand mit allen Sinnen erfahren. Und dass sie sich beim Lernen von ihren Interessen leiten lassen. Du kannst dir sicher sein, in zehn, ja selbst in zwanzig Jahren werden sie noch wissen, dass Kaninchenbauten komplexe Geflechte sind, dass es Fluchttunnel gibt und dass sie im Sommer kühl und im Winter warm sind. Mit der theoretischen Wissensvermittlung durch Bücher würdest du so etwas nie erreichen.«

»Ich sage ja auch nicht, dass dies kein guter Unterricht wäre. Ich meine lediglich, dass ein wenig Struktur und Absprachen ...«

»Raus!«

Die Tür öffnete sich keine Sekunde später, und ein miesepetrig dreinschauender Martin Baumgartner trat heraus. Luise wusste nicht, ob er es hinsichtlich der Frisur den anderen Lehrern gleichtun wollte, aber seine blonden Haare fielen ihm schon fast in die Augen. Sie presste die Lippen zusammen und sah ihn mitfühlend an.

»Redet ständig von Gemeinschaft und respektvollem Miteinander, aber letztlich entscheidet er so gut wie alles allein«, murmelte er, als er an Luise vorüberging.

Fast traute sie sich nicht in Friedrichs Kontor, klopfte aber dennoch zaghaft an, weil sie heute die Spielgaben für den Versand vorbereiten wollten. Auf den ersten Blick sah sie, wie aufgewühlt Friedrich war. »Sie kommen her, um an einer guten Sache mitzuwirken, und dann wollen sie alles verändern«, schimpfte er.

In dem Versuch, ihn irgendwie zu beruhigen, trat Luise an seine Steinsammlung heran, die, wann immer sie sein Arbeitszimmer betrat, um mindestens ein Exemplar gewachsen war. Sie entdeckte das neue Fundstück sofort zwischen den bekannten, die er ihr bereits genauestens erklärt hatte. Der Fluorit leuchtete hinreißend, wenn man ihn gegen das Licht hielt. Der Bergkristall ragte hoch wie immerwährende Eiszapfen, und das Pyrit strahlte schöner als Gold, ohne sich darum zu scheren, dass es nahezu wertlos war.

»Was für ein Stein ist der neue?«

Friedrich wirkte gleich ruhiger und nahm den türkis schimmernden Stein in die Hand, den er vom letzten Spaziergang mitgebracht hatte. »Es ist ein Brochantit. Ist er nicht wunderschön? Er hat mich an einen Bergsee erinnert.«

Luise betrachtete den Stein aufmerksam. »Er gefällt mir sehr. Aber mein Lieblingsstein wird immer der Fluorit bleiben. Mir gefällt, wie wechselhaft er ist. Und welcher ist dein Lieblingsstein?«

Zu ihrer Überraschung deutete er auf einen ganz und gar unscheinbaren dunkelgrauen Stein in der Mitte, der so gar nichts Besonderes an sich hatte. Verdutzt sah sie ihn an, und er lächelte geheimnisvoll.

Sie wollte etwas sagen, doch er hob den Finger. »Komm, ich zeig dir etwas!«

»Aber wir wollten doch heute den Versand der Spielgaben vorbereiten …« Der Verkauf sollte zumindest ein klein wenig Geld in die ewig leeren Kassen bringen. Auch wenn sie nicht weit damit kamen, war es besser als nichts. Nur war Friedrich bereits mit dem Stein in der Hand zur Tür hinausgeeilt. »Später«, rief er vom Flur, und sie wusste, dass sie ihn ohnehin nicht würde umstimmen können. Was hatte er nur vor?

Luise konnte kaum Schritt halten, so eilig stürmte Friedrich zur Werkstatt hinüber. Unterwegs rief er alle Kinder zusammen, die ihm begegneten. Martin Baumgartner, der wohl etwas anderes vorgehabt hatte, warf hilflos die Hände in die Luft und kehrte ins Haupthaus zurück. Die Kinder bildeten jetzt einen Kreis um Friedrich, während er allen den unscheinbaren Stein zeigte. Danach legte er ihn auf die Werkbank, griff nach Hammer und Meißel und hatte ihn im Nu aufgebrochen. Ein tief beeindrucktes *Ah* und *Oh* war zu hören. Im Inneren des Steines reihten sich Tausende fliederfarbene Kristalle dicht aneinander. Eine Miniaturwelt aus Glitzer, die Luise dort niemals vermutet hätte.

»Das ist ein Amethyst«, erklärte er unter dem Staunen der Kinder. »Mein Lieblingsstein.«

Friedrich ließ sich die Gelegenheit nicht nehmen, auch etwas zu Quarzsteinen im Allgemeinen und natürlich zu seinem Lieblingsthema, den Kristallen, zu erzählen. Er erinnerte an die Eiskristalle aus dem Winter, fragte nach den geometrischen Formen, die sich finden ließen, und erklärte, dass alle zur gleichen Kristallart gehörenden Kristalle stets den gleichen Winkel bildeten. Obgleich der Inhalt seines Vortrags trocken schien, waren die Kinder weiterhin fasziniert. Statt im Büro die Spielgaben für den Versand vorzubereiten, verbrachte Luise die nächste Stunde in der Werkstatt und lernte alles über Steine und Kristalle, was die Kinder wissen wollten.

Schmunzelnd kehrten sie danach in Friedrichs Kontor zurück. »Das ist also dein liebster Stein – eine nichtssagende Hülle mit einem Innenleben, das man nie erahnt hätte.«

»Ich mag innere Schönheit. Zieht sie einen nicht stärker in Bann, als jeder äußerliche Schmuck es je könnte, ganz gleich, wie sehr man sich mit Juwelen behängt?«

Luise nickte zustimmend. »Warum hast du ihn all die Jahre ungeöffnet gelassen?«

»Aus welchem Grunde hätte ich ihn öffnen sollen?«

»Natürlich, um die Schönheit der Kristalle zu genießen.«

»Aber ich wusste ja, dass sie da sind. Das hat mir ausreichend Freude beschert. Wozu also den Stein aufbrechen?«

»Und warum hast du dich dann heute dafür entschieden? Ich wollte dich keinesfalls dazu drängen, ich …«

Er blieb stehen und fixierte sie. »Das hast du nicht. Der richtige Zeitpunkt war gekommen.«

Sie versuchte, in seinen Augen zu lesen, wie er dies meinte, als panische Schreie sie unterbrachen. »Zu Hilfe, kommt zum See!«.

Es war Amalie, die auf den Flur gelaufen kam. Die rotblonden Haare klebten an ihren Schläfen.

Gleichzeitig stürzten sie los, vorbei am Atelier, neben dem sich der Trampelpfad zum See schlängelte. Luise war schneller, doch Friedrich holte sie ein, als sie jäh stehen blieb. Sie drehte sich um, als sie das Unfassbare gesehen hatte. Hermanns Hemd in einem zu tiefen Blau, das nass an seinem Körper hing. Unwillkürlich dachte Luise daran zurück, wie sie ihn am ersten Tag mit den Kindern beim Seilspringen beobachtet hatte; er war so voller Lebensfreude gewesen. Nun lag er regungslos im Gras. Über ihm Barop, der mit beiden Händen immer wieder auf seine Brust drückte. Doch das erlösende Husten, das Ringen nach Luft, blieb aus.

Kapitel 14

Keilhau, 1847

Die Stimmung in Keilhau hatte sich verändert nach dem Unfall. Nur noch selten zog ein Lachen über den Hof, und wenn, dann erstarb es rasch wieder. Die Bewegungen der Lehrer hatten an Lebhaftigkeit verloren, sie schlichen von Haus zu Haus, als könnte die kleinste Regung ein Wickelkind aufwecken. Und es war so still. Viel zu still. Zuvor hatte es sechzig Kinder gegeben, nun war die Zahl nach und nach geschrumpft. »Es wird schon nicht so schlimm werden«, hatte Friedrich anfangs gesagt. Doch jetzt waren nur mehr sechs übrig, und die Stille hatte selbst ihn erobert. Obendrein gab es nun noch weniger Zusagen für seine Vorträge, und die meisten seiner Artikel für Fachzeitschriften wurden abgelehnt. Abermals hatte Friedrich den Herzog von Sachsen-Meiningen angeschrieben, um seine Ideen vorstellen zu dürfen, doch auch dieser Brief war unbeantwortet geblieben.

Luise bemühte sich, besonders schmackhafte Gerichte zu kochen, doch mit den schwindenden Einnahmen fehlte auch das Geld für die Zutaten. Selbst die Kräuter aus dem Wald nützten nichts, wenn es kaum etwas gab, worüber man sie streuen konnte.

Und damit nicht genug, standen nun fast täglich Gläubiger vor der Tür. Zum ersten Mal erlebte Luise, dass auch Friedrich nicht immer die richtigen Worte fand, nicht immer stark war. Er sackte in sich zusammen wie eine Pflanze, die langsam vertrocknete. Wenn jemand vehement an die Tür klopfte, verließ er oft fluchtartig das Haus, entschwand in die Höhenluft der Berge, wo auch die Schwierigkeiten durchscheinender wirkten. Es war dann an Middendorff oder Barop, einen weiteren Aufschub auszuhandeln. Oder sie liehen sich woanders Geld, um einen besonders hartnäckigen Gläubiger auszuzahlen.

Es war schon sehr spät, als Luise eines Abends hörte, wie Friedrich von einer seiner Fluchten heimkehrte. Er gab sich Mühe, leise zu sein, schlich wie auf Samtpfoten und schloss die Tür ganz langsam, doch sie hatte schon immer einen leichten Schlaf gehabt. Selbst der Ruf einer Eule konnte sie wecken oder das Wispern der Kinder, die ein mitternächtliches Abenteuer ausheckten. Als es sie noch gegeben hatte. Ebenso um Stille bemüht wie er, zog sie ihre Strickjacke über. Die Kälte kroch ihr von den Fußsohlen bis in die Beine, als sie über den Flur schlich. Zum Glück hatte sie nach wenigen Schritten seine Kammer am Ende des Flures erreicht. Sie klopfte zaghaft an, lauschte dann mit angehaltenem Atem und drückte leise, aber entschlossen die Klinke hinunter, obwohl keine Antwort kam.

Friedrich richtete sich aus seiner zusammengesunkenen Position am Schreibtisch auf. Der fleckige Mantel, den er noch immer trug, raschelte leise. Normalerweise war er unermüdlich, schrieb täglich mehrere Briefe zu nachtschlafender Stunde, da er tagsüber keine Zeit dafür fand, und täglich trudelten neue Briefe ein, ganz weich, da sie so viele Seiten in sich bargen. Heute jedoch schrieb er nicht. Er hatte einfach nur vor sich hin gestarrt.

»Luise«, murmelte er überrascht und fuhr sich mit der flachen Hand über das halblange Haar. Er versuchte zu lächeln, doch die kindliche Freude stellte sich diesmal nicht ein auf seinem Gesicht. Es wirkte leer.

Jetzt zu ihm hinübergehen und ihn fest in die Arme schließen. Ein wenig ihrer Kraft an ihn abgeben. Danach wäre ihr zumute gewesen. Doch das war natürlich unmöglich.

Luise schluckte diesen Gedanken hinunter, schloss die Tür hinter sich und nahm ihm gegenüber Platz.

Er schloss die Augen und massierte mit zwei Fingern seine Nasenwurzel.

»Ich lasse sie im Stich. Middendorff, Langethal, Barop. Euch alle.« Seine Hand plumpste nach unten, sein Atem ging heftig. Er schob sich im Stuhl nach oben. »Ich kann nicht mehr, die ganzen Forderungen. Es ist wie früher. Immer benötigen alle Geld, und nie ist welches da. Aber die Idee! Wir müssen sie verbreiten! Warum wollen nur so wenige Menschen meine Vorträge hören? Fünf Kindergärten haben mittlerweile eröffnet, ich höre nur Gutes von ihnen, die Kinder entwickeln sich prächtig. Was muss noch geschehen, damit der Rest begreift? Ich lag richtig mit meiner Vermutung, Kinder lernen, indem sie spielen! Warum will niemand an mich, an meine Idee glauben?«

Luise betrachtete ihn nachdenklich. Dann war sie zum ersten Mal mutig und sprach etwas aus, das ihr Gegenüber womöglich nicht hören wollte.

»Wie sollen sie an etwas glauben, an das du selbst nicht mehr glaubst?«

»Aber das tue ich doch! Mein ganzes Leben schon kämpfe ich für diese Idee. Aber keiner will sie verstehen, alle scheinen sich gegen mich verschworen zu haben.«

Luise nahm sich einen Moment Zeit, um die richtigen Worte zu finden.

Friedrich war nicht gut mit Kritik. Ein kleiner Hauch, ein Blinzeln, genügte, um ihn vor Wut schäumen zu lassen – zumindest, wenn es um seine Idee der Menschenbildung ging. Wenn man ihn auf Flecken in seinem Mantel oder einen abgerissenen Knopf hinwies, schien er es nicht einmal zu hören. Als könne er sich um derlei profane Dinge nicht kümmern, solange er sein hohes Ziel nicht erreicht hatte. So lange hatte er gebraucht, um die optimalen

Bedingungen für die Menschenbildung auszuarbeiten, und nun scheiterte es an der Verbreitung.

»Was ist mit Middendorff und Langethal?«

»Was soll mit ihnen sein?«

»Haben nicht deine zwei besten Freunde alles geopfert, um deine Idee zu unterstützen? Sie hätten Lehrer oder Priester werden können, ein angesehenes Leben mit einem einträglichen Auskommen führen. Doch stattdessen nehmen sie alle Entbehrungen auf sich und kämpfen an deiner Seite für deine Theorien.«

Middendorff verfasste regelmäßig Schriften zu Fröbels theoretischen Überlegungen, die sie einer breiteren Masse erschlossen, da sie nicht ganz so abstrakt und schwer zugänglich waren wie Fröbels eigene Worte. Langethal hatte durch seine Verbindungen dafür gesorgt, dass in der Anfangszeit aus Berlin eine beträchtliche Summe Geld der Schule zugeflossen war. Mittlerweile war er nicht mehr in Keilhau, da er ein Waisenhaus in der Schweiz weiterführte, das Friedrich aufgebaut hatte, aber er hatte immer zu ihm gestanden.

»Und Barop? Ohne sein geschicktes Wirtschaften wäre die Erziehungsanstalt längst untergegangen. Er hält unermüdlich eure Finanzangelegenheiten zusammen und bezirzt jeden Gläubiger.«

Friedrich schnaubte. »Wegen Barop sind wir doch überhaupt erst in diese Bredouille gekommen!«

»Seinetwegen? Was willst du damit sagen?«

Der Stuhl knatschte über die Dielen, als er ungehalten aufstand. Er griff nach einem der Briefe auf seinem Tisch, die akkurat wie Bienenwaben angeordnet waren, und hielt ihn ihr vor das Gesicht.

»Das preußische Innenministerium hat herausgefunden, dass er während seiner Studentenzeit Mitglied in einer geheimen Burschenschaft war. Oder zumindest glauben sie das. Das nehmen sie gemeinsam mit Hermanns Unfall zum Anlass, unsere Einrichtung einer Prüfung zu unterziehen, wir sind ihnen ja ohnehin ein Dorn im Auge. Und jetzt so was! Barop ist solch ein Tor!«

Sanft, aber bestimmt drückte sie Friedrich auf seinen Stuhl zurück.

»Warst du nicht selbst Mitglied in einer Burschenschaft?«, erinnerte sie ihn vorsichtig. Auf vielen Spaziergängen hatte er davon erzählt, dort hatte er Middendorff und Langethal kennengelernt. Sie hatte ihn vor sich gesehen in der schwarzen Uniform mit roten Paspeln und den goldenen Knöpfen.

»Ich war bei den Lützower Jägern, das ist damit in keiner Weise zu vergleichen. Wir mussten etwas gegen die Vorherrschaft Napoleons unternehmen. Und es war eine günstige Gelegenheit, mit den anderen deutschen Staaten als Nationalstaat aufzutreten.«

»Und haben nicht viele der Studenten die Uniform weiterhin getragen, als sie an die Universität zurückgekehrt sind? Ist Schwarz-Rot-Gold nicht zu den Farben der Burschenschaftsbewegung geworden?«

Endlich kehrte ein Hauch des alten Fröbels zurück, als er sich spitzbübisch wegduckte. Sie hatte ihn ertappt. Doch die Ernüchterung, die Ohnmacht, kehrte rasch zurück.

»Aber wie sollen wir der Überprüfung standhalten? Sie werden die Schule schließen, und dann war alles vergebens. All die Mühe umsonst. Ich schaffe es nicht, noch einmal von vorne zu beginnen.«

»Wer sagt denn eigentlich, dass das Urteil zu unseren Ungunsten ausfällt? Lass sie doch kommen. Sollen sie sich ruhig alles ansehen. Sie werden beeindruckt sein.« Sie dachte an ihren ersten Tag in Keilhau zurück, wo sie den Mund gar nicht mehr zu bekommen hatte vor lauter Staunen.

Er sah zum Fenster hinaus, wo es nichts zu sehen gab als die tiefschwarze Nacht, und seufzte.

»Was macht dich so sicher? Warum denkst du, dass du allein

gegen den Rest der Welt kämpfen musst? Vielleicht teilen auch sie unsere Ansichten.«

»Weil ich schon seit Jahren versuche, die Gesellschaft von meinen Ideen zu begeistern. Und vielleicht auch, weil es immer so ist. Am Ende stehe ich stets alleine da.«

Sie griff nach seiner Hand und drückte sie leicht. »Abwarten. Und solange wir da sind, bist du nicht allein.«

Der Ausdruck auf seinem Gesicht wurde etwas sanfter. »Du hast ein zu gutes Herz. Gibt es irgendetwas, das du nicht verzeihst?«

Sie musste nicht lange nachdenken; vor ihrem inneren Auge peitschte der Lederriemen durch die Luft. Und traf auf Fleisch.

»Ja.« Sie lächelte ihn noch einmal an, erhob sich und ging.

Kapitel 15

Keilhau, 1847

»Oh, was ist denn das Vorzügliches?« Bevor Luise antworten konnte, hatte Friedrich sich bereits einen Halbkreis vom Blech geschnappt. Sie sprang auf und hielt die ausgestreckte Hand darüber. »Nichts!«

Doch Friedrich hatte schon hineingebissen und verzog das Gesicht. »Hui, das ist … das ist … das schmeckt recht … äh … außergewöhnlich.«

Sie musste schmunzeln. Das hatte er nun davon, dass er sich einfach etwas stibitzt hatte. Er hatte es nicht sehen sollen und auch sonst keiner. Deswegen hatte sie sich extra nachts in die um diese Zeit eigentlich verwaiste Küche zurückgezogen. Sie hatte ja nicht ahnen können, dass er gerade jetzt von einem seiner nächtlichen Streifzüge zurückkehrte. Selbst wenn heute keine Gläubiger aufgetaucht waren, raubte die prekäre Situation der Schule Friedrich den Schlaf. Dass er nun jedoch nicht einmal den Salzteig angewidert ausspuckte, sondern versuchte, etwas Positives daran zu finden, ließ sie lächeln.

»Es … ich hatte nur eine Idee.« Sie klaubte die halben Ringe aus getrocknetem Teig zusammen. Als Nächstes hatte sie sie anmalen wollen, die Farben dafür hatte sie bereits aus dem Atelier geholt. Aber nun kam es ihr wie eine sehr dumme Idee vor. Sie hatte nur schauen wollen, wie es sich anfühlte, wenn man die Halbkreise in echt vor sich hatte und damit Figuren legen konnte. Und dann, wenn es sich gut und richtig angefühlt hätte, hätte sie ihm eventuell davon berichtet. Doch leider hatte es sich nur albern angefühlt. Jetzt erst recht, wo er sie ertappt hatte.

Er setzte sich an den Tisch, schenkte ihr einen langen Blick, und als sie dennoch nicht sprach, lehnte er sich zurück. Wie von selbst hatten ihre Finger zwei Halbkreise aus Salzteig zu einem Rund zusammengefügt. Sie spürte seinen fragenden Blick. Matt ließ sie die Hände von der Tischfläche gleiten.

»Ich habe gedacht, dass Halbkreise vielleicht eine gute Ergänzung für die Legestäbchen wären.« Die zuckende linke Schulter sollte ihm zeigen, dass sie sich dessen keinesfalls sicher war. Da er weiterhin nichts sagte, fuhr sie fort. »Du hattest mal erwähnt, wie wichtig der Alltagsbezug ist. Und Teller, Räder und Uhren sind ja alle rund. Außerdem sprachst du immer wieder von der Förderung der Kreativität durch die Übungen, und ich habe überlegt … kann man nicht noch viel kreativer sein, wenn man außer den geraden Linien auch Schlangenlinien und Kreise legen kann?« Rasch klemmte sie eine Haarsträhne, die sich gelöst hatte, hinter das zu große Ohr.

Noch immer ruhte sein Blick auf ihr, und nun konnte sie ein Aufblitzen darin sehen. »Luise«, sagte er mit mehr Enthusiasmus, als sie erwartet hatte, »das sind genau die Einfälle, die mir am liebsten sind. So einfach und doch so weitreichend! Warum bin ich nicht selbst darauf gekommen? An dir ist ja die reinste Pädagogin verloren gegangen!« Er stand auf, nahm ihren Kopf in beide Hände und küsste ihren Scheitel. Sie spürte die Berührung bis in die Fußsohlen. Er schien dies gar nicht zu bemerken, sondern lief aufgeregt murmelnd auf und ab. »Natürlich, natürlich, natürlich. Kreise und Halbkreise gehören zu den grundlegenden geometrischen Formen, die in vielen Bereichen der Mathematik verwendet werden. Nicht umsonst ist die Kugel meine erste Spielgabe. Indem sie Kreise und Halbkreise legen, können Kinder besser lernen, Formen zu erkennen und zu unterscheiden. Dies kann helfen, ihre geistige Entwicklung und ihr Verständnis von Geometrie zu fördern.«

Mitten in der Bewegung hielt er inne und drehte sich zu ihr herum. »Ich muss das alles gleich notieren, bevor die Gedanken sich verflüchtigen. Ist es in Ordnung, wenn ich …?« Er zeigte Richtung Flur. Seine Aufregung ließ sie an Conrad denken, wenn er zu seinem gestrickten Zebra, ihrem Abschiedsgeschenk, zurückwollte.

Sie spürte das Glück aus ihrem Lächeln sprühen; es tat so gut, helfen zu können. »Natürlich.«

Sein Eifer war fast greifbar, und doch rannte er nicht umgehend los. »Du bist wirklich ein ganz besonderer Mensch«, sagte er ohne jegliche Scheu und mit fester Überzeugung. Erst dann verschwand er durch die Tür.

Kapitel 16

Jena, 1801

Ich höre das Klopfen der Absätze, bevor die Tür aufschwingt. Lege die Schreibfeder beiseite, ein winziger Tropfen Tinte landet auf dem Papier, und ich tausche einen sorgenvollen Blick mit dem Kommilitonen, mit dem ich mir das Zimmer teile. Die Männer verziehen keine Miene, als sie in unsere Kammer stürmen. Der Wirt ist bei ihnen. Mit dem Kinn deutet er in meine Richtung und verschränkt die Arme.

»Mitkommen«, befiehlt ein grobschlächtiger Mann mit hellen Augen. Er und sein Kumpan zerren mich bereits von meinem Stuhl. Mein Kommilitone erhebt sich ebenfalls und fährt sich mit gespreizten Fingern durchs Haar. Was haben wir gebrütet. Dennoch ist uns keine Lösung eingefallen, wie wir an Geld kommen könnten. Ich hätte vermutlich freiwillig gehen müssen. Doch nun, da ich vom reichhaltigen Menü des allgegenwärtigen Wissens gekostet hatte, konnte ich die Universität nicht freiwillig verlassen. Ich wollte mehr. Jetzt bleibt nur eine Möglichkeit. Die letzte. Die, die ich tunlichst vermeiden wollte.

»Bitte, lassen Sie mich an meinen Vater schreiben. Ich werde das Geld beschaffen.«

Der Wirt grunzt. »Das wurde vom Amt der Universität schon vor geraumer Zeit veranlasst.«

»Tatsächlich?« Ich kann meine Überraschung nicht verbergen. Nur wo lag dann noch das Problem?

»Er hat abgelehnt.«

Wieder pochen die Absätze auf den Dielen, als ich zwischen den beiden Aufsehern aus dem Raum gezerrt werde. Mein Hemd kratzt im Nacken. »Sind Sie sicher?«, frage ich über die Schulter.

Der Wirt faltet seelenruhig ein Papier auseinander und hält es mir entgegen. Es ist die gleichmäßige Handschrift meines Vaters mit den Überlängen im l und im f. Die Satzfragmente ›nicht gewillt‹ und ›bedauerlicherweise‹ springen mir entgegen.

»Lassen Sie es mich abermals versuchen«, flehe ich. Von meiner Mutter habe ich ein kleines Grundstück geerbt. Von meiner echten Mutter. Noch steht es mir nicht zu, aber vielleicht lässt sich etwas arrangieren.

»Das kannst du. Von der Zelle aus.« Wir haben den Kollegienhof erreicht, von dem man einen der Karzer sehen kann. Er ist im oberen Stockwerk des Gebäudes, das an das Senatsgebäude grenzt. Das Haus ist in einem satten Gelb gestrichen, einem fröhlichen Ton. Doch die Fenster sind vergittert. Die Aufseher reißen mich so schnell die Treppe hinauf, dass ich stolpere. Jetzt trennt mich nur noch eine mächtige braune Eisentür von meiner Zelle. Sie hat eiserne Beschläge, eine Luke auf Höhe des Gesichts, und der dicke eiserne Balken in der Mitte kann zugeschoben und abgeschlossen werden. Sicher genug, um den Drachen der Nibelungen in Schach zu halten.

Ich schließe die Augen, als das knirschende Geräusch des Eisens mir bis ins Zahnfleisch fährt. Jetzt hat man mir wortwörtlich den Riegel vorgeschoben. Nun bin ich ein Inkarzerierter.

Es dauert, bis ich mein neues Zuhause einer näheren Begutachtung unterziehen kann. Links steht ein einfaches Holzbett. Meine Füße tragen mich dorthin, und ich sinke darauf nieder. Drei Sprungfedern bohren sich in mein Sitzfleisch. Rechts vom Bett ein Stuhl und ein wackeliger Tisch, darauf eine Waschschüssel. Neben dem Gitterfenster ein eiserner Ofen.

Sonst nichts.

Ich fahre mit den Fingern über die gekalkten Wände und ertaste die Spuren der zahlreichen Studenten, die vor mir ihre Strafe hier abgesessen haben. Ihr Leben. Oder zumindest den Teil davon, den sie hier verbracht haben. Es gibt kleine Kunstwerke. Karikaturen, Klagen, Flüche, Aufmunterungen. Oder einfach nur einen Namen mit Daten. Einige mussten monatelang bleiben.

Nach anderthalb Stunden habe ich jeden noch so kleinen Winkel untersucht. Ich sinke auf die steinerne Fensterbank unter dem Gitterfenster. Auf dem Kollegienhof des früheren Klosters herrscht gähnende Leere. Da ist nur das Moos, das in ewiger Geduld versucht, den Sieg über das Kopfsteinpflaster zu erringen, und gemächlich Fuge um Fuge erobert. Zwei Spatzen kommen herbei, tanzen miteinander, verlassen mich jedoch viel zu schnell wieder.

Abermals wandert mein Blick durch die Zelle, die allmählich vertrauter wird. Zeit meines Lebens war ich viel für mich allein, doch ich hatte stets die Natur um mich. Sie war so reichhaltig und schön, dass es immer etwas zu entdecken gab. Deswegen habe ich mich weder bei meinem Vater noch beim Förster einsam gefühlt. Trotz allen Alleinseins. Ich glaube sogar, dass ich durch mein naturnahes Leben, meine Liebe zu den Naturgesetzen und dadurch, dass ich mich selbst zu beschäftigen weiß, selbst ein Pflänzchen der Natur geworden bin. Aber kann ich auch bestehen, während ich inmitten des weißen Nichts lebe?

Kapitel 17

Hamburg, 1850

»Zur Hölle noch mal!« Beekes Fluch kam von Herzen, das war eindeutig. Der gesamte Saal hatte ihn gehört. Sie warf das Webschiffchen auf den Tisch, verschränkte die Arme und schob die Unterlippe vor. Ihr Atem ging heftig. Vermutlich hatte sie wieder einige Fäden übersehen, sodass ihr Band nicht für den Verkauf geeignet sein würde.

Die Kinder Bänder weben, Körbe flechten und Konditoreipapierchen ausschneiden zu lassen schlug zwei Fliegen mit einer Klappe: Zum einen wurden sie so auf die spätere eintönige Fabrikarbeit vorbereitet, zum anderen brachte es der Bewahranstalt ein wenig Geld ein. Marieke war allerdings der Auffassung, dass den Kindern dabei hin und wieder zu viel abverlangt wurde.

Sie merkte, dass Schwester Wilka ihr aus ihren wässrigen Augen einen auffordernden Blick zuwarf. Nach zwei Wochen im Herz Jesu wusste Marieke, was von ihr erwartet wurde. Sie ging zu Beeke, hockte sich neben sie nieder und legte eine Hand auf ihren Rücken. »Beeke, so etwas darf man nicht sagen.«

Verdattert sah sie Marieke an. »Warum nicht?«

Warum sollte sie etwas nicht sagen, was sie tagtäglich zu Hause und auf der Straße hörte?

»Na sonst … ist der liebe Gott betrübt.« So hatte sie es bei den anderen Schwestern gehört. Sie hofften, dass durch die Erziehung der Kinder auch das Betragen in den Familien besser wurde, wenn die Kinder diese Leitsätze mit nach Hause brachten. Ein wohlmeinender Gedanke – aber was den Familien wirklich geholfen hätte, wäre eine sichere Arbeitsstelle und eine warme Mahlzeit gewesen, die nicht den gesamten Tageslohn verschlang. Mit Hunger im Bauch hatte man andere Sorgen, als sich zu fragen, ob man Gottes Namen schmähte.

Schwester Wilka klatschte in die Hände. »Stellt euch bitte in einer geraden Reihe auf, wir gehen nacheinander auf die Aborte und dann in den Hof«, rief sie mit ihrer schnarrenden Stimme. Wieder war eine halbe Stunde um. Der Tag in der Bewahranstalt war strikt durchgetaktet, und der Stundenplan musste genau eingehalten werden. Niemals durften die Kinder ohne Beschäftigung sein, hatte die Oberin ihr erklärt. Und man hütete sich auch davor, sie zu lange der gleichen Beschäftigung nachgehen zu lassen. Lieber sollten sie zu früh aufhören als zu spät. Lesen, Weben, Stricken, Fädchen ziehen, viermal am Tag beten, Marschieren und Singen – so sollten die dunklen Triebe keine Gelegenheit bekommen, ihre dicken Finger nach den Kindern auszustrecken. Das Böse nähme weitaus größeren Raum ein als das Gute, hatte die zweite Hilfskraft, Schwester Martha, Marieke mit einer überraschend tiefen und rauchigen Stimme erklärt. Auch sie trug eine kleine Silberkette über der schwarzen Tracht mit einem schwarzen Kreuz auf weißem Grund und einem Herzen daran. Es sollte an die Leiden Christi erinnern und gleichzeitig die Hingabe der Schwestern an die Kranken und Bedürftigen symbolisieren.

Marieke folgte der Kinderschlange nach draußen auf einen kärglichen, gepflasterten Hof, dessen Steine so grau waren wie der verwitterte Holzzaun, der ihn umgab. Sonst gab es dort nichts. Die Kinder gingen ordentlich und gesittet in Zweierreihen. Sie wussten, dass jedes geflüsterte Wort sofort gehört, jede kleinste Bewegung außerhalb der Reihe sofort von den wässrigen Augen erblickt wurde.

Draußen schnarrte Schwester Wilka der Kinderschlange Anweisungen entgegen. Selbst das Marschieren musste möglichst abwechslungsreich sein. Mal ging es in Schlangenlinien über den Hof, dann wurde er auf verschiedenen Geraden gekreuzt. Mal zu dritt, mal zu zweit oder einzeln hintereinanderweg.

»Klaas! Hände aus den Taschen.«

Unwillkürlich ballte Marieke die Hände zu Fäusten. Klaas war kaum älter, als Fiete damals gewesen war. Die Kinder wurden urplötzlich noch ernster. Sie wussten, was jetzt kam. Mit ausgreifenden Schritten ging Schwester Wilka auf den Jungen mit den zwei Millimeter langen Haaren zu. Sie waren nach dem Läuse-Kahlschnitt gerade erst wieder nachgewachsen. Er kaute auf der Unterlippe und hielt pflichtbewusst die Hände hin. Ein schneller Schlag mit dem dünnen Stock, der nachfederte, dann war es auch schon vorbei. Sie sollten nicht zu oft schlagen. Nur eben, wenn es nicht anders ging. Wenn die Sünde zu groß war. Und bei den Händen in den Hosentaschen war die Gefahr für unsittliches Verhalten enorm, hatten die Schwestern erklärt, deswegen war es streng verboten.

Die Kinderschlange atmete auf, als Schwester Wilka auf ihre Position zurückkehrte. Nach dem Marschieren wurde zwanzig Minuten lang stillschweigend gegessen. Zum Butterbrot gab es Wasser. »Genießt das Brot, es kommt von Gott!«, erinnerte Schwester Martha und schritt langsam durch die Reihen, während sie ihren Kopf mit spitzem Kinn mal nach links und mal nach rechts wandte. »Es freut mich, dass ich so viele brave Kinder sehe«, sagte sie, da alle stumm ihr Brot kauten, den Blick nach vorne auf den Tisch gerichtet. »Die braven Kinder habe ich sehr lieb, und der liebe Gott im Himmel hat sie noch lieber.«

Danach folgten die Gebete. Die Hände vor der Brust gefaltet, kein Zappeln, keine flatternden Blicke. Es waren Verse, bei denen Marieke immer nur den Anfang leise mitsprach; der Rest endete in einer tonlosen Bewegung der Lippen.

Gehorsam ist die erste Pflicht
Für Kinder allezeit,
Ein gutes Kind vergißt das nicht
Und folgt mit Freudigkeit.
Ich bin ein armes kleines Kind
Und meine Kraft ist schwach,
Möchte gerne selig werden,
Und weiß nicht, wie ich's mach.

Die Verse verklumpten in ihrem Hals. Es passte nicht. Jedes Mal ging es ausschließlich um Fleiß und Gehorsamkeit. Gern, schnell und pünktlich sollten die Kinder gehorchen. Und es ging um Gott, der alles sah, was man falsch machte, und stellenweise sogar um die Verdammnis nach dem Tode, wenn man nicht gehorchte. Wenn sie Fiete vor Augen hatte, der in ihrem Herzen als quirliger Dreijähriger weiterlebte, wusste sie, dass die Worte jeglichen Lebensgeist in ihm erstickt hätten.

Kapitel 18

Keilhau, 1847

Selbst wenn Luise nichts von der anstehenden Prüfung gewusst hätte, hätte sie die Kommission umgehend erkannt, als sie zwei Wochen später auf den Hof kam. Die fünf Männer trugen Hüte, Notizbücher unter dem Arm und einen gewichtigen Ausdruck auf den Gesichtern. Luises eigenes war von Anspannung gezeichnet. Keilhau durfte nicht geschlossen werden. Das würde Friedrichs wundervollen Ansatz der ganzheitlichen Menschenbildung den Garaus machen, den Ort verschwinden lassen, wo die Kinder sein durften, wie sie waren. Ihr würde das erste Zuhause genommen, in dem sie sich heimisch fühlte, und Friedrich schließlich, der so viel für die Kinder getan hatte, würde zerstört werden.

Wann immer möglich, suchte Luise sich eine Arbeit in dem Raum, der gerade inspiziert wurde, oder in der Nähe davon. Sie versuchte, wie ein Schatten eine stille Arbeit zu verrichten und beim Fegen oder Wischen zumindest einzelne Wortfetzen aufzufangen oder im Vorübergehen ein frühes Urteil von den Gesichtern der Entscheider abzulesen. Doch ein ums andere Mal wollte es ihr nicht gelingen. Sie lachten über Friedrichs Erzählungen, der sich an diesem Tag wahrlich bemühte und zu seiner alten Energie zurückgefunden hatte. Mit Feuer in den Augen zeigte er den Männern voller Stolz die Werkstatt, die Boote und die Buchstützen, die die Zöglinge dort geschreinert hatten. Er führte sie in die Klassenzimmer, die Turnhalle, das Badehaus, die Töpferwerkstatt und in den duftenden Schulgarten, wo das selbst gezogene Gemüse darauf wartete, geerntet zu werden. Er bot den Kommissionsmitgliedern einen kleinen Kürbis an – doch alle lehnten ab. Ganz gleich, welchen Raum sie besuchten, Friedrich hatte eine herzerwärmende oder lustige Anekdote zu erzählen. Im Atelier meinte Luise, Wohlwollen in den Gesichtszügen zu entdecken, aber dann marschierten sie zum Labor und notierten dort mit eingefrorener Miene alle Beobachtungen fein säuberlich in ihren Büchern. Luise betete stumm für ihren Zuspruch, während sie im Garten Himbeeren für den Nachtisch pflückte. Nach der offiziellen Besichtigung hatten die Prüfer sich aufgeteilt, sprachen mit den Lehrern und sogar mit den Zöglingen. Der größte von ihnen redete von oben herab mit Paul, dem kleinen Wildfang, und wirkte gar nicht zufrieden, als dieser mitten im Gespräch davonstürmte, da er einen Schwarzspecht entdeckt hatte.

Luise hatte nicht bemerkt, dass einer der Prüfer auch zu ihr herübergekommen war. »Wenn ich Ihnen bitte einige Fragen stellen dürfte …?« Sie zuckte zusammen, stach sich an einem Dorn der Himbeeren und zog erschrocken die Hand zurück. Ein winziger leuchtend roter Blutstropfen bildete sich auf ihrer Fingerkuppe. Sie steckte den Finger in den Mund – und fragte sich sogleich, welchen Eindruck das wohl machte. Rasch nahm sie ihn wieder heraus und sah den Prüfer an. Er hatte ein markantes Gesicht, blitzgescheite Augen und trug einen einwandfrei sitzenden Anzug samt feinem Hut. Keinerlei Flecken, natürlich nicht. Eindeutig ein Städter. Sein gutes Aussehen machte sie noch fahriger. Er fürchtete sich gewiss nicht vor großen Städten, so wie sie, sondern lebte vermutlich mühelos darin.

»Ich bin hier nur die Haushaltshilfe«, erklärte sie unbeholfen und wischte die feuchte Fingerspitze an ihrer Schürze ab. Wenn sie gewusst hätte, dass jemand wie sie von Interesse für die Kommission sein würde, hätte sie geübt. Sie sah zu Friedrich hinüber, der gerade in die hügelige Landschaft deutete und gewiss von den Spaziergängen erzählte, auf denen die Zöglinge eigene Karten anfertigten. Von Middendorff oder Henriette keine Spur. Es gab keinen Fluchtweg.

»Um ein ganzheitliches Bild zu bekommen, sprechen wir mit Personen jeden Alters und Ranges.«

»Na gut. Aber ich muss weitermachen, sonst kriege ich das Essen nicht rechtzeitig fertig.« Wenn sie bei der Befragung in diese durchdringlichen Augen unter den markanten Augenbrauen schauen müsste, würde sie kein Wort herausbekommen.

Der Prüfer wollte alles über die Schule und die Zöglinge wissen. Ob sie ebenfalls geduzt wurde, wie oft der Unterricht stattfand, was auf dem Lehrplan stand, was es zu essen gab, wie oft die Kinder sich selbst überlassen waren.

Luise lachte auf. »Sie sind nie richtig sich selbst überlassen. Sie haben Freiraum, um Dinge zu entdecken und eigene Schlüsse zu ziehen, aber es ist nicht so, als würden wir uns nicht kümmern. Wenigstens einer von den Erwachsenen ist immer zugegen, meistens sogar mehrere.«

Natürlich machte er eine Notiz, seine Lippen bewegten sich dabei tonlos.

»Und wie ist es mit der Religion? Würden Sie sagen, dass hier ein gottesfürchtiges Leben herrscht?«

Luise widerstand dem Drang, das Himbeerpflücken zu unterbrechen, um besser nachdenken zu können. Friedrich war ein sehr religiöser Mensch, gleichzeitig vertrat er die Ansicht, dass Religion nicht anerzogen werden sollte. Er sah den christlichen Glauben als die Grundlage seiner Erziehung an, weitaus bedeutender waren für ihn jedoch der freie Wille und Selbstbestimmung.

Sie wusste, dass die Ferne zur Religion das war, was von außen oft kritisiert wurde und ihnen den Ruf als Demagogennest eingebracht hatte. Ihr Blick huschte zum Prüfer. Seine Augen waren nun nicht mehr nur wachsam, sondern hatten eher etwas Lauerndes. Ein Fuchs, kurz bevor er dem Kaninchen die Kehle durchbeißt. Rasch richtete sie den Blick auf die nächste tiefrosafarbene Beere und zählte dabei einige Fakten auf. »Aber gewiss doch. Herr Fröbels Vater war Pfarrer, und er betont immer wieder, dass jeder Mensch aus Gott hervorgegangen ist, durch Gott besteht und sich zur Religion erheben soll.«

Der junge Mann nickte nachdenklich.

»Wir beten vor jeder Mahlzeit, und Herr Fröbel liest täglich aus seinem Laienbrevier ein Gedicht«, setzte sie hinzu und sparte weiterhin das aus, was ihr Schwager Gotthilf hart angekreidet hätte. Freier Wille bei Kindern? Niemals.

Die anschauliche Schilderung schien den Prüfer eher zu überzeugen als die Theorie, denn er wirkte nun zufrieden und notierte abermals etwas. Die nächsten Fragen waren belanglos, doch als er das Büchlein zuschnappen ließ, wurde ihre Anspannung noch größer. Jetzt konnte sie nichts mehr hinzufügen. Hoffentlich hatte sie nichts Falsches gesagt.

Kapitel 19

Keilhau, 1847

Mit schweren Gliedern schleppte Luise sich in den Waschraum. In den letzten Tagen hatte sie keine Nacht länger als wenige Minuten am Stück geschlafen. Gedankenschleifen quälten sie bis in den Traum hinein. »Wie ist es mit der Religion?«, fragte der Prüfer sie dann wieder und wieder. In ihrer Traumwelt gab sie jedes Mal eine andere Antwort. Oder sie stammelte. Oder schrie.

Was wäre die richtige Antwort gewesen?

Was, wenn Keilhau schließen musste, weil sie nicht freiheraus gesagt hatte, dass das Ziel war, selbstbestimmte Menschen zu erziehen? Vielleicht hätte die Prüfer gerade dieser moderne Ansatz begeistert.

Sie hatte sich nicht getraut, Friedrich ihre Sorgen anzuvertrauen, der dieser Tage ebenfalls mit tiefen Ringen unter den Augen umherschlich wie ein geprügelter Hund. Wenn sie durch ihre übervorsichtige Antwort seinen Lebenstraum zerstört hatte, sollte er es nicht wissen. Es wäre schwer, mit der Lüge zu leben, aber immer noch besser als mit seinem Zorn. Selbst wenn sie sich unter diesen Umständen niemals wiedersehen würden.

Die Tür zum Waschraum schwang auf, und noch bevor Luise etwas in der dunstigen Luft erkennen konnte, spürte sie zwei dünne Arme um ihren Hals. »Meine allerherzlichsten Glückwünsche, meine Liebe!«, rief Henriette fröhlich.

Ihr Geburtstag. Schon am Morgen war der Gedanke daran nur

ein Flügelstreich gewesen, und zwischenzeitlich hatte sie ihn vollkommen vergessen, obwohl eine Glückwunschkarte von Johanna und den Jungen eingetrudelt war. Gotthilfs Name hatte auch draufgestanden – allerdings in Johannas Handschrift.

»Kommst du heute Abend ins Dorf? Ich habe eine Kleinigkeit für dich vorbereitet.« Henriette schob Luise mit der Hüfte beiseite, griff beherzt in den Waschzuber und zog das Hemd aus dem Wasser, um eine Weile das kräftezehrende Rubbeln über dem Waschbrett zu übernehmen. Luise sagte zu, stemmte den Korb mit den bereits sauberen Kleidern auf die Hüfte und trat in die Frühlingssonne. Wenn sie weiße Wäsche aufhängte, erinnerte sie sich bis heute an Conrad, wie er seine Hose zerrissen und sie gemeinsam der Strafe des Vaters geharrt hatten. Hier in Keilhau hatte kein Kind körperliche Züchtigung zu fürchten, und doch war Luises Gefühl im Bauch kein gutes, da die Entscheidung der Schulkommission wie ein Damoklesschwert über ihnen hing und jederzeit auf sie niedergehen konnte.

Sie war auf dem Weg zurück ins Waschhaus, als sich die Tür des Haupthauses öffnete, und Friedrich mit wehenden Haaren herausgestürmt kam. Ohne Schuhe und mit flatternder Jacke. Er hielt ein Blatt Papier hoch und rief wiederholt etwas in alle Richtungen, so aufgeregt, dass sie nichts verstand. Von allen Seiten kamen Menschen aus den Häusern und von den Feldern, bald bildete sich ein Halbmond um den Rufenden. Middendorff ging auf ihn zu und legte Friedrich die Hände auf die Schulter, damit er endlich stillstand. Dann fragte er ruhig und besonnen, was geschehen sei. Friedrich schlug mit dem Papier durch die Luft, Tränen standen in seinen Augen.

»Wir … wir bleiben bestehen. Nach gründlicher Prüfung konnten sie keine bedenklichen Tendenzen in unserer Erziehungsanstalt feststellen, und die Schule wird nicht geschlossen.« Alle Anwesenden klatschten und jubelten und lagen sich urplötzlich in den Armen. Danach war an Arbeit oder Unterricht nicht mehr zu denken. Sie holten Wein und Brot nach draußen, Middendorff spielte auf der Quetschkommode, und sie sangen und tanzten.

Später erinnerte Henriette Luise, dass es Zeit zum Aufbruch war, wenn sie die Überraschung nicht verpassen wollte. Luise hasste es, anderen vergebens Arbeit zu machen, und sprang sogleich auf.

»Lass mich mich nur noch rasch von Friedrich verabschieden.«

»Ihr wollt bereits gehen?«, fragte er überrascht. »Jetzt, wo es so schön ist?«

Luise stammelte einige Worte, bis Henriette den Arm um sie legte. »Die liebe Luise hat heute Geburtstag, falls du das nicht weißt, Oheim. Und ich habe eine kleine Feier nur für sie vorbereitet.«

»Oh. Nun dann … meine allerherzlichsten Glückwünsche, liebe Luise. Wir sind sehr froh, dich hier bei uns zu haben. Und dann … dann wünsche ich euch beiden einen sehr erquicklichen Abend.«

Henriette hakte sich unter, und Luise meinte seinen Blick noch zu spüren, als sie das Haupthaus passierten und die Obstwiese erreichten. Unmöglich, gewiss hatte er sich längst wieder seinen eigenen Feierlichkeiten zugewandt. In dem Moment warf Henriette einen Blick zurück und kicherte. »Ich glaube, der Oheim hätte auch gerne mit uns gefeiert.«

Ganz vorsichtig sah nun auch Luise über die linke Schulter. Da stand er im Dämmerlicht des schwindenden Tags, von flackernden Kerzen und Trubel umgeben und sah ihnen eindeutig hinterher.

• • •

Am darauffolgenden Sonntag waren es nur Luise und Friedrich, die nach der Morgenandacht gemeinsam den Kirschberg erklommen. Sie waren an diesem Tag recht still, aber es war kein unangenehmes Schweigen. Einträchtig genossen sie die hellgrün sprießenden Bäume, das Tirilieren der Vögel und den herannahenden Sommer.

Ganz oben, im Sonnenschein, wo sich die Bäume lichteten, lächelte Friedrich sie an.

»Ich bin untröstlich, dass ich letzte Woche deinen Geburtstag aus dem Gedächtnis verloren hatte. Es war nur …«

»Es war sehr turbulent. Ich nehme es dir nicht übel.«

»Ich möchte dir aber gerne etwas schenken. Nicht nur zu deinem Geburtstag, auch als Dankeschön für deinen Einsatz. Du bist die gute Seele der Schule, du hältst alles zusammen. Und die Prüfungskommission hat insbesondere unseren religiösen Bezug lobend erwähnt, der uns vorher abgesprochen worden war. Ich habe die anderen Lehrer gefragt, keiner von ihnen hat etwas zur Religion gesagt. Also musst du es gewesen sein in deiner weisen Voraussicht.«

Sie wollte protestieren, doch er sprach weiter. »Also, liebe Luise, bitte verrate mir, was wäre ein Herzenswunsch von dir? Was können wir in Keilhau tun, um uns erkenntlich zu zeigen?«

Sie horchte in sich hinein, aber es waren kein Schmuck oder fein gewebte Kleider, kein schmuckvoller Zinnober für das Zimmer, was sie sich wünschte. Das Leben auf Keilhau war einfach und dennoch erfüllend. Gleichzeitig war da noch immer dieser tiefe Wunsch, der nun schon so lange in ihr wohnte.

Doch der war töricht.

»Das ist sehr liebenswürdig von dir, aber ihr braucht mir nichts zu geben. Ich bin so froh, Teil eurer Gemeinschaft zu sein.«

Seine Miene war undurchdringlich. Hatte sie ihn verstimmt, da sie ihm keine Gelegenheit gab, sich zu revanchieren? Für gewöhnlich war sie die Einzige, die wirklich offen mit ihm reden durfte und von der er sogar Kritik annahm.

»Doch, da ist etwas«, befand er schließlich. Er hatte sie also studiert. Unbeholfen lachte sie auf und lief ein paar Schritte, um anzudeuten, dass sie bereit für den Rückweg war.

Er folgte ihr nicht.

»Warum sagst du es mir nicht?«

Sie blieb stehen und drehte sich um. Ein einzelner Mann vor dem atemberaubenden Bergpanorama.

»Es ist wirklich nichts.« Sie versuchte erneut, loszugehen und ihn zum Mitkommen zu bewegen.

»Warum gestattest du dir selbst nie etwas? Du bist stets für andere da, lass dir doch auch einmal etwas geben.«

»Aber ich bin tatsächlich wunschlos glücklich.« Sie deutete auf die hellblauen Berge in der Ferne und die hohen Tannen. »All das hier ist Geschenk genug für mich.«

Er schüttelte den Kopf und ging entschieden los. »Ich glaube dir nicht.«

Sie seufzte. »Warum glaubst du mir nicht?«

Jetzt war er nicht mehr ganz so ruhig und gelassen, wie sie ihn sonst kannte. Erstmals war ein Anflug von Zorn in seiner Stimme. »Weil ich mein Leben damit verbracht habe, Menschen zu studieren! Was glaubst du sonst, wie man eine Theorie der Menschenbildung entwickelt? Also verrätst du mir nun in Gottesnamen, was es ist? Oder zumindest, warum du es mir nicht sagen willst? Vertraust du mir nicht?«

»Weil es töricht ist!« Die Worte waren draußen, bevor sie sie hatte zurückhalten können.

Überrascht blieb er stehen. »Töricht? Kein Wunsch, der von Herzen kommt, könnte je töricht sein.« Seine Wut war verflogen, vorsichtig, als könne sie jeden Moment davonflattern, sah er sie an. »Was ist es, Luise?«

»Ich …« Sie sah ihn an und ließ den Blick dann über die Bergkette in der Ferne schweifen. Die Zitronenfalter an den Butterblumen. Atmete tief ein. Sie war fest überzeugt, sich im nächsten Moment fürchterlich zu blamieren, aber wenn er unbedingt wollte, sollte er hören, was sie sich anmaßte. Immerhin wäre dann Ruhe. Ein letztes Mal schnappte sie nach Luft, und dann entließ sie die albernen Worte in die schöne Natur. »Ich würde zu gerne auch diesen Kindergärtnerinnenkurs machen.«

Er starrte sie an. So intensiv, dass sich die Härchen auf ihren Armen aufstellten. Und dann lachte er, ganz genau, wie sie es vermutet hatte. Beschämt stapfte sie davon. Er holte sie ein, aber sie wollte seinen Hohn nicht hören, sondern kam ihm lieber zuvor. »Ich weiß, dass ich dafür nicht geeignet bin. Ich bin Haushälterin. Und schon viel zu alt! Ich hab doch gesagt, dass es dumm ist, ich …«

»Nein, nein, nein, liebe Luise.« Sachte legte er eine Hand auf ihre Schulter. »Bitte, ich verspotte dich nicht. Ich konnte nur nicht glauben, dass es das war, weswegen du dich so geziert hast, es auszusprechen. Bitte, ich freue mich, wenn du Kindergärtnerin werden willst, und nehme dich nur zu gerne in den Kurs auf. Ich denke, du würdest deine Sache ganz ausgezeichnet machen.«

Hatte er das wirklich gesagt? Er würde sie ausbilden? Obwohl sie so wenig wusste? Und obwohl sie schon so alt war? Sie konnte es kaum glauben.

»A-aber das geht doch nicht.«

»Wieso sollte das nicht gehen? Du gedenkst, die Ausbildung zu machen, ich gebe die Kurse. Eine perfekte Verbindung, meiner Meinung nach.«

»Aber ich bin schon zweiunddreißig.«

Er zuckte mit den Schultern.

»Alle anderen Schülerinnen sind sehr viel jünger.«

Wieder zuckte er mit den Schultern.

»So spät kann ich doch nicht mehr einen Beruf erlernen.«

»Wieso? Geht mit dreißig eine Art Schranke herunter, sodass

man nichts Neues mehr lernen kann? Denkst du, ein Baum würde nicht mehr wachsen, wenn er ein bestimmtes Alter erreicht hat?«

»Nein … Aber das macht man doch nicht.«

»Sagt wer?«

»Na, die Leute eben.«

»Und die haben über dein Leben zu bestimmen?«

»Nein. Aber ich will nicht, dass sie über mich reden.«

»Und deswegen willst du deinen Herzenswunsch missachten? Nur, damit die Leute nicht reden?«

»Stört es dich denn nicht?«

Das spitzbübische Lächeln war zurück. »Ich liebe es, wenn die Leute über mich reden.« Dann wurde er wieder ernst. »Zugegebenermaßen hat es gedauert, bis es so weit war. Aber bitte, liebe Luise, lass dir von den Menschen da draußen doch nicht vorschreiben, was du zu tun und was zu lassen hast. Du hast einen Großteil deines Lebens noch vor dir. Wenn du Kindergärtnerin werden willst, freue ich mich, dass ich auch in dir das Feuer für meine Ideen entfachen konnte, und sage: Los, lass es uns wagen.«

Wenn er das so sagte, klang es wahrlich leicht. Und vollkommen logisch. Aber war es das wirklich? Konnte sie damit leben, wenn hinter vorgehaltener Hand über sie getuschelt wurde? Andererseits: Konnte sie damit leben, den Rest ihres Lebens ausschließlich zu kochen und zu putzen?

»Aber ich bin nur eine einfache Frau.«

»Luise. Ein jeder von uns startet als einfaches Samenkorn. Wir alle brauchen Sonne, Nahrung und Fürsorge, um zu gedeihen. Lass dich nicht davon abhalten zu blühen, nur weil dir bisher die Bedingungen gefehlt haben.«

Wäre es tatsächlich möglich? Konnte sie so spät noch aufblühen? So unverhofft? Nachdem man sie schon zum blütenfreien Immergrün erklärt hatte? Vielleicht sollte sie es wagen.

Allerdings müsste sie zunächst Rücksprache mit ihrer Familie halten. Als einzigem männlichen Familienmitglied lag es ausgerechnet an Gotthilf, die Entscheidungen der Frauen der Familie abzusegnen. Und als wäre das nicht schlimm genug, verwaltete er obendrein ihr gesamtes Vermögen. Geld, das sie nun dringend benötigte – und sie ahnte, dass er den Grund dafür nicht gutheißen würde.

Kapitel 20

Groß Miltzow, 1804

»Aber das wäre ja …« Die Gedankengänge sind ungewohnt, noch vollkommen roh, sodass ich jedes Mal darüber stolpere. Fast so, als gehörten sie nicht in meinen Kopf. Ist es tatsächlich so? Oder ist die Kehrtwende schlichtweg so kolossal, dass es dauern wird, bis mein Verstand sie richtig fassen kann?

Ich schlage das Buch zu und verlasse die trübe Bibliothek mit ihrem Geruch nach jahrhundertealtem Wissen.

Die letzten Jahre sind nahezu verflogen.

Konsequent habe ich mich weitergebildet. Stets dem großen Ziel entgegeneifernd. Selbst die Zeit im Karzer ist mir letztlich zugutegekommen, denn mir steht nun deutlich vor Augen, dass ich eine solide Basis für mein Wissen benötige. Also habe ich mich durch das kleine Latinum gekämpft. Dann durch das große. Mir widerstrebte es zwar, mich ohne Anknüpfungspunkte durch diese tote Sprache zu quälen, doch war es von erheblichem Nutzen. Endlich bereiten die botanischen Namen mir keinerlei Schwierigkeiten mehr.

Allerdings ist mein Wissensdurst noch lange nicht gestillt. Zurück bei meinem Vater, lese ich alles, was von Interesse sein könnte. Goethe, Schiller, Wieland und die anderen großen Literaten. Pflücke die Bücher wie Blumen, wild entschlossen, alles festzuhalten, was von Bedeutung sein könnte. Für die Bildung der Menschen, aber insbesondere auch für meine Suche. Jedes noch so kleine interessante Häppchen trage ich in mein weißes Notizbuch ein. Vaters Wut darüber klingt selbst Jahre später noch in meinen Ohren. Papierverschwendung. Unsinn. Als er stirbt, scheint es mir, als verließe seine Seele unsere Welt, ohne dass sie mir je vertraut geworden wäre. Ein Fremder. Und doch lastet der Verlust schwer auf mir. Genau wie die Frage, warum er es nie vermocht hat, seine Hand auf meinen Arm zu legen.

Für den Moment aber ist alles vergessen. Meine Gedanken werden beherrscht von der neuen Erkenntnis. Ich murmle sie vor mich hin, weil sie sich sonst zu schnell verflüchtigt. Vielleicht wird sie so glaubhafter. Dieser Gedanke, der allem entgegensteht, was ich bisher gelernt habe. Von klein auf. Von meinem Vater auf seiner Kanzel. Jeden Sonntag in der Kirche. Und in der katholischen Schule.

Ich kann es nicht länger alleine fassen. Muss die Erkenntnis in die Welt hinauslassen. Mit anderen diskutieren, was ich noch immer nicht recht zu begreifen vermag. Alles. Es würde alles verändern, unser gesamtes Verständnis der Menschheit. Alles müsste neu durchdacht werden. Das wäre … Das wäre …

Ich baue mich vor den nächstbesten Menschen auf, die mir entgegenkommen. Ein Mann im grauen Anzug mit Spazierstock und Zylinder und eine Frau im rüschenbesetzten Sonntagskleid. Was werden sie zu der unglaublichen Erkenntnis sagen?

Mehrmals deute ich auf das Buch. »Haben Sie Rousseau gelesen?«

Die Frau rückt näher an ihren Mann. Ihr Blick wandert von meinen halblangen Haaren zum Fleck unter der linken Tasche meines Jacketts. Den hatte ich noch herausreiben wollen, aber Rousseaus Bücher haben die letzten beiden Tage nichts anderes zugelassen, als sie zu studieren. Der Mann sieht mich an. Sein Blick ist leer. Ist meine Frage nicht angekommen? Mit diesen Details können wir uns nicht aufhalten. Das Wesentliche, die Essenz seiner Schilderungen muss diskutiert werden.

»Hier, in seinem Buch ›Émile‹ stößt er völlig neue Gedankengänge an. Er sagt, dass man den Erwachsenen als Erwachsenen und das Kind als Kind betrachten müsse. Wir können die Kindheit nicht als ein Durchgangsstadium zum Erwachsenendasein betrachten und die gleichen Maßstäbe und Moralvorstellungen an sie anlegen. Das Kind ist in dieser Phase noch viel zu sehr damit beschäftigt, seine eigenen Sinne zu entwickeln.« Unterstreichend halte ich das Buch mit beiden Händen hoch und schüttle es mehrmals, als könnten

die bahnbrechenden Erkenntnisse dadurch schneller auf die Menschen überspringen.

Doch die Blicke des Paares bleiben leer. Nein, bei dem Herrn formt sich nun etwas. Skepsis.

So war es mir zu Beginn auch gegangen. Ich muss elaborieren.

»Was noch viel wichtiger ist: Rousseau vertritt die Idee, dass Menschen von Natur aus gut sind, schließlich ist alles Natürliche prinzipiell gut.«

Ich lächle in Vorfreude auf die Reaktion der beiden.

Doch anstatt zu stutzen und im nächsten Moment in die lebhafte Diskussion zu verfallen, die ich mir vorstelle, schüttelt er nur den Kopf. In ihrem Blick liegt sogar Beklemmung. Er zieht sie fort, sie lassen mich mit den überwältigenden Gedanken und hängenden Schultern zurück.

»Verstehen Sie denn nicht, was das bedeutet?«, rufe ich ihnen hinterher. Ich habe ebenfalls meine Zeit benötigt, um die Tragweite zu erfassen. Ihre Schritte werden schneller, er berührt ihren Ellenbogen, und ich gehe zwei Meter hinterher.

»Keine Erbsünde!«, rufe ich. »Wenn der Mensch nicht von Grund auf schlecht ist, muss sich die Erziehung ändern. Alles muss sich ändern. Wir müssen …«

Ich bleibe stehen. Die Frau hat sich umgedreht, in ihrem Blick liegt keine Begeisterung, sondern Angst. Als wäre ich eine Chimäre.

Ich lehne mich an die nächste Hauswand und hole tief Luft. Der Stein ist angenehm kühl. Basalt, Vulkangestein. Den Blick in den Himmel, die Wolken ziehen stoisch ihre Bahn. Wie können alle so ruhig bleiben? Rousseau hat bereits vor zwanzig Jahren diese unglaublichen Gedanken aufgeschrieben, und dennoch hatte sich nichts geändert. Wie können nur alle weitermachen wie bisher, wenn seine Überlegungen doch das gesamte Weltbild verändern?

Kapitel 21

Hamburg, 1850

»Und dies ist eine Zeichnung meiner Tochter mit dem Geradehalter in Gebrauch.« Marieke sah mit gerunzelter Stirn auf die großflächige Zeichnung, die Moritz Schreber nun hochhielt. Der Titel seines Vortrages heute hatte vielversprechend geklungen: *Maßnahmen zur Förderung der Gesundheit der Stadtkinder.* Er hatte beobachtet, dass sich die veränderten Städte mit all ihren Fabriken und Manufakturen nachteilig auf die Gesundheit der Kinder auswirkten. Für systematische Heilgymnastik plädierte er. Und für Stadtgärten. Insbesondere Kinder aus den Armenvierteln sollten sich im Grünen ertüchtigen.

Fietes rußverschmiertes Gesicht, umgeben von grünen Pflanzen, war vor ihrem inneren Auge aufgetaucht und hatte sie lächeln lassen. So etwas hätte ihm gefallen. Die Kellerasseln und Silberfische in der Wohnung hatte er stundenlang begeistert beobachten können.

Mit Mühe hatte sie das Geld für den Vortrag zusammenbekommen. Die Menschen um sie herum trugen Mäntel aus Wolle, und an den akkurat geplätteten Blusen fehlte kein einziger Knopf. Rasch richtete sie sich noch etwas gerader auf. Hätte ihre Mutter einen solchen Geradehalter eingesetzt, wäre ihre Haltung womöglich ebenfalls besser. Schreber nannte nun den Preis des Geräts, und Marieke musste ihr Auflachen in ein Husten verwandeln. Niemand lachte hier. Die Menschen zückten kleine Notizbücher aus den Sakkos oder Henkeltaschen und notierten Summe und Modellnummer.

»Ein sehr ähnliches Modell gibt es auch, um gerade zu gehen.« Schreber hielt eine neue Zeichnung hoch, auf der ein Riemenkonstrukt zu sehen war, und erklärte fachkundig, wo die Kinder die Arme und wo den Kopf durchstecken müssten.

Marieke stellte sich Fiete mit einem Geradehalter vor und bedauerte nicht länger, dass sie niemanden kannte, der eine solche Summe aufbringen könnte. Fiete, der kaum zum Essen hatte stillsitzen können, der wie ein Gummiball sprang, anstatt zu gehen, wäre mit solch einer Apparatur nicht mehr Fiete gewesen.

Ein beleibter Mann mit Schnauzer und kreisrunder Brille meldete sich zu Wort. Er wirkte souverän, wie jemand, der es gewohnt war, Anweisungen zu geben. Dennoch blickte er nun leicht verunsichert um sich, bevor er sprach. Es fehlte nur noch, dass er sein Jackett am Saum ein wenig tiefer zog vor Verlegenheit. »In der Broschüre stand, Sie bieten auch etwas … zur … für … gegen …« Er ruckelte auf dem Stuhl umher wie ein Kind. Unruhe entstand unter den Zuschauern. Einige hatten rote Köpfe, die meisten senkten den Blick. Er zog einen Prospekt hervor und räusperte sich. Mit Schweißperlen auf der Stirn las er schließlich vor. »Etwas zur … gesunden … *Triebabfuhr?*«

»Aber natürlich. Dieses Problemfeld ist immens und war mir ein ganz besonderes Anliegen.« Schreber war die Ruhe selbst. Er ging zu einem Überseekoffer und klappte die Truhe auf; die Angeln quietschten, lederner Geruch verbreitete sich im Raum.

»Da gäbe es den Rückengeradehalter für das Bett.« Mit beiden Händen hielt er ein weiteres Riemenkonstrukt hoch. Zwei Schlaufen, wie zugeschnallte Gürtel, verbunden durch einen breiteren Querriemen. »Dieser lässt sich problemlos erweitern, sodass auch die Hände fixiert sind und es zu keinerlei unsittlichen Handlungen kommen kann.« Langsam kehrte er zur Truhe zurück und legte seine Konstruktion hinein. »Um zuvor zu versuchen, die Triebe anderweitig abzubauen, empfehle ich Bewegung, Bewegung, Bewegung. Körperlich so anstrengend wie nur irgend möglich. Holz hacken, Sägebewegungen, derlei Dinge sind bestens geeignet. Nur in besonders schweren Fällen müssen Sie von kalten Sitzbädern oder Kaltwasserklistieren Gebrauch machen.«

Ein Murmeln ging durch das Publikum, doch an Schrebers Abgeklärtheit änderte dies nichts. Gelassen ging er auf einen Stuhl zu, stellte sich dahinter und stützte sich mit beiden Händen auf die Rückenlehne. Sein Blick zog ruhig durch das Publikum, bevor er weitersprach. »All dies benötigen Sie jedoch nur, wenn es bereits zu spät ist. Viel erfolgversprechender ist es, dem Ganzen *vorzubeugen*.«

Abwartend lag sein Blick auf den Zuhörern. Er sprach erst weiter, als sich jemand opferte nachzufragen, wie dies gelingen könne. Jetzt löste er sich vom Stuhl, schlenderte geradezu über die Bühne.

»Respekt.« Er hatte einen besonders tiefen Bariton. »Wir müssen dafür sorgen, dass die Kinder uns von klein auf, ja von Geburt an, Respekt zollen.« Er blieb stehen und sonnte sich in der gebannten Aufmerksamkeit. Dann holte er einen weiteren Gegenstand aus der Truhe. Er war hölzern. Ein langer Stab mit flachen Seiten und einem Griff. Klatschend schlug er damit in seine Hand, ein kollektives Zusammenzucken. Marieke schnappte nach Luft.

»A-aber wir können doch nicht …«, sagte sie, und auch andere Stimmen im Publikum wurden lauter. Schreber musste wie ein Lehrer mit nach unten drückenden Händen für Ruhe sorgen.

»Beruhigen Sie sich, meine Damen und Herren. Ich weiß, was Sie jetzt denken. Es ist unmenschlich, bereits Säuglinge zu maßregeln. Aber ich kann Sie beruhigen. Wenn man mit dieser Prozedur früh genug beginnt, ist es ausreichend, sie ein bis zwei Mal durchzuführen. Danach ist man Herr des Kindes. Für immer.«

Fünf Sekunden blieb es still. Mariekes Empörung steckte ihr in der Kehle fest. Eine Frau weiter vorne, Marieke konnte sie nur von hinten sehen, verschränkte die Arme. »Also ich weiß nicht. Das kommt mir alles recht … barbarisch vor. Und wer sagt uns, dass all das wirklich funktioniert.« Sie nickte in Richtung der mit Intarsien verzierten Truhe.

Schreber hatte wieder seinen Platz hinter dem Stuhl bezogen, die Lehne wie ein Schutzschild zwischen sich und den Zweiflern.

»Ist es nicht im Gegenteil barbarisch, unsere Kinder, unser eigen Fleisch und Blut, nicht auf die bestmögliche, auf die effektivste Weise zu fördern? Sie zielsicher auf den Weg der Tugend zu bringen?«

Die Frau neigte den Kopf, ihre Antwort war nicht laut genug, um Marieke zu erreichen.

»Und was den anderen Punkt betrifft …« Er lief zu einer Aktentasche auf dem Tisch, schob Papiere raschelnd zur Seite und hielt triumphierend etwas hoch. Ein Foto. Aus der Entfernung nur ein Gemisch aus hellbraunen, dunkelbraunen und weißen Flächen.

»Das sind meine Kinder. Drei Töchter und zwei Söhne. Selbstredend sind alle unter Einsatz meiner gesundheitsfördernden Apparaturen aufgewachsen. Bitte, überzeugen Sie sich selbst. Ich denke, hier gilt der allgemein bekannte Satz: Ein Bild sagt mehr als tausend Worte.«

Er überreichte das Foto einem Zuhörer in der ersten Reihe. Von dort wanderte es von Hand zu Hand weiter. Schließlich lag das Bild mit dem welligen Rand in Marieke Hand, eine Ecke war bereits ausgefleddert. Es war sofort zu erkennen, worauf Schreber hinauswollte. Die Kinder standen kerzengerade, wie kleine Kadetten. Doch wenn man in ihre Augen sah, glichen sie eher Soldaten, die den Krieg erlebt hatten.

Kapitel 22

Jacobsdorf, 1847

Die Stille, auch wenn sie nur zwei Sekunden andauerte, war kaum zu ertragen. Zwei Sekunden lang war da ausschließlich der Regen, der gegen die Fensterscheiben peitschte. Für gewöhnlich mochte Luise das Geräusch, erinnerte es sie doch daran, dass sie schön geschützt im Warmen saßen. Heute jedoch kam es ihr vor, als würde der Regen eiskalt ihren Nacken herunterrinnen. Dabei hatte sie sich zuvor bereits darauf eingestellt, dass keine Wogen der Begeisterung über sie hereinbrechen würden. Gefühle waren hier ohnehin nichts, was man zeigte, anders als in Keilhau. Doch als in der Stille, die ihrer Bekanntmachung bei Tisch folgte, die Ablehnung sie schier übermächtig umhüllte, wäre sie am liebsten aufgestanden und davongelaufen.

Obwohl Johanna sich um Fassung bemühte, während Gotthilf mit einem Hustenanfall rang. Conrad und Otto, die mittlerweile mit im Speisezimmer sitzen durften, aßen gesittet weiter. Kein Gejammer über die Karotten, die sie nicht mochten, und immer schön mundgerechte Häppchen, ordentlich gekaut. Nicht einmal verstohlene Blicke warfen sie in ihre Richtung.

Angespannt rückte Luise mit Messer und Gabel ihr Fleischstück zurecht, suchte scheinbar nach einer guten Stelle, um den Schnitt zu setzen.

Gotthilfs Besteck klirrte auf den Teller. Eines jener lauten Klirren, die einen Sprung im Porzellan vorhersagten. »Lass uns später darüber reden«, sagte er knapp, mit vielsagendem Blick auf die Kinder.

»*Kindergärtnerin* nennt sich das, was du machen willst?«, kam er später im Salon, ein Glas Branntwein in der Hand, auf ihre Ankündigung zurück. »Interessant.«

»Ja, entsprechend zur Arbeit im Kindergarten. Friedrich hatte die Idee für die Bezeichnung beim Wandern. Der Name steht für zweierlei: Die Institution soll ein kleines Paradies für die Kinder sein, gleichzeitig sollen sie wie ein Pflänzchen in einem bunten Garten gepflegt und herangezogen werden.«

Ein perfekter Name für Friedrichs Vorhaben, das so schön seine wertschätzende Haltung gegenüber den kleinen Menschen zeigte, wie sie fand.

»Ein Paradies für Kinder? Hegen und Pflegen?« Ihr Schwager schnaubte. »Verderben werdet ihr euch die Gören! Kinder brauchen klare Regeln, sonst tanzen sie einem auf der Nase herum.«

Betont sachte stellte Luise ihr Glas auf den Tisch. »Die Kinder haben klare Regeln. Sie müssen bis zum Sonnenuntergang zu Hause sein, ein jedes hilft im Haushalt, hat bestimmte Pflichten zu erfüllen und übernimmt Verantwortung.«

»Und wenn sie ihren Pflichten nicht nachkommen?« Er verschränkte die Arme und lehnte sich in seinem Sessel nach hinten.

»Dann gibt es eine Strafe.«

»Gut. Ich hatte bereits gefürchtet, dass es auch keine Maßregelungen gibt.«

»Doch, die gibt es. Allerdings ohne körperliche Züchtigung.«

»Aber wie sollen die Kinder dann Respekt erlernen?«

»Indem wir ihnen Respekt entgegenbringen. Wir bauen dort auf gegenseitigen Respekt.«

»Respekt? Gegenüber Kindern?« Er lachte. »Was kommt als Nächstes? Wollt ihr euch vor ihnen verbeugen? Sie von hinten bis vorne bedienen? Ich komme in fünf Jahren gerne vorbei, um mir die widerborstigen Biester anzusehen, die ihr euch da heranzieht. Glaubt ihr wirklich, ihr tut euch damit einen Gefallen? Oder ihnen?«

»Ich muss sagen, es sind bisher sehr freudige und aufgeweckte junge Menschen gewesen, die mir dort begegnet sind. Und sie sind vielseitig interessiert.«

»Jaja, Kinder lieben es, ihre Nase überall hereinzustecken, wenn man sie nur lässt. Aber man muss auch an später denken. Wie soll es im Beruf werden, wenn sie nur tun und lassen, was ihnen beliebt? Nein, Luise, lass dir das von einem Mann gesagt sein, halt dich von diesem Brutnest der Demagogie fern. Du stürzt dich sonst nur ins Unglück.«

Friedrich hätte ihm jetzt diverse Argumente entgegenzuhalten vermocht. Er konnte wundervoll über kindliche Bedürfnisse, die andere Erfahrungswelt und die Menschenbildung im Allgemeinen sprechen. Doch Luise fehlten wieder einmal die rechten Worte. Wie konnte sie den Schwager überzeugen, dass dies der richtige Weg für sie war? Indem sie ihre Liebe zu Kindern ins Spiel brachte? Oder doch besser ihre gesellschaftliche Stellung?

»Ich denke, für mich als ledige Frau ist es eine gute Gelegenheit, einen Beruf zu erlernen.«

Sofort legte sich Johannas Hand auf ihre. »Aber du benötigst doch keinen Beruf, meine Liebe. Du kannst immer hier bei uns, bei Gotthilf und mir, wohnen.«

Luise dachte an die Tage in der Villa zurück, wo sie dem Schwager voller Unbehagen so oft wie möglich aus dem Weg gegangen war. Wusste Johanna überhaupt, was er damals zu ihr gesagt hatte?

Johanna warf ihr einen liebevollen Blick zu. »Die Kinder würden sich freuen.«

»Setz ihnen aber ja keine Flausen in den Kopf!«, sagte Gotthilf mit erhobener Gabel. Er zwinkerte zwar, doch es war offensichtlich, dass er nicht scherzte.

Sicherlich, es wäre schön, wieder bei Conrad und Otto zu sein. Doch sie waren nun beide in der Schule und den halben Tag fern. Außerdem konnte Luise sich kaum vorstellen, Keilhau wieder zu verlassen. Dazu gab es zu viele Verbindungen, gewachsen über die letzten zwei Jahre wie die Haftwurzeln des Efeus, die sie fest mit der Schule verbanden. Und mit den Menschen.

»Euren Segen bekomme ich folglich nicht?«

Gotthilf lachte auf, und Johanna senkte den Blick.

Wie schön wäre es gewesen, bei diesem Schritt das Wohlwollen der Verwandten zu spüren. Oder eine hilfreiche Hand, so wie früher, wenn sie als Kind über einen breiten Graben springen wollte und nicht sicher war, ob sie es alleine schaffte. In diesem Fall war da stets Johanna gewesen, die breitbeinig im festen Stand auf der anderen Seite auf sie wartete. Bereit, die kleine Hand in ihre zu schließen, sie kräftig hochzuziehen, damit sie nicht nach der meist wackeligen Landung an der Böschung des gegenüberliegenden Ufers nach hinten taumelte. Erfüllt vom Nervenkitzel nach der überstandenen Angst, hatten sie danach gegackert und waren Seite an Seite über die Felder gerannt.

Anscheinend konnte Luise bei diesem Sprung nicht darauf zählen. Sie atmete tief ein, um sich für den nächsten Schritt zu wappnen. »Nichtsdestotrotz brauche ich meine Ersparnisse.«

Gotthilfs Augenbrauen zogen sich zusammen. »Wofür?«

»So eine Ausbildung ist natürlich nicht umsonst.«

Er warf ihr einen langen Blick zu. Dann stellte er den Cognacschwenker auf den Beistelltisch, fuhr sich über das Gesicht und wirkte völlig erschöpft. »Habe ich es mir doch gedacht.«

»Was?« Luise verschränkte die Arme.

»Sie wollen dir das Geld aus der Tasche ziehen, Luise, nichts anderes.«

»Nein, das wollen sie bestimmt nicht. So teuer ist der Kurs auch nicht, der Preis ist absolut angemessen. Außerdem ist es mein Geld, ich kann entscheiden, wofür ich es verwende.«

»Nein, das kannst du nicht. Ich bin der Verwalter, und das aus gutem Grunde, wie du gerade wieder beweist. Du hast keine Ahnung, was du tust, weißt nichts von der Welt. Ich werde dich vor dieser törichten Handlung bewahren, so wie es meine Aufgabe als männliches Familienoberhaupt ist. Du stehst unter meinem Schutz.«

Nur zu gerne hätte sie ihn erinnert, dass er sie vor zwei Jahren des Hauses verwiesen hatte. Wo war da seine schützende Hand gewesen? Doch all das änderte nichts daran, dass er über ihr Geld verfügte. Sie musste geschickt vorgehen, ihn besser nicht gegen sich aufbringen.

»Und dafür bin ich dir sehr dankbar«, begann sie. »Aber da ich nun nicht mehr hier wohne, ist es zudem überaus umständlich, wenn mein Geld hier ist … Allein deswegen würde ich es gerne mitnehmen.«

»Bekommst du dort nicht einen kleinen Lohn und Kost und Logis obendrein? Wozu brauchst du dann noch Geld? Du betonst doch immer wieder, wie wenig du benötigst. Nein, nein, versuche nicht, mich für dumm zu verkaufen.«

Sie hätte niemals zulassen dürfen, dass er sich nach dem Tod ihres Vaters um die Formalitäten kümmerte. Den Erbschein beantragen, Geld über einen Anwalt auszahlen lassen … all das waren Dinge gewesen, über die sie wenig gewusst und die sie sich nicht zugetraut hatte. Sie war ihm dankbar gewesen, dass er diese Dinge für sie geregelt und das Geld in seine Obhut genommen hatte. Niemals hätte sie ihm zugetraut, dass er ihr einst verweigern würde, was ihr zustand. Das wenige Geld, das sie in Keilhau verdiente, hatte sie, als die Zeiten hart und das Essen knapp wurde, in die Haushaltskasse gegeben.

»Bitte glaube mir doch, ich weiß genau, was ich tue. Ich will diese Ausbildung machen, und dazu benötige ich mein Geld.«

»Ich glaube dir ja. Ich glaube dir, dass du tatsächlich fest davon überzeugt bist, das Richtige zu tun. Aber es hat schon seinen Grund, warum sich die Männer um die Finanzen kümmern, immerhin weiß man, dass der Verstand der Frauen … sagen wir mal … begrenzt ist. Ich kann also gut nachvollziehen, dass du die Tragweite deines Vorhabens momentan noch nicht erfassen kannst. Aber nun glaube du mir bitte, liebe Luise: Eines Tages wirst du mir dankbar sein, dass ich dich vor diesem törichten Fehler bewahrt habe.«

»Wer sagt denn, dass es ein Fehler ist? Du weißt doch nichts über Friedrich Fröbel oder Keilhau, alles, was du weißt, kennst du nur vom Hörensagen. Und es ist einfach nicht gerecht, wenn du mir nicht gibst, was mir gehört!«

Sein gesamter Oberkörper blähte sich beim Einatmen auf. »Luise.« Leichte Resignation in der Stimme. Er griff nun wieder nach seinem Schwenker und ließ die braungoldene Flüssigkeit im Glas kreisen. »Du weißt, dass ich als Geheimer Finanzrat der Bezirksregierung eine gewisse Position errungen habe?«

Sie nickte nur, für eine Antwort war sie zu ungehalten.

»Nun ist es so, dass wir innerhalb der Regierung diese ganzen neuen Ideen und Entwicklungen im Auge behalten. Die Kinder von heute sind schließlich die Bürger von morgen. Es gibt allerlei Überlegungen, wie man das Beste aus den Kindern herausholen kann. Erst neulich habe ich einen Vortrag von einem gewissen Moritz Schreber gehört, der wahrlich beeindruckende Apparaturen für die gesunde Entwicklung der Kinder erfunden hat. Endlich gibt es Hilfsmittel, welche die aufrechte Haltung fördern, und es gab sogar etwas gegen …« Unwirsch winkte er ab. »Nun ja, was ich sagen will: Uns entgehen all diese Dinge nicht. Was beispielsweise der Herr Schreber tut, das begrüßen wir sehr. Was nun allerdings diese Schule in Keilhau betrifft – auch darüber habe ich mich genauestens informiert. Allerdings …« Er verzog das Gesicht.

»Was … was soll falsch daran sein?«

Er lachte mitleidig auf. *Dummes, dummes Kind.*

»Hast du einmal darüber nachgedacht, was mit diesem Land geschieht, wenn wir plötzlich nur noch selbstbestimmte und frei denkende Bürger haben?«

Luise starrte ihn an. Er deutete aus dem Fenster hinaus. »Denkst du, ein selbstbestimmter Mensch möchte da drüben in der Fabrik ackern? Das ist aber nötig, wenn unser bestehendes Gesellschaftssystem nicht zusammenbrechen soll. Wenn wir uns diese Menschen heranbilden, tobt hier bald die nächste Revolution. Und weißt du, was das bedeutet? Revolution heißt nicht gleich Verbesserung. Schau dir doch an, was drüben in Frankreich geschieht. Tausende unschuldiger Menschen mussten sterben. Willst du das? Wenn du mich also fragst: Nein, meinen Segen hast du nicht, und das Geld werde ich dir für solch ein Unterfangen mit Sicherheit auch nicht aushändigen.«

Kapitel 23

Auf dem Weg nach Keilhau, 1847

Das unregelmäßige Rütteln des Zuges nahm Luise auf dem Rückweg kaum wahr. Die Gedanken in ihrem Kopf rüttelten noch stärker. Wenn sie nicht mit ihrer Familie brechen wollte, musste sie bis an das Ende ihrer Tage Kartoffeln schälen und Dielen scheuern, statt Kinder in ihrer Entwicklung zu fördern.

Sie hing ihren Gedanken nach, bis eine Unterhaltung auf entfernter liegenden Plätzen sie aufhorchen ließ. Es schien um Unterricht und Bildung zu gehen. »Wenn Sie sich für derartige Themen interessieren, hätten Sie neulich in Darmstadt sein müssen, dort hat ein überaus seltsamer Kerl einen Vortrag gehalten. Er soll wahre Wunder vollbringen, indem er den Kindern das Lernen erleichtert.«

»Aha.« Die Skepsis des Zuhörers war nicht zu überhören. »Und wie gelingt ihm das?«, fragte er mit heiserer Stimme.

»Wenn ich es richtig verstanden habe, ist das ganze Kunststück des Mannes, dass er sie mehr oder weniger spielen lässt. Den ganzen Tag. Singen, Papierflechten, Ausschneiden und so etwas. Dadurch lernen sie dann offenbar alles Mögliche.«

»Kann ich mir nicht vorstellen.«

»Mir fällt es auch schwer. Aber die Kinder lieben ihn. Sobald sie ihn sehen, rennen sie auf ihn zu und reichen ihm die Hand. Und er soll sehr mitreißende Reden schwingen können.«

Oh ja, das kann er, dachte sie und musste trotz ihrer Niedergeschlagenheit schmunzeln. Zu Beginn hatte sie ihn ebenfalls für einen sonderbaren Kauz gehalten, doch nach kurzer Zeit hatte er auch sie mitgerissen.

»Das scheint ja der reinste Rattenfänger von Hameln zu sein. Wie heißt er denn?«

»Fröbler oder Fröhlich oder so.«

»Also wenn Sie mich fragen, ist das der reinste pädagogische Schwindel.« Luises Lächeln verschwand, als sie der heiseren Stimme weiter zuhörte. »Natürlich lieben die Kinder ihn, wenn er mit ihnen spielt. Aber eigentlich ist es Irrsinn, Kinder mit unnützen Spielereien aufzuhalten. Sie müssen lesen und schreiben, vernünftige Wissenschaften lernen!«

Luise zog ihre Henkeltasche vor den Bauch. Sie hätte jetzt wohlwollende Worte gebraucht. Nicht noch mehr Zweifler und Verurteilungen. Immerhin sahen sie es nicht ganz so drastisch wie Gotthilf. Seine Worte hallten weiterhin durch ihren Kopf.

Konnte es wirklich so schlimme Auswirkungen haben, wenn jeder Mensch von klein auf gefördert wurde und Respekt entgegengebracht bekam? Dass während und nach der Französischen Revolution so viele Menschen sterben mussten, war fürchterlich. Die Forderung nach mehr Gerechtigkeit jedoch nachvollziehbar. Wie konnte Gotthilf den Bürgerinnen und Bürgern die nötigen Waffen in Form der Ausbildung ihres Verstandes verwehren?

Waren Kindergärten und freie Schulen tatsächlich als eine Art Staatsgefährdung zu sehen? Machte sie selbst sich zum Staatsfeind, wenn sie Kindergärtnerin wurde? *Sie?*

Sie hielt das für Unsinn.

Der respektvolle und anregende Umgang hatte solch eine schöne Wirkung auf die Kinder. Wie wären Conrad und Otto heute, wenn sie in den Kindergarten gegangen wären? Spielen, um zu lernen. Kein Lernen, lernen, lernen und zwischendurch eine Prise Spiel. Wie wäre sie selbst, wenn ihre Erziehung von Anfang an auf Selbstbestimmung ausgerichtet gewesen wäre anstatt auf Anpassung und Gehorsam?

Bisher war sie stets darauf bedacht gewesen, es allen recht zu machen. Aber womöglich war es für die Selbstbestimmung noch nicht zu spät? Sie wusste, ohne lange nachzudenken, dass sie ihr Leben den Kindern widmen wollte. Dafür würde sie sogar den Bruch mit ihrer Familie in Kauf nehmen, den Gotthilf angekündigt hatte. Gleichzeitig wollte sie keine Almosen. Wenn sie die gleiche professionelle Ausbildung bekam wie die anderen jungen Frauen, wollte sie den gleichen Betrag dafür zahlen. Aber sie war vollkommen mittellos. Wie sie es auch drehte und wendete – der Wunsch, Kindergärtnerin zu werden, war ein Traum, den sie aufgeben musste.

• • •

Zurück in Keilhau, richtete Luise ihre Frisur und erfrischte sich. Dann klopfte sie bei Friedrich, um sich zurückzumelden. »Du bist wieder da, wie schön!« Er lächelte sie hinter seinem exorbitanten Schreibtisch an, der ihr so groß wie eine ganze Galeere vorkam. Die Schreibtischgaleere ließ ihn stets kleiner wirken, als er war, doch heute kam er ihr regelrecht winzig vor. Seine Augen lagen in dunklen Höhlen, und die abstehenden Haare zeigten, dass er häufig mit den Händen hindurchgefahren sein musste.

»Was ist geschehen?« Sie nahm ihm gegenüber Platz und beobachtete, wie seine Schultern noch tiefer sanken. Er seufzte und hielt dann eine Zeitschrift in die Höhe. »Ein vermeintlicher Freund von mir hat ein bitteres Pamphlet gegen Kindergärten veröffentlicht. Er behauptet, dass die Kinder durch schön scheinende Worte und Spiele in eine unzeitgemäße Zwangsjacke gebracht würden.« Er stand auf, wandte sich zum Fenster. »Die Fröbel'schen Spiele sind zu künstlich und beruhen zum Teil auf mystischer Symbolik«; rezitierte er aus dem Kopf und schwenkte dann wieder herum. »Er wagt es tatsächlich, zu behaupten, dass Kindergärten lediglich ein neues Kleid für eine alte Sache seien! Er soll sich doch einmal ansehen, was wirklich in den Strick- und Warteschulen, in den Bewahranstalten mit den Kindern gemacht wird!«

Als hätten seine galligen Worte ihm die letzte Kraft geraubt, sank er wieder in den Stuhl zurück. »Es ist, als hätte sich der Teufel gegen uns verschworen. Erst der Unfall, dann die Prüfungskommission, und nun wenden sich auch noch meine eigenen Freunde gegen mich?« Langsam schüttelte er den Kopf, sein Gefühl der Ohnmacht war so stark, dass auch Luise es spürte.

»Was machen wir nur? Es können sich nicht noch mehr Zöglinge abmelden. Vielleicht sollten wir einfach aufgeben.«

»Nein!« Das Wort war von selbst aus ihr herausgekommen. Luise dachte an Conrad und Otto mit ihren leeren Augen. An ihre Zeit in der katholischen Schule. Und an die Apparaturen dieses Schreber, von denen ihr Schwager so begeistert berichtet hatte.

»Man bräuchte eine Art Fürsprecher«, murmelte sie nachdenklich.

»Ich bin doch schon so viel gereist. Durch das ganze Land. Wann immer mich jemand hören wollte, bin ich gekommen und habe von unserer Pädagogik berichtet. Aber nicht einmal das wollen sie in letzter Zeit. Und nun …« Er nickte zur Zeitschrift, und für einem Moment lauschten beide seiner Resignation.

»Genug des Ganzen.« Friedrich richtete sich auf. »Ich belaste dich hier mit meinen Sorgen, dabei hast du etwas viel Wichtigeres zu berichten. Wie war es bei deiner Schwester? Was halten sie von deinen Zukunftsplänen?«

Da war so viel Erwartungsfreude in seinem Ausdruck, dass sie am liebsten den Blick abgewendet hätte. Sollte sie zu allen seinen Sorgen noch die Ablehnung ihrer Familie obendraufschaufeln?

»Ich … ich habe es mir anders überlegt.«

»Was?« In seinem Blick lag Bestürzung. Vermutlich, weil er darin eine Entscheidung gegen den Kurs auch als eine gegen sich selbst verstand.

»Bitte, es hat nichts mit dir zu tun. Ich habe es mir nur alles durch den Kopf gehen lassen und festgestellt, … dass es nichts für mich ist.«

»Das stimmt doch nicht. Du liebst Kinder, verstehst ihr Wesen wie keine andere.«

»Ja. Aber in Keilhau bin ich ohnehin immer von Kindern umgeben. Dazu muss ich keine Kindergärtnerin sein. Und ich koche nun mal auch gerne.«

»Also wenn es nur das ist – das kannst du ja gerne weiterhin tun. Aber jetzt sag mir nicht, dass du obendrein mit Vorliebe den Boden scheuerst?!«

Sie hielt seinem Blick nicht länger stand, wendete sich ab, und er erhob sich zornig vom Stuhl.

»Dann lass es eben«, zischte er.

Sie spürte, sie hätte ihm die Wahrheit sagen sollen; die Lüge, um ihn zu schützen, verletzte ihn noch viel mehr.

»Es ist das Geld«, rief sie ihm hinterher, als er schon im Flur war. Im nächsten Moment tauchte er wieder im Türrahmen auf und sah sie fragend an.

»Das Geld für den Kurs. Sie wollen mir meine Ersparnisse nicht aushändigen, und so kann ich den Kurs nicht bezahlen.«

Eine steile Falte bildete sich zwischen seinen Brauen. »Aber du solltest den Kurs nie bezahlen! Er sollte doch mein Geschenk an dich sein. Als Dankeschön.«

»Friedrich, du kannst nicht ständig alles verschenken.« Nicht, wenn er selbst das Geld nicht hatte. Eines Tages würde ihm das zum Verhängnis werden, das spürte sie.

Er lächelte. »Es wird schon irgendwie gehen. Wir haben noch immer einen Weg gefunden. Also. Wann willst du beginnen?«

Sie seufzte. In seinem Optimismus war er unverbesserlich. Sollte nun auch sie zur Nutznießerin seiner unverbesserlichen Zuversicht werden?

Kapitel 24

Hamburg, 1851

»Arthur, Augen nach vorn!« Schwester Wilkas Stimme war so streng, dass der Junge sofort gehorchte und sie nahtlos mit den Anordnungen und Befehlen weitermachen konnte. Am frühen Nachmittag war stets Zeit für die »Stummen Körperbewegungen«, wie sie es nannten.

Oder, wie Marieke im Stillen sagte: »die eingeübte Ergebenheit«. Wenn sie Gott für etwas dankte, dann, dass die gekeiften Befehle und deren stumme Befolgung nur zwölf Minuten andauerten.

Danach folgte ohne Pause die nächste Beschäftigung. Sonst hätte die Sünde schließlich Gelegenheit gehabt, sich zu entfalten – auch wenn Marieke bei diesen stupiden, immer gleichen Bewegungen, die die Kinder ausführen mussten, schon oft in den Sinn gekommen war, dass hier der Teufel höchstpersönlich die Finger im Spiel haben musste.

»Und jetzt mit dem Zeigefinger auf den Tisch klopfen.« Zwölf Kinder saßen sich an zwei Tischen gegenüber. Im Gleichtakt klopften alle brav auf den Tisch. Danach folgte die gleiche Bewegung mit beiden Zeigefingern und schließlich mit der flachen Hand. Dabei galt: ganz leise bleiben, nicht wetteifern, nicht aus der Reihe tanzen.

In ihrer Einheit erinnerten die Kinder an das Zusammenspiel der Maschinen in der Dampfmühle, waren nur sehr viel leiser. Ihre

Augen waren wie die Keilriemen, sie bewegten sich – jedoch ohne jedes Leben.

»Und nun: zweimal die Hände kreuzweise übereinanderlegen. Als Nächstes dreimal in die Hände klatschen.«

Endlich war es fast geschafft. Schwester Wilka klatschte nun selbst mehrfach in die Hände. »Und zum Schluss das stumme Bildchen.«

Vielleicht hätte es einen Unterschied gemacht, wenn sie zumindest eine Prise Lebensfreude versprüht hätte, so getan hätte, als würden sie hier etwas Vergnügliches machen. Doch Schwester Wilka sprach wie der Pastor in der Kirche, monoton mit einer Spur Bedrohlichkeit.

Mariekes Blick suchte den von Schwester Wilka, um sich die Erlaubnis zu holen, sich kurz zu entfernen. Während die Kinder bewegungslos eine Szene nachstellten, konnte sie ohnehin nichts tun und wollte die Gelegenheit nutzen, um eine ihrer Ideen mit Schwester Martha zu besprechen.

Sie klopfte an die Tür des Büros und trat, nachdem sie hereingebeten worden war, ein, nicht ohne sich für die Störung zu entschuldigen.

Kaum dass sie sich gesetzt hatte, legte sie los: »Ich habe überlegt, ob wir mit den Kindern nicht einmal einen Ausflug zum Hafen machen könnten.«

Die Falten auf Schwester Marthas Stirn wurden nach oben geschoben, als sie die Augenbrauen hob und stutzte. »Warum sollten wir das tun?«

»Dort gibt es allerhand zu sehen. Die großen Schiffe und die Kräne, die die riesigen Kisten heben. Manchmal duftet es nach Gewürzen, Tee oder Kaffee. Man könnte …« Sie unterbrach sich, da Schwester Martha mit ausdrucksloser Miene im gleichbleibenden Rhythmus den Kopf schüttelte. »Das ist viel zu gefährlich. Unsere Aufgabe ist es, die Kinder vor Gefahren zu bewahren. Wir können doch nicht mit sechzig Kindern durch die Stadt marschieren. Und dann auch noch zum Hafen. Was da alles passieren könnte!«

»Na ja, durch die Marschierübungen sind die Kinder ja bestens darauf vorbereitet. Ich dachte, wenn wir in Zweierreihen …«

»Du dachtest? Offenbar hast du gar nicht gedacht, Marieke. Das ist eine törichte Idee. Wenn den Kindern dabei etwas passiert, geht es uns an den Kragen. Nein, das lassen wir schön bleiben.«

»Na gut.« Enttäuscht blieb Marieke sitzen. Es hätte den Kindern solch eine Freude bereitet, einen Ausflug zu machen.

»Gibt es sonst noch etwas?« Schwester Martha hatte ihre Feder bereits wieder zur Hand genommen und sah sie aus ihren wässrigen Augen an.

»Ja, ich hätte noch eine Kleinigkeit. Können wir die stummen Körperbewegungen vielleicht streichen und die zwölf Minuten mit einer anderen Übung füllen? Oder könnten wir die Übung zumindest ein wenig verändern und eine Geschichte dazu erzählen oder einer macht die Bewegungen falsch, und die Kinder müssen Fehler dabei suchen?«

Schwester Martha rümpfte die Nase. »Warum sollten wir das tun?«

»Sie bereiten den Kindern keinerlei Freude. Der gesamte Saal stöhnt, wenn es so weit ist.«

Schwester Martha lehnte sich zurück und verschränkte die Arme. »Sie sollen auch gar keine Freude machen, das Leben ist schließlich kein Sonntagspicknick. Im Gegenteil. Und unsere Übungen bereiten die kleinen Menschen optimal auf ihre spätere Tätigkeit in einer Manufaktur oder als Hafenarbeiter vor. Spätestens dann müssen sie ebenfalls Befehlen folgen …«

Marieke riss sich zusammen, um nicht nachzufragen, ob ein Ausflug zum Hafen nicht eine ebenso gute Vorbereitung auf das spätere Leben wäre. Sie konzentrierte sich auf das Wesentliche. »Aber müssen sie denn jetzt schon damit anfangen?«

Schwester Marthas Augen wurden schmal. »Was glaubst du eigentlich, wer die Einrichtung unterhält? Von dem dürftigen Betrag, den die Eltern bezahlen, könnten wir nicht lange leben. Und ich kann der Stadt schlecht sagen, dass wir hier eine Vergnügungsanstalt betreiben, in der die Kinder nichts lernen. Der Schule dürfen wir nicht vorgreifen, aber auf ihr späteres Leben, darauf können wir die Kinder vorbereiten. So werden sie zu vorbildlichen Arbeitern, was ihnen den späteren Broterwerb um einiges leichter machen wird.«

Marieke merkte, dass sie hier nicht weiterkam. Vielleicht, wenn es ihr gelänge, Schwester Wilka irgendwie auf ihre Seite zu ziehen. Sie ahnte, dass zumindest die stummen Körperbewegungen ihr ebenfalls ein Dorn im Auge waren. Nur wie sollte sie dies sicher herausfinden, ohne ihre wahren Gedanken zu leutselig preiszugeben? Denn wenn die Schwestern wüssten, was ihr wirklich vorschwebte, wären ihre Tage hier sicherlich gezählt. Aber so weitergehen konnte es keinesfalls.

Kapitel 25

Keilhau, 1847

»Guten Morgen.« Mit einem Lächeln trat Luise in Friedrichs Büro. Dieser Winter war besonders hart. Er kroch umgehend unter die Kleider, sobald man ins Freie heraustrat. Luises kleines Zimmer hatte weder Ofen noch Feuerstelle, deshalb arbeitete sie seit ein paar Wochen mit bei Friedrich im Büro, um alles zu lernen, was eine Kindergärtnerin wissen musste. Sie hatte nicht absagen können. Natürlich nicht. Das schlechte Gewissen nagte zwar permanent an ihr und Amalies spitze Kommentare, als sie mitbekommen hatte, dass Luise nichts bezahlen musste, ebenso, doch trotzdem genoss sie die Ausbildung. Es war herrlich, sich den ganzen Tag in pädagogischen Schriften zu vergraben.

Friedrichs unmittelbare Nähe hatte den Vorteil, dass sie ihn sofort fragen konnte, wenn sie über etwas in seinen Texten stolperte. Er zögerte nie, seine Arbeit zu unterbrechen, und erklärte gerne und bereitwillig.

»Guten Morgen, Luise.« Fröhlich deutete er auf die Zeitung, die ausgebreitet auf seinem riesigen Schreibtisch vor ihm lag. »Endlich ist die Revolution auch hier angekommen, es wird höchste Zeit für ein Umdenken. Vielleicht bekommen der Kindergarten und meine Idee der Menschenbildung jetzt endlich mehr Aufmerksamkeit.«

Luise nickte. »Ich hoffe sehr, dass sie endlich die Anerkennung bekommen, die sie verdienen.«

Leider gab in den deutschen Staaten mit den vielen Hauptstädten kein großes Einheitsziel wie Paris, und bisher verlief die Revolution viel gemäßigter. Luise setzte sich an den kleinen Schreibtisch, den man für sie neben der Schrankwand aufgestellt hatte, und schlug ihr Buch auf. Während sie las, flog seine Feder die meiste Zeit über das Papier, nur hin und wieder ließ er sie sinken, um etwas in seinen Karteikästen zu suchen oder in einem Buch zu blättern. Doch am späten Nachmittag reckte er die Arme nach oben, streckte die Beine aus und ächzte leise.

»Wie kommst du voran?«, erkundigte er sich dann.

Luise schob sich eine Strähne hinters Ohr. Sie war gerade in sein Hauptwerk vertieft, das höchst interessante Gedanken in ihr anregte, ihr stellenweise allerdings auch Rätsel aufgab, wie eine Passage zu verstehen sein könnte. *Dummerchen.* Vielleicht war sie doch nicht für diesen Beruf geeignet. Ob sie sich ihm anvertrauen sollte? Aber nun war die Hälfte der Ausbildung bereits absolviert, wie groß wäre seine Enttäuschung, dass er all die Zeit vergeudet hatte? Und sie wünschte weiterhin, dass auch sie einen Teil dazu beitragen könnte, selbstbestimmte Kinder zu erziehen. Da sie ihn ohnehin nicht anlügen konnte, gab sie leise zu:

»Ich muss gestehen, dass es in deinem Buch *Die Menschenerziehung* einige Passagen gibt, wo ich kaum folgen kann.«

So. Jetzt wusste er es.

Da war kein Spott, keine Ungeduld in seinen Zügen. Er nickte. »Du musst bedenken, dass meine damaligen Überlegungen inzwischen über zwanzig Jahre alt sind. Vieles von dem, was ich mir mittlerweile erschlossen habe, war damals noch in den Anfängen. Vermutlich kommt es dir deswegen unausgereift vor, weil eben auch meine Gedanken, meine Theorie noch nicht ganz ausgereift waren.«

Es lag also vielleicht gar nicht an ihr? Endlich spürte sie die Wärme des Kaminfeuers wieder, und auch sie lehnte sich in ihrem Stuhl nun zurück. Sie besprachen die letzten Passagen, die Luise gelesen hatte, und was sie für die Erziehung des Menschen für Folgen hätten. Danach versanken sie abermals in ihren stummen Studien – bis die Tür aufgerissen wurde. Ein kleines Mädchen mit zerzausten Haaren, löchrigen Schuhen und einem dicken Striemen Schmutz über Wange und Stirn stand in der Tür. Sie musste aus dem Dorf kommen.

»Ich hab gehört, hier kann man spielen!« Ihre Stimme kiekste, und sie sah sich suchend um. Luise erhob sich rasch. Alle Kinder aus dem Dorf waren eingeladen, sich auf dem Schulgelände aufzuhalten, und durften auch die Spielgaben leihen, aber Friedrich sollte besser nicht bei seiner Korrespondenz gestört werden, er arbeitete ohnehin immer viel zu lang.

Doch schon war er ebenfalls hinter seiner Schreibtischgaleere herausgetreten und ging vor der Kleinen in die Knie.

»Na, wen haben wir denn hier?«

Er holte sein weißes Taschentuch hervor, begoss es mit Wasser und wischte vorsichtig das Gesicht des Mädchens sauber. Dabei ließ er sich geduldig die Abenteuer der vergangenen Tage erzählen und lachte an den richtigen Stellen. Als Nächstes zog er sogar einen kleinen Kamm aus der Tasche und entwirrte die struwweligen Haare des Mädchens. Die Kleine war nun kaum wiederzuerkennen, und nachdem sie eine Stunde mit Friedrich ein Bilderbuch bestaunt hatte, versprach sie, bald wiederzukommen und alle ihre Freunde mitzubringen.

Lange nachdem das Mädchen verschwunden war, sah Friedrich immer noch auf die zugefallene Tür. Hatte auch er jemanden in seinem Leben, dem er eine solche Unbeschwertheit gewünscht hätte?

»Entschuldige die Unterbrechung, ich weiß, dass du außerordentlich viel zu tun hast. Ich hätte mich um die Kleine gekümmert, nur …«

Er hob die Hand. Ein breites Lächeln, als er in die Gegenwart zurückkehrte. »Man kann nie wissen, welche Arbeit der Menschheit dienlicher ist. Die Kleine könnte die nächste große Vordenkerin der Nation werden. Worin wäre die Zeit also besser investiert als in die frühkindliche Fürsorge und Bildung?«

Er hatte recht, da war sich Luise sicher. Die frühen Jahre waren die, in denen die Kinder am meisten lernten und für ihr späteres Leben geprägt wurden. Eine solche Zeit wäre nie vertan.

»Noch Tee?«

Verlegen nickte Luise, und Friedrich ging mit der Kanne in der Hand davon. Noch immer hatte sie sich nicht daran gewöhnt, dass sie sich in diesen hundskalten Tagen mit dem Teekochen abwechselten. Ein studierter Mann bediente sie! Schmunzelnd beugte sie sich wieder über *Die Menschenerziehung*.

Kapitel 26

Frankfurt, 1805

Rastlos wie ein Schmetterling bin ich in den vergangenen Jahren von einer Position zur nächsten geflattert – jetzt zieht es mich in eine besondere Stadt. Frankfurt. In der freien Stadt, dem politischen Zentrum Deutschlands, spürt man das klopfende Herz einer neuen Zeit. Jahrhundertealte Befestigungsanlagen werden abgebaut, Gärten angelegt. Heute Abend hat ein Freund von mir zu einem Bekannten von sich eingeladen, von dem er überzeugt ist, dass wir uns gut verstehen werden. Herr Gruner leitet eine Musterschule hier in Frankfurt. Seine Haare stehen wirr vom Kopf ab wie bei einem Schuljungen, die Augen sind von Falten umrahmt, der Kragen hochgeschlagen. Ein offener Mensch, der nur zu gerne bereit ist, neue Ansichten anzuhören und zu diskutieren.

Ich erzähle ihm von meinen eigenen Anschauungen über die Menschenbildung, die ich in den vergangenen Jahren durch meine verschiedenen Stationen und meine Selbstbeobachtung gesammelt habe. Und Rousseau fällt mir wieder ein. Endlich keine Wand mehr, zu der ich spreche. Wir fließen von einem Thema des Lebens zum nächsten.

»Das sind höchst interessante Ansichten, die Sie vertreten. Was ist Ihre derzeitige Tätigkeit?«

»Ich habe mich entschlossen, Architekt zu werden. Ich bin bei einem Meister dieses Faches untergekommen, er lehrt es mich.«

»Architekt?« Seine Stimme geht hinten hoch, und er schmunzelt. Leise zwar, aber doch ist sie lauter als meine flüsternden Zweifel, die mich regelmäßig besuchen.

»Was wäre besser geeignet, um die Menschheit auf eine höhere Stufe zu heben als gotische Architektur?«

Gruner lehnt sich näher zu mir. »Das ist doch keine Berufung für Sie! Ich sag Ihnen was, kommen Sie zu uns. Wir können frei denkende Köpfe wie den Ihren gebrauchen. Wir unterrichten nach Pestalozzis Methoden.«

Ich bleibe ihm die Antwort schuldig. Selten habe ich mich so angeregt unterhalten wie an diesem Abend. Gleichzeitig habe ich lange überlegt und abgewogen, bevor ich mich für die Architektur entschieden habe. Da kann ich nicht urplötzlich umschwenken. Nicht schon wieder.

»Sie müssen nur ›Ja‹ sagen, und die Stelle gehört Ihnen«, lockt er und zieht eine Pfeife aus der Brusttasche. Ich schüttle den Kopf.

»Mehr bedarf es nicht? Was ist mit Zeugnissen, Verbürgungen, Empfehlungsschreiben?«

Er poliert die Pfeife mit einem Zipfel seines Hemdes und beginnt sie zu stopfen. »Etwas Überzeugenderes als das Menschenbild, das Sie sich in den vergangenen Jahren angeeignet haben, benötige ich nicht.«

Ich lehne jedoch ab. Auch als er mich bittet, es mir nochmals zu überlegen.

Doch das Leben meint es gut mit mir; es weiß mich in die richtige Richtung zu weisen. Seit Wochen warte ich bereits auf meine Zeugnisse aus Jena und die Empfehlungen meiner bisherigen Arbeitsstätten. Nun erhalte ich Antwort, dass alles vor einem Monat abgeschickt wurde. So lange benötigt nicht einmal die Schneckenpost. Ich muss einsehen, dass ich ohne jeglichen Nachweis über meine Bildung dastehe. Ein unbeschriebenes Blatt. So kann ich kein Architekt werden. Ich wende mich an Gruner, der sein Versprechen hält.

Schon eine Woche später stehe ich vor meiner ersten Klasse.

Vierzig Jungen von neun bis elf Jahren sehen mich erwartungsvoll an. Ich lockere meinen Kragen. Das Räuspern will nicht recht gelingen. Zögerlich beginne ich mit meinen ersten Erklärungen. Zunächst stockend, dann fließen die Wörter immer schneller. Insbesondere, wenn ich etwas zeigen kann, macht es mir Freude. Ich labe mich an den Fragen der Zöglinge. Nach dem ersten Schultag habe auch ich etwas Wichtiges gelernt: Ich bin angekommen. Mehr noch – es fühlt sich an, als wäre ich zum Lehrerdasein geboren worden.

Kapitel 27

Keilhau, 1847/48

Um die Weihnachtstage lag Friedrichs Schreibtischgaleere verlassen da. Er besuchte Kollegen im Thüringer Wald, wo endlich einmal wieder ein großes Spielefest vorbereitet werden sollte. Ein erster kleiner Lichtblick nach der schwierigen Zeit. Luise freute sich für ihn, trotzdem wanderte ihr Blick in den Phasen des Nachdenkens etwas verloren durch den Raum. Es war so still ohne das leichte Kratzen seiner Feder. Zum Abschied hatte sie ihm einen gefalteten Stern geschenkt – selbst wenn er nur einige Tage fort sein sollte. Trotz der Einfachheit ihres Geschenks war er außer sich vor Freude gewesen. Vor seiner Abreise hatte er gesagt, dass er den Stern sogar zum Teil seiner Spielgaben machen wolle. Es gab vermutlich keinen Weg, ihr mehr Anerkennung entgegenzubringen, und Luise hatte die Augen niedergeschlagen. Sie hatte ihm doch nur eine winzige Freude machen wollen. Und nun sollte ihr Stern Teil des großen Systems werden?

»Ein einfacher Stern?«, hatte sie gefragt. »Was sollen die Kinder daraus lernen?«

»Unterschätze die Sterne nicht. Für mich sind sie ein universelles Symbol für Wissen und Erkenntnis. Sie erinnern mich an meine Studienzeit, wo ich ja unter anderem Kristallografie studiert habe. Und gerade die einfachen Dinge bieten vielfältige Möglichkeiten. Die Kinder können die Papierstreifen nach Farben sortieren. Dadurch lernen sie Elementares über geometrische Formen und bekommen ein erstes Verständnis von mathematischen Konzepten wie Symmetrie und Musterbildung. Das genaue Falten der Streifen fördert obendrein die Fingerfertigkeit und das Koordinationsvermögen der Kinder.«

So schöne Worte. So viel Anerkennung.

Und nun war es still.

Jedes Mal endete ihr Rundumblick an seinem Platz. Da waren die akkuraten Papierstapel, die Briefe, die jeden Tag mehr wurden und darauf warteten, in seine Liste über empfangene, abgeschickte und zu beantwortende Korrespondenz eingetragen zu werden. Die wohlgeordneten Bücher, die grüne Petroleumlampe mit dem goldenen Sockel – und der leere Stuhl. Das lederne Polster der Lehne, ganz abgerieben in der Mitte, wo der Kopf so oft zum Nachdenken verweilte, blickte ihr traurig entgegen. All die Fragen über die gelesenen Texte verblieben undiskutiert in ihrem Kopf und der Platz, an dem der Fröbelstern gelegen hatte … leer.

»Bist du zu Silvester zurück?«, hatte sie ihn bei seiner Abreise gefragt.

Nur um sich darauf einzustellen.

Er hatte es versprochen.

Und nun war der Altjahresabend gekommen, die Dämmerung brach schon herein, und sein Platz war weiterhin verwaist.

Nach einem doppelten Klopfen flog die Tür auf. Henriettes Wuschelkopf hatte zur Feier des Tages die Ausmaße des Hühnerstalls angenommen, und ein goldenes Band zierte ihr Haar.

»Habe ich es mir doch gedacht! Was brütest du noch immer hier über den Büchern? Es sind schon alle da, es gibt köstlichen Punsch …« Sie rüttelte an der Lehne von Luises Stuhl, da diese nicht aufstand. Ihr war nicht nach Feiern zumute. Und es gab noch so viel zu lesen, all das, was sie nachholen musste.

Henriette hatte bereits viele der Gespräche und Diskussionen auf Keilhau mitbekommen und Friedrichs Erklärungen gelauscht.

Er konnte kaum an etwas vorübergehen, ohne geistige Anregungen dazu zu geben. Luises Wissensdurst war jedoch gerade erst erwacht. Wie sollte sie je einen eigenen Kindergarten gründen, wenn sie gefühlt erst an der Oberfläche dieser ganzen Lehre kratzte?

»Nun komm schon, alle warten auf dich!«

Nicht *alle*, dachte Luise im Stillen, erhob sich aber dennoch und ließ sich mitziehen. In der geräumigen Küche herrschte Trubel. Barop, Middendorff, seine Frau Albertine und die anderen Lehrerinnen und Lehrer begrüßten Luise herzlich. Nur Amalie schien ihre Ankunft nicht zu bemerken. Vielleicht weil es so voll war. Die Schülerzahl war wieder gewachsen, und jene, deren Heimreise zu weit war, blieben über die Festtage. Luise hatte nicht das Bedürfnis, Amalie auf sich aufmerksam zu machen, sondern überließ diese ihrem Lachen, das die Musik übertönte. Auf den Tischen und Ablagen türmte sich das Essen, und Henriette drückte Luise ein Glas Punsch in die Hand. Er duftete nach Tee und Zitrone.

Luise nippte daran, während sie den anderen zuschaute, die so enthusiastisch beim Schiffchenorakel ihre Boote anfeuerten. Zwei kleine Walnusshälften, die von gegenüberliegenden Seiten einer flachen Wasserschale losgeschickt wurden. Trafen die Hälften sich in der Mitte, ohne dass eines vorher kenterte, sah es gut aus für das Zusammentreffen mit dem Zukünftigen oder dem Glück der Liebenden.

»Jetzt du!«, rief Henriette, nachdem sie fertig war. Luise zwang sich, sich lächelnd vor die Schüssel zu knien. Alle hatten sich so viel Mühe gegeben, sie wollte keine Spielverderberin sein. Die trüben Wolken sollten nicht auch noch über ihre Freunde hinwegziehen. Das erste Schiffchen mit der kleinen Kerze wurde zu Wasser gelassen, auf der anderen Seite das zweite. Luise stupste und pustete. Als die Nussschalen sich küssten, klatschten und jubelten die Leute und verstärkten damit ungewollt ihren Kummer. Luise wusste auch ohne Liebesorakel, wie ihre Geschichte zu Ende gehen würde. Das Ende war bereits vor Jahren festgelegt worden, als niemand ihr einen Antrag gemacht hatte. Und dass ihre törichte Schwärmerei eben nichts anderes als töricht war, sah sie heute wieder ganz deutlich. Er war nicht gekommen, wie er es versprochen hatte. Aber auch dieser Kummer würde vorübergehen. So wie die anderen beiden Male, als sie sich ungewollt verliebt hatte.

Middendorff setzte sich ans Klavier, die einen sangen laut mit, die anderen redeten gackernd durcheinander. Luise hielt es nicht länger aus. Für einen kleinen Moment musste sie der Fröhlichkeit entkommen, kurz innehalten. Danach würde auch sie sich wieder über all das Schöne freuen, was sie im Leben hatte, und zuversichtlich dem entgegensehen, was noch kommen mochte.

Sie trat nach draußen, atmete mit geschlossenen Augen tief ein und ließ die frische Luft den Lärm aus ihrem Kopf spülen. Das tat gut. Die Natur wirkte wieder wahre Wunder. Fast wären Friedrichs Worte in ihren Kopf gekommen, der sich über derartige Dinge immer so schön freuen konnte, aber sie kämpfte sie zurück. Lieber dachte sie daran, wie glücklich Albertine ihren Middendorff angelächelt hatte, als ihre Schiffchen zueinandergefunden hatten. Wie unbekümmert Henriette gelacht hatte, als ihr Schiffchen untergegangen war und wie schön die Gemeinschaft hier war.

Schon den ganzen Tag über war der Schnee in dicken Flocken gefallen, jetzt lag er tief und weich über dem gesamten Land. Es wäre töricht, unter diesen Bedingungen zu reisen, sagte sie sich. Er konnte nicht. Es hatte nichts mit ihr zu tun.

Aus Keilhau schwebten die kräftigen Töne der Kirchenglocken zu ihr herüber. Eine Heidenarbeit, die mächtige Glocke so lange in Bewegung zu halten, dennoch ließen die Männer des Dorfes es sich nicht nehmen, das alte Jahr aus- und das neue einzuläuten. Was es ihr bringen mochte? Als frisch ausgebildete Kindergärtnerin könnte sie nahezu überall arbeiten. Aber Keilhau verlassen? Die Vorstellung fiel ihr schwer, doch der Kursus wäre vergebens, wenn sie ihr Wissen daraus nicht nutzte. Alle anderen Gedanken in ihrem Kopf waren ohnehin nur Flausen.

Zuerst hörte sie das unverkennbare Knirschen im Schnee. Zu laut und zu schwer für Tierpfoten. Dann schälte sich eine dunkle Gestalt aus der Lichtlosigkeit der Nacht und kam direkt auf sie zu.

»Luise, was machst du denn mutterseelenallein hier draußen?«, fragte Friedrich außer Atem. Ihr dummes Herz jubilierte; er war wahrhaftig gekommen, wie er es versprochen hatte. Endlich war auch Luise nach feiern zumute.

»Und du, was machst du hier mitten in der Nacht?«

»Ich habe mein Wort gegeben, Silvester wieder zurück zu sein.«

Er lächelte.

Die Glocken verstummten. Das neue Jahr, es musste nun da sein, die Männer pausierten, um einander Glück zu wünschen. Die Stille gab ihr die Gelegenheit, ihm um den Hals zu fallen. »Prosit Neujahr!«, rief sie ausgelassen und ließ ihn nicht sofort wieder los.

»Prosit, meine liebe Luise. Mögen all deine Wünsche in Erfüllung gehen«, sagte er, und die Glocken setzten wieder ein.

Kapitel 28

Hamburg, 1851

Paulas Geheule war so durchringend, dass Marieke an diesem Tage kaum die Verse des Morgengebets hören konnte. Das Mädchen war neu in der Bewahranstalt und schien sich beim besten Willen nicht in die neue Ordnung einfügen zu können. Vermutlich versuchte sie, durch ihr Weinen durchzusetzen, dass sie wieder gehen durfte. Zurück auf die Straße, zu ihren Freunden.

Marieke hätte sich gerne zu ihr gesetzt und sie mit einem kleinen Spiel abgelenkt, damit sie die schönen Seiten der Bewahranstalt kennenlernte, doch Schwester Martha hatte klare Richtlinien für derartige Fälle vorgegeben: Man durfte sich von den Tränen nicht rühren lassen, sondern sollte das Kind nicht weiter beachten. Musste man aus einem wichtigen Grund das Wort an es richten, sollte dies kalt und kurz geschehen.

Urplötzlich verstummte Paula, sodass das letzte Gebet überlaut durch den Saal hallte, die rauchige Stimme von Schwester Martha schritt voran.

Lieber Gott, nun segne mich,
Auf den Knieen bitt ich Dich.
Gib mir einen guten Sinn,
Dass ich immer folgsam bin.
Mach' mein Auge hell,
Meine Füße schnell.

Meine Hand bereit
Und mein Herz erfreut,
Heut' und allezeit.

Schwester Martha warf aus ihrem dreieckigen Gesicht einen triumphierenden Blick herüber. Wie sie vorhergesagt hatte, war der Wille des Mädchens gebrochen. Sie eilte aus dem Raum, um im Kontor die Schreibarbeiten zu erledigen, während Schwester Wilka und Marieke mit den Kindern die letzten Verse aufsagten.

Deinen heil'gen Willen
Freudig zu erfüllen.
Hör in Jesu Namen
Dies Gebetchen!
Amen

Danach gingen Marieke und Schwester Wilka mit den Körben voll Stofffleckchen durch die Reihen. Jedes Kind durfte sich eines aus dem Korb nehmen, um Fädchen zu ziehen. Immer schön ordentlich, eines nach dem anderen. Ohne Ziel, aber sie waren beschäftigt. Mal wieder.

Als alle versorgt waren, schlenderte Marieke zu Schwester Wilka hinüber, die auf der Fensterbank ihren Gedanken nachhing. Vielleicht könnte sie die Gelegenheit nutzen, um endlich herauszufinden, wie sie zu der strengen und monotonen Beschäftigung der Kinder stand.

Zögerlich blickte sie die Ordensschwester an, die kerzengerade auf der Fensterbank saß, und setzte sich dann neben sie. Sie war lange nicht so streng wie Schwester Martha, doch in ihren Kindertagen war sie gewiss eine Musterschülerin der Bewahranstalt gewesen.

»Also, diese Gebete …«, begann Marieke zögerlich.

»Ist es nicht schön, wie die Kinderstimmen sich vereinigen, um ihre Liebe zu Gott zum Ausdruck zu bringen?«

»Ja, gewiss. Das, was gesagt wird ... das allerdings ist schon recht streng, oder?«

Wenn sie sich vorstellte, dass sie selbst morgens beim Ankleiden bereits von Gottes Engeln bewacht wurde, bekam sie Albträume.

»Kann sein. So ist das eben.« Schwester Wilka sah zu den Kindern hinüber. »Ein Fädchen nach dem anderen«, erinnerte sie. »Langsam und schön zupfen!«

»Das geht aber nicht!«, jammerte Henny, eine von den Älteren. »Meine Finger tun schon weh!« Wenn der Stoff dicker war, hingen die Fäden mitunter sehr fest darin, hatte Marieke bemerkt, trotzdem ließen die Schwestern sich diese effektive Beschäftigungsmethode nicht nehmen.

»Natürlich geht es, sieh dich doch um! Nur schön fest ziehen!« Jetzt wandte Schwester Wilka sich an Marieke. »Warst du nicht letztens bei einem Vortrag, wo es um Apparaturen ging, die sündhaftes Verhalten unterbinden? Vielleicht könnten wir welche für die Bewahranstalt anschaffen lassen.«

Fast wäre Marieke von der Fensterbank gefallen. »Ich denke, dass das Geld besser für Spiel- oder Bastelmaterialien verwendet werden sollte, wenn noch welches da ist.«

»Tatsächlich? Wäre es nicht sinniger, wenn wir Hilfe hätten, die Sünde auszutreiben?«

Für einen Moment kreuzte Marieke die Füße, bis ihr wieder einfiel, dass auch das von den Schwestern kritisch beäugt wurde.

»Ich weiß nicht. Diese Apparaturen machten einen fürchterlichen Eindruck. Obendrein hat der Redner empfohlen, schon Wickelkinder zu schlagen ...« Sie hatte gehofft, dass das allein ausreichte, um Schrebers fachliche Fähigkeiten infrage zu stellen, doch Schwester Wilka nickte verständnisvoll.

»Man kann gar nicht früh genug anfangen, sonst setzt die Sünde sich durch.«

»Aber wie kann man Kindern das antun?«

»Die Kinder merken das ja noch nicht so. Gerade Wickelkinder haben noch gar keine Gefühle.«

Am liebsten hätte Marieke gefragt, ob Wilka je einen Säugling hatte schreien hören. Wenn sich ihr Empfinden überhaupt von dem älterer Kinder unterschied, so war es Mariekes Meinung nach doppelt so stark, doch sie ahnte nun, dass Schwester Wilka nicht zu den Menschen gehörte, die sich eigene Gedanken zu den Dingen machten. Sie nahm alles als gegeben hin. Vermutlich wäre es kaum möglich, sie auf ihre Seite zu ziehen, damit sie gemeinsam Argumente gegen Schwester Marthas Vorstellungen einbringen könnten. Höchstwahrscheinlich waren die strengen Regeln ihrer Kirche bereits zu stark in ihr verankert.

Marieke sprang mutlos von der Fensterbank, als sie beobachtete, wie Schwester Wilka der noch immer todtraurigen Paula über den Rücken strich und ihr kurz zuzwinkerte. Ganz wie Marieke es zuvor getan hatte, in einem Moment, als sie sich unbeobachtet gefühlt hatte. Sie schürzte die Lippen. Schwester Wilka mochte die strengen Regeln in sich verankert haben, aber sie hatte sich trotz der Regeln offenbar ein Herz bewahrt.

Entschlossen ging Marieke wieder zu ihr hinüber. Sie hatte noch drei Minuten, bevor die nächste Übung begann. »Hättest du Lust, am Wochenende mit mir Muscheln am Elbstrand zu sammeln?«

Schwester Wilka runzelte die Stirn. »Sind wir dazu nicht zu alt?«

»Nicht für uns, für die Kinder. Hier gibt es ja nur die Stoffflecken und den Eimer voll Schuhpinnen. Mit den Muscheln könnten sie Bildchen legen, das wäre eine schöne Abwechslung.«

Schwester Wilka zuckte die Achseln. »Warum nicht.«

Marieke lächelte. Dann hätte sie einen ganzen Tag, um Schwester Wilka auf ihre Seite zu ziehen. Wenn es dann nicht gelang, würde sie es nie schaffen.

Kapitel 29

Frankfurt, 1806

»Aber warum?«, frage ich Gruner in der Pause. Der Leiter der Frankfurter Musterschule bleibt nicht stehen, während ich meine Frage stelle. Mir bleibt nichts anderes übrig, als im Seitgalopp neben ihm herzueilen, wenn ich ihn nicht aus den Augen verlieren will. Der Sand, den die Kinder hineingetragen haben, macht die Fliesen rutschig. Es riecht nach Butterbrot und verbrauchter Luft.

»Das haben wir besprochen. Es gehört zum Lehrplan. Jeder muss auswendig lernen.«

»Aber ich erachte es in keiner Weise als förderlich. Auswendig gelerntes Wissen ist totes Wissen. Es wird niemals zum Einsatz kommen. Und was sollen die Unterrichtseinheiten zur Zahlentheorie? Das ist viel zu abstrakt für Kinder dieses Alters.«

»Hast du Pestalozzis Schriften gelesen?«

»Natürlich habe ich das.« Mir wird warm unter der Jacke, doch Gruner biegt, ohne langsamer zu werden, in den Seitengang. »Seine Elementarmethode ist wahrlich beeindruckend. Nur ein paar Punkte gedenke ich im Herbst mit ihm zu besprechen, wenn meine Geldmittel die Reise zulassen. Nichtsdestotrotz sollten wir das Auswendiglernen schon jetzt vom Lehrplan streichen. Es ist unnütz. Tut nichts für die Förderung des Geistes.«

»Friedrich.« Jetzt bleibt er doch stehen. »Wir schätzen dich. Und deine Auffassung der Menschenbildung ist sehr interessant, stets überaus anregend für unsere Diskussionen. Dessen ungeachtet kannst du dennoch nicht über unseren Lehrplan bestimmen.«

Ich will gegen die Wand schlagen, beherrsche mich jedoch. »Es ist aber wirklich vollkommen sinnlos. Warum versteht das hier keiner?«

»Nur weil es dir als Junge keine Freude bereitet hat, muss es nicht sinnlos sein. Es schult das Erinnerungsvermögen und ...«

»Das ist das törichteste Argument, das ich je gehört habe. Wie kann Pestalozzi einige der wichtigsten Prinzipien dermaßen außer Acht lassen?«

»Friedrich, du bist vierundzwanzig. Pestalozzi beschäftigt sich bereits sein gesamtes Leben mit Erziehung und Lernen. Seine Schriften sind in ganz Europa bekannt. Die französische Nationalversammlung hat ihm das Ehrenbürgerrecht verliehen. Er hat den ganzheitlichen Ansatz entwickelt, nach dem wir arbeiten ...«

»Das heißt nicht, dass man diesen Ansatz nicht noch weiterentwickeln kann. Verbessern.«

Gruners Brustkorb bläht sich ganz allmählich auf. Doch ich verstehe es nicht. Was soll falsch daran sein, etwas verbessern zu wollen? Die Defizite sind offensichtlich. Dennoch werde ich wieder in meine Schranken gewiesen. Selbst hier. Als sei ich noch immer der fünfjährige Junge, der stört.

Wieder einmal bin ich in meinem Leben zwiegespalten. Ich liebe die Arbeit mit Kindern, habe meinen Lebenssinn im Unterrichten gefunden. Gleichzeitig muss ich Wissen und Ratschläge herausgeben, die ich nicht als wichtig erachte. Unterrichten in einer Art, die mir selbst als Kind zuwider gewesen ist. Kein bisschen habe ich vom Auswendiglernen profitiert. Ich kann die Zöglinge nicht damit quälen. Es widerstrebt mir bis aufs Blut. Leider stehe ich mit dieser Anschauung vollkommen allein da. Bin wieder isoliert vom Rest. Ich muss die Konsequenzen ziehen.

»Wenn wir so weitermachen, bleibt mir nichts anderes übrig, als zu kündigen.«

Kapitel 30

Quetz, 1848

Das Gesumme der Stimmen rauschte so stark und konstant wie das ewige Prasseln der Rudolfsfälle, während Luise hinter dem länglichen Tisch voller Spielgaben die Stellung hielt. Menschen. Ganz gleich, wohin sie blickte, die Menschen flossen wie Wasser in alle Richtungen des Saals, eroberten jeden freien Winkel, verwandelten die frische Luft in warme, abgestandene. Normalerweise waren so viele Menschen in einem Raum für sie wie Mücken, die statt Blut die Kraft aus ihr heraussaugten – doch heute blieb sie voller Tatendrang. Vielleicht, weil das, was sie tat, einem höheren Ziel galt? Sie tat es nicht für sich, sondern für die Kinder.

Luise musste immer wieder schmunzeln, wie viel Freude auch die Erwachsenen an den Spielen für die Kinder hatten. Lag es daran, dass das große Spielefest in Quetz, das sie so lange geplant hatten, ein voller Erfolg war? Zumindest war Luise sich sicher, dass sie noch keinen einzigen Tag in ihrem Leben dermaßen viel geredet hatte. Im Laufe der letzten Monate hatte sie immer wieder Ideen gehabt, wie man die Spielgaben erweitern oder verändern könnte. Hatte weitere Farben und andere Materialien vorgeschlagen. Friedrich hatte jeden ihrer Vorschläge dankbar aufgenommen, die Vor- und Nachteile einer möglichen Änderung hatten sie mitunter bis tief in die Nacht diskutiert. Nicht zuletzt deswegen waren ihr die Spielgaben und Beschäftigungsmittel fast so vertraut wie ihre eigenen Hände mit den hauchfeinen Rillen und den spitz zulaufenden Fingern. Gerade näherte sich die nächste feine Dame mit einer schimmernden Perlenkette über der hochgeschlossenen Bluse dem Tisch, der unter all den Bällen, Prickelnadeln, Bastelpapieren und Bauklötzen ächzte.

»Was ist das alles hier?«

Die Skepsis stand der Frau ins Gesicht geschrieben. Luise weihte sie in groben Zügen in Fröbels Pädagogik ein, erklärte, dass Kinder durch Spiel für das Leben lernten. Für einen Wimpernschlag erschienen feine Fältchen auf der Stirn der Dame, die jedoch sofort wieder verschwanden. »Sie meinen … mit Würfelspielen und dergleichen?« Ein nervöses Lachen entfleuchte ihr.

»Auch. Aber wir Fröbelianer fassen den Spielbegriff noch sehr viel weiter. Die Kinder lernen zudem durch Bewegungsspiele, Fingerspiele, Reime und Lieder und ja, sogar durch die Arbeit im Garten und durch die Tierpflege.«

Nun wirkte die Frau interessierter, trat näher an den Tisch heran, und Luise erklärte, dass dies die speziell von Friedrich Fröbel entwickelten Spielgaben und Beschäftigungsmittel waren.

Die Dame deutete fragend auf die weichen, umhäkelten Bälle mit je einer Schlaufe. Bei ihrem Anblick erinnerte sich Luise daran, wie sie mit Henriette und Albertine vor dem knisternden Kaminfeuer gesessen und ebensolche Bälle gehäkelt hatte. Welch schöne Stunden waren das gewesen. »Das ist unsere erste Spielgabe, geeignet bereits für Wickelkinder. Die Bällchen lassen sich sehr gut greifen und fördern dadurch die Beweglichkeit der Hände.« Sie deutete auf die Schlaufe. »Sie können die Bällchen auch aufhängen, dann strecken die Kleinen sich ihnen entgegen.«

»Wie zauberhaft! Ich suche jedoch etwas für fünfjährige Kinder. Haben Sie da ebenfalls etwas im Programm?«

Mit einem routinierten Lächeln lotste Luise sie zu den anderen Spielgaben. Was hatte sie wegen dieses Tages gehadert. Sie war tagelang von einem schrecklichen Zwiegefühl zwischen Freude und

Furcht erfüllt gewesen, sich selbst verfluchend, dass sie Friedrichs Bitte nachgekommen war, ihn zu begleiten, da sie auf dem Spielefest jede helfende Hand benötigen würden. Nur zu gerne hatte sie auf diesem Fest dabei sein wollen, doch der Gedanke an die Anreise, die sie über Jena, Leipzig und Halle führen würde, hatte ihr Magenschmerzen bereitet. So viele große Städte. So viele Menschen. Doch schließlich hatten ihre Neugierde und ihr Wissensdurst gesiegt, und jetzt führte sie die Verkaufsgespräche mit dem gehobenen Bürgertum mit solch einer Gelassenheit, als wäre es ein Kaffeekränzchen unter Freunden.

»Da hätten wir diese Kombination, bestehend aus Würfel, Kugel und Walze. Die Kugel können die Kinder aus der ersten Spielgabe wiedererkennen und lernen, dass sie in alle Richtungen rollt, während der Würfel stets auf einer Fläche fest aufliegt. Die Walze hingegen kann sowohl flach aufliegen als auch rollen, allerdings nicht in alle Richtungen. Und wir haben Spielgaben, die aus verschiedenen Zusammenstellungen von Bauklötzen bestehen. Sie eignen sich ab drei Jahren bis ...« Sie zuckte mit den Schultern und blickte schmunzelnd zu der improvisierten Spielwiese neben dem Eingang hinüber. Dort tummelten sich einige stattliche Männer, die ursprünglich mit ihren Kindern etwas hatten bauen wollen, ihre Sprösslinge dann jedoch augenscheinlich vergessen hatten und sich nun – den Ausmaßen nach zu urteilen – daran versuchten, Schloss Neuschwanstein aus Bauklötzen zu errichten.

Die Frau mit der Perlenkette folgte ihrem Blick.

» ... bis eigentlich unendlich?«, fragte sie amüsiert, und Luise stimmte zu. Die Dame erstand zwei der Spielgaben, und Luise empfahl, die Kinder beim Spielen nicht zu sehr zu kontrollieren, sondern sie eher anzuregen und auch selbst mitzuspielen.

Nachdem sich die Frau vom Tisch entfernt hatte, hatte Luise zum ersten Mal an diesem Tag eine ruhige Minute. Eine ruhige Minute, gefüllt von Erwachsenengeplapper und Kinderjuchzen, aber erstmals musste sie nichts erläutern oder beantworten. Sie atmete tief ein und ließ ihren Blick durch den noch immer gut gefüllten Saal wandern. Pastor Hildenhagen, der das Fest organisiert hatte, eilte von Gruppe zu Gruppe wie ein Hirtenhund, stets in Sorge, ob es seinen Schäfchen an nichts fehle.

Friedrich war wie schon den ganzen Tag von einer dichten Menschentraube umringt, Kindern wie Erwachsenen gleichermaßen. Er hatte trotz aller Verschrobenheit etwas an sich, das die Menschen anzog. Vielleicht war es diese bemerkenswerte Art, wie er seinem Gegenüber seine komplette Aufmerksamkeit schenkte, warum jeder ein Stück oder auch nur einen Krümel davon wollte. Luise hatte ihn schon immer als charismatischen Menschen empfunden, doch hier erlebte sie ihn in einer Umgebung, die ihn noch einmal ganz besonders aufblühen ließ. Seine Energie war hier und heute so stark, dass sie sie bis zu ihrem Platz hinter dem Verkaufstisch spürte.

Es war geradezu sichtbar, wie er in seinen Zuhörern das Feuer für seine Idee der Menschenerziehung entfachte. Insbesondere, wenn er sich zu den Kleinen hinunterbeugte und ihnen eine der Spielgaben zeigte. Im nächsten Augenblick wollten alle ihm nacheifern, das Spielzeug schien bei jedem Kind Interesse zu wecken, und jedes hatte unterschiedliche Ideen, was damit gemacht werden konnte. Es war ein Jammer, dass er nicht öfter die Gelegenheit bekam, seine Ideen auf diese Weise zu präsentieren.

»Die sechste Spielgabe, haben Sie die noch?«

Luise hatte den Herrn mit den schwarzen Bändern am Hut gar nicht kommen sehen. Rasch zeigte sie ihm, was er suchte, und stellte auch die anderen Spielgaben vor, sodass er am Ende drei von ihnen mit nach Hause nahm.

Es war noch immer so laut, dass man zunächst nicht hörte, was die junge Frau rief, die plötzlich in den Saal gestürmt kam. Erst nach und nach schenkte die Menge ihr Aufmerksamkeit, als sie verstand, dass es hier um etwas Wichtiges ging. »Berlin!«, rief die Frau. »Das Volk hat in Berlin gesiegt!«

Luises und Friedrichs Blick trafen sich. Schon seit Wochen herrschte Unruhe im Lande, seit der Revolution in Frankreich. Das Volk in den deutschen Staaten forderte Bürgerrechte. Vor Gericht sollte nicht mehr willkürlich entschieden werden können, und es sollte nicht mehr kontrolliert und gegebenenfalls verboten werden, was man drucken wollte. Und schließlich wollten die Menschen nicht länger in unzählige Staaten geteilt sein, sie wollten die Einheit.

Konnte es wirklich so weit sein, dass die Revolution nun auch in den deutschen Staaten angekommen war und gesiegt hatte?

Als Luise und Friedrich tags darauf durch Quetz liefen, bestand daran kein Zweifel mehr. In jeder Straße wurde jubiliert, vom schlaksigen Lehrling bis zur gebückten Greisin – ein jeder hatte ein Lächeln auf den Lippen und eine gewisse Leichtigkeit in den Bewegungen. Von jedem Dach flatterte die schwarz-rot-güldene Flagge – die Flagge der Revolution –, und alle Türen waren mit Kokarden geschmückt. Friedrich erinnerte sich wieder einmal stolz daran, wie die Farben zu seiner Studentenzeit erstmals zum Einsatz gekommen waren, und Luise ließ ihn gewähren, da es ihn so glücklich machte.

Bereits am Vortag hatten ihm immer wieder Menschen auf die Schulter geklopft und gesagt: »Na, das hast du dir gewünscht, nicht wahr?«

Und seit den harten Worten ihres Schwagers verstand Luise auch, warum. Das Menschenbild bestimmte die Erziehung. Friedrich und eigentlich alle Mitstreiter in Keilhau setzten sich für die Freiheit ein. Nun hatten die Liberalen in Berlin gesiegt und dem König ihre Forderungen vorgelegt. Die kleineren Staaten und Städte würden nach und nach folgen. Und dann bräuchte man gewiss unzählige Kindergärten, in denen die Kinder zu frei denkenden Bürgerinnen und Bürgern erzogen wurden. Sie alle müssten nicht mehr gegen den Wind kämpfen!

Sie sah zu Friedrich, hinter dem sich die Flaggen im Wind bauschten. »Ich denke, du solltest einen Weg finden, um noch mehr Kindergärtnerinnen auszubilden. Immer nur diese Kurse hier und da … Das ist nicht ausreichend. Schon bald werden sie händeringend gesucht werden. Das ganze Land wird sie benötigen, das gesamte, geeinte Land.«

»Nicht ich.« Er schüttelte den Kopf, und ihre Schultern sanken unwillkürlich herab.

»*Wir* sollten einen Weg finden«, korrigierte er. »Das ist eine vorzügliche Idee, doch stammt sie von dir, deswegen möchte ich dich gerne einbeziehen.«

Ihr Herz jubilierte, doch sie wies es sofort in seine Schranken. Es ging hier nicht um sie. Es war eine rein berufliche Angelegenheit. Oder?

Kapitel 31

Keilhau, 1848

Einen Monat später saßen sie zu zehnt um den großen Esstisch, und keiner von ihnen sagte ein Wort. Wenn sie gekonnt hätten, hätten sie wohl auch das fürchterlich laute Atmen gelassen. Als von draußen Hufgeklapper zu vernehmen war, sprang Amalie auf und war sofort am Fenster.

»Fährt vorbei«, sagte sie seufzend.

Stille.

»Müsste er nicht schon längst zurück sein?«

Stille.

Luise fuhr zum wohl zwanzigsten Mal mit den Fingerspitzen die Astlöcher im Holztisch nach.

»Noch jemand Tee?« Henriettes Stimme war hoffnungsvoll, endlich einer Aufgabe nachgehen und dem nervenaufreibenden Warten für kurze Zeit entgehen zu können. Die, die sich aufraffen konnten, schüttelten den Kopf, und auch Luise schaffte es nicht, eine weitere Tasse in sich hineinzuzwingen.

Urplötzlich schwang die Tür hinter ihnen auf. Da stand er, der geöffnete Mantel schlackerte links und rechts herunter, sein Atem ging schnell. Er musste zu Fuß gekommen sein, wie merkwürdig.

Middendorff war der Erste, der die Stille nach dem allgegenwärtigen Luftschnappen durchbrach. »Und? Wie war es?«

»Warst du etwa so beim Herzog?« Albertine stand auf, um die Flecken auf seiner Jacke genauer zu begutachten. Als sie näher kam, verzog sie die Nase und fächelte sich Luft zu. »Friedrich, das sind doch deine Stallkleider!«

»Ja, ja.« Fröbel winkte unwirsch ab, nahm am Kopfende Platz und fuhr sich durch das müde Gesicht. Unter seinen Augen lagen heute tiefe Schatten. »Das hatte ich heute Morgen vergessen.«

Barop verdrehte die Augen, Middendorff wollte offensichtlich lieber sofort zum Wesentlichen kommen. »Also, was hat er gesagt? Wird er unsere Projekte finanziell unterstützen?«

Der Herzog von Sachsen-Meiningen hatte endlich auf eines von Friedrichs Schreiben reagiert und ihn zu sich eingeladen. Im Gegensatz zu vielen anderen Fürsten und Regenten galt er bekanntlich als modern und weltoffen, daher war die Hoffnung gen Himmel gewachsen.

»Er wollte alles über die Schule und die Menschenbildung wissen und war davon recht angetan. Schließlich hat er mir das Geld für die Ausbildungsstätte der Erzieherinnen zugesagt. Samt Gebäude.«

Endlich kehrte Leben in die Küche zurück, die Gesichter verloren ihre Anspannung. Albertine legte die Hände vor den Mund, wohl um ruhiger zu atmen, und Amalie juchzte leise.

»Allerdings ...« Fröbel kratzte sich am Nacken, legte beide Hände auf den Tisch und stieß die Füße von sich.

»Allerdings was?« Barop war voller Argwohn. Manchmal konnte Luise kaum glauben, dass die beiden Freunde waren.

»Allerdings hat ihn dann ein Telegramm erreicht. Danach war er verändert. Hat lauter skeptische Fragen gestellt und ist zurückgerudert. Mit einem Mal sprach er nur noch von einem ersten Testlauf mit wenigen Schülerinnen!« Friedrichs Faust sauste auf den Tisch, der plötzliche Knall ließ Luise zusammenzucken. »Als könnte man mir nicht vertrauen«, wetterte er.

»Was ... was hast du gesagt«, fragte Middendorff im selben Moment, in dem sich Barop erkundigte: »Wie seid ihr verblieben?«

Friedrich verschränkte die Arme, nahm sich Zeit für seine Antwort. Luise überlegte: Hatte er sich auf den Probelauf eingelassen? Letztlich wäre es immerhin ein Anfang, und sie war zuversichtlich, dass der Herzog sich überzeugen ließe, wenn er erst sah, wie umfassend die Ausbildung zur Kindergärtnerin war. Friedrich nahm nur die reinsten Seelen mit tadellosen Moralvorstellungen, gütigen Herzen, umfangreichem Wissen und dem Willen zur Selbstbeobachtung in die Schule auf. Und der Kurs war zwar kompakt, um die Kosten in Grenzen zu halten, doch so vollgepackt mit Wissen, dass die jungen Frauen danach mit ordentlichem Rüstzeug ausgestattet waren.

»Ich bin gegangen.« Der Griff seiner Arme wurde fester, während plötzlich alle Stimmen durcheinandergingen und gegen Friedrich prallten.

Hatte er das wahrhaftig getan?

Barop stand wortlos auf und verließ den Raum.

Middendorff mit seinem riesengroßen, butterweichen Herzen bemühte sich um Verständnis. »Aber wieso? Er wollte lediglich klein anfangen. Das ist bei einer derartigen Summe nicht verwerflich, wie …?«

Friedrichs Stuhl schabte über den Boden, und nun stand er in seiner vollen Größe da und deutete anklagend auf Middendorff. »Nein. So etwas lasse ich mir nicht bieten. Entweder man unterstützt meine Ideen gänzlich oder eben gar nicht. Wenn der Herzog so wenig Vertrauen in die Sache hat, will ich sein Geld nicht!«

Die Stimmen wurden lauter, er hatte offenbar vergessen, dass sie das Geld *brauchten*. Wirklich brauchten. Und dass es nicht nur um ihn ging.

»Und dann bist du einfach so davongestürmt?« Middendorff hatte sich ebenfalls erhoben, aber wohl eher, um Friedrich weiterhin in die Augen sehen zu können. »So, wie wenn hier die Gläubiger vor der Tür stehen? Friedrich, du …«

Todesmutig sprang Amalie auf, stellte sich mit ausgebreiteten Armen vor Friedrich und funkelte alle aus ihren petrolblauen Augen an. »Lasst ihn in Ruhe! Wenn der Herzog sich so etwas anmaßt, müssen wir gewiss nicht nach seiner Pfeife tanzen.«

Friedrich schien es nicht zu gefallen, so in Schutz genommen zu werden. Oder waren es all die verzweifelten Augen, die ihn anstarrten? Jedenfalls drängte er sich an Amalie vorbei, ging mit ausgreifenden Schritten zur Tür, drehte sich davor noch einmal zur Gemeinschaft am Tisch um und sagte: »Ich will heute keinen von euch mehr sehen.«

Die Tür knallte so laut, dass Luise es deutlich im Nacken spüren konnte. Eine ganze Weile blieben sie still sitzen, um miteinander ihr Leid zu teilen. Schließlich erhob sich Albertine mit einem tiefen Seufzer, und nach und nach schlich ein jeder in seine Kammer oder nach Hause.

Dumpf drang wenig später Geschrei zu ihr herüber, während Luise den Tisch abräumte. Middendorff hatte vermutlich wider besseres Wissen dennoch versucht, mit Fröbel zu reden, offenbar erfolglos.

Luise wusch die letzten Becher ab und zog sich ebenfalls zurück, die Glieder schwer von Müdigkeit und enttäuschter Hoffnung. Gerade als sie die Klinke ihrer Kammer heruntergedrückt hatte, öffnete sich Friedrichs Tür. Sie erstarrte. Sollte sie wie eine Maus weghuschen? Vorsichtig spähte sie zu ihm hinüber. Die Tür öffnete sich weiter. Fragend sah sie ihn an. Er kehrte ins Kontor zurück und bedeutete ihr, ihm zu folgen. Aber hatte er nicht gesagt, er wolle niemanden sehen?

Wie so viele Male zuvor nahm sie an ihrem kleinen Schreibtisch Platz und drehte ihm den Stuhl zu, während er hinter dem Schiff seinen Stuhl hervorzog. Zunächst sagte keiner ein Wort. Ein Gefühl wie auf einer Beerdigung. Womöglich, weil ihre Idee gestorben war? Der Kurs war fast beendet, danach würde sie sich eine Stellung suchen müssen, falls sie hier keine Ausbildungsstätte für Kindergärtnerinnen errichten konnten.

Sein Gesicht schimmerte gräulich, und jede einzelne Falte darin schien tiefer geworden zu sein. Sie wollte sie mit den Fingerspitzen verfolgen, sie nachzeichnen, ihm mit sanfter Stimme Trost spenden.

Gleichzeitig konnte auch sie die Enttäuschung nicht abschütteln.

Warum gelang es ihm nicht ein einziges Mal, weniger stark auf Kritik zu reagieren? Insbesondere, wenn sie vom Herzog kam, der ihrer Sache wohlgesinnt schien – anders als fast alle anderen Regenten im Deutschen Bund.

Aber vielleicht musste es so sein. Vielleicht hatte nur sein fester Glaube, dieses absolute Überzeugtsein von seiner Sache, ihm die Kraft verliehen, so weit zu kommen? Während andere im »Man müsste mal …« verharrten und stumm den Kopf über die Missstände in der Kindererziehung schüttelten, hatte er jahrelang die Bücher gewälzt, beobachtet und es schließlich gewagt. Er hatte diese Schule eröffnet, sich ausprobiert und war durch seine Erfahrungen und neuen Beobachtungen gewachsen.

Vielleicht war so eine Tatkraft unmöglich, wenn man sich auf Kompromisse einließ? Vielleicht musste man eine Überzeugung aus Felsgestein haben?

»Ich …« Er stützte die Arme auf den Tisch und massierte seine Nasenwurzel. »Es macht mich so ungemein wütend, wenn sie es verkennen!«

Sie musste ihn nicht darauf hinweisen, dass er überreagiert hatte, nicht das Offensichtliche aussprechen. Aber vielleicht konnte sie etwas für die Zukunft erreichen?

»Hat er es denn verkannt?«, fragte sie sanft. Beide wussten, dass der Herzog Friedrich wegen echtem Interesse an seinen Ideen eingeladen hatte.

»Er wollte die Ausbildungsstätte für Erzieherinnen nur zur Probe aufsetzen! Warum misstraut er mir? Was muss ich noch tun, um ihm zu beweisen, dass ich weiß, wovon ich spreche?«

Die Ergebnisse sprachen in der Tat für sich. In der Regel verließen die Keilhauer Zöglinge die Schule als besonders gut ausgebildete, agile und wissensdurstige Menschen. Aber gerade wegen der mustergültigen Beispiele gab es keinen Grund, so heftig zu reagieren. Luise schloss die Augen; sie benötigte ihre gesamte Konzentration, um die richtigen Worte für das zu finden, was sie spürte.

»Friedrich. Er ist nicht dein Vater. Und schon gar nicht deine Stiefmutter.« Sie spannte den gesamten Körper an, um sich für eine mögliche Wutexplosion zu wappnen. Auf ihren ausgiebigen Streifzügen durch die Natur hatte er ihr davon erzählt, unter welchen Umständen er aufgewachsen war.

»Wir vertrauen dir. Alle deine Mitstreiter hier in Keilhau. Und all die Frauen, die losziehen, sich für deine Sache starkmachen oder eigene Kindergärten gründen. All die Frauenvereine, die dich als Redner gewinnen wollen. Unzählige Menschen vertrauen dir. Vielleicht …«

Sie brach ab. Wenn sie ihn jetzt kritisierte, würde er sie im hohen Bogen hinauswerfen.

»Vielleicht was?«

Sie drückte die wie zum Gebet gefalteten Hände so fest zusammen, dass es schmerzte. Und sah ihm nicht in die Augen. Haderte mit den Konsequenzen, doch er musste es wissen. »Vielleicht ist es an der Zeit, dass du uns vertraust? Den Menschen, die an dich und deine Sache glauben? Dass wir dir nichts Böses wollen, nur weil wir nicht ganz so kraftvoll voranschreiten?«

Vorsichtig sah sie zu ihm hinüber, sein Blick fixierte etwas in der Luft, und fügte leise hinzu: »Du betonst schließlich immer wieder, wie wichtig die Individualität in der Erziehung ist. Und wir … wir alle hier, und auch der Herzog, sind ja nicht in den Genuss eines Kindergartens gekommen. Also gib uns doch die Chance, uns jetzt in unserem eigenen Tempo zu entwickeln.«

Er blieb stumm, aber sie hörte ihn schlucken und sah die Bewegung seines Kehlkopfes. War es eine stille Wut? Würde er sie im nächsten Moment leise bitten zu gehen, anstatt ihr einen Stiefeltritt in blindem Zorn zu verpassen? Würde er wettern, da sie seine Worte auf etwas Neues angewandt hatte?

Eine ganze Weile herrschte Schweigen. Dann räusperte er sich. »Wie … wie konnte mir das entgehen?« Er wirkte tatsächlich perplex. Eine Weile starrte er vor sich hin. »Ich werde mein Haus verkaufen«, sagte er nach langem Schweigen. Überrascht sah sie ihn an. Sie hatte nicht gewusst, dass er ein Haus besaß.

»Es ist mein Geburtshaus in Rudolstadt. Weißt du … Obwohl wir in der Bildung tätig sind, bekommen wir später keine Pension vom Staat, wie Beamte. Das Haus sollte meine Pension sein. Für Zeiten, wenn ich nicht mehr kann. Und wer weiß, was noch auf mich zukommt.«

Luise nickte. Es war nur weise, so zu denken. Sie wünschte, sie hätte selbst etwas für später zurücklegen können, aber das Essen war in den letzten Monaten so knapp gewesen, dass sie ihre eigenen Ersparnisse für die Einkäufe verwendet hatte.

»Ich werde es versteigern lassen. Samt aller Möbel.«

»Du willst wirklich dein Geburtshaus verkaufen? Was ist mit später?«

Er seufzte nur, aber sie verstand auch so. Das Wasser stand ihnen bis zum Hals, doch sein Ziel war so viel größer. Daher war er bereit, alles zu opfern, wenn die Existenz der Schule auf der Kippe stand. Er musste handeln.

Kapitel 32

Hamburg, 1851

»Wie wunderschön«, sagte Schwester Wilka am nächsten Sonntag, während das Wasser der Elbe in sachten Wellen gegen das Ufer schlug und die Sonne auf seiner Oberfläche glitzerte. Es war das Gefühlvollste, was Marieke je von ihr gehört hatte. Die Schwester konnte ihren Blick kaum von der glitzernden Wasseroberfläche lösen, hatte kein Auge für die Muscheln, die sie eigentlich sammeln wollten.

»Du klingst ja fast, als würdest du den Elbstrand zum ersten Mal sehen«, scherzte Marieke, bevor sie die nächste Muschel in ihren Korb legte.

»So ist es ja auch.« Es lag so viel Andacht in ihrer Stimme, dass Marieke sich schämte, diesen Scherz gemacht zu haben. Sie wusste, dass Wilka schon seit mehreren Jahren in Hamburg lebte, und hätte es nicht für möglich gehalten, dass sie den Strand nicht kannte. Es war für sie selbst einer der schönsten Orte der ganzen Stadt – und er kostete nichts.

»Die Sonntage sind den geistlichen Aktivitäten und dem Bibelstudium vorbehalten. In der Regel verlassen wir das Kloster an diesen Tagen nicht.«

»Oh.« Marieke blieb stehen. »Aber du dürftest schon?«

»Ich musste dazu die Erlaubnis der Mutter Oberin einholen. Sie erinnert sich noch gut an dich und findet deine Idee mit den Muscheln entzückend.« Die beiden jungen Frauen lächelten sich an, und erstmalig hatte Marieke das Gefühl, dass sie vielleicht doch gleichgesinnt waren. Auch Wilka hatte bisher gewiss kein leichtes Leben gehabt. Vielleicht hatte sie nicht ganz so viel hungern müssen wie Marieke, aber sicherlich hatte sie andere Entbehrungen überwinden müssen.

»Sieh nur!« Wilka deutete auf eine ganze Ansammlung von Muscheln, und die zwei Frauen stürzten los, um ihre Körbe zu füllen. Sie verglichen, überlegten, welche Reise die Muscheln hinter sich hatten, und wetteiferten, wer die schönsten fand, obwohl sie ohnehin letztlich in den gleichen Korb gelegt wurden.

Mittags aßen sie ihre Brote im Gras, winkten den Seemännern zu, und Wilkas etwas schrilles Gekicher ließ vermuten, dass dies vielleicht nicht wirklich erlaubt war, was Marieke noch mehr Hoffnung gab. Sie war mit den klösterlichen Regeln also nicht vollkommen fest verwachsen.

Als sie am späten Nachmittag müde im Sand lagen und die vorüberziehenden Wolken beobachteten, wagte Marieke nach zahlreichen vagen Andeutungen einen Vorstoß.

»Findest du es eigentlich gut, wie die Kinder in der Bewahranstalt behandelt werden?«

Das Gras raschelte, als Wilka ihr den Kopf zuwandte und ihre wässrigen Augen sie musterten.

»Na ja … «, wagte Luise sich weiter vor, »dass Kinder ständig dazu aufgefordert werden, still und brav zu sein, finde ich schade. Es würde in der Anstalt doch niemanden stören, wenn sie mal etwas ausgelassener wären.«

»Hmmm. Kann schon sein.«

»Noch schlimmer finde ich allerdings die Schläge. Stören sie dich nicht?«

»Weiß nicht. So ist das eben. Wie sollen die Kinder es sonst lernen? Wir wurden doch früher auch geschlagen, und es hat uns nicht geschadet.«

»Das weiß man nicht. Man müsste erst mal herausfinden, ob man nicht auch ohne die körperliche Züchtigung seine Ziele erreicht. Vielleicht könnten wir Schwester Martha ja eine Art Ausprobierphase vorschlagen?« Sie hatte ihre Ideen noch weiter ausmalen wollen, doch da setzte Schwester Wilka sich abrupt auf. Ihr schwarzer Schleier war nach hinten gerutscht, und kastanienbraune Haare schauten darunter hervor, was sie ganz ungewohnt aussehen ließ. Mit einem Mal wirkte sie regelrecht aufgebracht.

»Jetzt hör mir mal gut zu, Marieke. Was glaubst du eigentlich, wer du bist? Du bist erst seit einigen Monaten dabei, und schon versuchst du, uns vorzuschreiben, wie wir unsere Arbeit zu verrichten haben. Und warum? Weil du mal einen dämlichen kleinen Bruder hattest. Und weil du denkst, deine Ideen seien richtig. Dabei kannst du sie keineswegs begründen. Aber weißt du, was? Schwester Martha und ich betreuen schon seit vielen Jahren 50 bis 60 Kinder, wir haben Erfahrung damit. Und nur durch ein gottesfürchtiges Leben können sie zu sittsamen Bürgern herangebildet werden. Wir wissen, was wir tun! Wir haben die Winke für Leiterinnen von Bewahranstalten von einer lieben Ordensschwester gelesen. Das ist ein Fachbuch. Also hör bitte auf, uns permanent aus deinem Bauchgefühl heraus belehren zu wollen. Was wir machen, hat Hand und Fuß. Was du nämlich nicht verstehst, ist das große Ziel hinter unserer Strenge: Nur wenn die Kinder Gott wahrhaftig fürchten, lernen sie, die Sünde tief zu verabscheuen.« Sie stand auf und klopfte sich den Sand von den Händen, mit denen sie sich abgestützt hatte. »Und jetzt bring mich bitte nach Hause.« Aus leicht zusammengekniffenen Augen sah sie Marieke an. »Montag werde ich Schwester Martha von deinen Machenschaften unterrichten.«

Mariekes Herz klopfte, als sie sich ebenfalls erhob. Oh weh, wie sehr hatte sie sich in Schwester Wilka getäuscht.

Kapitel 33

Keilhau, 1848

Das Geld vom Herzog war nicht gekommen. Natürlich nicht. Obendrein war die Revolution nun nach nur knapp sechs Monaten vom König niedergeschlagen worden. Er hatte die preußische Armee eingesetzt, um die Nationalversammlung zu entlassen. Die zuvor ausgearbeitete Verfassung, die den Bürgern mehr Rechte gegeben hätte, hatte er abgelehnt und stattdessen eine eigene Verfassung erlassen, die seine Macht eher stärkte. Die revolutionäre Stimmung war verschwunden, und Luises Stimmung war auf dem Tiefpunkt.

Immerhin war Friedrich nach Dresden eingeladen worden, um dort einen Kursus für Kindergärtnerinnen zu geben, und Luise hatte eine Anstellung bei einer adeligen Familie in der Nähe von Hamburg gefunden. Das bedeutete aber auch, dass der Abschied unumgänglich war.

Je näher er rückte, desto bewusster nahm sie die Dinge wahr. Ein vorvorletzter Spaziergang auf den Kulmberg. Dann der vorletzte und heute schließlich ein letzter. Danach verblieben fünf Tage. Fünf Tage, in denen man so viel sagen könnte, und dennoch würde die Zeit nicht für alles reichen. Friedrichs Gegenwart erfüllte Luise stets mit freudiger Energie, doch das Wissen, dass sie bald auseinandergehen würden, machte sie gleichzeitig unendlich traurig. Dieses merkwürdige Potpourri aus Gefühlen füllte sie so aus, dass sie kaum mehr essen konnte.

Oft schon hatte sie das Wort ergriffen, um endlich das auszusprechen, was zwischen ihnen entstanden war. Zumindest auf ihrer Seite. Und jedes Mal hatte sie stattdessen eine Belanglosigkeit hervorgebracht.

War denn überhaupt etwas entstanden? Mehr als eine Freundschaft, eine sehr gute? War es mehr als ein Gefühl der Verbundenheit?

»Du wirkst so betrübt, Luise.«

Eine perfekte Einleitung für das schwierige Thema. Aber wenn er es ebenso fühlte, sollte dann nicht *er* das Wort ergreifen? Er, der Bücher verfasste und täglich ellenlange Briefe voller kluger Gedanken schrieb? Gewiss würde er doch ihre Verbindung zur Sprache bringen, wenn sie über eine Freundschaft hinausging?

Es war besser, wenn sie schwieg.

Nur noch fünf Tage!, kam jedoch umgehend der innere Protest. Nun gut, lenkte sie ein. Nur für den unwahrscheinlichen Fall, dass ihn ähnliche Sorgen plagten, würde sie es zwischen den Zeilen sagen. Das gäbe ihnen die Gelegenheit, dennoch das Gesicht zu wahren.

»Ich … Es fällt mir schwer zu gehen. Ich werde es vermissen. All das hier …« Sie atmete die Waldluft ein, blickte von den hellgrauen Bergen am Horizont über die tiefdunklen, hochgeschossenen Tannen und – unter Aufbietung ihrer gesamten Kraft – hin zu ihm. Einen ganzen Herzschlag lang. Das würde gewiss genügen? Natürlich würde er es verstehen.

»Es ist wahrlich traumhaft, deswegen habe ich diese Gegend als Standort für die Schule gewählt. Das Gute ist, dass du nun, da du einmal hier warst, die Bilder immer in dir tragen wirst und jederzeit in deinen Erinnerungen schwelgen kannst.«

Wollte er sie aufmuntern, ihr den Abschied erleichtern? Oder sagte er ihr zwischen den Zeilen, dass er ihre Gefühle nicht teilte? Warum dann jedoch diese Zärtlichkeit in seinem Blick? Oder waren es nur die Art von Freundlichkeit und Wohlwollen, die er jedem gegenüber zum Ausdruck brachte?

»Das ist wahr … nur …« Sollte sie einen weiteren Versuch wagen? Oder machte sie sich lächerlich, lenkte quasi den Lichtstrahl auf ihre Einfalt, indem sie zu erkennen gab, dass sie seine Andeutung nicht verstand.

Allein das sichere Wissen, dass sie es bis ans Ende ihrer Tage bereuen würde, wenn sie jetzt schwieg, gab ihr den Mut.

»Aber ich … ich würde gerne noch sehr viel mehr Erinnerungen schaffen. Bestenfalls mit den Menschen …, die … die mir ans Herz gewachsen sind.«

»Sorge dich darum nicht. Du bist solch ein herzensguter Mensch, liebe Luise, ich bin ganz gewiss, dass du auch in Rendsburg rasch neuen Anschluss finden wirst. Und die Menschen, die man ins Herz geschlossen hat, trägt man die nicht ohnehin stets mit sich? Ganz gleich, wo in der Welt man sich aufhält?«

Er sah ihr direkt in die Augen. Ja, da war etwas. Ganz gewiss. Sie müsste nur einen winzigen Schritt auf ihn zutun, und sie stünden so nah beieinander wie Liebende. Doch ihre Füße versagten ihr den Dienst, wollten den Schritt nicht tun. Er war ein zu bedeutender Mann. Sein Name würde in die Geschichtsbücher eingehen, doch sie war einfach nur Luise Levin aus Osterode.

• • •

Vielleicht, vielleicht am Tag der Abreise, hatte sie sich gesagt. Sollte er dann anders reagieren als erhofft, bliebe ihr zumindest die Schmach erspart, ihm jemals wieder unter die Augen treten zu müssen. Zwei Tage bevor es so weit war, erfuhr sie jedoch, dass er bei ihrer Abreise nicht zugegen sein würde. Seine Pläne hatten sich geändert, und er musste jetzt schon nach Dresden aufbrechen. All die Zählungen, mit denen sie die Schwere fortgedrückt und sich gleichzeitig vorzubereiten versucht hatte, waren falsch gewesen. Sie hatte nicht *immerhin noch* zwei Tage oder *nur noch* zwei Tage.

Nein, der Abschied war *jetzt.*

Brach über sie herein wie plötzlicher Sturzregen. Sie konnte keinen Schutz suchen, musste hindurch und konnte nur hoffen, dass sie heil herauskam.

»Schmeckt es dir nicht?« Albertine wirkte betrübt, sie hatte sich viel Mühe gegeben beim Kochen des Abschiedsmahls für Friedrich.

»Doch, doch.« Rasch schob Luise eine Gabel voll Bohnen in den Mund, mitten zwischen all die ungesagten Worte, und kaute sie wie Pappmaché.

Während des Essens sprach Amalie die meiste Zeit. Sie redete aufgeregt über Hamburg, wo sie in Kürze eine Hochschule von Friedrichs Neffen unterstützen würde. Ihr schien das Weggehen keinerlei Kummer zu bereiten.

»Wäre diese Hochschule in Hamburg nicht auch etwas für dich, Luise?«, fragte Middendorff und riss sie damit für einen Moment aus ihrer Lethargie. Eine Großstadt? Unwillkürlich schlug ihr Herz schneller, und sie schüttelte rasch den Kopf. »Ich bin ganz froh, eine Stellung auf dem Land gefunden zu haben«, erklärte sie.

»Wie du meinst», sagte Middendorff schulterzuckend, und Luise sank zurück in ihre Gedankenwelt. Sie bemühte sich, sich ihren Kummer nicht anmerken zu lassen, lachte an den Stellen, wo die anderen lachten, und zwang sich, hin und wieder Rückfragen zum Gespräch zu stellen und regelmäßig zu nicken. Bloß nicht zu ihm sehen, wie er da am Kopfende saß und mit rosigen Wangen von einer Lehrerversammlung erzählte, die er plante. Natürlich waren seine Gedanken wie immer da draußen, bei der großen Idee der Menschenbildung und wie man sie verbreiten konnte. Er war rastlos, stets damit beschäftigt, seine Idee weiterzuentwickeln. Da blieb keine Zeit für irdische Sorgen.

Oder vielleicht plagte ihn auch einfach nichts.

Als es an der Zeit war, begleitete sie ihn nach draußen. Für die anderen wäre er nur ein paar Tage verreist, sie hingegen würde ihn womöglich nie wiedersehen.

»Nun gut«, leitete er den Abschied ein.

Wieder standen sie sich gegenüber. Die Luft war so wunderbar frisch, wie es nur die Nachtluft sein konnte. Zirpende Grillen. Tausend geduldige Sterne. Alles viel zu schön für dieses schmerzhafte Ereignis.

»Nun gut.« Sie wiederholte die Worte ohne Scham. Da war keine Kraft mehr, ihn durch eine besondere Wortwahl zu beeindrucken, keine Kraft für die Schönheit der Sprache.

»Es war mir ein Vergnügen, dich hier auf Keilhau gehabt zu haben und dass wir gemeinsam ein Stück unseres Lebensweges gegangen sind. Sollte ich dir dabei geholfen haben, eine neue Richtung einzuschlagen, wäre mir das eine große Freude.«

Fast hätte sie gelacht. Eine neue Richtung? Die Zeit hier hatte ihr Leben um einhundertachtzig Grad verändert. Sie hatte eine neue Haltung zum Leben, ein ganz anderes Menschenbild. Und Hoffnung. Hoffnung, dass das Dasein der Kinder eines Tages sehr viel besser werden könnte.

All das hatte er ihr gegeben.

»Ich … ich kann gar nicht in Worte fassen, wie dankbar ich bin, dass ich herkommen durfte. Ich … das, was ihr hier schafft … das ist etwas ganz Besonderes. Aber das muss ich dir nicht sagen.«

Er hob die Hand, ganz langsam, und klemmte eine lose Strähne hinter ihr Ohr. Fast hätte sie sich gegen seine Wärme gelehnt, aber sie schaffte es. Sie widerstand.

»Ich hoffe sehr, dass unser gemeinsamer Weg hier noch nicht zu Ende ist. Wirst du mir schreiben?«

Sie nickte. Sah schon die Blätter mit ihrer viel zu schrägen Handschrift auf dem akkuraten Stapel seiner Schreibtischgaleere liegen. Sie nur ein weiterer Eintrag in den langen, langen Listen, die er führte. *Briefeingang. Zu beantworten. Antwort abgeschickt.* In welche Kategorie würde sie in seiner endlosen Korrespondenz fallen? Die, die fast umgehend beantwortet wurden, obwohl zwanzig weitere Briefe bereits ungeduldig warteten? Die, die erst nach Monaten nach oben wanderten, um ihre Pflicht einzufordern? Oder die, bei denen die Antwortspalte so lange leer blieb, dass sich die neuen Listen darauf stapelten?

»Lebe wohl.« Er lächelte unbeschwert, der Abschied bereitete ihm keinerlei Schwierigkeiten.

»Lebe wohl.« Ihre Stimme war durchscheinend, verriet sie. Ein letztes Abschiedslächeln. Dann stapfte er in die Nacht davon.

Kapitel 34

Iferten, 1808–1810

Die Burg auf dem Sandsteinfelsen sieht aus wie aus dem Märchen. Ein riesiger Bergfried, auf dessen Spitzdach eine Fahne weht, ein Wehrgang, der von kleineren Türmen umgeben ist, und eine massive Ringmauer, die das Ganze umschließt. Im Inneren ist jedoch kein Feenstaub mehr zu finden. Die Tür knallt so laut, dass ich zusammenzucke. Unsere Anreise ist zugleich eine Flucht. Ich habe eine Stelle als Hauslehrer bei der Familie von Holzhausen angetreten, doch ich kann meine Vision nicht umsetzen, solange die drei Jungen dem ständigen Einfluss ihres Vaters ausgesetzt sind. Aus diesem Grunde habe ich darum gebeten, mit meinen Schülern in die Schweiz, nach Iferten, gehen zu dürfen, wo Pestalozzi seine Schule hat. Die Stadt hat ihm dafür eigens ein Schloss zur Verfügung gestellt.

Der Mann beeindruckt mich zutiefst. Wenn er spricht, fühlt man sich zwei Zentimeter größer, und er vermag sein eigenes Feuer auch beim Gegenüber zu entfachen, sodass man fest an seine Idee glaubt. Wir können unsere Seele wappnen, so sagt er, für ein höheres und würdigeres Leben – auch wenn er nie genau sagt, welchen Weg man dazu gehen muss.

Unser Besuch hier erlaubt es mir, sein Schüler zu sein, während ich zugleich Lehrer meiner drei Jungen bin. Doch ich verstehe auch die Kritik seiner Mitstreiter, zweifle selbst diverse Punkte seiner Theorie an. Die philosophische Basis überzeugt mich nicht, viele Punkte bleiben unklar. Manchmal fühlt es sich an, als wären wir direkt in ein Kriegsgebiet gereist – mitten in eine der größten Krisen von Iferten sind wir geraten.

Wir erleben alles mit.

Alles, was gut ist, alles, was schlecht ist. Alles, was profitabel ist, alles, was nicht profitabel ist. Alles, was stark ist, alles, was schwach ist. Alles, was voll ist, alles, was leer ist. Alles, was egoistisch ist, alles, was selbstlos ist, alles, was zwischen Pestalozzi und seinen sogenannten Freunden ausgehandelt wurde, all das breitet sich offen vor mir aus.

Das Leben hier war von Anfang an energetisch. Innen wie außen. Ständige Bewegung, ein Rühren und Zucken. Eine Prüfungskommission löst die nächste ab. Erst aus Preußen, dann aus Österreich und Holland. Schließlich sogar eine vom Zaren aus Russland. Zwischen Pestalozzi und seinen Mitstreitern ist die Lage bereits seit zwei Jahren angespannt. Argumente werden ausgespien, anstatt vorgetragen zu werden. Man spürt, dass jeden Moment der Blitz einschlagen könnte. Mitten ins Herz der Einrichtung.

Um mein Wissen optimal zu erweitern, hatte ich mich in so viele Kurse wie nur irgend möglich eingeschrieben, doch es war ein junger Deutscher, der Griechisch und Latein unterrichtete, der mein Leben in eine neue Richtung lenkte. Da mich seine Lehrmethode nicht befriedigte, versuchte ich, eine eigene Methode zu entwickeln, indem ich alle Punkte beachtete, die für das Lehren von besonderer Bedeutung waren. Aber die Verbindung der klassischen Sprachen zur Kultur der Menschheit und der Berücksichtigung der Naturgeschichte und das unsichere Wanken der Grundprinzipien ließen mich etwas ganz anderes erkennen.

Ich muss zurück.

Mit meinen Schülern, zurück nach Frankfurt. Meine Stelle als Hauslehrer aufgeben. Denn einer Sache bin ich mir gewiss: Ich allein bin nicht genug. All das Wissen der Welt – mein eigenes ein Kieselstein am Fuße des Mount Everests. Ich muss an die Universität zurückkehren.

Kapitel 35

Rendsburg, 1848

Der erste Weg nach dem Feierabend führte Luise stets die knarrende Treppe ins Dachgeschoss hinauf, in ihre Kammer. Sie setzte sich auf das weiche Bett, nahm das Kästchen zu sich heran und strich über das glänzende Holz. Nur wo die Calla eingraviert war, fühlte es sich rau an. Sie hatte es am Tage des Abschieds in Keilhau auf ihrem Nachttischchen vorgefunden. Und bis heute nicht geöffnet.

Der Inhalt konnte so vieles sein. Hoffnung. Oder Abschied für immer, wenn es nicht von ihm war. Jetzt konnte sie es nicht länger hinauszögern, wollte sich nicht länger mit der Ungewissheit quälen. Sie würde einen Blick hineinwagen.

Ihr Herz raste schneller als Kinderfüße zu Weihnachten, als sie jetzt den Deckel lüftete. Zum Vorschein kam farbiges Seidenpapier, auf dem ein feines silbernes Kettchen lag. Das Papier knisterte, als sie es vorsichtig heraushob. Das Kettchen zitterte – oder war es ihre Hand? –, sodass sie den Anhänger zunächst nicht richtig erkennen konnte. Es war nichts Protziges, ein hübscher kleiner fliederfarben schimmernder Edelstein. Im nächsten Moment erkannte sie, was es war.

Ein Amethyst. *Der* Amethyst.

Hatte er etwa …? Darunter eine Notiz aus seiner schwungvollen Hand. Hastig griff sie danach.

Ich hoffe, Dir ist dieses Geschenk nicht unangenehm, das eher dem von

Liebenden gleicht. Ich wollte nur, dass Du den Stein bei Dir trägst, da er mich an Dich erinnert.

Selig schloss sie die Lider, um den Augenblick voll auszukosten. Sie war ihm nicht einerlei. Er hatte für ihren Abschied etwas geplant gehabt. Hatte ein Stück der Steinsammlung, an der sein Herz so sehr hing, für sie geopfert. Sie würde das, was ihm so viel bedeutete, auf ewig bei sich tragen.

Was hatte dieses Geschenk zu bedeuten? Wollte er damit seine tieferen Gefühle für sie offenbaren? Andererseits hatte er ausdrücklich darauf hingewiesen, dass dies kein Geschenk unter Liebenden war. Aber das waren sie ja auch nicht. Welche Möglichkeit war ihm geblieben? Höchstwahrscheinlich war er ebenso darauf bedacht, sein Gesicht zu wahren, wie sie. Er konnte nicht davon ausgehen, dass eine Frau, die vom Alter her seine Tochter sein könnte, ihm so innig zugeneigt war. Ohne dass sie es gewollt hatte. Es war einfach geschehen. Niemals hätte sie geglaubt, sich in jemanden zu verlieben, der auf die siebzig zuging. Doch durch all die Zeit, die sie an seiner Seite zugebracht hatte, sah sie kein Alter mehr, sie sah nur noch den Menschen.

War es letztlich nicht gleichgültig, wie viele Jahre sie trennten, wenn es so viel gab, das sie verband?

Er war wagemutig gewesen mit diesem Geschenk. Jetzt war es an ihr, es ihm gleichzutun. Sie musste sich vor ihm zu ihrer Liebe bekennen. Aber wie?

• • •

Eine weitere Woche war vorüber, und noch immer war der Geistesblitz, auf den sie so sehr hoffte, nicht gekommen. Die Tage vergingen schnell, sie liebte die Beschäftigung mit den beiden Jungen, und bald würde ein Wickelkindchen dazukommen; der Bauch der Frau von Cossel glich bereits einem Kürbis. Doch in jeder freien

Minute und vor allem auf ihren langen Spaziergängen nach Feierabend, wo sie durch Feld und Wiese streifte, quälten sie die Gedanken. Er hatte ihr so etwas Besonderes zukommen lassen – darauf konnte sie doch nicht einfach mit einer Dankesnote antworten, ganz gleich, wie herzlich sie sie formulierte und wie lange sie an den Worten feilte.

Doch wenn sie noch länger wartete, würde sie ihn womöglich ebenso enttäuschen.

Sie ließ ihren Blick über das Meer aus Wiesenblumen schweifen, die, beschattet von haushohen Bäumen, im Nordwind wogten. Es war eine gänzlich andere Schönheit der Natur als in Thüringen, aber sie war sicher, dass es ihm hier gefallen würde. »Versprich mir, dass du diesen wunderschönen Tag niemals vergisst.« Wie oft hatte er diesen Satz zu ihr gesagt? Die wunderschönen gemeinsamen Tage waren so zahlreich gewesen. Jetzt musste sie die Natur alleine genießen.

Sie vermisste seine Gesellschaft, und sie vermisste ihren Austausch über die Entwicklung der Kinder. Das Rascheln seiner Feder, die über das Papier huschte, das kurze Lächeln, wenn einer von ihnen den Raum verließ. Vor allem aber vermisste sie ihre Gespräche, erst jetzt war ihr bewusst geworden, wie viel sie miteinander geredet hatten. Hatten sie in gewisser Weise nicht Seite an Seite wie ein Ehepaar gelebt?

Auf einmal war es ganz einfach. Sie wusste, was sie zu tun hatte. Sie pflückte die schönsten Blumen der Wiese, verlas jede einzelne mit der Hand. Zu Hause würde sie sie zwischen Papier und dicken Bücherstapeln trocknen, ihre Schönheit konservieren, damit sie wenigstens den Anklang davon mit Friedrich teilen konnte. In der Zwischenzeit würde sie über dem Papier brüten, nach den richtigen Wörtern tasten, um ihre tosenden Gefühle in eine Gestalt zu fassen.

Kapitel 36

Hamburg, 1851

Kaum saßen die Kinder um ihre Tische, ließ das »Marieke, erzählst du uns ein Märchen?« nicht lange auf sich warten. Sie liebten es, den Geschichten von Hexen und guten Feen zu lauschen, insbesondere wenn Marieke ihre Stimme übertrieben verstellte, während sie die unterschiedlichen Figuren nachmachte.

Mit den Augen fragte Marieke Schwester Martha, ob sie damit einverstanden war. Ein knappes Nicken. Gut einen Monat lang hatte sie in Angst vor der Oberschwester gelebt, aber nachdem in all den Wochen keine Mahnung gekommen war, war sie langsam wieder mutiger geworden. Offenbar hatte Schwester Wilka Mariekes Versuch, sie auf ihre Seite zu ziehen, für sich behalten. Ein Hoch auf die christliche Nächstenliebe.

»Na gut, welches wollt ihr denn hören?«

Jeder hatte ein anderes Lieblingsmärchen und versuchte, die anderen mit einer noch lauteren Stimme zu übertönen. Schwester Martha schnaubte. Zu viel Leben.

Rasch machte Marieke eine beschwichtigende Handbewegung. »Schon gut, schon gut. Sollen wir Rapunzel nehmen?« Sie wusste, dass die Geschichte, wo das Mädchen ihrem Gefängnis entkam, den Kindern besonders gut gefiel. Langsam schritt sie durch den Raum, während sie vom Heißhunger der schwangeren Frau erzählte, und verstellte geheimnisvoll ihre Stimme, bevor der Gatte in den Garten der Hexe einbrach, um die ersehnten Rapunzeln zu stehlen. Als er dabei ertappt wurde, bewegte sie sich hektisch und sprach ganz schnell. Wie die Schwestern es liebten, waren die Kinder nun vollkommen still – sie hingen an Mariekes Lippen. Nur aus dem hinteren Regal klapperte es übertrieben laut. Schwester Martha räumte auf, und die Materialien schienen sich dagegen mit Händen und Füßen zu wehren.

Marieke scherte sich nicht weiter darum. Sie war an der Stelle angekommen, wo sie stets auf einen Stuhl stieg und übertrieben ihr eigenes Haar ausschüttete. Jetzt war so viel Kinderlachen im Raum, dass sie sich federleicht fühlte. So hatte sie es sich zu Beginn vorgestellt. Endlich hatte sie etwas gefunden, das den Kindern Freude bereitete und von den Schwestern geduldet wurde. »Noch mal!«, riefen vierzig helle Stimmen mit lang gezogenen Vokalen im Chor.

Von hinten deutete Schwester Wilka auf ihre Taschenuhr.

»Jetzt ist es Zeit für die Marschierübungen.« Marieke sagte es so enthusiastisch wie möglich. »Aufstellung bitte!«

Sie schwang herum, um nach ihrem Haarband zu greifen, das sie auf dem Tisch hatte liegen lassen. In dem Moment geschah es, ein Tumult brach hinter ihrem Rücken aus. Theo mit den Segelohren rangelte trotz seiner dürren Ärmchen mit der robusten Gerda. Die beiden Schwestern und Marieke waren sofort bei den Kampfhähnen und trennten sie.

»Was ist hier los?« Schwester Marthas Stimme machte deutlich, was sie von diesem Regelbruch hielt, vorwurfsvoll schaute sie von einem zum anderen.

»Gerda hat mir den Platz weggenommen, ich war zuerst vorne!« Schnaubend verschränkte Theo die Arme und vernichtete das Mädchen mit seinem Blick. Vom Hals bis hoch unter seinen Wangenknochen zog sich ein dunkler Fleck bei ihm, einer von der Sorte, die sich nicht abwaschen ließen und erst in einigen Wochen verschwunden sein würde.

»Gar nicht wahr, ich war schneller. Er sagt das nur, weil ich meinte, dass er mit den Lumpen an den Füßen nicht so gut rennen kann wie ich mit meinen Schuhen.« Sie hob den Fuß mit den zerschlissenen Tretern, die mit Sicherheit ihre fünf Geschwister ebenfalls schon getragen hatten. Aber sie hatte Schuhe.

Im Saal brach schrilles Gezeter aus, sodass Marieke und die Ordensschwester für Ruhe sorgen mussten. Wieder und wieder schlage die böse Kindernatur durch, sagte Schwester Martha in solchen Momenten. Nie blieben alle dauerhaft artig und sittsam. Schwester Martha sah zu den restlichen Kindern, die endlich in ordentlichen Zweierreihen warteten, die Augen nach vorne, Rücken durchgestreckt.

»Pauline. Wer war zuerst vorne?«

»G-Gerda?«

»Du sollst mich nicht fragen! Du sollst es mir sagen!«

Hastig nickte sie.

»Also? Gerda oder Theo?«

»Gerda«, nuschelte sie kaum hörbar mit gesenktem Blick. Es war das Mädchen, das anfangs am lautesten geschrien hatte.

»Sprich ordentlich! Wer?«

»Gerda.« Die Stimme war gerade laut genug, dass es nicht mehr als Flüstern galt.

Schwester Marthas Blick wanderte zu Knut, der trotz aller Säuberungsmaßnahmen stets wie ein Straßenhund wirkte. »Ist das wahr?«

Er nickte.

Sie sah zu Theo, Marieke spürte die Verachtung in ihrem Blick. »Du hast die Unwahrheit gesagt. Aus Rachsucht.«

»Nein! Ich war wirklich zuerst. Ich wollte auch mal ganz vorne sein!«

»Willst du damit sagen, dass wir alle hier lügen? Komm mit!«

Als er sich nicht in Bewegung setzte, zog Schwester Martha

ihn am Ohr aus der Reihe, Marieke stellte sich ihr in den Weg. »Verehrte Schwester, ich glaube nicht, dass …«

»Was weißt du schon? Diese Bewahranstalt mag ein notwendiges Übel sein, aber es ist unsere Verantwortung, dieses Übel so klein wie möglich zu gestalten.« Resolut schob sie sich mit dem Jungen an ihr vorbei, wandte sich dann aber noch einmal um. »Und komm nachher zu mir ins Kontor.«

Die Züchtigungen wurden rechts neben der klobigen Eingangstür durchgeführt, sodass alle Kinder zusehen und ihre Lehren daraus ziehen konnten. Marieke hätte während des Vollzugs gerne etwas getan, aber wie munterte man jemanden auf, der Schmerzen erlitt? Sie konnte Theo keine mitleidsvollen Blicke zuschicken, denn er hielt die Augen geschlossen. Und was hätten ihre Blicke auch mitteilen sollen? Gräme dich nicht, bald wird alles wieder gut? Er wusste genauso gut wie sie, dass dies nicht der Wahrheit entsprach. Derartige Schläge waren zwar für größere Vergehen vorbehalten, doch einmal in der Woche beging mindestens eines der Kinder eine Sünde. Nahm einem anderen Kind etwas weg oder sprach die Unwahrheit. In solchen Fällen nahm Schwester Martha den Übeltäter zur Seite, um die böse Kindernatur zurück auf den rechten Weg zu schicken.

Marieke konnte nicht hinsehen. Allein die Schläge zu hören, ließ sie sauer aufstoßen. Sie hasste sich für ihre Ohnmacht. Diese Tatenlosigkeit, obwohl sie tief in ihrem Inneren wusste, dass es nicht rechtens war. Sie wusste von Gott nicht viel, ihre Eltern waren keine frommen Kirchgänger gewesen, aber solange Gott und der Teufel nicht ein und dieselbe Person waren, konnte er dies nicht wollen.

Ihrem Gefühl nach waren Kinderseelen etwas Reines – und erst die Schläge beschworen eine Dunkelheit darin herauf. Doch sie wusste ja bereits, dass Schwester Wilka anderer Ansicht war, dass sie glaubte, auf das Gefühl nicht hören zu dürfen.

Sie atmete auf, nachdem der siebte Hieb mit dem dünnen Stock verklungen war. Nur noch Theos Wimmern war jetzt zu hören. Schwester Martha nickte ihnen zu, und gemeinsam mit Schwester Wilka führte Marieke die Kinder nach draußen. Ausnahmsweise war sie froh über die einfachen Marschierübungen, die die Alltäglichkeit zurückbrachten und das Grauen verdrängten.

Dennoch nistete der Gedanke sich fest in ihr ein: Sie wollte das nicht mehr, hielt es nicht länger aus. Sie sehnte sich danach, der Anstalt und all dem Gräuel darin den Rücken zu kehren, doch sie wusste, sie würde sich wie eine Verräterin den Kindern gegenüber fühlen. Eine Deserteurin auf dem Kriegsfeld der Kindererziehung. Was war besser? Wenn sie hier war und zumindest hin und wieder ein Lächeln auf die Gesichter zaubern konnte? Es war ja auch nicht alles schlecht, besser als auf der Straße allemal. Und es gab Essen. Doch dieses tatenlose Zusehen war so schwer zu ertragen, es war wider ihre Natur. Und all ihre Versuche, mit den Schwestern zu reden, waren gescheitert. Kein Wunder. Wie sollte sie sie von ihren vagen Ideen überzeugen, wo die Schwestern von Kindesbeinen an diese ganz andere Überzeugung gelernt und tagtäglich verfestigt hatten?

Als sie wieder in den Saal kamen, saß Theo in der Ecke. Hier würde er den gesamten restlichen Tag verbringen müssen. Er hatte die Füße übereinandergeschlagen und den Blick auf die Holzdielen vor sich gerichtet. Leider. Marieke versuchte vergebens, seine Aufmerksamkeit auf sich zu ziehen, um ihm zu bedeuten, die Füße nebeneinanderzustellen. Überschlagene Füße wurden hier gar nicht gern gesehen. Immerhin wurden sie nicht umgehend bestraft, da selbst die Schwestern nicht sicher sein konnten, ob unsittliches Verhalten vorlag oder nicht.

»Theo!«, rief Schwester Wilka streng. »Füße nebeneinander!«

Der Tag nahm seinen weiteren Verlauf. Beten, Essen, Kirchenlieder, stumme Körperbewegungen. All die Abfolgen, die Marieke schon mit geschlossenen Augen kannte. Theo saß weiterhin in der Ecke und wechselte von einer Pobacke auf die andere. Sie mussten schmerzen nach den Schlägen.

Als Schwester Wilka sein Gezappel sah, weiteten sich ihre Augen. Sie sog streng die Luft ein und tauschte einen Blick mit Schwester Martha, die nun ebenfalls zu Theo sah. Nach einem knappen Nicken erhob Wilka sich vom Tisch, wo Tiere aus Schuhnägeln gelegt wurden, und ging zu Theo hinüber. Marieke folgte ihr. Wenn er abermals gezüchtigt werden sollte, würde sie das nicht dulden. Doch der Klopfer auf die Finger war schon geschehen, bevor Marieke die beiden erreicht hat.

Schwester Wilka war neben Theo in die Hocke gegangen und sprach nun eindringlich auf ihn ein. » … das ist abscheulich, das darf man nicht tun, hörst du?«

»Was … was mache ich denn?«

»Tu mal nicht so. Ich weiß genau, was du tust, wenn du so auf dem Stuhl herumruckelst. Aber ich sag dir was, wenn du nicht damit aufhörst, kannst du sehr krank werden.« Sie veränderte ihre für gewöhnlich so monotone Stimme, senkte sie dramatisch, so wie Marieke es getan hatte, als sie von der Hexe gesprochen hatte.

»Und schlimmstenfalls kannst du sogar …«, sie sah erst über die linke Schulter, dann über die rechte, als könnte jetzt und hier etwas lauern, »schlimmstenfalls kannst du s*terben.*«

In Theos Augen spiegelte sich blanke Panik, er rückte von Schwester Wilka ab. Zufrieden erhob sie sich und kehrte zur Gruppe zurück. Marieke konnte nicht anders, sie lehnte sich wenig später neben ihn an die Wand. »Mach dir keine Sorgen«, flüsterte sie ihm verschwörerisch zu. »So schnell stirbt man nicht. Dazu muss man schon sehr alt oder sehr krank sein.« *Oder einen Unfall auf der Straße haben.* Doch sie wollte ihn nicht noch weiter ängstigen.

»Was hast du bei ihm gemacht?« Schwester Wilkas Stimme war voller Misstrauen, als auch Marieke zu den Figuren zurückkehrte.

»Dieser Mortiz Schreber hatte auf seinem Vortrag auch Kaltwasserbäder und Axthauen gegen derartiges Benehmen empfohlen. Ich habe ihm gesagt, dass wir darauf zurückgreifen müssen, sollte sich sein Betragen nicht bessern.«

»Welch vorzügliche Idee«, sagte Schwester Wilka, und Marieke konnte nur hoffen, dass sie der Schwester durch ihre Lüge keinen Floh ins Ohr gesetzt hatte.

Kapitel 37

Rendsburg, 1848

Luise zwang sich, den Kopf nicht zu recken, als das Dienstmädchen in den Salon schwebte und Frau von Cossel die Briefe auf einem Silbertablett servierte. Sollte etwas für sie eingetroffen sein, würde ihre Dienstherrin sie umgehend davon in Kenntnis setzen, rief sie sich – wie an jedem Tag der vergangenen zwei Wochen – in Erinnerung. Auch wenn heute der letzte Tag war. Zwei Wochen hatte sie sich erlaubt, der Hoffnung Raum zu geben. Sollte er bis dahin nicht geantwortet haben, kam nichts mehr.

Trotz aller Selbstbeherrschung konnte sie für den Moment die Stimme des kleinen Kindes nur gedämpft hören. Das Flappen der Briefumschläge, die nach hinten sortiert wurden, war hingegen ohrenbetäubend laut. Kein Innehalten, kein überraschter Ausruf. Oder? Vorsichtig lugte Luise zum Sofa, auf dem die gnädige Frau Platz genommen hatte.

»Erwartest du etwas?«

»Nein, nein. Ich … äh … Mein Nacken ist nur verspannt, ich glaube, ich habe mich verlegen.« Mit der linken Hand massierte sie die vermeintlich schmerzende Stelle.

»Oh, du armes Ding. Warum machst du nicht frei für heute?« Frau von Cossel erhob sich und kam zu ihnen herüber, setzte sich auf die Fußablage des Sessels und griff nach den Bausteinen der sechsten Spielgabe, die quer über den ganzen Perserteppich verstreut lagen. »Ich übernehme hier, und du genießt die Sonne!«

»Das ist nicht nötig, so schlimm ist es nicht.«

Frau von Cossel duldete jedoch keine Widerrede, und so fand Luise sich wenig später zusammen mit ihrem schlechten Gewissen auf den grasbewachsenen Wegen zwischen duftenden Kornfeldern und Wiesen wieder. Diesmal ohne die Beschwingtheit, die sie vor zwei Wochen begleitet hatte. Jede schöne Blüte, jeder Grashalm, der sich sanft im Wind wiegte und ihr normalerweise Freude bereitet hätte, betonte heute ihre Enttäuschung. Die Blamage.

Sie hatte sich aus ihrem Schneckenhaus gewagt, hatte nicht bloß angedeutet, sondern unmissverständlich zum Ausdruck gebracht, wie es um sie stand. Dass sie ihn an jedem einzelnen Tag vermisste und nicht wusste, wie sie alleine weiterleben sollte. Ohne ihre Spaziergänge. Ohne ihre Gespräche. Ohne ihn.

Und er antwortete nicht.

Oder war seine Antwort das Schweigen?

Vermutlich. Sie sollte sich besser mit dem Schmerz des Verlustes arrangieren, denn sie wusste, dass er nicht vergehen würde. Hieß es nicht, dass man sich an alles gewöhnte?

Dann wäre der bleierne Druck auf ihrer Brust irgendwann normal, wenn sie den norddeutschen Horizont vergeblich nach Bergen absuchte. Die zu enge Lunge, wenn sie einen Wiesenblumenstrauß pflückte – um ihn in ihre eigene Kammer zu stellen. Die Amethyst-Kette, die schwer wie ein Felsbrocken von ihrem Hals baumelte. Die bleiernen Beine, wenn sie alleine von einem viel zu langen Spaziergang heimkehrte. Und der Schlaf, der nicht kommen wollte.

Nach drei Stunden stakste sie in die Villa der von Cossels zurück und hatte die Hälfte der Doppeltreppe bereits erklommen, als sie die hohe Stimme des Dienstmädchens hörte.

»Fräulein Levin, dies hier ist vorhin für Sie eingetroffen.«

Sie rang die Hoffnung nieder, bevor sie sich umdrehte und dem

Mädchen entgegeneilte. Ein Brief lag auf dem strahlend silbernen Tablett. Woher kam er um diese Zeit?

»Ein Reisender hat ihn abgegeben«, erklärte das Mädchen und verschwand mit einem kleinen Knicks. Die geschwungene Handschrift hätte Luise unter Tausenden erkannt. Offenbar hatte er seine Post einem seiner unzähligen Bekannten mitgegeben. Sie atmete tief ein und drückte den Umschlag an sich.

• • •

Friedrich war schon immer ein Mann der anmutigen Worte gewesen. Jetzt hatte er die Feder geschwungen, um seine innere Stimme und seine aparten Vergleiche *ihr* zukommen zu lassen.

Sie hatte den Brief inzwischen fünfmal gelesen und war noch immer beseelt.

In den jüngsten so wunderschönen Herbsttagen und Abenden habe ich Deiner viel gedacht und mich immer gefreut, dass Du zu Deiner Reise so herrliches Wetter hattest. (…)
Wir sind längere Zeit, ja Jahre neben- und aneinander vorübergegangen, ohne Erwartungen, ohne Ansprüche an den andern, wie zwei klare Tautropfen unbewusst sich ineinander spiegeln mögen. Als wir uns nun begegneten, berührten, flossen unsere Seelen eben wie zwei klare Wassertropfen ineinander.

Es mussten Hunderte Kilometer sein bis Dresden, wo er all die anderen jungen Frauen lehrte, wie sie als Kindergärtnerin die Kinder optimal förderten. Und doch fühlte sie sich durch seine Worte, als säße sie wieder neben ihm auf dem Sofa in seinem Kontor, so nah, dass sie seine Wärme spüren konnte.

Alles klang, als sei vollkommen klar, dass sie zusammengehörten. Als hätte dies niemals infrage gestanden. Obwohl sie doch nie richtig darüber geredet hatten. Was mochte das für ihre Zukunft bedeuten?

Es dauerte zehn weitere knittrig weiche Briefe voll dicht beschriebener Seiten, bis sie ihm endgültig glaubte. Er hatte einen vierzehntäglichen Schreibrhythmus vorgeschlagen, damit ihre Briefe nicht ungesehen aneinander vorbeikutschiert wurden. Manchmal bestanden seine Zeilen aus vielen kleinen Einzelnotizen zu den einzelnen Tagen. An jedem schien er in Gedanken bei ihr zu sein und sie zu vermissen. Er schmeichelte ihr, indem er ihre Augen als »seelenvoll« bezeichnete, ihr gutes Herz würdigte und ihre liebevolle Art den Kindern gegenüber pries.

Als sie sich wegen ihres Altersunterschieds besorgt zeigte, zog er einen scharfsinnigen Vergleich heran. Fragte, warum man überhaupt alles in Jahren oder gar Jahrzehnten messen müsse. Ob denn die Liebe, das Leben oder das Licht alterten? Und ob Gott altere? Wie sollten denn die Menschen altern, die das Leben und die Liebe von Gott hatten?, fragte er.

So viele Gedanken, die unter anderen Umständen vermutlich den Weg nie in ihren Kopf gefunden hätten. Was wollte ein Mann wie er mit einer Frau wie ihr? Genügten ihm wirklich ihr warmes Herz und ihr ruhiges Wesen? Wollte er keine aufgeweckte oder gar schillernde Person wie Amalie? Er hatte berichtet, sie in Dresden getroffen zu haben, und hatte unglaublich zornig gewirkt. Tagelang hatte sie sich gefragt, was zwischen den beiden nur vorgefallen sein mochte.

Seine traulichen Worte nahmen ihr erste Zweifel, und als er ihr ein Jahr später mitteilte, dass er endlich die Gelder für ihre Ausbildungsstätte beisammenhatte, war sie überzeugt: Er sehnte sich ebenso nach einem gemeinsamen Leben wie sie. Für sie hatte er diesen Weg gefunden – eine Berufsbildungsstätte für Frauen, so wie sie es angeregt hatte.

Kapitel 38

Marienthal, 1849

Das Schlösschen und die Umgebung waren genau so herrlich, wie Friedrich es in seinem langen Brief geschildert hatte. Bis hin zum Zwitschern der Rotkehlchen. Er hatte verschiedene Orte für die Kindergärtnerinnenschule in Erwägung gezogen, sich schließlich jedoch für Marienthal entschieden. Es war gut zu erreichen und lag wie schon die Schule in Keilhau inmitten einer traumhaften Landschaft.

Die Stellung bei den von Cossels zu beenden war nicht leicht gewesen, zweimal hatte Luise ihr Abreisedatum nach hinten legen müssen, und selbst dann hatten sie nur eingewilligt, nachdem Friedrich eine Absolventin seines Kurses zur Nachfolge geschickt hatte. Jetzt hatten sie das Schloss, das der Herzog von Sachsen-Meiningen ihnen schließlich doch noch zur Verfügung gestellt hatte, aus seinem Dornröschenschlaf geholt. Sie hatten das Dach instand gesetzt, jeden Raum auf Knien geschrubbt und fünfundzwanzig Bettstellen besorgt, da die Bewerberinnen so zahlreich waren.

Heute war es so weit. Das Schlösschen stand in seiner vollen Pracht da, die butterblumengelbe Fassade war ausgebessert, das ziegelrote Dach ohne Löcher, und überall schwirrten Menschen umher. Bis auf Friedrich. Luise strich sich die Hände am blauen Rock ihres Kleides ab. Wo blieb er nur? Eigentlich hatte er bereits am Vortag zurückkehren wollen.

Eine Hand auf ihrer Schulter. Henriette, die mit ihr den Haushalt führte. »Er kommt schon noch«, wisperte sie zuversichtlich.

Ganz bestimmt würde er das. Spätestens zur Eröffnungsrede am Nachmittag musste er wieder da sein. Auch wenn er sie zur Vorsteherin der Anstalt gemacht hatte. Eine Idee, die sie bis heute absurd fand – sie als Leiterin einer Bildungsanstalt? Sie kannte seine Schriften inzwischen zwar besser als ihre eigenen Tagebücher, aber das ging doch nicht. Und ganz gewiss konnten sie keine Ausbildungsstätte für Kindergärtnerinnen eröffnen, solange der Begründer der Kindergärten nicht anwesend war.

Drei Stunden später noch immer keine Spur von ihm. Luise wäre nicht verwundert gewesen, wenn sich auf den Fliesen unter ihr ein Trampelpfad gebildet hätte, so oft war sie die gleiche Strecke auf und ab gelaufen.

Selbst Henriette hatte ihre Ruhe verloren. Bis eben waren ihre Lippen noch eine dünne Linie gewesen, jetzt platzte es aus ihr heraus. »Was machen wir denn nun?«

Ja, was machten sie nun?

»Wir müssen Marienthal ohne ihn eröffnen. Könntest du nicht …?«

»Unter gar keinen Umständen. Luise, du bist die Leiterin.«

Sie war die Leiterin. Was hatte er sich nur dabei gedacht? Wieso glaubte er, sie sei ein Eichenbaum, wenn sie doch nur ein Grashalm war? Für einen Moment waren alle zärtlichen Gefühle verschwunden und machten etwas sehr Dunklem Platz. Die Dunkelheit blieb, bis sie auf der Bühne stand. Sie wartete auf verdutzte Blicke, auf Lacher oder ein hämisches *Was denkt sie sich nur?*. Doch da waren nur aufmerksame Augenpaare, einige Gesichter lächelten.

Aber wo waren die Worte hin, die sie sich zurechtgelegt hatte?

Sie flüchtete sich in eine allgemeine Begrüßungsformel. Danach Leere. Sie geriet mehr und mehr ins Stocken, verhaspelte sich zwischen missglückten Satzanfängen – bis ganz plötzlich in ihrem Kopf die weisen Augen und die sanfte Stimme auftauchten, mit der sie schon so viele Gespräche geführt hatte. Sie sprach mit der Menge, als würde sie mit Friedrich reden.

»Als ich vor vielen Jahren auf Friedrichs freie Schule nach Keilhau gekommen bin, hat sich mir eine vollkommen fremdartige, zugleich aber faszinierende Welt eröffnet. Zöglinge, die Lehrerinnen und Lehrer duzen durften. Ein Unterricht voll anschaulicher Beispiele und regelmäßige Ausflüge in die Natur. All das kannte ich aus meiner eigenen Kindheit nicht. Dieser Schule lag ein ganz anderes Menschenbild zugrunde. Ein Menschenbild, das mich immer mehr begeistert hat. Ich sehe eine große Chance darin, wenn die Kinder nach Werten wie Selbsttätigkeit, Respekt und Gemeinschaftlichkeit erzogen werden, anstatt dass man sie zum Gehorsam verpflichtet.«

Zustimmendes Gemurmel war zu hören, und Luise musste lauter werden, um ihre Überlegungen fortzuführen. »Und diese Chance sehe ich nicht nur für die Kinder, sondern auch für die Frauen, die einen Broterwerb suchen. Kindergärtnerin zu sein ist eine ausgezeichnete Betätigung für Frauen, weil man den Gegnern der Frauenerwerbstätigkeit leicht durch die naturgegebene Mutterrolle den Wind aus den Segeln nehmen kann.«

Natürlich wären Frauen noch zu viel mehr fähig, aber es war ein guter erster Schritt.

»Und so freue ich mich sehr, mit der Ausbildungsstätte für Kindergärtnerinnen zugleich eine erste Berufsbildungsstätte für Frauen zu eröffnen – in einem Beruf, der für mich der erfüllendste der Welt ist.«

Kapitel 39

Berlin, 1816

Irgendwie muss es gehen! Es muss einfach! Zögerlich notiere ich ein weiteres Zeichen auf dem Blatt. In Göttingen und Berlin habe ich die alten Sprachen, Physik, Chemie und Mineralogie studiert. Jetzt habe ich endlich herausgefunden, was meine Bestimmung ist: eine akademische Karriere. Mittlerweile bin ich Assistent am mineralogischen Institut der Universität zu Berlin. Die Kristallografie fasziniert mich noch immer, allein meine Beobachtung der derzeitigen Studenten sorgt mich. Wie wenig wissen sie doch von ihren Studienobjekten, wie unzulänglich ist ihre Wahrnehmungsgabe. Dennoch ist ihr Drang, den wahren Geist der Wissenschaft zu erfassen, gigantisch.

Und noch etwas habe ich vor: Ich will meine eigenen Theorien in einer einzigen mathematischen Formel erfassen. Doch es will nicht gelingen. Allein die Liste der Variablen füllt ein ganzes Notizbuch. Frustriert streiche ich meinen Ansatz wieder durch. All die missglückten Versuche. Das gesamte Blatt überzogen von einem Wurzelgeflecht aus schwarzen Strichen. Bald das halbe Heft.

Papierverschwendung.

Seufzend lehne ich mich auf dem wackeligen Stuhl zurück und strecke die Steifheit aus den Gliedern.

»Friedrich, woher kommt deine Besessenheit von den Naturwissenschaften, wenn du dein Leben der Menschenbildung widmen willst?«, fragt Middendorff, mein Zimmergenosse, von seinem Bett aus, wo er ein Buch liest. Er selbst ist Theologe. Meist kommt er zu spät zu den Vorlesungen, sieht dann aber stets so freundlich unter seinem Lockenkopf umher, dass man es

ihm nicht übel nehmen kann. Zusammen haben wir in der Burschenschaft für die Befreiung von Napoleons Vorherrschaft gekämpft. Durch zahlreiche lange Abende mit tiefgründigen Gesprächen ist zwischen ihm und mir eine tiefe Freundschaft erwachsen. Middendorff ist gut zehn Jahre jünger als ich, und doch sieht man stets Falten auf seiner Stirn, da er alles mit seinem ernsten Geist prüft.

»Um den Menschen zu verstehen, muss man die Naturgesetze verstehen«, antworte ich ihm. Viele Jahre hat es gedauert, aber nun habe ich eine Idee, wie alles zusammenhängt. Eine eigene Theorie des Menschen. Ich nenne sie Sphärentheorie, nach dem Grundgesetz des Alls.

»Meinen Beobachtungen nach streben Menschen grundsätzlich in drei Richtungen. Es geht um den Dreiklang von Mensch, Natur und Gott, und diese drei Fragmente folgen ein und demselben Gesetz. Sie sind eins, obwohl sie zahlreiche Gegensätze erzeugen.«

Middendorff wirkt nicht überzeugt.

»Du findest es überall! Mann und Frau, Tag und Nacht, Erkennen und Empfinden, Plus und Minus …« Ich gestikuliere durch den Raum. »Alles Gegensätze. Und doch entspringen sie dem gleichen Ursprung.« Jetzt beuge ich mich wieder über das Papier, tauche die Feder in die Tinte und notiere einen neuen Ansatzpunkt.

Ein rasches Klopfen reißt mich aus meinen Gedanken. Drei schnelle Poch-poch-Poch, im nächsten Moment wird die Tür aufgerissen. Langethal, ebenfalls Theologiestudent, der in den vergangenen Jahren ein guter Freund geworden ist, kommt ins Zimmer und legt einen Brief auf meinen Schreibtisch. »Ich war gerade in der Poststelle, den habe ich für dich mitgebracht.«

Ich bedanke mich, während ich bereits die Handschrift inspiziere. Es sind die schmalen, gradlinigen Buchstaben meiner Schwägerin. Ein Blick auf den Absender bestätigt meine Vermutung, und ich schlitze den Brief mit dem silbernen Öffner auf und entnehme das Papier. Nur ein einziges liegt drinnen. Das ist ungewöhnlich wenig. Mir wird kalt, als ich die Zeilen lese.

»Ist etwas geschehen?«

Middendorffs Worte machen mir bewusst, dass ich aus dem Fenster ge-

starrt habe. Ohne etwas zu sehen. Zu viel zu planen, zu viel zu bedenken. Ich nicke.

»Was ist es?« Seine laute Stimme ist schlagartig sehr zart.

Ich falte das Blatt wieder zusammen, erinnere mich zu atmen. »Mein Bruder, Christoph, der zweitälteste. Er ist urplötzlich verstorben. Eigentlich hat er nur einen verwundeten Soldaten gepflegt, doch dann hat das fürchterliche Lazarettfieber auch ihn eingeholt.«

»Typhus?« Bestürzt sieht Middendorff mich an. Er erhebt sich umständlich vom Bett und kommt auf mich zu. »Das … das tut mir leid. Was wirst du jetzt machen?«

Ich spiele unterschiedliche Szenarien in meinem Kopf durch. Sehe von Middendorff zum Bett, zum Schrank und verweile schließlich bei den Steinen auf meinem Schreibtisch. Ein kleiner Teil meiner Sammlung, den ich am Vortag katalogisiert habe.

Und plötzlich ist es, als würden sich die Steine unter meinen Augen in lebende Objekte verwandeln, so klar liegt vor mir, was zu tun ist. Die Kristalle zeigen mir in ihrer brillanten und beständigen Form, was mein Weg sein sollte. Was mein Weg sein muss. Sie sprechen schweigend, aber doch in der Sprache des wahren Lebens, der Welt und der Menschheit.

Ich sehe zu Middendorff. »Ich werde meine Neffen zu mir nehmen. Meine Schwägerin hat mich um Unterstützung gebeten. Ich werde ihnen ein Zuhause geben und ihnen die beste Bildung ermöglichen, die ich ihnen geben kann.«

Kapitel 40

Hamburg, 1851

Die Uhrzeit war ungewöhnlich für ein nachdrückliches Klopfen an der Tür der Bewahranstalt. Indem sie Kinder, die zu spät gebracht wurden, konsequent ablehnten, hatten sie mittlerweile alle Eltern so weit erzogen, dass dies nur noch vereinzelt vorkam. Und wenn, dann kamen die Nachzügler eher um kurz nach acht, nicht wie jetzt gegen zehn Uhr, mitten im zweiten Gebet. So lange konnte man im Trubel des Gängeviertels mit den Schiffshörnern und den Stimmen Hunderter Menschen auf engstem Raum sowieso nicht schlafen – es sei denn, man hatte eine Vierzehnstundenschicht hinter sich.

Marieke tauschte einen Blick mit Schwester Wilka, die ihr zunickte, und ging zur Tür, um nachzusehen, wer solch ein dringendes Anliegen hatte. Draußen stand eine elegante ältere Dame, die mit ihren adrett hochgesteckten Haaren, in denen sich feine Silbersträhnen zeigten, im Hafenviertel wie ein Amulett wirkte, das in den Matsch gefallen war. In einigen Metern Abstand wartete eine schwarzrote Kutsche, das Pferd schlug ungeduldig mit dem Kopf.

Die Dame lächelte zur Begrüßung. »Ich würde nachfragen, ob ich richtig bin, aber Sie haben hier ja den dezenten Hinweis.« Sie deutete auf die klobigen Buchstaben in der Hausfassade, die *Kinderbewahranstalt* schrien, und lachte kurz auf. Danach zeigte sie in Richtung ihres Bediensteten, der leicht versetzt hinter ihr stand und etwas in der Größe eines Hockers unter dem Arm hatte, das mit einem Laken verhüllt war. Die Dame lüftete das Tuch, und zum Vorschein kam ein entzückendes Schaukelpferd. Das Fell war beigefarben, das Geschirr üppig verziert. Es war so filigran gearbeitet, dass einzelne Strähnen der Mähne zu sehen waren, der Schweif schien aus echtem Rosshaar zu sein. Aus dem leicht geöffneten Maul führten richtige Zügel zum schmuckvoll ausstaffierten roten Sattel. Die Augen des Pferdes blickten leicht melancholisch.

»Ich vermute, Sie haben hierfür Verwendung, nicht wahr? Es steht seit Jahren ungenutzt auf meinem Speicher, und ich dachte mir, für die armen Würmchen hier könnte es sicherlich von Freude sein?« Sie lugte über Mariekes Schulter, um einen Blick auf die Kinder zu erhaschen.

Welch großzügige Gabe! Das gute Stück musste ein Vermögen wert sein. Statt es den Kindern zum Spielen zu überlassen, wäre es vielleicht sogar besser, es zu verkaufen und von dem Erlös Beschäftigungsmaterialien anzuschaffen oder den Eltern die Gebühr zu erlassen. Andererseits konnte Marieke sich die Freude der Kinder lebhaft vorstellen und wollte ihnen dieses herrliche Spielzeug keinesfalls vorenthalten.

»Hier am Huf ist ein kleines Stück Holz herausgebrochen, doch ansonsten ist es noch bestens intakt«, erklärte die Dame entschuldigend und klopfte danach mehrmals auf den roten Sattel, von dem die Steigbügel herunterbaumelten. Fast hätte Marieke aufgelacht; einen Ritt auf einem solch prächtigen Tier würden die Kinder bis an ihr Lebensende nicht vergessen, den winzigen Makel würde keiner von ihnen bemerken. Erst neulich hatten sie von der Köchin ein Butterfass zum Spielen im Hof bekommen und die einfallsreichsten Spiele damit erfunden. Die Juchzer waren bis durch die dicken Wände der Anstalt nach drinnen geklungen. Leider hatte dies Schwester Martha nach draußen gelockt, die dem Spaß einen Riegel vorgeschoben hatte. Sie sorgte sich, dass die Kinder sich zu sehr im Spiel verlieren würden.

»Ich bin mir sicher, dass es die Kinder nicht stören wird«, versicherte Marieke der Spenderin. Sie wurde ganz kribbelig, wenn sie an die Freude der Jungen und Mädchen dachte. Vermutlich würden sie darum ringen, wer wann an der Reihe war, da mussten sie sich unbedingt etwas überlegen. »Das ist sehr barmherzig von Ihnen«, sagte Marieke. Sie bemühte sich, wie die Schwestern zu klingen, kam sich dabei jedoch lächerlich vor. »Darf ich Sie hereinbitten, dann können Sie das gute Stück der leitenden Schwester übergeben.«

In dem Moment begann der Michel zu läuten, und die Dame schaute abermals entschuldigend, wodurch Hunderte kleine Falten auf ihrem Gesicht entstanden. »Ich fürchte, dazu fehlt mir die Zeit. Wenn ich es einfach Ihnen überlassen könnte?« Sie nickte ihrem Hausdiener zu, und bevor Marieke wusste, wie ihr geschah, hatte sie das Pferd auf dem Arm und konnte nur noch mit Mühe über das Laken lugen, um sich zu bedanken.

»Ich freue mich, wenn Maxtoria hier noch zu einem lohnenswerten Einsatz kommt.«

»Maxtoria?«

»So haben wir sie getauft. Meine Brüder wollten sie Maximilian nennen, ich Victoria, und darauf haben wir uns geeinigt.« Ihr Kopfschütteln zeigte, wie abwegig sie diese Lösung fand. »Besser legen Sie den Namen vorher fest, bei all den Kindern dadrinnen könnte er sonst sehr lang werden.« Sie zwinkerte ihr zu und stieg in die Kutsche.

Marieke sah ihr nach, bis sie um die Ecke verschwunden war. Was musste das für ein Leben sein, in dem man durch die Gegend kutschieren und Kostbarkeiten verschenken konnte? Absurderweise fühlte sie sich hier draußen mit dem Schaukelpferd auf dem Arm dem Spielzeug so verbunden, als würde sie höchstpersönlich es den Kindern schenken. Welch ein Fest würde das werden! Nichts ließ das Herz so sehr frohlocken, wie anderen eine Freude zu machen. Zunächst musste sie jedoch mit Schwester Martha besprechen, wann sie das Geschenk den Kindern übergeben würden und wie sie für eine gesittete Reihenfolge sorgen wollten. Hoffentlich plädierte sie nicht dafür, das Pferd zu verkaufen.

Während sie das verhüllte Tier durch den Saal bugsierte, sahen die Kinder neugierig von ihren Fleckchen auf. Einige tauschten Blicke, das Flüstern hatten sie sich abgewöhnt. Marieke konnte nicht anders, als selbst wie ein Honigkuchenpferd zu grinsen. Sie würden strahlen vor Glück.

Unbeholfen klopfte sie vor dem Kontor mit dem Ellenbogen an Schwester Marthas Tür. »Darf ich eintreten?«, fragte sie dazu durch das schwere Holz.

»Jaja, komm nur herein«, tönte es von drinnen, und Marieke drückte, ebenfalls mit dem Ellenbogen, die Klinke hinunter und stieß dann mit dem Rücken die Tür auf. Ächzend stellte sie das klobige Prachtstück neben dem Schreibtisch ab und freute sich darauf, Schwester Martha von dieser erfreulichen Spende zu berichten.

»Ist das alles Nonsens«, murmelte diese gerade und schlug auf die Zeitschrift, in der sie gelesen hatte.

»Hmmm?«

»Ach, das neue Blatt eines hiesigen Frauenvereins wurde mir zugetragen. Dort scheinen sie einen von diesen Querdenkern nahezu zu verehren.«

»Querdenker? Was denkt er denn quer?«

»Nicht genug, dass Frauen bei ihm einen Beruf erlernen können, er beschäftigt sich auch viel mit kindlicher Entwicklung. Stell dir vor, er hat die wahnwitzige Vorstellung, dass Kinder durch das freie Spiel lernen können!«

Mariekes Gedanken bäumten sich auf wie die Wellen einer Sturmflut. Lernen durch das freie Spiel – was meinte dieser Mann damit?

»Wie … wie heißt denn dieser … Mensch?«

»Dieser Wahnwitzige?« Entschlossen schlug Schwester Martha die Zeitschrift zu und stand auf. »Nicht der Rede wert. Was hast du denn eigentlich hier?« Mit gerunzelter Stirn beugte sie sich über das Laken.

»Darf ich vorstellen?«, sagte Marieke mit einer präsentierenden Geste und zog mit einer schwungvollen Bewegung das Laken weg, sodass das Schaukelpferd in seiner ganzen Pracht dastand. »Das ist Maxtoria. Das neue Beschäftigungsmittel, das gewiss ein Lächeln in die Gesichter der Kinder zaubern wird. Eine feine Dame hat es der Bewahranstalt gestiftet, leider ließ ihr Terminplan es nicht zu, es persönlich zu überreichen. Ich dachte, wir könnten es nach den Marschierübungen und dem Fleckchenzupfen am Nachmittag …« Mariekes Satz lief ins Leere, als sie Schwester Marthas Gesichtsausdruck bemerkte, die wie gebannt auf Maxtoria starrte – und wirkte, als stünde sie dem Leibhaftigen höchstpersönlich gegenüber.

Jetzt trat sie einen Schritt nach hinten und sah Marieke mit einem Ausdruck in den Augen an, als hätte diese den Altar als Esstisch benutzt.

»Die kaputte Stelle am Huf können wir gewiss mit etwas Farbe ausbessern«, sagte Marieke kleinlaut.

»Schaff dieses Ding hier weg!« So schrill hatte sie Schwester Marthas Stimme nie zuvor gehört. Nicht einmal, als Klaas das Vaterunser zu lustigen Versen mit einem hohen Maß an menschlichen Ausscheidungen umgedichtet hatte.

Marieke stellte sich neben das Pferd und ließ ihre Fingerspitzen über die riffelige Mähne gleiten. Sie war ganz glatt durch den braunen Lack. »Weswegen? Ich bin sicher, dass die Kinder es lieben werden …«

»Natürlich.« Ein kaltes Lachen entfuhr der Schwester. »Aber *aus welchem Grund,* Marieke? Ich sage es dir: weil dieses Spielzeug einen ganz eigenen Reiz ausübt zum sittlichen Verderben der Kinder. Beim Reiten eines solchen Pferdes wird nicht nur die Sinneslust erregt, sondern sogar gefördert!«

Konnte dem wirklich so sein? Es war doch nur Geschaukel. Und extra für Kinder gemacht. »Ach ja?«, fragte Marieke und suchte fieberhaft nach Argumenten, um Schwester Martha umzustimmen. Sie war noch nicht gewillt, Maxtoria gehen zu lassen. Dafür hatte sie die Freude, die das Pferd auslösen würde, zu bildlich vor Augen gehabt, das gelöste Lachen hatte bereits in ihren Ohren geklungen. »Vielleicht könnten wir es einige Tage ausprobieren und sollten wir dann beobachten …«

»Du bist wohl mit dem Teufel im Bunde!?«, fiel Schwester Martha ihr ins Wort. »Es ist in Fachkreisen bekannt, dass durch ein solches Pferd in der zarten Kinderseele eine ungewollte Leidenschaft erweckt wird, die es vollkommen ruinieren kann! Also weg damit!«

Marieke stand unbeweglich da. Sollte sie jetzt tatsächlich das schönste aller Spielzeuge, das ihr je zu Gesicht gekommen war, auf den Müll werfen? Sie brachte es nicht übers Herz. Vielleicht konnte sie wenigstens etwas anderes Gutes für die Kinder herausholen?

»Sollen wir es denn verkaufen und von dem Geld neue Beschäftigungsmaterialien anschaffen?«

»Damit andere Kinderseelen davon verdorben werden? Nein, dieses Teufelszeug müssen wir unwiederbringlich zerstören.« Abwartend sah Schwester Martha sie an. »Erledigst du jetzt unverzüglich, was ich dir aufgetragen habe? Oder muss ich selbst Hand anlegen?«

Marieke verschränkte die Arme. Sie fühlte sich wie in einem Kaufmannsladen, wo sie sich zwischen zwei gleichermaßen schlechten Dingen zu entscheiden hatte. Natürlich sollte sie die vernünftige Wahl treffen. An die Zukunft denken. So wie all die anderen Male in den vergangenen Monaten, als sie sich auf die Zunge gebissen, anstatt aus ihrer Seele gesprochen hatte.

Doch obwohl die Sache mit dem Schaukelpferd vergleichsweise klein war, konnte sie es nicht.

Das Pferd zu zerstören war um einiges weniger schlimm, als einem unschuldigen Kind einzureden, dass es sterben könne, wenn es auf dem Stuhl herumrutschte. All die Momente unterbundener Lebensfreude. Und all die Reime und Verse, mit denen man eine unbeschwerte Kinderseele verkaufte und auf ewig die sittsame Gehorsamkeit schwor.

Vielleicht ging es aber auch gerade darum, dass die Sache so klein war. Nicht mal diesen winzig kleinen Quell der Lebensfreude wollte man den Kindern zugestehen. Kindern, die so oft mit hungrigem Magen ins Bett gingen und noch nie eine Orange oder gar ein Bonbon gekostet hatten. Sie erinnerte sich gut daran, wie die Schausteller am Gänsemarkt ihre Buden aufgestellt hatten und welche Faszination in ihrer Kindheit das Karussell auf sie ausgeübt hatte – mit Pferden ganz ähnlich wie dieses Prachtstück. Sie hätte damals sogar das einzige Essen des Tages dafür gegeben, bloß, um einmal auf einem solchen Pferd sitzen zu dürfen; es hätte sich nicht einmal im Kreis drehen müssen.

Schnell weg mit den Erinnerungen, sie drückten die Brust zusammen und brannten in der Kehle. Doch die Worte kamen trotzdem. »Also wenn den Kindern selbst diese Freude verwehrt werden soll …« Sie schüttelte den Kopf.

»Was dann?«, fragte Schwester Martha herausfordernd.

»Dann gehe ich.«

Die Schwester lachte so derb wie ein Hafenarbeiter. Es fehlte nur noch, dass sie auf den Boden priemte. »Nur zu. Du bist mittlerweile ohnehin ein Quell des Ärgers geworden mit deinen Ideen und Vorstellungen.«

Marieke schluckte die Wortscherben hinunter und wandte sich zur Tür. Dort hielt sie inne, drehte wieder um, schnappte sich Maxtoria und verließ hocherhobenen Hauptes das Kontor – so gut das mit einem Schaukelpferd auf dem Arm eben ging.

Kapitel 41

Auf dem Weg nach Jacobsdorf, 1850

Die Postkutsche war in den Wintermonaten ein Pferdeschlitten, und so glitt Luise ohne das unablässige Rumpeln der Räder durch die Landschaft. Winzige Flocken hefteten sich auf die feinen Fasern ihres Wollmantels, und sie setzte eine auf ihre Fingerspitze, um sie näher zu betrachten. Ein einzigartiges Kunstwerk, wie sie mit den Zöglingen in Keilhau gelernt hatte, die Erinnerung an Friedrichs Leidenschaft in der Stimme war noch ganz klar, obwohl fünf Jahre zwischen jenem Tag und ihrer heutigen Schlittenfahrt lagen.

Für all die Dinge, die ihm viel Freude bereiteten, hatte er eine eigene Stimme. Und als er sie im vergangenen Monat auf ihrem Weihnachtsspaziergang gebeten hatte, seine Frau zu werden, hatte seine Stimme einen Ton angenommen, den sie nie zuvor gehört hatte. So warm, dass die Winterkälte sich umgehend verflüchtigt hatte. Natürlich hatte sie eingewilligt. Sie war überglücklich, dass sie bald offiziell verbunden wären und das ewige Versteckspiel ein Ende hätte. Das Aufgebot war bestellt, als letzte Amtshandlung würden sie an diesem Wochenende ihren jeweiligen Familien die frohe Kunde überbringen und sich im besten Fall ihr Einverständnis abholen. Sie mussten es nicht gutheißen, so naiv war sie nicht mehr, sich das zu wünschen, aber sie sollten es akzeptieren und der Hochzeit beiwohnen, ihr zuliebe.

In Jacobsdorf angekommen, bat sie Johanna nach ihrer warmen Begrüßung um einen Spaziergang. Nebeneinander durch die winterliche Landschaft gehen und nach vorne blicken. Das war besser, als zwischen den eleganten Möbeln bewegungslos am glänzend schwarzen Tisch zu sitzen, wo ihr einfaches Kleid und die abgestoßenen Schuhe noch deutlicher machten, dass sie anders war.

»So, dann bist du nun also eine von diesen …«, mit gespreizten Fingern rieb Johanna sich die Hände, »Kindergärtnerinnen.«

»Ja, das bin ich.«

»Und was machst du dann in dieser Ausbildungsanstalt in Marienthal? Bist du Friedrich Fröbels Unterstützerin? Oder führst du dort den Haushalt?«

»Ich …« Ein Räuspern, das die Worte doch nicht leichter machte. »Ich bin dort die Vorsteherin.«

»Du?« Johannas Schritte flossen nur noch so langsam wie ein Rinnsal. »Eine Vorsteherin. Das kommt überraschend. Aber es ist schön. Ich freue mich für dich. Wie kam es dazu, hatte er sonst niemanden?«

»Nein … er …« Er hatte ihr glaubhaft versichert, dass sie die beste Wahl für diese Stellung sei. »Es hat sich so ergeben.«

Wäre das eine gute Überleitung für die anstehende Hochzeit? Augen auf und durch.

»Darüber hinaus haben wir beschlossen zu heiraten.«

Abrupt blieb Johanna stehen. Sie benetzte ihre Lippen mit der Zunge, aber die Worte ließen auf sich warten. Mit spitzen Fingern zupfte sie das wollene Tuch von ihrem Hals weg. »Heiraten?«, ihr Tonfall war ebenfalls spitz. »Jetzt noch? Und ist er … ist Friedrich denn nicht viel zu alt für dich? Er ist doch schon seit vielen Jahren Witwer, nicht wahr? Wie viele Jahre liegen zwischen euch? Siebenundzwanzig, achtundzwanzig?«

Die unausweichliche Frage, nun lag sie wie eine Matschpfütze direkt vor ihr.

»Vierunddreißig.« Fast fünfunddreißig, doch das ließ sie unerwähnt. Es gab keinen Grund aufzurunden. »Dennoch stört es uns nicht, wir fühlen beide, dass wir zusammengehören, und wünschen uns, diesen Bund nun offiziell zu schließen. Zwischen anderen Paaren besteht mitunter auch ein sehr großer Altersunterschied.«

»Aber doch nur, wenn sich zwei Familien aus politischen Gründen verbinden wollen. Bei euch jedoch … Ihr hättet die freie Wahl. Willst du das denn tatsächlich, Luise?«

Was sollte sie sonst wollen? Jemanden, der ihr im Alter viel näher, dessen Seelenleben allerdings um Jahrhunderte entfernt war? Jemanden wie Gotthilf? Oder wie Tausende anderer Männer, die ihren Frauen diktierten, was sie zu tun und zu lassen hatten? Unter diesen Umständen würde sie lieber allein bleiben.

Friedrich hatte sie – wie jeden anderen Menschen, ganz gleich welchen Alters oder Geschlechts – stets respektvoll und ebenbürtig behandelt.

Sie würde sich glücklich schätzen, einen Mann wie ihn heiraten zu dürfen. Dann wäre sie gebunden und doch frei. Frei in ihren Entscheidungen. Frei, der Mensch zu sein, von dem sie nicht einmal gewusst hatte, dass er in ihr existierte.

Zehn Schritte lang waren da ausschließlich das Knirschen des Schnees und das Rauschen eines Schlittens in der Ferne, keine Worte.

»Nun gut«, sagte Johanna schließlich. »Wenn es dein wahrhaftiger Herzenswunsch ist …« Sie blieb stehen, um ihrer Schwester direkt in die Augen zu sehen. »Dann freue ich mich für dich.« Sie schlossen einander in eine Umarmung, die sämtliche Ängste aus durchwachten Nächten vertrieb. Den restlichen Spaziergang verbrachten sie damit, Hochzeitspläne zu schmieden, auch wenn Luise und Friedrich sich eine Feier im kleinen Rahmen wünschten und es nicht viel zu planen gab. Sie brauchten nichts Prunkvolles, ihre Liebe war groß genug. Ein einfaches Versprechen im Frühlingsgrün um Pfingsten herum, am besten unter freiem Himmel.

»Ich werde dir höchstpersönlich einen Myrtenkranz flechten«, versprach Johanna, als sie das Anwesen erreichten, wo gerade eine Droschke die geschwungene Auffahrt hinauffuhr. Gotthilf zwängte sich durch die Tür und danach seine Mundwinkel nach oben, als er Luise erblickte. »Was für eine schöne Überraschung, liebe Schwägerin.«

»Und es gibt noch schönere Neuigkeiten«, kündigte Johanna an und forderte Luise mit einem Lächeln auf, diese auch sogleich zu überbringen. Sie zögerte. Sollte sie es ihm wirklich bereits mitteilen, kaum dass er aus der Droschke gestiegen war? Gewiss missfiel ihm das. Andererseits hatte sie es dann hinter sich. Und missbilligen würde er es so oder so.

»Nun ja … Friedrich und ich werden heiraten.«

»Zum Pfingstfest«, schoss sie hinterher, solange er seine Gesichtszüge wieder einfing.

»Friedrich Fröbel?«

Als wenn jemals infrage gestanden hätte, um welchen Friedrich es hier ging. Um des lieben Friedens willens nickte sie. »Ich darf euch doch für die Feier einplanen?«

Gotthilf atmete scharf ein und verzog das Gesicht.

»Aber natürlich«, sagte Johanna, während Gotthilf zeitgleich wetterte: »Gott bewahre!« Mit einem einzigen Blick brachte er seine Gattin zum Schweigen. »Und ich gehe sogar noch einen Schritt weiter: Ich verbiete es dir!«

Luise starrte ihn an. Sprachlos.

»Ich werde es unter gar keinen Umständen dulden, jemanden in der Familie zu haben, der diese ganzen revolutionären Tendenzen unterstützt!«

Kapitel 42

Marienthal, 1850

»Luise?« Ihren Namen aus dem Mund der Schülerin zu hören holte Luises Aufmerksamkeit zurück in den Unterricht, wo die jungen Frauen ihre Schreibarbeit nach und nach beendeten. Luise wünschte, ihre Sorgen würden in der Gedankenwelt zurückbleiben, doch sie waren zu ihrer ständigen Begleitung geworden.

Warum in den Kinderbewahranstalten mit körperlicher Züchtigung gearbeitet werde und im Kindergarten nicht, wollte Hedy wissen. Insbesondere, wo doch in der Kirche Nächstenliebe gepredigt werde.

Luise erhob sich von ihrem Platz hinter dem Pult und ging langsam durch den Klassenraum, das half, ihre Gedanken einzig und allein auf diese wichtigen pädagogischen Fragen zu lenken – und nicht auf die anstehende Hochzeit mit ihren Schwierigkeiten. Heute würde Friedrich aus Hamburg heimkehren und auf dem Rückweg seiner Familie in Keilhau seine Pläne mitteilen. Und würde sie ihm berichten müssen, dass ihre Familie der Einladung nicht folgen würde. Wie wenig sich die Familie über die Hochzeit freute, würde er daran ablesen können. Aber es war ja sogar noch schlimmer: Gotthilf hatte diesen Bund verboten. Fürs Erste vertrieb sie die Erinnerung an all das und konzentrierte sich auf den Unterricht.

»Es hat mit dem zugrunde liegenden Menschenbild zu tun. Die katholische Kirche geht davon aus, dass der Mensch von Natur aus böse ist. Selbst kleine Sünden und sogar Gedanken werden daher bestraft, um, so hofft man, ein weiteres Ausbreiten der Sündhaftigkeit zu unterbinden. Nun haben sich aber einige Philosophen und andere große Denker mit dieser Frage beschäftigt, und Einzelne haben die Frage gestellt, ob der Mensch nicht auch von Natur aus gut sein könnte.«

Langsam schlenderte sie zum Fenster, genoss den Blick über die weitläufige Parklandschaft und stellte sich vor, wie Friedrich durch seine Beobachtungen ebenjener Natur zu seinen Schlüssen gekommen war. »Friedrich hat sich eingehend mit dieser Frage beschäftigt. Ihr wisst, er liebt die Natur. Und er hat durch seinen Vater, einen Pastor, und durch seine Schule auch intensiv die Bibel studiert. Schließlich ist er zu dem Schluss gekommen, dass der Mensch im Grunde gut ist, und hat fortan mit dieser Annahme gearbeitet. Deswegen arbeiten wir nicht mit körperlicher Züchtigung und geben dem Spiel sehr viel Raum.«

»Ist das denn in den Bewahranstalten nicht so?«, fragte Lisette, die aus einem bürgerlichen Haus samt Kindermädchen stammte und nie eine Bewahranstalt von innen gesehen hatte.

»Nein, da wird meist nur zur Belohnung kurz gespielt, da auch im freien Spiel das vermeintlich Böse durchkommen könnte. Es ist ein Jammer, denn wie wir jetzt ja wissen, lernen die Kinder beim Spielen für das Leben. Es gibt ihnen die Gelegenheit, in verschiedene Rollen zu schlüpfen und sich selbst auszuprobieren. In Bewegungsspielen wird die Motorik geschult, andere fördern den Einfallsreichtum … Viel zu spielen ist für Kinder in jeder Hinsicht ein Gewinn.«

»… wenn man keine Sorge hat, dass zu jeder Zeit der vermeintlich böse Kern aus dem Sprössling herausbrechen könnte.« Lisette verschränkte die Arme und lehnte sich nach hinten.

»Ganz genau. Wobei man die Kinderbewahranstalten auch nicht völlig verteufeln sollte. Ich bin sicher, dass es nicht in allen

Einrichtungen so streng gehandhabt wird. Und letztlich haben sie auch viel Gutes für die Gesellschaft getan. Viele der Kinder würden sonst auf der Straße herumlaufen. Den Städten und Gemeinden ist der Notstand wohl bewusst, jedoch scheuen sie die Kosten einer Unterbringung, deswegen wird es dann der Kirche überlassen … Es ist also nicht einfach. Und es geschieht ja nicht aus Boshaftigkeit, es ist eben eine Grundannahme, die seit Jahrzehnten, Jahrhunderten gilt. So etwas legt man nicht von heute auf morgen ab, es ist ein Prozess.«

»Was ich noch nicht verstehe …« Hermine rümpfte die Nase. »Jetzt wissen Sie es doch … Herr Fröbel hat schließlich viele Artikel dazu geschrieben. Warum ändern sie es nicht? Warum arbeiten nicht alle Einrichtungen mit den Fröbel'schen Spielgaben?«

»Ganz so einfach ist es nicht. Wir sind zwar alle sehr bemüht, die Kindergartenidee publik zu machen, doch allzu bekannt ist sie noch nicht. Deswegen war Friedrich ja die letzten Wochen wieder in Hamburg.«

Er hatte ihr geschrieben, wie leid es ihm täte, dass er sie bei der Eröffnung der Schule nicht unterstützen könne, aber er hatte großartige Verbindungen zu den Hamburger Frauenvereinen geknüpft, wo seine Ideen der Menschenbildung auf besonderes Interesse stießen. Gemeinsam hatten sie beschlossen, dass sie die Gunst der Stunde nutzen wollten, um die Vereine in seine Ideen einzuführen. Natürlich hätte sie ihn lieber hier an ihrer Seite gehabt, aber das wäre ihr egoistisch erschienen, wo da draußen noch so viele darauf warteten, seine Ansichten zu hören und zu diskutieren. Sie opferte ihre gemeinsame Zeit für eine größere Sache in der Hoffnung, dass dies irgendwann zahlreichen Kindern zugutekommen würde. Sie selbst hatte in den letzten Jahren ja schon so viel von ihm bekommen, mehr als alle seine Freunde und Bekannten. Wenn sie das bedachte, war es ihr fast schleierhaft, wie sie seine Gefühle jemals hatte bezweifeln können. Doch trotz all der Anstrengungen und Entbehrungen kam es ihr manchmal wie ein Blutstropfen im Meer vor. Voller Farbe und dennoch irrelevant, wenn man auf das große Ganze schaute.

»Leider erreichen die Artikel und seine Vorträge bisher vornehmlich ein Fachpublikum. Leute, die sich ohnehin für diese Themen interessieren. Ihr wusstet ja auch lange nichts von Friedrich und seinen Kindergärten, nicht wahr? War es nicht eher ein Zufall, dass ihr davon erfahren habt? Kanntet ihr oder jemand aus eurer Familie nicht jemanden, der wiederum jemanden kannte, der oder die einen Kindergarten eröffnet hatte? Eine entfernte Base, die einen seiner Kurse besucht hat?«

Einvernehmliches Nicken. *Wenn* die Menschen von ihren Ideen hörten, waren fast alle begeistert. Zumindest in pädagogischen Fachkreisen stießen Fröbels Ideen auf offene Ohren. Auch wenn die Obrigkeit dem Ganzen nach wie vor kritisch gegenüberstand, hatten viele Lehrer und Pädagogen inzwischen erkannt, dass Friedrichs Methoden gut funktionierten. Nun wäre es an der Zeit, dass auch innerhalb der Bevölkerung Friedrichs Ideen publik wurden, nur leider geschah das noch immer viel zu selten.

Nach der Stunde sammelte Luise ihre Bücher zusammen und seufzte erschöpft. Sie liebte ihre Arbeit mit den jungen Mädchen und die Übungsstunden im Kindergarten, den sie hier im Ort eingerichtet hatten, aber die Sorgen hatten sie in der letzten Nacht fast gänzlich um den Schlaf gebracht. Jegliche Müdigkeit war jedoch sofort verschwunden, als sie sah, dass ein Pferdeschlitten die Auffahrt hinaufkam. Friedrich! Der Sturkopf hatte doch tatsächlich schon wieder den offenen Schlitten gewählt, nur um ein paar Groschen zu sparen, dabei war dies nicht gerade förderlich für seine Gesundheit, insbesondere nicht bei der langen Fahrt.

Sie flog nach draußen, und im nächsten Moment lagen sie sich in den Armen, und sie genoss das Gefühl der Vertrautheit, das sich mit der Umarmung in ihr einstellte. Gemeinsam schafften sie sein

Gepäck hinein und plauderten eine Weile. Nachdem alles verstaut war, ließ sich das schwierige Gespräch jedoch nicht länger hinauszögern – auch wenn sie lieber die Leichtigkeit der Wiedersehensfreude weiter genossen hätte.

»Und …?« Sie zog das U in die Länge. Hoffentlich verstand er auch so, was sie fragen wollte. Sie konnte es nicht aussprechen. Er sank aufs Bett, presste die Lippen zusammen. An ihrer Hand zog er sie neben sich, ließ sie nicht mehr los.

»Nun ja …« In seinem Blick konnte sie lesen, dass die Neuigkeit auch bei seiner Familie auf wenig Begeisterung gestoßen war. Sie schloss die Augen, schluckte die Wut und den Schmerz hinunter und nickte.

»Und bei dir?« Seine Stimme war ungewohnt rau. Luise schüttelte nur stumm den Kopf. Und lächelte. Vermutlich das traurigste Lächeln, das sie je zustande gebracht hatte, aber sie lächelte. Schließlich hatten sie immer noch sich. Es wurde kurz laut im Flur, dann wieder leise. Dem Hufgeklapper nach kam eine Kutsche auf den Hof, es pochte wenig später an der Tür. Keiner öffnete, und die Kutsche fuhr wieder weg. Stille. Stille. Stille. Wieder Stimmen im Flur. Schritte im Kies von den Schülerinnen, die außerhalb wohnten. Dann wieder Stille. Erst als der Raum ins Halbdunkel getaucht war, sah sie zu ihm hin. Kurz. Sie konnte ihm nicht in die Augen blicken.

»Ich hätte absolutes Verständnis, solltest du … unter diesen Umständen …«

»Nein.« Er wollte den Satz offenbar nicht einmal zu Ende hören. Aber sollten sie nicht vernünftig sein? Wenn ihnen von überall her Gegenwind um die Nase blies – war es dann nicht an der Zeit umzukehren?

Schließlich ging es um so viel mehr als nur um ihre Liebe. Friedrich Fröbel stand für etwas. Etwas, in dessen Dienste er sein Leben gestellt hatte. Und sie ebenso, da sie seine Ansichten teilte und ebenfalls dafür kämpfte. War es nicht leichtfertig, all das durch eine Verbindung aufs Spiel zu setzen, über die die Gesellschaft die Nase rümpfte? Es wäre schwerer, so viel schwerer, als tage- oder wochenlang getrennt zu sein, aber sollten sie nicht auch dieses Opfer für die große Idee bringen? Für die Kinder? Gut möglich, dass sie daran zerbrechen würde, aber sie wollte nicht, dass ihre Beziehung den Kritikern eine weitere Angriffsfläche bot. Sie beide wussten, dass in der Liebe das Alter keine Rolle spielte. Dass es um so viel mehr ging. Doch böse Zungen würden behaupten, dass sie einen Teil seines Ruhms wollte. Und natürlich wollte sie seinen Erfolg, allerdings doch nur, weil er ihn glücklich und vor allem die Kinder glücklich machen würde, wenn sie zu freien Geistern erzogen und in ihrer Entwicklung unterstützt wurden. Und er? Vermutlich würden sie behaupten, er labe sich an ihrer Jugend, denn ihre Schönheit konnte es nicht sein. Was wussten jene Menschen von einer erfüllenden geistigen Verbindung, die nicht so glücklich waren, ihrem Seelenverwandten begegnet zu sein? Sie hatte ja selbst nicht daran geglaubt, bis es so überraschend passiert war.

»Was … was machen wir jetzt?«

Der sanfte Druck seiner Hände gab ihr Kraft. Doch gegen den Druck der Gesellschaft vermochte er dennoch nichts auszurichten. Friedrichs linke Schulter hob und senkte sich. »Wir machen es wie geplant. Zum Pfingstfest werden wir uns im engsten Kreis das Jawort geben – ganz gleich, ob mit unseren Familien oder ohne.«

»Aber …« Sie räusperte sich. »Wenn doch schon unsere Familien es nicht verstehen. Nicht verstehen wollen. Was … was wird dann der Rest der Gesellschaft sagen?«

»Luise. Zeit meines Lebens bin ich gegen den Strom geschwommen. Oft war ich alleine. Lustig haben sie sich gemacht, mich einen Sonderling geschimpft. Und ich bin dennoch meinen Weg gegangen. Man mag mich einen eingebildeten Narren nennen, aber ich glaube, dass er gut war. Ich bin überzeugt, etwas Gutes für die Gesellschaft zu tun – selbst wenn ein großer Teil der Menschen dies noch nicht hören will. Doch in den letzten Jahren hat sich viel geändert, und ich weiß, dass es das weiterhin tun wird. Ich spüre den Umschwung bis in meine Fingerspitzen, und ich weiß, dass du es auch tust.« Er strich mit seinen Fingern federleicht über ihre Hände, und sie wusste genau, was er meinte. In ihrer Anfangszeit in Keilhau hatte es sich noch angefühlt, als würden sie gegen Windmühlen kämpfen, doch die Anfragen häuften sich nun. Friedrich musste sich nicht mehr aufdrängen, und die Zuhörermengen bei den Vorträgen waren größer geworden.

»Von daher …«, er klopfte sich gegen die Brust. »Dieser alte Narr hier ist bereit. Nur weil einige Stimmen sagen, dass das, was wir tun, nicht gut ist, müssen sie noch lange nicht recht haben. Im Grunde genommen sind Gut und Böse ohnehin Definitionsfragen. Das sehen wir doch im kirchlichen Glauben. Die einen sagen, der Mensch sei böse, die anderen sagen, er sei gut. Wer hat recht?«

Luise nickte nachdenklich. Hatte sie nicht genau das den Schülerinnen am Vormittag erklärt?

»Wer will uns also sagen, was unsere Gefühle füreinander sind? Wichtig ist allein, was wir denken. *Und fühlen.*« Er schenkte ihr ein warmes Lächeln, das sie kein bisschen daran zweifeln ließ, was *sie* fühlte.

»Mir für meinen Teil ist es einerlei, was die Gesellschaft sagt. Das, was wir haben, kam ebenso überraschend wie beglückend für mich. Das lasse ich mir nicht nehmen. Wenn du weiterhin bereit bist, bin ich es auch. Ach, was sage ich denn? Ich stehe doch schon fest entschlossen dort hinten an der Kreuzung und warte auf dich. Aber ich hätte auch vollstes Verständnis, falls die Ablehnung so schwer auf dir lastet, dass du nicht weitergehen kannst. Solltest du aber dennoch bereit sein, wäre es mein höchstes Glück, wenn wir den restlichen Teil des Weges gemeinsam gingen.«

Kapitel 43

Marienthal, 1850

Mitten in der Beantwortung der neusten Anfrage für die Kindergärtnerinnenschule hielt Luise inne. Es dauerte, bis sie erkannte, was es war. Die Stille. So ruhig hatte das Schlösschen seit dem Beginn ihrer Renovierungsarbeiten nicht mehr dagelegen. Es war seit ihrem Einzug stets mit schnellen Schritten und vielen Stimmen erfüllt gewesen. Laute, leise, aufgeregte, hitzige, sachliche. Aber heute Morgen hatte sich die Sonne ihnen lautstark in Erinnerung gerufen, die hellgrünen Knospen angestrahlt, die kurz davor waren aufzuspringen. Der Wind hatte den Frühlingsduft bis in die letzten Winkel getragen und alle Schülerinnen mit Heiterkeit infiziert. Bald, schon sehr bald, würden die Tage wieder länger sein als die Nächte. Friedrich hatte kurz entschlossen angekündigt, die Schülerinnen mit auf einen Ausflug in die Natur zu nehmen, um sie in Pflanzenkenntnis und Astronomie einzuweisen. Auch dies sollten sie später ihren Sprösslingen näherbringen können.

Und so hatte Luise Zeit, sich einen ganzen Vormittag lang um die Korrespondenz zu kümmern, die Briefstapel, die täglich in die Höhe wuchsen. Eine Handvoll von ihnen konnte sie auf ihrer Liste abhaken, als das Hufgeklapper draußen eine Kutsche ankündigte. Ihre Hand verharrte auf dem Weg zum Tintenfässchen, als sie das geräumige Gefährt hinter den anmutigen Pferden entdeckte. Zwei Fenster mit weißen Vorhängen neben der breiten Tür in der Mitte. Durch das linke Fenster schaute ein blasses Gesicht, an den Schläfen umsäumt von braunen Korkenzieherlocken. Die Herzogin von Sachsen-Meiningen. Luise ließ die Feder fallen, ohne sich um die Tintenkleckse zu scheren, die ihre Arbeit zunichtemachten. Warum musste die Herzogin ausgerechnet heute das Schlösschen besuchen, das ihr Gatte ihnen als Ausbildungsstätte zur Verfügung gestellt hatte? Eine Ausbildungsstätte, auf der es heute ruhiger war als in einem Kloster mit Schweigegelübde.

Sie fegte zum Spiegel, erneuerte ihren Knoten und griff nach einem etwas hochwertigeren Umhängetuch, als es bereits an der Tür pochte. Nicht dass sie auch nur ein Kleidungsstück besessen hätte, das dem Besuch einer Herzogin angemessen gewesen wäre.

An der Tür knickste sie so tief, wie es ihre Knie erlaubten, und die Herzogin nickte ihr wohlwollend zu. Doch nicht einmal das niedliche kleine Mädchen an ihrer Hand – es musste ihre Tochter und somit eine Prinzessin sein – vermochte Luise die Beklemmung zu nehmen. Sie war sich ihres Herzschlages nie so bewusst gewesen wie in diesem Moment. Eigentlich hatte sie sich mittlerweile in die Rolle der Leiterin eingefunden; es bereitete ihr Freude, Dinge zu organisieren und zu überblicken, Lösungen für Probleme aller Art zu finden. All das erschien ihr nun gar nicht mehr so abwegig wie zu Beginn dieser Tätigkeit. Sie hatte allen Schülerinnen das Du angeboten und konnte dementsprechend mit Vornamen angeredet werden, doch einige brachten dies nicht über die Lippen. Als baute ihr Respekt eine unsichtbare, aber unüberwindbare Mauer. Sie nannten Friedrich *Herr Fröbel* und sie *Frau Direktorin*. Und selbst daran hatte sie sich gewöhnt. Aber die Herzogin von Sachsen-Meiningen empfangen? Das war der Moment, wo sie am liebsten in die Berge geflüchtet wäre, so wie Friedrich früher bei den Gläubigern. Trotzdem lächelte sie und erklärte, welch außerordentliche Ehre der Besuch Ihrer Durchlaucht sei.

»Womit kann ich Ihnen dienen?« Sie hatte die Tür nur so weit geöffnet, dass sie mit ihren schmalen Schultern hindurchpasste, die Herzogin sollte nicht mitbekommen, dass nicht eine einzige Schülerin in der Schule, die sie und ihr Gatte förderten, anwesend war. Gewiss, Naturverbundenheit und Pflanzenkunde waren wichtige Elemente von Friedrichs Menschenbildung, aber würde sie Verständnis für einen Ausflug der gesamten Schule haben?

»Oh, ich habe nun bereits so viel von Ihrer Schule gehört, auch, dass Sie in den Nachmittagsstunden mit den Bauernkindern im Park spielen, und da dachte ich, ich könnte mir selbst einmal ein Bild von allem machen.«

Vom Park wusste sie? Heiße Tropfen rannen Luise den Rücken herunter. Da alle Erklärungen der Pädagogik nur halb so hilfreich waren, wie es direkt zu erleben, hatten sie sich angewöhnt, am Nachmittag im Park mit allen Kindern, die kamen, ihre Spiele und Übungen durchzuführen. Rasch hatte es sich herumgesprochen, und die Besucherzahlen waren seitdem stetig gestiegen. Manchmal waren sie umringt von vierzig Kindern. Aber würde die Herzogin verstehen, dass dies Teil des Unterrichts und keine reine Spielerei war? Und nun waren sie heute Morgen obendrein spazieren. Würde sie unter diesen Umständen vermuten, dass sie sich den lieben langen Tag einen feinen Lenz machten? Schon bald aber müsste Friedrich mit den Mädchen zurückkehren, vielleicht konnte sie sie so lange beschäftigt halten, sodass gar nicht auffiel, dass sie nicht im Unterricht waren?

»Aber gerne doch«, beteuerte Luise und öffnete die Tür weiter, sodass Mutter und Tochter eintreten konnten. »Ich werde Ihnen alles zeigen.« Sie führte sie durch die freundliche Halle und weiter zum Vorratsraum, in dem sie die Spielgaben aufbewahrten, die sie anfertigten und auch von hier vertrieben. Unter normalen Umständen hätte sie die Führung niemals in solch einem unrepräsentativen Raum begonnen, doch er lag am weitesten entfernt von den Klassenzimmern. Während sie erklärte, um was es sich bei den Objekten grob handelte, griff sie sich die Spielgabe Nummer drei, einen Würfel, der aus acht kleineren Würfeln bestand, hockte sich neben die Prinzessin und zeigte ihr, was man damit alles machen konnte. Gewiss mangelte es dem Mädchen zu Hause an nichts, und es verfügte über beleuchtete Puppenhäuschen und mechanische Klapperaffen und dergleichen, dennoch verfehlten auch diesmal die Bauklötze ihre Wirkung nicht. Eifrig begann das Mädchen, einen Turm zu bauen, sodass Luise Gelegenheit hatte, nach einer anderen Spielgabe zu greifen und sie der Herzogin vorzustellen. All die Worte, die sie damals auf dem Spielefest in Quetz so oft gesagt hatte, flossen zurück in ihren Kopf, und aus der Not heraus stellte sie der Herzogin eine Spielgabe nach der anderen mit allen Einzelheiten und Überlegungen dazu vor. Diese ließ den Redeschwall mit einem höflichen Lächeln über sich ergehen, nahm jede Spielgabe in die Hand, äußerte sich jedoch nicht dazu. Vielleicht war sie weniger modern eingestellt als ihr Gatte?

Nachdem sie auch das letzte bisschen Wissen über die Spielgaben aus ihrem Kopf herausgequetscht hatte, hockte Luise sich wieder vor die Prinzessin. »Wollen wir jetzt mal schauen, ob wir in der Küche einen kleinen Leckerbissen für dich finden?«

Wenn man sich bei Kindern einer Sache gewiss sein konnte, dann, dass diese sich stets für Leckereien begeistern konnten. Bestimmt war es unhöflich, die Mutter zu übergehen, aber Luise fiel nichts anderes mehr ein, um die Herzogin von den Klassenräumen fernzuhalten, und dieser kleine Fauxpas war ihr lieber als die Schmach, dass sie in einer Schule waren, in der nicht unterrichtet wurde, denn die lärmenden Stimmen im Flur waren bisher weiterhin ausgeblieben.

Also hielt sie der Prinzessin die weit geöffnete Hand entgegen, die die Kleine sofort ergriff. Sie lächelte der Herzogin zu, als sei es das Normalste der Welt, und drehte sich dann schnell weg, um den pikierten Blick nicht zu sehen, der unweigerlich folgen musste. So geleitete sie ihre Besucherinnen in die geräumige Küche, in der sie, wie schon in Keilhau, auch einen großen Esstisch hatten. Die Herzogin sah sich in alle Richtungen um und wirkte, als habe sie Sorge, dass ihr ausladender Rock die Möbel berühren könne. Luise hob die Kleine auf die Arbeitsplatte und drückte ihr einen der Haferkekse in die Hand, die die Köchin am Vortag gebacken hatte.

»Hier treffen wir uns morgens zum Frühstück, bevor um neun der Unterricht beginnt. Gleich als Erstes sprechen Frie … Herr Fröbel oder ich über die kindliche Entwicklung. Es geht um die Beachtung des Entwicklungsganges, also um Entwicklungsgesetze des Menschen und somit auch der Kinder.«

»Warum ist das wichtig? Geht es denn nicht nur darum, die Kinder zu beaufsichtigen?« Diese Frau verstand nichts, wirklich nichts. Dennoch lächelte Luise.

»Wir wollen im Kindergarten mehr als das. Die Kinder sollen nicht nur beaufsichtigt werden, sondern sie sollen auch lernen und altersgemäß gefördert werden. Und das geschieht durch das Spiel. Die Schülerinnen lernen über das Wesen und die Natur des Kindes. Nur so erkennen sie die Ansprüche an seine Pflege. Die Kenntnisse über das kindliche Wesen dienen als eine Art Richtschnur zur Erfüllung des Erziehungsberufes.«

Die Herzogin nickte mit gerunzelter Stirn, legte eine Hand auf den Rücken ihrer Tochter. Luise ließ sich dennoch nicht beirren.

»Darum geht es dann auch in den nachfolgenden zwei Stunden bis zwölf. Wir überlegen gemeinsam und besprechen anhand von Beispielen, wie man die Entwicklung der Kinder fördern und unterstützen kann.« Sie tat so, als würde ihre Hand der Prinzessin den Keks wegknabbern wollen und brachte diese damit zu einem glucksenden Lachen. »Es geht um anregendes Sprechen und Singen mit dem Kind, ganz besonders setzen wir uns mit Mitteln zur Ausbildung der Sinne und zur Unterstützung der Entfaltung des Seelenlebens auseinander.«

»Wie interessant.« Die Herzogin griff nachdenklich an ihr

Kinn, doch Luise konnte nicht erkennen, ob es echtes Interesse oder reine Höflichkeit war.

»Herrn Fröbels Ziel war es stets, das Kind als eigenständige Persönlichkeit mit eigenen Bedürfnissen und Fähigkeiten zu sehen. Nicht als ›unfertigen Erwachsenen‹, der durch strenge Regeln den Gehorsam lernen muss. Gleichzeitig sieht er Kinder immer auch als ein Glied der Gemeinschaft, ganz gleich, ob das nun die Schule, die Familie oder die gesamte Menschheit ist. Durch Bildung können die Kinder verantwortungsvolle Mitglieder dieser Gemeinschaft werden. Seine Schriften dienen daher als Grundlage für diesen Unterricht.« Luise griff nach einem Tuch und begann, die bereits saubere Arbeitsfläche abzuwischen, nur um nicht mit ansehen zu müssen, wie die Augenbrauen der Gräfin in die Luft wanderten. »Nach dem Mittagessen haben die Schülerinnen bis zwei Uhr Zeit zur freien Selbsttätigkeit. In dieser Zeit können sie sich frei mit den Kindern beschäftigen oder die in den vorigen Stunden erkannten Themen weiter bearbeiten.« Sie tauchte das Tuch in die Waschschüssel, wrang es mehr und länger aus als nötig.

»Von zwei bis vier arbeiten wir mit den Spielgaben, die Sie ja bereits kennengelernt haben. Es geht in der Pädagogik von Herrn Fröbel stets um die Beachtung dessen, was die Natur und das Leben bieten. Es werden daher auch Naturgegenstände und Lebenserscheinungen, abgestimmt auf die verschiedenen Stufen der kindlichen Entwicklung, eingesetzt.«

Luise hob die Prinzessin von der Arbeitsplatte und reichte ihr einen glitzernden Stein aus Friedrichs Sammlung. Sie hatte inzwischen solche Ausmaße angenommen, dass im gesamten Schloss Schauregale mit Steinen zu finden waren.

»Es folgt eine Pause, und um fünf geht es dann in den Park, wovon Sie ja bereits gehört haben.« Sie schob sich eine Haarsträhne hinter das Ohr. Es musste für Außenstehende ein merkwürdiges

Bild ergeben, was sie da machten. »Auch werden die Schülerinnen ermuntert, an den Spielen mit den Kindern teilzunehmen.«

»Und dann ist endlich Feierabend?« Die Augen der Herzogin wanderten Luise, die nun liegen gebliebene Dinge zusammensammelte, genau hinterher. Immerhin sah sie dann nicht den Brandfleck im Küchentisch, das angestoßene Geschirr und den henkellosen Wasserkrug auf der Fensterbank, der neben den Wiesenblumen stand, die Luise mangels Vase in ein Marmeladenglas gestellt hatte.

Luise lachte nervös auf. »Aufgrund der knappen Ausbildungszeit nutzen wir die Stunden nach dem Essen noch, um kleinere Handarbeiten einzuüben oder künstlerische Betätigungen für Kinder auszuprobieren. Diese dienen später dem Hausgebrauch und fördern die Entfaltung des Schönheitssinnes. Es geht uns um die Entwicklung einer harmonischen Vielheit aus einer Einheit und um ein erstes Verständnis der Entwicklungsgesetze in der Natur.«

Der Mund der Herzogin öffnete sich, doch war Luise sicher, dass die Wörter ausbleiben würden. Zum Glück waren in diesem Moment die lang ersehnten Geräusche zu hören. Der Widerhall von klackernden Absätzen im Flur, durchmischt von heiteren Frauenstimmen.

»Kommen Sie«, rief Luise erleichtert aus. Endlich musste sie keine Gespensterschule mehr zur Schau stellen, sie konnte beweisen, dass all das, was sie beschrieben hatte, tatsächlich hier stattfand. »Lassen Sie uns nun einen Blick in die Unterrichtsräume werfen. Die Schülerinnen sind gewiss gleich in der Pause, dann kann ich Sie mit meinem …« Sie biss sich auf die Zunge. Um ihr Umfeld darauf vorzubereiten, hatten Friedrich und sie sich in den vergangenen Wochen stets als *Verlobte* vorgestellt. Doch heute fühlte sie sich nicht in der Lage, nach so viel Skepsis auch noch den Argwohn über ihre gewöhnungsbedürftige Verbindung zu ertragen. »Dann kann ich Sie mit Friedrich Fröbel bekannt machen.«

Zurück im Flur, strömten die Schülerinnen gerade in kleineren Gruppen in die Räume oder ihre Zimmer. Luise konnte nur hoffen, dass es für die Herzogin so wirkte, als kämen sie soeben aus dem Unterricht.

»Oh, du hast was verpasst, Luise!« Hedys Stimme echote über die gesamte Flurlänge. »Wir sind bis auf den höchsten Berg gestiegen – welch ein fabelhafter Ausblick war das! So viele Farben der Natur. Und wir haben einen Gonepteryx rhamni gesehen.« Sie kicherte. »Das ist ein Zitronenfalter. Seine Hauptnahrungspflanze sind der Rhamnus frangula und der Rhamnus cathartica. Die Weibchen legen hier immer ein bis zwei Eier von insgesamt etwa einhundert Eiern ab – ist das nicht beeindruckend?«

Inzwischen hatte sie Luise erreicht und sah sie erwartungsvoll an. Genauso gut hätte sie *Lügnerin* auf Luises Stirn pinseln können. »Freut mich, dass ihr so viel gelernt habt«, nuschelte diese verlegen und mied den Blick der Herzogin. Nun kam auch Friedrich mit offenen Armen auf sie zu, mit seinen geröteten Wangen und dem leicht wippenden Gang wirkte er zehn Jahre jünger. Doch die Sorge um den Eindruck, den sie der Herzogin vermittelt hatte, vertrieb die Wiedersehensfreude rasch.

»Das nächste Mal musst du uns begleiten, meine Liebe!« Sie wich seiner Hand aus, die sie zärtlich am Ellenbogen berühren wollte, und nickte zur Herzogin. »Wir haben Besuch. Ich habe Ihrer Durchlaucht bereits …« Sie suchte nach Worten, di*e wichtigsten Räumlichkeiten* traf es eher nicht, » … einen Teil der Schule gezeigt.«

»Wie schön.« Friedrich begrüßte die Herzogin wie auch ihre Tochter mit seiner warmen Herzlichkeit. »Wir kehren soeben von einem wundervollen Streifzug durch die Natur zurück. Wann waren Sie zuletzt oben in den Bergen, Durchlaucht?«

Luise ging innerlich in Habtachtstellung. Das konnte er doch eine Herzogin nicht fragen! Eine Frau von solchem Stande ließ sich gewiss nur in einer Sänfte auf einen Berg tragen.

Doch die Herzogin seufzte lediglich und legte ihrer Tochter eine Hand auf die Schulter. »Es ist viel zu lange her, fürchte ich, dabei würde ich nur zu gern neue Kraft in der Natur schöpfen.«

»Hat meine Verlobte Ihnen schon eine Führung gegeben?«, hakte er nach, und Luise wäre am liebsten im Boden versunken. Nicht seinetwegen, sie war stolz auf ihn. Allerdings hatte die Herzogin sie nun indirekt bei der zweiten Lüge ertappt. Sie setzten die Führung fort, zeigten die Unterrichtsräume, den Schlafsaal, den Schulgarten und endeten im angrenzenden Park, wo am späten Nachmittag wieder die Spiele inmitten von Zuschauermengen stattfinden würden. Durch das Grün schlendernd, führte Friedrich seine Überlegungen zur Menschenbildung aus, und Luise jagte mit der Prinzessin mit weit ausgebreiteten Armen über die Wiese. Sie hatte sich den gesamten Tag über blamiert. Erst die nichtssagenden Wortschwälle, die sie über die Herzogin ergossen hatte, dann die langweilige Führung und danach noch die peinlichen Lügen, um Schlimmeres zu verhindern, was sich letztlich doch nur ins Gegenteil verkehrt hatte. Da genoss sie es, sich nun mit der kleinen Auguste über die Wiese gleiten zu lassen, so schnell, dass die Sorgen und die Scham sie nicht mehr einholen konnten. Doch jetzt winkte Friedrich sie heran. Heftig atmend kam sie vor den beiden zum Stehen und sah fragend zwischen Friedrich und der Herzogin hin und her.

»Ihrer Durchlaucht hat es hier heute so gut gefallen, dass sie fortan gern zweimal die Woche eine Spielführerin für Auguste aufs Schloss holen möchte.«

Mit einem Mal war die Leichtigkeit des Frühlingsmorgens wieder da. Sie wollten eine ihrer Kindergärtnerinnen für ihr Schloss? Musste in so einem Fall nicht Friedrich selbst erscheinen? Sie wandte sich ihm zu. »Vielleicht solltest du dann selbst …?«

Er schüttelte den Kopf. »Bedaure. Ihre Durchlaucht hat nach meiner am besten ausgebildeten Schülerin gefragt.«

Erst jetzt bemerkte Luise, dass die Herzogin sie anlächelte. »Vielen Dank, dass Sie sich heute Vormittag so viel Zeit für mich genommen haben, Frau Levin, und mir alles so ausführlich erklärt haben. Das hat mich vollends von Ihrem Ansatz hier überzeugt. Würden Sie uns die Ehre erweisen und regelmäßig zu uns aufs Schloss kommen? Ich habe es noch nie erlebt, dass Auguste so schnell Vertrauen zu jemandem gefasst hätte.«

Kapitel 44

Hamburg, 1851

Marieke hatte an Haustüren geklopft und Mülltonnen durchsucht – bis sie eines der zerknitterten *Vorwärts!*-Magazine des Frauenvereins in den Händen hielt. Wenn Schwester Martha die Methoden der Menschenerziehung dieses Mannes ablehnte, mussten sie ihr im Umkehrschluss eigentlich zusagen. Fröbel hieß er, wie sie jetzt endlich herausgefunden hatte. Und das Beste war: Er hatte eine Schule direkt hier in Hamburg.

Noch am selben Tag machte Marieke sich auf den Weg. Am Holländischen Brook 25 war nicht weit von ihr – sollte die Lösung für all die unguten Gefühle in ihrem Bauch die ganze Zeit im Nachbarstadtteil gewartet haben?

Skeptisch sah sie an dem Speicherstadtgebäude aus rotem Klinker hinauf, als eine Frau ihr entgegeneilte und am weit ausgestreckten Arm ein Flugblatt in ihre Richtung hielt.

»Tun Sie es nicht!« Das Flehen ihrer Stimme klang, als habe sie vor, sich in die Elbe, die hinter ihrem Rücken floss, zu stürzen.

»Bitte?«

»Sie wollen doch in die Hochschule für das weibliche Geschlecht, nicht wahr? Wollen eine von ihnen werden? Tun Sie es nicht! In unserer Liebe zu Gott liegt der Schlüssel zu einem tugendhaften Leben. Nur aus der Liebe zu Gott können die Kinder zum Gehorsam erzogen werden. Und diese Schule …«, sie deutete auf das Gebäude, »ist radikal und verbreitet Unglauben!« Sie blickte nach links und nach rechts und senkte schließlich verschwörerisch die Stimme. »Atheisten sind das!«

Ein mulmiges Gefühl ergriff Marieke, sie hatte noch nie mit Atheisten gesprochen. Aber vielleicht brauchte es das, um nicht mehr die gottesfürchtigen Verse in die Kinder einzutrichtern? Sie drängte sich an der Frau vorbei. »Davon würde ich mir gerne selbst ein Bild machen.« Entschlossen drückte sie die Klinke hinunter.

»Die machen gemeinsame Sache mit der freien Gemeinde!«, rief die Frau ihr hinterher, und die Schrillheit in ihrer Stimme ließ keinen Zweifel, dass sie ebenso gut höchstpersönlich das Höllenfeuer entfacht haben könnten.

Marieke betrat einen weitläufigen Flur, in dem es nach Schmierseife und Essig roch. In der Ferne hörte sie Schritte, aber niemand war zu sehen. Neugierig blickte sie sich um. In einem Schaukasten entdeckte sie einen Stundenplan. Buchführung. Naturlehre. Nahrungsmittel- und Haushaltswarenchemie. Heilkraft der Pflanzen. Geschichte und Literatur.

Hui, das war recht … umfassend. Wäre sie dem überhaupt gewachsen? Sie wollte doch einfach nur mit Kindern arbeiten, ihnen einen besseren Start ins Leben ermöglichen.

Stimmen drangen vom Ende des Flures zu ihr heran, und sie folgte ihnen, bis sie die dazugehörige Tür entdeckte, die die Worte dämpfte. Dennoch war sie nun nah genug, um den Inhalt zu verstehen.

»… viel zu radikal! Eine nach der anderen lässt sich scheiden. Aber nicht etwa aus einem triftigen Grund, nein, es geht einzig und alleine darum, dass ein anderer Kerl den Damen besser gefällt. Ein Skandal ist das.«

Marieke hatte die Hand zum Klopfen erhoben, ließ sie jetzt jedoch wieder sinken. Hier schien wahrhaftig ein anderer Wind zu wehen als in der restlichen Gesellschaft. Ging es tatsächlich zu radikal zu?

»Der Grund ist nicht, dass die Frauen sich flatterhaft umentscheiden!«, sagte eine resolute Frauenstimme. »Sie sind lediglich vorher nie gefragt worden. Es ist höchste Zeit, dass wir die patriarchalischen Verhältnisse auflösen und Frauen ihre eigenen Entscheidungen treffen können. Das und auch die ökonomische Selbstständigkeit der Frau muss vorangetrieben werden, und wie soll das ohne Berufsausbildung gehen? Wie sollen die Frauen jemals auf eigenen Beinen stehen?«

»Das sollen sie doch gar nicht! Die Frau bleibt in ihren Tätigkeiten auf die Familie verwiesen.«

Jetzt legten sich die Stimmen übereinander wie Labskaus. Kartoffeln, Fleisch, Matjes. Alles durcheinander, und Marieke konnte die einzelnen Zutaten nicht mehr heraushören. Entschlossen klopfte sie an, obwohl die Enttäuschung größer war als ihr Hunger. Hier wurden gänzlich andere Themen verhandelt als die, wegen deren sie hergekommen war. Dennoch wollte sie nicht unverrichteter Dinge wieder gehen.

Die Stimmen verstummten, eine nach der anderen, doch keiner öffnete die Tür, also machte sie es selbst. Sie sah sich drei Menschen gegenüber, die sie mit runden Augen ansahen. Ein bärtiger Mann mit dunklen Haaren, daneben eine abgekämpft wirkende Frau und gegenüber eine Dame mit Witwenschleier. In einer Ecke schräg auf einem Sessel lümmelnd saß noch eine vierte Frau, sie hatte rotblonde Haare und extrem lange Wimpern um die petrolblauen Augen. Ihre Beine baumelten über die Armlehne.

»Ja, bitte?«, fragte der Mann.

»Ich … äh …« Marieke hielt die zerknitterte Zeitschrift hoch wie einen Schutzschild. Vielleicht war es ein Fehler gewesen herzukommen. »Hier ist ein Artikel. Über eine neue Art der Kindererziehung. Und ich … ich würde es gerne lernen.«

Mit großen Schritten durchmaß der bärtige Mann den Raum, entriss ihr förmlich die Zeitschrift und überflog den Artikel. »Habe ich es mir doch gedacht.« Er wirkte wenig begeistert. Wollte er nicht, dass man über ihn schrieb? Ungehalten blätterte er einige Seiten weiter – und wieder zurück, nachdem er nicht fand, was er suchte.

»Es geht um Friedrich«, rief er den anderen Frauen zu. Weiterhin hielt sich seine Begeisterung in Grenzen, doch es wirkte, als würden die anderen Frauen aufleuchten. Die Rotblonde sprang gar vom Ohrensessel hoch. »Oh, zeig mal her.« Im nächsten Moment war sie bei ihnen und nahm dem Dunkelhaarigen die Zeitschrift aus der Hand. »Hach, Keilhau. Fröbelchen. Das waren noch Zeiten.« Sie wirkte wie beseelt, während die Abgekämpfte ihre Hände am Rock abtrocknete. Die feinere Dame überlegte laut: »Wir sollten noch einmal versuchen, ihn für unsere Institution zu gewinnen.«

»Ts!« Der Mann wandte sich ab und ging zum Fenster. »Er hat doch jetzt seine eigene. Und er hat seine Ansichten in seinem Brief mehr als deutlich gemacht.«

Marieke schüttelte den Kopf. Hatten sie ganz vergessen, dass sie da war? »Könnte mich bitte jemand aufklären, um was es hier eigentlich geht?«

Der dunkelhaarige Mann schwang herum und deutete einen Hutzug an. »Wenn ich mich vorstellen darf? Karl Fröbel. Ich bin Friedrich Fröbels Neffe.«

•••

Marieke hatte erfahren, dass Karl einer der ersten Zöglinge in Keilhau gewesen war, die Schule, die von Friedrich Fröbel begründet worden war. Zwar hatte Karl sich auch der Pädagogik verschrieben, lag aber offenbar mit seinem Onkel im Clinch, und es war ungewiss, wie es mit seiner »Hochschule für das weibliche Geschlecht« weitergehen sollte. Sie war nicht nur den Behörden ein

Dorn im Auge, auch intern gab es Streitereien, wie sie gerade selbst miterlebt hatte.

Und nun sollte dieser Friedrich Fröbel an einer eigenen Ausbildungsstätte für Kindergärtnerinnen unterrichten, die von seiner Verlobten geleitet wurde. Eine weibliche Schulleiterin! Marieke mochte diese Frau jetzt schon. Aber gewiss war sie selbstbewusst und zielstrebig und ganz anders als sie.

»Und … und wo finde ich diese Schule?«

»In Marienthal«, sagte Karl Fröbel.

Vermutlich konnte er an ihrem Gesichtsausdruck ablesen, dass ihr der Name nichts sagte.

»Das ist in Thüringen, unweit des Kurorts Liebenstein. Weitestgehend zwischen Erfurt und Kassel«, erklärte Amalie, die Rotblonde, nachdem Marieke weiterhin nicht einordnen konnte, wo das war.

Gefühlt am anderen Ende der Welt. Thüringen war so weit weg, dass Marieke nicht einmal wusste, wo genau es war. Es lag auf ihrer inneren Landkarte so weit entfernt wie Afrika und China, so sehr außerhalb ihrer Reichweite, dass sie nicht weiter darüber nachdachte. Normalerweise.

»Nur dreißig bis vierzig Stunden mit der Postkutsche entfernt, je nachdem, wie das Wetter ist und wie viele Zwischenhalte gemacht werden. Oder du fährst bis Leipzig mit dem Zug und nimmst erst von dort die Post.«

Jetzt ging ihr der exotische Ort nicht mehr aus dem Kopf. Aber wie sollte sie all die Staaten durchreisen, wenn ihr Geld nicht einmal bis ins nahe gelegene Lüneburg reichte?

Kapitel 45

Liebenstein, 1850

»Ein Reformator der Erziehung soll er sein. Ts, dass die Leute aber auch immer so übertreiben müssen … Dennoch werde ich ihm einen Besuch abstatten, wie ich es meiner Bekannten aus Hamburg versprochen habe.« Es war schließlich nicht nur die eine gewesen. Seit Jahren quälten Adolph seine Freunde, dass er diesen ach so großen Denker kennenlernen müsse. Warum waren die Menschen aus seinem Dunstkreis alle so voll der Begeisterung? Auf diese Schule in Keilhau hatten sie regelrechte Lobeshymnen gesungen. Nun wollte er nicht länger darüber nachdenken. Lieber einen Haken dahintersetzen und dann berichten können, dass er sich das Ganze zumindest angesehen hatte.

Vermutlich verstand die Baronin von Marenholtz-Bülow, die im gleichen Kurhotel weilte wie er, ohnehin kein Wort von dem, was er erzählte. Aber sie hatte nach seinen Beweggründen für den Kuraufenthalt gefragt. Am Vorabend hatten sie am selben Tisch gesessen, und da hatte sie ihn um seine Begleitung für einen Spaziergang durch den Park gebeten. Die elegant gekleidete Dame an seiner Seite war von graziler Gestalt und zog mit ihrer auffälligen Schönheit und dem üppig dekorierten Hut in der Größe einer Baumkrone zahlreiche Blicke auf sich.

»Und was führt Sie nach Liebenstein, gnädige Frau?«, erkundigte er sich nun seinerseits.

Liebenstein war ein überaus begehrter Kurort des Hochadels,

und so stellte er sich darauf ein, von gewissen »Befindlichkeiten« zu hören, die diese Schicht so gerne ereilten. Doch die Baronin berichtete von ihrer Ehe. Sie sagte es nicht freiheraus, aber zwischen den Zeilen schwang das Unglück mit, das diese ihr offenbar bereitet hatte. Zu seiner Überraschung suchte sie nach den entbehrungsreichen Jahren jedoch keine Zerstreuung, sondern eine sinnstiftende Betätigung für ihr Leben.

»Nun gut, sollen wir diesem … Reformator dann nicht heute einen Besuch abstatten? Ich muss zugeben, dass mich die Neugier gepackt hat«, bekundete sie nun.

Adolph wägte ab und beschloss, dass dieser Besuch warten musste. Für seine hochgebildete Begleitung war es gewiss nicht das Richtige, einen Mann zu besuchen, der so schwülstig schrieb, dass man vor lauter Schnörkeln die Gedanken nicht mehr sehen konnte.

»Ach, Gnädigste, langweilen Sie sich doch nicht mit derlei Unternehmungen. Lassen Sie uns den Kuraufenthalt besser mit einer echten Sehenswürdigkeit beginnen.«

»Wie auch immer es Ihnen beliebt. Nur was sollen wir besichtigen? Hier ist kein Concierge, den wir zurate ziehen könnten.«

»Das haben wir gleich. Wenn Sie mich kurz entschuldigen würden?« Mit einer knappen Verbeugung wandte er sich ab und trat auf zwei adrette Herrschaften zu, die auf einer Parkbank Platz genommen hatten und ihre Gesichter der Abendsonne entgegenhielten. Bei ihnen erkundigte er sich nach den interessantesten Sehenswürdigkeiten der Umgebung.

»Oh, es gibt hier einen alten Narren von fast siebzig Jahren, der jeden Nachmittag mit den Bauernkindern des Dorfes herumspringt. Die reinste Torheit, zu der der Greis sich herablässt, das dürfen Sie sich nicht entgehen lassen«, sagte der Linke von ihnen.

Er ahnte, von wem die Kurgäste sprachen, schluckte den Hinweis hinunter, dass man mit siebzig noch lange kein Greis war, und bedankte sich für die Auskunft. Eigensinniger Reformator war das eine, aber wenn er obendrein noch verschroben geworden war … Das konnte er seiner Begleitung wahrhaftig nicht zumuten. Doch was sollte er berichten? Er drehte sich um – nur um sich der Baronin direkt gegenüber wiederzufinden. Sie hatte nicht in einiger Entfernung gewartet, wo er sie zurückgelassen hatte.

»Das würde ich mir nur zu gerne einmal ansehen.«

Ihre Augen wirkten viel lebendiger, die Wangen hatten einen rosigen Ton angenommen, dennoch musste er sie enttäuschen. Sie hatte vermutlich keine Vorstellung, auf was sie sich einließ, er selbst hatte ja nur eine vage Ahnung.

»Frau Baronin …«, begann er, » … es geht hier um Bauernkinder, ich glaube nicht, dass eine Frau Ihres Standes …«

Mit einer kurzen Handbewegung brachte sie ihn zum Schweigen. »Papperlapapp. Ich habe die fünf Kinder meines Ehemanns großgezogen, mein eigenes noch dazu. Dabei habe ich weder die Arbeit im Krankenzimmer noch die in der Küche gescheut.«

Wenn sie selbst in der Küche Hand angelegt hatte und auch vor Krankheiten nicht zurückgescheut war, hatte er sie wahrhaftig unterschätzt. Ganz offensichtlich war sie nicht so zimperlich und leicht zu pikieren wie andere Damen ihres Standes. Darüber hinaus wollte ihm keine weitere Ausrede in den Sinn kommen. Warum also nicht?

»Nun gut, wenn das Ihr ausgesprochener Wunsch ist …« Er bot ihr seinen Arm und lächelte sie an. »Kommen Sie, es ist nicht weit von hier.«

Dann würde er es eben doch sofort hinter sich bringen, vielleicht war es nicht das Schlechteste. Dann hatte er den restlichen Kuraufenthalt für die angenehmen Dinge. Zufrieden legte die Baronin ihre behandschuhte Hand auf Adolphs Arm, und gemeinsam folgten sie dem verschlungenen Pfad durch den Park, der jetzt in ein Tal hinabführte. Kurz vor der kleinen Talvertiefung blieben sie stehen. Adolph konnte die Szene nicht erfassen, wenn er gleichzeitig in Bewegung war. Unter den dreißig, wenn nicht vierzig Bauernkindern mit zerschlissenen Beinkleidern befand sich ein hochgewachsener Mann, die grauen Haare halblang, so wie er selbst sie trug. Der Mann hatte etwas an sich, das es schwer machte, den Blick von ihm zu lösen. Oder waren es die zahlreichen Kinder, die ihm wie Entenküken folgten? Oder die gut zehn jungen Frauen, die genau beobachteten, was er tat, und sich immer wieder Notizen machten?

Jetzt breitete der Kauz seine Arme weit aus, als habe er Flügel, und segelte durch die Gegend. Die Kinder taten es ihm kreischend vor Glück gleich, sodass ein ganzer Schwarm entstand. Nach einer Weile ging Fröbel dazu über, wie ein Hase zu hüpfen. Er war sich nicht einmal zu schade dafür, um mit langen Ohren Männchen zu machen, was den ganzen Park mit Kinderlachen füllte.

Nun drehte er sich singend im Kreis, hielt nur einmal inne, um einem verlausten Kind vorsichtig die Nase zu putzen. Dann ging es wieder los, er lief über die Wiese, verfolgt von den Kindern, in deren Augen sich Frohsinn, Heiterkeit und Glück übertrumpften. Nicht eine einzige Spur von Langeweile oder Ungezogenheit konnte Adolph feststellen. Ein Seitenblick verriet ihm, dass die Baronin ebenso gefesselt war wie er selbst. Jedes Lied schien mit bestimmten Bewegungen zu den Reimen zu passen. Wenn eines der Kinder aus der Reihe tanzte, wurde es nicht gescholten, sondern spielerisch zurückgeholt. Das Interessanteste war aber die Aufmerksamkeit, die dem Alten zuteilwurde, sobald er sprach. Gerade hatte er einen abgebrochenen Tannenzweig vom Boden aufgehoben und schien etwas über die Struktur zu erklären. Die Kinder hingen an seinen Lippen. Die immense Freude, mit der die Kinder den Spielen und kleinen Lehreinheiten beiwohnten, war herzerwärmend, wenn man bedachte, wie sie aller Wahrscheinlichkeit nach sonst ihre Tage verbrachten. Auf den Bauernhöfen waren sie keine Kinder, sondern kleine Arbeitskräfte, die zu Sonnenaufgang mit aufstanden, um die Kühe zu melken und den Hühnern ihre Körner hinzuwerfen. Kein Wunder, dass sie diesen Kauz mit den ewig neuen Ideen für lustige Spiele und Dinge, die man in der Natur entdecken konnte, wie einen Kindergott verehrten. Jetzt wandte Fröbel sich den jungen Frauen zu und schien ihnen etwas zu erklären.

»Der Mann wird von den Leuten als alter Narr bezeichnet«, sagte die Baronin nun bedächtig, ohne ihre Augen von der Szenerie abzuwenden. »Womöglich ist er aber auch einer jener Menschen, die von den Zeitgenossen bespöttelt oder gesteinigt werden und denen die Nachwelt Denkmale errichtet.«

Überrascht sah Adolph sie an. Diese Frau war weder kleingeistig noch erhaben, sondern genau das Gegenteil, stellte er fest. Er hatte sich geirrt. Und er fragte es sich ja selbst, nachdem er das Treiben auf der Wiese beobachtet hatte: Sollte der sonderbare Kauz am Ende tatsächlich ein Genie sein? Zumindest hatte er genug gesehen, um mehr über Fröbels Pädagogik erfahren zu wollen.

Die Kindergruppe löste sich nun langsam auf, und er bemerkte, dass Fröbel in ihre Richtung sah. Er ging auf ihn zu und brachte seine Anerkennung durch mehrfaches Nicken zum Ausdruck. »Das war beeindruckend mit anzusehen, wie sehr die Kinder diese Spiele lieben. Es scheint ihre Interessen direkt am Schopfe gepackt zu haben. Sie sind Friedrich Fröbel, nicht wahr?«

»Ganz richtig.« Er streckte seine Hand zur Begrüßung aus. »Und Sie sind?«

»Diesterweg. Adolph Diesterweg.« Wie immer folgten drei Sekunden Stille, nachdem er seinen Namen genannt hatte. Seine Zuhörer brauchten einen Moment, um den Namen zu verarbeiten und abzuwägen, ob er es wirklich war. »Vielleicht haben Sie schon einmal von mir gehört?«, setzte er hinzu, um ihnen zumindest diese Frage zu beantworten.

Fröbel lachte leise. »Ob ich schon einmal von dem bedeutendsten Bildungspolitiker und pädagogischen Publizisten unserer Zeit gehört habe? Das will ich doch meinen. Womit kann ich Ihnen dienen?«

• • •

Früh am nächsten Morgen griff Diesterweg nach den *Mutter- und Koseliedern*, Fröbels letzter Publikation, die alles Wichtige über seine Pädagogik enthalten sollte, und machte sich auf den Weg. Dass Fröbel etwas von Kindern verstand, hatte er im Park zur Genüge unter Beweis gestellt. Er hatte eine Gabe, sich in den kindlichen Geist hineinzuversetzen, und schien ganz genau zu wissen, was Kindern gefiel. Doch was den theoretischen Unterbau betraf, war Diesterweg weiterhin skeptisch. Blieb denn noch etwas übrig, wenn man Fröbels Texte von den Schnörkeln befreite?

Er hatte kurzerhand darum gebeten, an den Kursen, die Fröbel im Marienthaler Schlösschen für die angehenden Kindergärtnerinnen gab, teilnehmen zu dürfen. Ein Windhauch an seinem linken Ärmel hatte ihm gezeigt, dass die Baronin an seine Seite getreten war. »Und ich bitte auch«, hatte sie schlicht gesagt. Fröbels Verblüffung war schon nach einem Atemzug weggeblättert, und er hatte sie für den kommenden Tag eingeladen.

Frau von Marenholtz-Bülow hatte ihre Zimmer im Hochparterre, sodass er nur nach draußen treten musste, um in ihre Gemächer zu rufen. »Kommen Sie, Frau Baronin? Wir gehen zur Schule!«

Zehn Minuten später war sie an seiner Seite, nicht weniger fein herausgeputzt als am Vortag, doch davon ließ er sich nicht länger irreleiten.

»Dass ich in meinem Alter noch einmal die Schulbank drücken würde, hätte ich mir auch nicht erträumen lassen«, amüsierte er sich, als sie sich unterhakte.

»Ich ebenso wenig. Aber ich freue mich. Habe vermutlich noch weniger geschlafen als die Zöglinge vor ihrem echten ersten Schultag.« Das Rot auf ihren Wangen stand ihr gut zu Gesicht, und als sie das Marienthaler Schlösschen erreichten, wurden ihre Schritte schneller. Leider hatte er die Zeit falsch eingeschätzt, wie ein Blick auf seine Taschenuhr zeigte, und so lag das Gebäude vollkommen still vor ihnen, als sie darauf zugingen. Auch im Flur war keine Menschenseele, bis eine Tür zu einem Kontor aufging und eine mittelblonde Frau heraustrat. Sie eilte lautlos auf die beiden zu, als sie sie entdeckte.

»Sie müssen Herr Diesterweg und die Baronin von Marenholtz-Bülow sein. Friedrich hat mir erzählt, dass Sie uns heute beehren werden. Bitte folgen Sie mir.«

Zielstrebig öffnete sie eine Tür zu ihrer Rechten, wo die Tische in Hufeisenform standen, in der Mitte dozierte Fröbel. Er war dermaßen in seine Sache vertieft, dass er sie nicht bemerkte, obwohl sich gewisse Geräusche nicht vermeiden ließen, als sie sich setzten. Diesterwegs Stuhl quietschte, und die Baronin hatte damit zu kämpfen, ihren üppigen Rock unter den Schultisch zu bekommen.

Die Kindergärtnerinnen wurden auch in Philosophie, Botanik, Literatur und Sprachen unterrichtet, hatte Fröbel erzählt, momentan sprach er jedoch über den Kern, es ging um Erziehungslehre. Diesterweg verschränkte die Arme und lehnte sich zurück. Fast tat es ihm leid, diesem herzensguten Menschen seine ehrliche Meinung zu seinem schnörkelhaften Schreibstil sagen zu müssen.

Auch Fröbels gesprochene Sprache war blumig, jedoch zum Glück nicht ganz so voller Zierrate wie seine geschriebenen Texte. Gerade trug er eine kluge Überlegung vor, beeindruckte Diesterweg mit einer treffsicheren Beobachtung und überraschte ihn mit einer völlig neuen Denkweise, die dieser bisher noch nie in Betracht gezogen hatte.

Diesterweg legte die Arme auf den Tisch und lugte zur Baronin hinüber, deren Stift über das Papier eilte. Sie schien alles aus dem Mund dieses Mannes festhalten zu wollen. Vielleicht sollte er sich ebenfalls Notizen machen. Da waren schon so viele Rückfragen, die er stellen musste, Dinge, die er unbedingt mit Fröbel diskutieren wollte. Er wollte nachfragen, welche Lektüre Fröbel dazu studiert hatte, dazu seine Empfehlungen hören und seine Anregungen annehmen.

Am Ende des Tages kam Fröbel mit der jungen Leiterin, Luise Levin hieß sie, zu ihnen herüber und lud sie zum Essen ein.

»Haben Sie noch Fragen zu unserer Ausbildungsstätte?«, erkundigte Frau Levin sich, als sie alle einen Teller mit duftendem Braten und Kartoffelklößen vor sich stehen hatten.

»Nur eine«, sagte Diesterweg und sicherte sich damit die überraschten Blicke aller Anwesenden. »Haben Sie noch Plätze frei? Das dürfte genau das Richtige für meine Töchter sein.« Die Anwesenden lachten herzlich, und als sich die Heiterkeit gelegt hatte, wandte er sich an die Baronin, die bisher stets das Gleiche gewollt hatte. »Und Sie? Wollen Sie Ihre Kinder nicht auch auf diese Schule schicken?«

Erstmals an diesem Tag verdunkelte sich ihr Antlitz. »Meine Kinder sind aus dem Gröbsten raus«, sagte sie schlicht.

Kapitel 46

Marienthal, 1851

»Haben wir noch Briefmarken?« Friedrich saß hinter seiner Schreibtischgaleere, die sie nach Marienthal hatten schaffen lassen, und arbeitete mit Feuereifer. Die Bemühungen um die Verbreitung der Kindergartenidee schienen endlich überall auf fruchtbaren Boden zu treffen. Er hatte auf einer öffentlichen Lehrerversammlung in Rudolstadt über seine Idee gesprochen, und seitdem gab es sogar Pläne, die Kindergärten in das bestehende Schulsystem zu integrieren.

Luise konnte gar nicht mehr aufhören zu lächeln und zu summen und hätte jeden Menschen, der ihr entgegenkam, umarmen können. Sie konnte es kaum abwarten, den Schülerinnen die gute Neuigkeit zu überbringen, denn ihre Anstellungen wären dadurch gesichert. Die Nachfrage nach Kindergärtnerinnen würde ins Unermessliche gehen, und sie freute sich schon jetzt auf die freudigen und erleichterten Gesichter.

Allgemein hatte das Leben im Schlösschen einen trubeligen, aber erfüllenden Rhythmus gefunden. Tagsüber fanden die Kurse für die Kindergärtnerinnen statt, zu denen nun auch ihre neusten Mitstreiter, Diesterweg und die Baronin von Marenholtz-Bülow regelmäßig erschienen. Friedrichs Korrespondenz war wegen des großen Interesses noch umfangreicher geworden, sodass nun zwischen seinen Kursen und bis tief in die Nacht die Feder über das Papier schabte. Die Listen mit den eingehenden und ausgehenden

Briefen waren noch länger geworden, und wann immer es möglich war, übernahm Luise die Korrespondenz für ihn.

Sie reichte die Briefmarken zu ihm hinüber. »Danach wird aber erst einmal zu Mittag gegessen«, mahnte sie. Über all die Anfragen vergaß er gerne das Essen und jegliche anderen essenziellen Dinge des Lebens. Gleichzeitig verpasste er es nie, die Blumensträuße zu bewundern, die sie regelmäßig in ihr Arbeitszimmer stellte, damit sie zumindest ein bisschen die Natur genießen konnten.

»Sagst du es ihnen, oder soll ich?«, fragte Luise, während sie das Schloss durchquerten.

Friedrich strich über ihren Rücken und lächelte sie sanft an. »Mach du nur. Es sind vor allem deine Schülerinnen.«

»Aber deine Anfragen und dein Vortrag haben den Stein ins Rollen gebracht.«

»… was ich ohne deine Unterstützung nie geschafft hätte. Was du tust, geht ohnehin viel zu sehr unter, bitte sag du es ihnen.«

Im Speisesaal duftete es nach Möhren und Sellerie. Hedy, Lisette, Irma, Adele und die anderen saßen bereits am Tisch und tauchten ihre Löffel in die Suppentassen. Sie hatten abgemacht, nicht auf Friedrich und Luise zu warten, da sie sich jedes Mal verspäteten.

»Es gibt großartige Neuigkeiten«, verkündete Luise vor dem Tisch stehend. »Nach Friedrichs letzter Reise gibt es nun auch von offizieller Seite Überlegungen, die Kindergärten als unterste Stufe des Volksbildungssystems einzubinden.«

Der ganze Raum schien nach Luft zu schnappen.

»Wirklich?«, fragte Adele andächtig, während die beiden Nachzügler sich setzten.

»In dem Fall wird es gewiss keine Schwierigkeit mehr sein, nach dem Kursus eine Anstellung zu finden, nicht wahr?«

»Richtig. Das wird allerdings so oder so keine Schwierigkeit sein.« Friedrich nickte in Richtung seines Kontors. »Drüben türmen sich die Anfragen. Wenn ihr den Kurs beendet habt, werden unter Garantie auch die von euch, die nicht über einen Verein geschickt worden sind, eine Anstellung finden. Aber wenn es mit der Integration in das Bildungssystem glückt, dann werden wir mit den Ausbildungen kaum mehr hinterherkommen.«

»Warum eigentlich? Platz wäre ja noch …«, warf Hedy ein. Und in der Tat stand der gesamte Südflügel momentan leer.

»Das stimmt, aber es müssen ja auch genügend Menschen anfragen, die sich für diesen Broterwerb eignen. Wir nehmen schließlich nicht jeden auf. Der Beruf der Kindergärtnerin verlangt nach vielseitig begabten und absolut tugendhaften Menschen.«

»Wir achten darauf, dass die Bewerberinnen mit den Gesetzen der Natur vertraut sind und vor allem lernwillig. So wie ihr.« Luise zwinkerte in die Runde. »Schließlich werden hier nicht nur pädagogische und psychologische Grundkenntnisse erworben, man muss sie auch reflektieren und in praktisches Tun übertragen können. Man muss in der Beobachtung der kindlichen Entwicklung geschult sein und obendrein methodisch und musisch gewandt. Und vor allem sollte man einfühlsam sein.«

»Am liebsten wäre es mir, wenn ich einige Jahre im Austausch mit den Schülerinnen verbringen könnte«, sagte Friedrich, der sein Essen noch nicht einmal angerührt hatte. »Man lernt so viel, indem man seine Beobachtungen teilt. Leider wären die Kosten dann immens, und darüber hinaus brauchen wir so schnell wie möglich weitere Kindergärten.«

War da etwas an der Tür gewesen? Während Friedrich anbot, auch nach der Ausbildung noch jederzeit zur Diskussion von Fragen oder Beobachtungen zur Verfügung zu stehen, lauschte Luise auf ein Pochen. Schließlich stand sie auf, ging zur Tür, spähte in den Flur – und sah gerade noch, wie eine junge Frau wehenden Haares nach draußen stürmte.

Kapitel 47

Marienthal, 1851

Grundgesetze der Natur? Pädagogische und psychologische Grundkenntnisse? Reflektieren? Methodisch und musisch gewandt? Zum Teufel, sie wusste ja nicht einmal, was genau das alles war. Wie konnte der Unterschied so groß sein? In der Bewahranstalt waren die einzigen Anforderungen gewesen, dass sie keine überzogenen Lohnvorstellungen hatte, und hier verlangte man von den Erzieherinnen, dass sie sich ein Wissen aneigneten, das für gewöhnlich eher an Universitäten gelehrt wurde?

All die Strapazen hatte Marieke auf sich genommen. So weit es ging, war sie mit dem Zug gereist. Zum ersten Mal in ihrem Leben. Bis der Eisenbahnschaffner gekommen war und sie wegen der fehlenden Fahrkarte des Zuges verwiesen hatte. Dann war sie gelaufen, bis ihre Füße mit Blasen übersät waren und so sehr schmerzten, dass sie kaum noch gehen konnte. Auf Heuwagen von wortkargen Bauern und auf der Gepäckablage von ruckeligen Kutschen war sie mitgefahren, bis das gelbe Marienthaler Schlösschen endlich vor ihr lag. Sie dachte an das Backsteinhaus der Kinderbewahranstalt zurück und fühlte sich unversehens fürchterlich unbedeutend. Was würden die Schlossbewohner sagen, wenn sie als ehemals verlaustes Mädchen aus dem Proletariat hier an die Tür klopfte?

Gar nichts, hatte sich herausgestellt, nachdem sie endlich ausreichend Mut gesammelt hatte. Keiner hatte ihr die Tür geöffnet, und so hatte sie schließlich selbst die Klinke hinuntergedrückt. Es war kein förmliches Wohnhaus, hatte sie erleichtert festgestellt, sondern glich mit dem langen Flur mit Steinboden und den abgehenden Türen eher einer Schule. Sie war den Stimmen gefolgt, sie klangen sogar aus der Entfernung aufgeregt.

»Platz wäre ja noch …«, hörte sie die Stimme einer jungen Frau rufen. Und dann war der ganze furchteinflößende Rest gekommen. Keine dieser Anforderungen erfüllte sie, lediglich für einfühlsam hielt sie sich. Und für kinderlieb. Aber wer war das nicht?

Nein, nein, nein, sie war einem Hirngespinst hinterhergejagt. Hatte geglaubt, hier würde es das geben, was sie so lange gesucht hatte. Und vielleicht war es auch so, vielleicht herrschte hier ein anderer Umgang mit Kindern. Zumindest hatte sie es bisher nie erlebt, dass die Leiter mit ihren Schülerinnen auf Augenhöhe sprachen.

Aber noch etwas war ihr klar geworden. Eine derartige Schule in einem Schloss, wo die Lehrinhalte mit solch einer Gründlichkeit vermittelt wurden, die würde Geld kosten. Sehr viel Geld. Bisher hatte sie gehofft, dass es womöglich ähnlich wie mit den Ordensschwestern arrangiert werden könnte und sie in der Anfangszeit weniger Lohn bekommen würde.

Hier jedoch würde sie selbst Geld bezahlen müssen.

Dabei wusste sie noch nicht einmal, wie sie an die nächste Mahlzeit kommen sollte. Seit einer Stunde, seit ihrer Flucht, streifte sie ziellos durch die Gegend auf der Suche nach Apfelbäumen, wie es sie unterwegs so zahlreich gegeben hatte, oder zumindest einigen Beeren. Erfolglos. Schweren Herzens betrat sie daher den kleinen Dorfladen, den sie bereits bei ihrer Ankunft entdeckt, jedoch bisher gemieden hatte. Ein paar allerletzte Münzen hatte sie noch, die sie eigentlich als Notgroschen hatte aufheben wollen. Doch ihr Bauch sagte ihr seit zwei Tagen, dass die Not jetzt gekommen sei.

Die Tür stand offen an diesem Frühlingstag, und trotzdem umfing sie beim Eintreten ein quälender Geruch aus Himbeerbonbons, Kaffee und Tee. Doch zu den Kolonialwaren durfte sie nicht einmal hinsehen. Zucker, Kaffee, Reis und dergleichen waren zeit ihres Lebens ein unerschwinglicher Luxus gewesen. Ein simples Brot würde ihr genügen. Schwarzbrot wäre gut, das sättigte und würde auf der Reise länger halten. Falls es zu teuer war, ginge auch ein Weißbrot.

Eine Kundin im grauen Kleid und mit einem riesigen Weidenkorb am Arm betrat den Laden, gerade als der Ladenbesitzer sich bei Marieke mit verkaufsschnöseliger Stimme erkundigte, was es denn sein dürfe.

»Bitte.« Marieke deutete zum Tresen, um der Kundin den Vortritt zu lassen. Selbst wenn es schon am zerschlissenen Stoff ihres vielfach geflickten Kleids offensichtlich war, sollte sie keine Zeugin von Mariekes Armut werden.

Die Frau winkte jedoch ab. »Nein, nein. Geh du nur.«

Marieke machte noch mehr Platz. »Bitte, ich bestehe darauf.«

Bevor die Frau abermals widersprechen konnte, ertönte eine raue Mädchenstimme von der offenen Tür. »Darf ich dann?«

Die Augenbrauen des Verkäufers wurden zu einer einzigen Linie, drohend hob er die Faust. »Verzieh dich von hier, du Teufelsbrut!«

Jetzt hätte Marieke ihn gerne belehrt, dass derlei Worte den lieben Gott betrübten. Denn selbst, falls der liebe Gott nicht betrübt war, das kleine Mädchen war es in jedem Fall. Die Kleine hatte nicht einmal Schuhe und Haare, bei denen man die Läuse förmlich springen sah.

Marieke ging zu ihr hinüber und in die Hocke, um mit ihr auf Augenhöhe zu sein. »Was magst du denn haben?«

»Ein Himbeerbonbon.« Die raue Stimme war nun herzerweichend hoffnungsvoll und verzweifelt zugleich. »Na gut«, Marieke strich ihr über das zerzauste Haar und kehrte an die Ladentheke zurück. »Dann bitte ein Himbeerbonbon für die junge Dame. Wie viel macht das?« Fast wäre sie bei der Summe zusammengezuckt, aber sie reichte dem Verkäufer das Geldstück und sah ihn auffordernd an. Mit aufgesetzter Höflichkeit griff er nach einem Glas, angelte einen der Bonbons, die wie kleine Himbeeren geformt waren, heraus und hielt ihn dem Mädchen entgegen.

»Hand auf. Oder soll ich es lieber einpacken?« Nun hatte sich doch ein Anflug von Häme in die Stimme gemischt.

Die Kleine schüttelte den Kopf, rannte zu ihm hinüber, streckte die Hand aus, in deren Falten sich der Straßenstaub gesammelt hatte, und im nächsten Moment war die Himbeere in ihrem Mund verschwunden. Sie lächelte Marieke mit fest verschlossenen Lippen an und stob dann nach draußen.

»Und außerdem?«, fragte der Verkäufer und machte sich keine Mühe mehr, die Höflichkeitsmiene noch länger zu tragen. Ein Blick zu der freundlichen Kundin mit dem Korb zeigte, dass diese weiterhin nicht gewillt war, vor Marieke ihre Einkäufe zu erledigen, also studierte Marieke die Brotsorten in den Regalen hinter dem Verkäufer. Räusperte das Unbehagen weg.

»Wie … wie viel kostet ein Schwarzbrot?«

Als er ihr den Preis nannte, hatte sie Schwierigkeiten, ihre Überraschung zu verbergen. Warum waren die Lebensmittel hier dermaßen teuer? Sie hatte bisher geglaubt, dass in Hamburg alles teurer wäre als auf dem Lande. Sie tat, als würde sie im Kopf etwas nachrechnen, ganz so, als würde sie ohnehin lediglich einige Preisinformationen einholen. »Und ein Weißbrot?«

Nur knapp die Hälfte, doch immer noch zu viel.

»Und eine Brezel?«

Es hätte gereicht. Wenn sie den Bonbon nicht gekauft hätte. Sie legte den Zeigefinger an die Lippen, tat so, als würde sie weitere Berechnungen anstellen, dabei wollte sie nur so schnell wie möglich dieser unbehaglichen Situation entkommen. Sie rang sich ein Lächeln ab. »Nun gut. Danke für die Information. Ich werde noch einige andere Preise anfragen und mich dann wieder melden.« Sie nickte ihm zu und machte auf dem Absatz kehrt, ohne seine Antwort abzuwarten.

»Junge Dame!«, rief er ihr hinterher, und sie war gezwungen, sich umzudrehen. »Wir sind das einzige Geschäft hier in der Gegend.«

»Ja.« Sie trat drei Schritte wieder hinein. »Aber ich muss trotzdem noch mal nachdenken.«

»Über ein einziges Brot?«

»Ich … bin nun einmal sehr wählerisch.« Eine fürchterliche Lüge, wenn man nie eine Wahl gehabt hatte, andererseits stellte er ziemlich aufdringliche Fragen. Aber so war das vermutlich hier auf dem Lande. Da waren nicht alle ständig in Eile.

»Günther, nun lass doch das arme Mädchen mal! Es darf ja wohl jeder selbst entscheiden, wann und wo es etwas kauft. Außerdem habe ich es etwas eilig.« Die Dame schob sich direkt in sein Sichtfeld und nahm Marieke dadurch seinen penetranten Blick ab.

»Bin ja nur neugierig.« Er zeigte in ihre Richtung. »Wer macht denn so was, kommt extra her, stellt tausend Fragen und geht wieder.«

»Lass sie doch, es ist schließlich nicht verboten. Bei einem Mann würdest du so etwas nicht fragen.« Über ihre Schulter lächelte die Frau Marieke zu, die sich beeilte, den Laden zu verlassen. Mit weit ausgreifenden Schritten lief sie die Hauptstraße entlang, das half auch gegen die Bauchschmerzen. Ihre Röcke flatterten dabei so laut, dass sie die Rufe beinahe nicht gehört hätte. Wenn man niemanden kannte, achtete man auf so etwas nicht. Doch als sie die Kirche in der Ortsmitte fast erreicht hatte, war ihr, als ob da etwas wäre. So drehte sie sich um. Tatsächlich entdeckte sie die Frau aus dem Laden am Ende der Straße. Sie hielt den Rock ihres

Kleides mit der einen Hand gerafft, in der anderen den übergroßen Weidenkorb. »Warte mal!«, rief sie wieder, während sie die Straße hochlief. Jetzt, da Marieke stehen geblieben war, wurde sie langsamer, ließ den Rock wieder frei fallen und atmete heftig.

Voreinander blieben sie stehen und sahen sich in die Augen. Grün und braun trafen aufeinander. Schließlich griff die Frau in den Weidenkorb und förderte ein Päckchen zutage, hielt es ihr entgegen. Zögerlich griff Marieke zu. Schwarzbrot.

»W-woher …?«

Die Frau zuckte mit den Schultern. »Natürlich wolltest du nicht nur die Preise erfragen.«

Ihr Bauch bestätigte ihre Vermutung für sie.

»Warum …?«

»In einer Notlage müssen wir füreinander da sein. Predigen sie das nicht in der Kirche?«

In der Kirche wurde so einiges gepredigt. Nicht dass das half. Oder dass sich jemand daran hielt. Es musste auch so eine Landleben-Sache sein. »Danke«, murmelte Marieke verstohlen. Dass sie dies nicht würde gutmachen können, behagte ihr nicht.

Die Frau streckte ihr die Hand entgegen. »Luise«, sagte sie. »Darf ich dich auf einen Tee einladen?«

Kapitel 48

Marienthal, 1851

Seite an Seite liefen Luise und die junge Frau aus dem Laden zum Schlösschen. Marieke hieß sie, wie Luise jetzt erfahren hatte. Sie hatte hübsche runde Augen wie die einer Puppe, doch direkt unter dem rechten Auge zog sich eine daumenlange Narbe entlang. Trotz ihrer sanften Natur hätte Luise dem Ladenbesitzer den Hals umdrehen mögen, bei dem Mangel an Einfühlungsvermögen, den er der jungen Frau und auch dem Mädchen gegenüber gezeigt hatte. Mit seinen Wucherpreisen, die er aufgrund der zahlreichen Kurgäste aus dem Hochadel im nahe gelegenen Liebenstein verlangen konnte, war er ihr ohnehin ein Dorn im Auge, und sie war froh, dass sie einen Großteil ihrer Nahrungsmittel im Küchengarten hinter dem Schloss anbauten. Sie hatte dem Bauernkind ebenfalls eine Kleinigkeit kaufen wollen, aber Marieke war schneller gewesen – und hatte für das Mädchen offenbar ihr letztes Geld ausgegeben.

»Von wo kommst du?«, erkundigte Luise sich nun, nachdem sie einige Schritte geschwiegen hatten.

»Aus Hamburg.«

Hamburg. Eine weitere einsilbige Antwort, die sie der jungen Frau entlockt hatte. Luise zog die Jacke enger um sich. Schon beim Gedanken an die Großstadt, von der Friedrich ihr so viel erzählt hatte, wurde ihr flau. Sie sah die hohen Häuser vor sich, zwischen denen Kutschen umherpreschten, überlebensgroße Schlote bliesen dunklen Qualm in die Luft, Eisenbahnen ratterten, und die durchdringenden Töne der Schiffshörner ließen die Erde erbeben. Wie überlebte man dort nur?

»Und was führt dich nach Marienthal?«

»Ich … äh … ich …« Marieke schlang die Arme um sich, und Luise schalt sich selbst. Was maßte sie sich hier an? Löcherte die Frau mit Fragen, obwohl sie offensichtlich nicht darüber sprechen wollte. Sie war nicht besser als der Ladenbesitzer. Passender wäre es, ihr eine Mahlzeit und einen Schlafplatz anzubieten, denn sie wollte die hübsche Frau nachts nicht auf der Straße wissen. Danach sollte sie sie ziehen lassen, wohin auch immer ihr Weg sie führte. Rasch winkte sie ab. »Nicht so wichtig. Wir sind übrigens gleich da.« Sie deutete auf das gelbe Schlösschen, das sich nun in der Ferne abzeichnete, und plapperte rasch weiter, um Marieke ein eventuelles Unbehagen zu nehmen, das ein einfaches Mädchen in Anbetracht des Schlösschens befallen konnte, wie sie aus eigener Erfahrung wusste.

»Es ist zwar streng genommen ein Schloss, aber mach dir keine Sorgen! Hier ist niemand adelig, und wir sind alle vollkommen normale Menschen.« Konnte man das überhaupt sagen? Manchmal hatte sie das Gefühl, dass zwischen ihr und einem Großteil der restlichen Bevölkerung ein ganzes Weltmeer lag. Und was bedeutete schon »normal«. »Also viele von uns sind ganz … einfach. Keinesfalls so überkandidelt wie die Aristokratie. Damit will ich nicht sagen, dass alle Aristokraten überkandidelt sind, wir haben auch einige Freunde aus diesen Kreisen.« Sie dachte an die Baronin, wie sie Frau von Marenholtz-Bülow mittlerweile schlicht nannten, die sich zur überzeugten Fröbelianerin entwickelt und Friedrichs gesamte Werke verschlungen hatte. Sie schrieb ihnen oft von ihren Bemühungen, wenn sie wieder einen neuen Verein gegründet oder in ihren Kreisen auf Friedrichs Ideen aufmerksam gemacht hatte. Momentan war sie allerdings eher noch eine Ausnahme. »Viele von ihnen führen aber ja dennoch oft ein … etwas anderes Leben. Das machen wir nicht. Wir leben völlig … normal.«

Da war es wieder, dieses Wort. Konnte man es denn überhaupt als *normal* bezeichnen, wenn sie beim Frühstück alle zusammen den Freiheitsgedanken diskutierten? Vielleicht war Marieke einer von diesen gottesfürchtigen Menschen. Ganz bestimmt sogar war sie das, die meisten Menschen lebten ja nach christlichen Grundsätzen. Sie und Friedrich waren ja durchaus auch religiös, nur vertraten sie die Ansicht, dass Religion in der Erziehung keinen Raum haben sollte. Und selbst das diskutierten sie immer mal wieder bei den Mahlzeiten. Trotzdem sollte kein falscher Eindruck entstehen.

»Wir beten vor den Mahlzeiten. Und Friedrich Fröbel, der die Anstalt gegründet hat, ist der Sohn eines Pfarrers«, sagte sie rasch und doch hatte sie das Gefühl, dass Mariekes Schultern nach unten sanken. Offenbar machte sie alles falsch. Sie wusste auch nicht, warum der Drang so groß war, diese junge Frau auf ihre Seite zu ziehen. Vielleicht hatte es etwas damit zu tun, wie sie das kleine Mädchen im Laden behandelt hatte. Letztlich war es ohnehin egal. Schon morgen würde Marieke weiterziehen, ihr Leben im Strom der Allgemeinheit fortsetzen, wo alles, was sie im Schlösschen machten, mit hochgezogenen Augenbrauen kommentiert wurde. Zudem hatten sie mittlerweile zahlreiche Mitstreiter, sie musste nicht mehr um jeden einzelnen kämpfen.

»Da sind wir«, sagte sie euphorischer, als sie sich fühlte, und öffnete einladend die Eingangstür.

Marieke klammerte sich an ihre zerschlissene Tasche, als könne Luise sie ihr jeden Moment entreißen, trat aber dennoch über die Schwelle. War es Vertrauen oder Hunger?

»Hallo, Luise«, rief Lisette gut gelaunt, die just in diesem Moment mit den anderen Schülerinnen aus dem Klassenraum trat. »Frau Direktorin«, sagte Emilie und nickte ihr bewundernd zu. Luise grüßte die Schülerinnen mit einem Lächeln zurück. Ein

Stück des Flures gingen alle gemeinsam den Weg entlang. Marieke fügte sich von ihrer Statur und Jugend übergangslos in die Gruppe ein, wenn da nur nicht ihre dunklen Augen wären, in denen ein schwer greifbarer Ausdruck lag. Es war doch nicht etwa Furcht?

Luise steuerte die Küche an und öffnete auch diese Tür für sie beide. »Ich mache uns rasch einen Tee und Brote, und dann setzen wir uns in den Garten«, kündigte sie an. Sollte Marieke sich tatsächlich fürchten, fühlte sie sich draußen gewiss weniger wie ein gefangenes Tier.

»Was … was ist all das hier?«, fragte Marieke leise, nachdem sie zwei Brote verspeist, beide lautstark in ihren Teetassen gerührt und eine Biene beim Kosten der Krümel beobachtet hatten. Über das Wetter und die Schönheit der Natur gab es nichts mehr zu sagen.

»Es ist eine Ausbildungsstätte, also eine Schule.« Stolz schlich sich in Luises Stimme, sie konnte selbst noch immer nicht glauben, was sie hier geschaffen hatten. »Die erste ihrer Art für Frauen. Sie können sich hier zur Kindergärtnerin ausbilden lassen. Kindergärten sind so etwas Ähnliches wie Kinderbewahranstalten, vielleicht hast du davon schon einmal gehört?«

Marieke nickte. Mit zusammengepressten Lippen. Rückte auf dem Stuhl nach vorne. »Ich glaube, ich muss dann langsam weiter.«

Sie interessierte sich also nicht für Kinder? Schade. Luises Menschenkenntnis musste sie getrogen haben. Die Sorge war dennoch da. Wohin wollte das Mädchen denn gehen? Am späten Nachmittag würde sie es nicht mehr weit schaffen, Liebenstein war unbezahlbar, und nachts zu wandern war viel zu gefährlich.

»Ich will dich nicht aufhalten, aber du sollst wissen, dass du herzlich eingeladen bist, die Nacht hier zu verbringen. Es ist gewiss ein Bett im Schlafsaal frei.«

Mariekes Hände gruben sich in ihren Rock, so, als hätte Luise soeben das Gegenteil dessen gesagt, was sie tatsächlich gesagt hatte.

»Hier bist du also!« Friedrichs Stimme kam so unvermittelt, dass Luise zusammenzuckte. Sie drehte sich um und sah ihren Verlobten mit seinen dynamischen Schritten auf sie zukommen.

Sie stellte Marieke vor und erklärte, dass sie auf der Durchreise sei, und er hieß sie willkommen.

»Stell dir vor, die Herzogin hat vorgeschlagen, dass wir bei ihnen ein großes Kinderfest veranstalten«, brachte Luise Friedrich danach auf den neusten Stand. »Ganz so, wie bei unseren Nachmittagen im Park, allerdings im größeren Stil. Zur Förderung deiner Ideen! Sie will uns sogar ihren Park direkt vor Schloss Altenstein dafür zur Verfügung stellen. Warst du schon einmal dort? Er ist traumhaft! Man kann bis ins Werratal mit den zahlreichen Dörfern und bis ins Rhöngebirge blicken. Es gibt steil abfallende Felsen, Terrassengärten, sogar einen Wasserfall und zwischendrin kleine Bauten wie ein chinesisches Häuschen und eine Ritterkapelle. Ich … ich weiß gar nicht, wie wir zu der Ehre kommen.«

Luise unterbrach jäh ihren Überschwang. Hatte sie nicht vor zwei Stunden Marieke gegenüber noch beteuert, welch einfache und bodenständige Menschen sie waren? Und nun schwelgten sie hier in den Plänen für ein Spielefest in einem der größten und schönsten Landschaftsparks in Thüringen. Das Mädchen musste sie für eine Heuchlerin halten.

Friedrich schmunzelte derweil und küsste ihre Wange. »Zunächst einmal: Es sind schon lange nicht mehr allein meine Ideen. Vieles kommt nur durch unsere Gespräche und Diskussionen zustande. Und wie wir zu der Ehre kommen, kann ich mir durchaus vorstellen. Wie ich bereits geahnt habe, hat meine Verlobte einen bemerkenswerten Eindruck als Spielführerin der Prinzessin hinterlassen … Lass uns gleich heute Abend die Details besprechen.«

Er verabschiedete sich und strich ihr zum Abschied über den

Arm. Seit ihrer Verlobung war dies kein Skandal mehr. Dennoch warf Luise einen zaghaften Blick zu Marieke. Wie würde sie darauf reagieren, wenn sie den in ihren Augen sicherlich alten Mann als Luises Zukünftigen verstand? Sie sah gewiss nicht das Feuer in seinen Augen und wusste nichts von seinen weitblickenden Ideen, denen nicht einmal die Welt Grenzen setzen konnte.

»Ich …«, fühlte Luise sich genötigt zu sagen, als Friedrich ins Schlösschen zurückgekehrt war. »Mir ist bewusst, dass unsere Verbindung zunächst recht ungewöhnlich erscheinen muss.«

Mariekes Antwort überraschte sie. »Ich bewundere deinen Mut. Es ist gewiss nicht einfach, sich gegen die Anschauung der Massen durchzusetzen.«

Nein, das war es nicht. Aber hatte Luise in der letzten Zeit denn überhaupt je etwas anderes getan? Und doch fühlte sie sich mehr sie selbst als je zuvor. Es kam aus ihrer Überzeugung heraus. Der festen Überzeugung, das Richtige zu tun. Für die Kinder. In der Pädagogik. Und für sich selbst.

»Lernt man so etwas auch hier an der Schule?«

Hatte sie etwa doch Interesse? Luise musste sich zurückhalten, um nicht sogleich mit dem gesamten Werdegang ihrer eigenen geistigen Entwicklung herauszuplatzen. Wie sie als Sandkorn gestartet und irgendwie trotzdem zu einem Felsen geworden war. Sie tastete nach ihrer Amethyst-Kette, die sie nur zum Baden ablegte.

»Tatsächlich geht es uns hier nicht allein um fördernde Entwicklungsmöglichkeiten für Kinder. Was die Schülerinnen betrifft, ist unser Ziel, dass sie sich selbst und auch die Kinder in ihrer Doppelnatur wahrnehmen: als Ganzes und ebenso als Glieder eines Systems. Sie sollen sich des Zusammenhangs der Dinge bewusst werden.«

Marieke runzelte die Stirn, sodass Luise versuchte, es näher zu erklären.

»Im Bleibenden ist auch stets das Vergängliche. Das unsichtbare Geistige und das sichtbare Körperliche. Alles gehört zusammen, ergänzt sich. Nur wenn wir uns dessen bewusst sind, können wir die Pflege des natürlich Guten im Menschen fördern. Im Denken, Wollen und Tun. Und natürlich mit dem, der das Gute und die Quelle allen Gutes selbst ist. Mit Gott also. Nur wenn man mit sich selbst im Reinen ist, ist man mit Gott im Reinen. Deswegen ist uns auch die Bildung der Kindergärtnerinnen so wichtig.«

Marieke starrte sie an. So durchdringend, dass Luise unwohl wurde. Hatte sie wieder etwas Falsches gesagt? »St … stimmt etwas nicht?«

»Der Mensch ist von Natur aus *gut?*«

Stimmt, den philosophischen Ansatz von Rousseau, der Friedrich unter anderem inspiriert hatte, kannte Marieke ja noch nicht. Luise erklärte das Menschenbild, das Friedrichs Pädagogik zugrunde lag, und wie sie dementsprechend die Übungs- und Fördermöglichkeiten entwickelt hatten. Sie war nicht sicher, ob sie Marieke damit überforderte, die bewegungslos dasaß und deren Augen immer glasiger wurden – bis sie mit dem Handrücken darüberfuhr.

Und dann brach es aus ihr heraus. Sie erzählte von Fiete. Von der Kinderbewahranstalt. Wie sie es nicht hatte begründen können, es sich aber schlicht und einfach falsch angefühlt hatte, wie die Kinder dort behandelt wurden. Dass sie es nicht länger ertragen hatte und sich schließlich auf den Weg gemacht hatte. Wegen der Schule. Und der dazugehörigen Idee der Menschenbildung. Und dass einzig die Furcht, nicht zu genügen und die Kosten nicht tragen zu können, sie wieder hinausgetrieben hatte.

Luise legte ihre Hand auf Mariekes Arm, der neben der Teetasse lag, und drückte ihn sanft. »Wir werden einen Weg finden, dass du hierbleiben kannst.«

Sie hatte sich also nicht getäuscht.

Kapitel 49

Marienthal, 1851

»Kommst du, meine Liebe?« Friedrichs Stimme war warm und gefühlvoll. Kein Urteil darüber, dass sie den Anfang des Tages, auf den sie so lange hingefiebert hatte, der ihre Verbindung offiziell machen sollte, am Fenster verbrachte. Dass das glückselige Lächeln, das eine jede Braut und jeden Bräutigam zieren sollte, bisher ausgeblieben war. Langsam erhob sie sich von der steinernen Fensterbank, die unter ihrem Po ganz warm geworden war. Strich mit den Fingerspitzen wie zum Abschied über die samtweichen Mullgardinen. Ein letzter Blick. Sie konnte nicht widerstehen – obwohl sie wusste, dass die enttäuschte Hoffnung schmerzhaft sein würde.

Da bitte, die Auffahrt blieb leer.

Nicht vollkommen leer, gewiss nicht, ihre Hochzeitskutsche wartete bereits, und Marieke sowie Hedy und Lisette befestigten gerade grün-weiße Schleifen an den Büschen und Bäumen ringsumher. Aber es kam keine Postkutsche oder Droschke herbeigedonnert, die im letzten Moment ihre Schwester ausspuckte, welche mit derangiertem Haar von diversen Reisestrapazen erzählte, die ein früheres Kommen verhindert hatten.

Luises Hand ging zu der Edelsteinkette, und sie verscheuchte diese Gedanken, konzentrierte sich auf das, wofür sie dankbar sein konnte. Allen voran Friedrich, dieser Mann, in dem sie unverhofft ihr Gegenstück gefunden hatte. Die Schule mit fünfzehn aufgeweckten jungen Frauen, die alle für das gleiche Lebensziel brannten wie sie. Allen voran Marieke, die sich so schön eingefügt hatte und inzwischen völlig aufgetaut war, kluge Fragen stellte und alle an ihren Erfahrungen in der Kinderbewahranstalt teilhaben ließ. Die Freunde, die wie eine Familie für sie waren.

Vier Fichten zierten den Vorbau des Schlösschens, als sie an Friedrichs Seite nach draußen trat. Ein Miniaturwald zu Ehren ihres schönsten Tages, fast so, als wäre dieser uralte Brauch eigens für sie und Friedrich erfunden worden. Der Teppich aus grünen Tannennadeln knackte leise unter Luises Schuhen, und sie sog den waldigen Geruch in sich hinein. Endlich waren die trüben Gedanken restlos verschwunden, und sie sah glücklich zu ihrem künftigen Ehemann hin. Sie hatte der Hoffnung endgültig Lebewohl gesagt, würde sich anstatt in die Arme der leiblichen in die der Familie aus Gleichgesinnten begeben und den restlichen Tag genießen. Die Fahrt mit der mit Birkenzweigen geschmückten Kutsche. Die wunderschöne Predigt des Pastors. Zur Baronin und zu Diesterweg hatten sie in den vergangenen Wochen bei endlosen Diskussionen zwischen Leberwurstbrot und Bier, lauen Frühlingsabenden auf der Schlossterrasse und Streifzügen durch die Natur ein solch enges Verhältnis aufgebaut, dass sie ihre Beisteher sein würden. Die drei Wochen, die Diesterweg eigentlich hatte bleiben wollen, waren lange verstrichen, und er hatte auf drei Monate verlängert, die Baronin ebenso. Frau von Marenholtz-Bülow reiste weiterhin durch die Länder und hielt Vorträge über Friedrichs Erkenntnisse zur Menschenbildung, und Diesterweg hatte sogar am Weimarer Hofe einen Antrag zur Gründung einer Goethestiftung nach dem Vorbild von Friedrichs Erziehungsbestrebungen gestellt – der jedoch leider in den Schlussberatungen zum Vorhaben abgelehnt worden war.

Dennoch ging es bergauf. Vor einem Monat hatte Diesterwegs Tochter Hermine den Kursus in Marienthal begonnen, nachdem die Absolventinnen des zweiten Jahrgangs in sämtliche Städte und deutsche Länder gepilgert waren, um dort unter der Verantwortung eines Vereins oder im Alleingang ihre Kindergärten zu eröffnen. Jeder Kindergarten an sich war wie ein kleines Pflänzchen, das seine Samen streute, für neue Aufmerksamkeit sorgte und die Kreise um Friedrich und seine Pädagogik vergrößerte. Früher hatte Friedrich durch seine Vortragsreisen vereinzelte Kiesel ins Wasser geworfen, die ihre Kreise zogen. Jetzt warfen sie mit einem Mal eine ganze Handvoll Steine in den großen Teich, und an zehn, zwanzig Stellen zogen zeitgleich die gemächlichen größer werdenden Kreise durch das Land.

Die Veränderung war nun deutlich spürbar. Jeden Tag trudelten mittlerweile Anfragen für die Ausbildung ein, von überall. Aus anderen deutschen Staaten und auch aus Österreich und der Schweiz. Überall hatte man inzwischen von der Fröbelpädagogik, wie Luise sie insgeheim nannte, gehört. Friedrich selbst wollte nicht, dass sein Name dafürstand, aber es war so viel griffiger als *Sphärentheorie* oder *Menschenbildung*. Und alle waren angetan, wie es schien. Aber wie konnte man auch nicht begeistert sein von diesem Ansatz, bei dem das Kind in den Mittelpunkt gerückt wurde und man auf dessen ureigene Bedürfnisse einging? Sie hatte sich so viel damit beschäftigt, dass es mittlerweile fast absurd erschien, dass es zuvor anders gewesen war. Oder war das nur der Wein, der heute alles in leuchtenden Farben erstrahlen ließ?

Der war heute reichlich geflossen, und Luise hatte ihre Ansichten zur Fröbelpädagogik soeben mit Diesterweg geteilt. Diesterweg, dem bedeutendsten Pädagogen Deutschlands, rief sie sich in Erinnerung. Durfte sie, das Gänseblümchen vom Lande, ihm gegenüber überhaupt ihre Ansichten äußern? Wieso denn nicht! Es war ihre Hochzeit, da durfte sie über die Maßen trinken und sich über ihr Herzensthema auslassen.

Auch Diesterwegs Worte hatten zudem mittlerweile kleine

Unreinheiten an den Stellen, wo viele Konsonanten zusammenkamen.

»Ich habe außerdem eine ganz besondere Überraschung für euch«, sagte er nun, legte beide Hände flach auf den Holztisch und beugte sich näher zu ihnen. »Hochzeitsüberraschung, Freundschaftsdienst … nennt es, wie ihr wollt! Aber eure Ideen sind beeindruckend, und ich habe große Pläne! Sie müssen noch lauter in die Welt hinausgerufen werden! Jeder muss von eurer Methode der Menschenbildung erfahren.«

Sie tranken darauf. »Ich meine es ernst«, sagte er. »Die Bildung von Frauen ist die grundlegende Voraussetzung für die Verbesserung der allgemeinen Bildung und das Wohl des Volkes. Schließlich haben sie den größten Einfluss auf Kinder in den ersten Lebensjahren. Deswegen ist meine Hermine ja bei euch!«

Auch darauf hoben sie die Gläser.

»Ihr, du und Fröbel, ihr seid die Anbahner wahrer Frauen-Emanzipation.« Noch einmal stießen sie an, und Luise brach in wildes Kichern aus. Sie! Eine Anbahnerin der Emanzipation! Das hätte zu Hause niemand von ihr geglaubt! Milde gelächelt hätten sie. Das Dummerchen mit dem zu großen Herzen.

Diesterweg sprach feierlich weiter. »Und deswegen habe ich mich dazu entschieden, ein Jahrbuch zu veröffentlichen. Und dir, lieber Friedrich«, er klopfte ihm auf den Rücken, »habe ich zweiundzwanzig Seiten gewidmet. Deine gesamte Idee habe ich umrissen! Zudem erzähle ich erstmals die Geschichte meiner Amtsenthebung und versuche, den Lehrer Karl Wander wieder ins rechte Licht zu rücken. Leider Gottes wird er ja vollkommen als Demagoge verschrien dieser Tage, was einfach nicht stimmt! So oder so, ich wollte gerne zumindest den schließenden Satz meines Beitrags zitieren, der euch gewiss Freude bereiten wird: ›*Werden in Zukunft die größten Wohltäter der Menschheit genannt, so wird unter ihnen der Name Friedrich Fröbel nicht fehlen.*‹«

Luise legte die Hand auf Friedrichs Arm, der nun kerzengerade dasaß und drei Meter gewachsen schien. Es war ein ehrgeiziges Ziel, und doch zweifelte es keiner von ihnen mehr an. Notfalls würde sie höchstpersönlich dafür sorgen, dass es so käme, wie Diesterweg sagte. Aber wenn es mit den Kindergärtnerinnen und den Kindergärten so weiterging, musste sie das gar nicht. Dann würde es in einigen Jahren in jeder Stadt, in jedem Dorf einen Kindergarten geben. Die Kreise der Fröbelpädagogik würden sich über das gesamte Land verbreiten, sich gar überlappen, und jedes Kind würde in seiner Entwicklung gefördert werden und dazu angeregt, *frei* zu denken.

Kapitel 50

Schloss Altenstein, unweit Marienthal, 1851

Tiefgraue Wolken hingen am Morgen über Marienthal und ließen Luise zweifeln, ob ihr Spielefest unter einem guten Stern stand. Doch pünktlich zum Beginn der Feierlichkeiten mit Friedrichs Rede hatten sich Sonnenstrahlen durch die Lücken in der Wolkendecke gekämpft und den gesamten Park um Schloss Altenstein in ein nahezu mystisches Licht getaucht. Mit federleichtem Herzen ging Luise nun durch den Park, in den immer mehr Kinder strömten, obwohl die Spiele erst um zehn offiziell beginnen sollten.

Sie lief am chinesischen Teehäuschen und dem Morgentor vorbei, lächelte, als sie den Luisenthaler Wasserfall passierte, überquerte die Teufelsbrücke und lugte kurz in die Altensteiner Höhle hinein. Alles war vorbereitet. Zusammen mit dem Schlosspersonal, ihren Schülerinnen und dem Lehrpersonal der Dorfschule hatten sie am heutigen Tage dreihundertfünfundzwanzig Helferinnen und Helfer – was dringend nötig war, da sie mehrere Tausend Gäste erwarteten. Jeder ihrer Unterstützer hatte ordentlich die Werbetrommel gerührt, und ihre Bemühungen hatten Früchte getragen. Kein Vergleich zu den kleinen Festen in den vorherigen Jahren. Es sollte nicht nur das größte, sondern auch das schönste Spielefest von allen werden, daher hatten sie keine Kosten und Mühen gescheut.

Eine Stunde später hatte sich der Rasen des Parks in ein Meer aus farbenfrohen Kleidern verwandelt. Bunte Tupfen wogten überall, wohin das Auge reichte. Bisher hatte Luise das Fest kaum genießen können, an jeder ihrer Stationen, die sie jeweils neben den Sehenswürdigkeiten im Park aufgebaut hatten, schien es an etwas zu fehlen. Die Nachfrage nach Informationsmaterialien und Spielgaben war enorm, sodass sie permanent zwischen Schloss und Schlösschen mit der Kutsche pendelte, die die Herzogin zur Verfügung gestellt hatte. Soeben hatte sie die letzten Spielgaben aus dem Marienthaler Schlösschen und Friedrichs letzte Exemplare der *Mutter- und Koselieder* geholt. Sie ließ nun den Blick abermals über das bunte Treiben gleiten, freute sich über die hohen Kinderstimmen und das Lachen, das aus nahezu jeder Ecke drang. Falls nach diesem Fest nicht alle restlos von der Fröbelpädagogik überzeugt waren, wusste sie nicht, was sie sonst noch machen sollten.

Friedrich trat an ihre Seite, und in stummer Verbundenheit ließen sie die Eindrücke auf sich wirken, nahmen sie auf in der Hoffnung, sie nie wieder zu vergessen. Mit einem leisen Lachen nickte er nach rechts, und sie folgte seinem Blick. Prinzessin Auguste und einige ihrer nicht weniger adeligen Gefährtinnen tanzten in weißen Rüschenkleidern Hand in Hand mit den barfüßigen, abgerissen gekleideten Bauernkindern aus ihren Nachmittagsstunden. Es machte in diesen Momenten keinen Unterschied. Alle Kinder liebten die Spiele, ganz gleich ob arm oder reich, groß oder klein, mit Schuhen oder ohne.

Marieke kam mit rotem Kopf und feuchten Haaren an den Schläfen auf sie zu und folgte ihren Blicken. »Es ist so schön, dass eure Pädagogik auf Volkskinder gleichermaßen wie auf Bürgerliche anwendbar ist.« Luise stimmte zu, und gemeinsam lachten sie, als Auguste aus der Reihe tanzte und die ganze Kinderschar mit sich riss.

»Was ich aber eigentlich sagen wollte: Wenn es so weitergeht, haben wir in einer Stunde keinen Kuchen mehr. Im Schloss backen sie bereits in Schnellzuggeschwindigkeit. Sie fragen, ob wir in Marienthal auch noch einmal den Ofen anfeuern könnten?«

»Aber natürlich«, sagte Luise nach einer kurzen Verständigung mit Friedrich, und gemeinsam mit Marieke eilte sie los. »Ich fühle mich wie früher in der Fabrik«, sagte Marieke wenig später lachend, als sie beide zusammen in Höchstgeschwindigkeit den Teig kneteten. »Aber für dieses wundervolle Fest tue ich das natürlich gerne. Ich weiß gar nicht, was ich großartiger fand – den Herzog von Meiningen beim Eierlaufen oder seine Frau beim Sackhüpfen. Dass Friedrich sich für derartige Spielereien nicht zu fein ist, weiß ich inzwischen ja, aber die Herrschaften, die für gewöhnlich ausschließlich mit kerzengeradem Rücken durch die Gegend stolzieren … Köstlich!«

»Also mein Höhepunkt war ohne Zweifel Frau von Marenholtz-Bülow beim Apfelangeln. Ihr gesamtes Gesicht war voller Mehl, und die Kinder haben so herzlich gelacht.«

Marieke nickte versonnen. »Ihr wisst wirklich, was Kinderherzen höherschlagen lässt. Es ist herrlich, wie sie selbstständig lernen und Freude am Entdecken haben. Ich bin so unendlich dankbar, dass ich hier sein darf, und kann es kaum abwarten, Ende des Jahres meinen eigenen Kindergarten zu eröffnen. Ich habe mir schon so viel überlegt, was ich dann alles mit den Kleinen machen werde.« Bei diesen Worten drückte sie die Fingerkuppen in den Hefeteig, um dem Butterkuchen seine typische Struktur zu geben.

»Wir freuen uns, dass du hier bist.« Marieke war inzwischen so etwas wie Luises persönlicher Schützling geworden. Zum Glück hatten sie einen Verein gefunden, der bereit war, für Mariekes Ausbildung aufzukommen, wenn sie dafür einwilligte, im Anschluss an ihre Ausbildung in seinem Ort als Kindergärtnerin anzufangen.

Eine Stunde später fuhr Luise mit zwei Blechen duftenden Butterkuchens zurück zum Fest, Marieke würde mit der nächsten Ladung nachkommen, sobald der Kuchen aus dem Ofen war. Luise fand Friedrich, Diesterweg und Frau von Marenholtz-Bülow zusammen mit Prinzessinnen und Bauernkindern in einem Kreis, wo sie gemeinsam sangen, sich aufeinander zubewegten und wieder voneinander fort. Rasch drückte sie sich zwischen Friedrich und Diesterweg und lächelte ihren Mann an. Sie genoss das Hochgefühl in seinen Augen. Genau das war es, was er immer gewollt hatte. Jung und alt, hoch und niedrig, endlich demokratisch geeint. Selbst Fürst und Volk hatten zusammengefunden. Die Revolution mochte gescheitert sein, doch hier herrschte einvernehmliches Leben.

Trotzdem war da eine steile Falte zwischen Mariekes Augenbrauen, als sie mit den beiden weiteren Kuchenblechen aus der Kutsche stieg. An den kantigen Bewegungen, während sie den Kuchen abstellte, erkannte Luise, dass etwas nicht stimmte. Sie löste sich aus dem Reigen und ging auf ihren Schützling zu. Aus der Nähe betrachtet, war es noch deutlicher. Der Ausdruck in Mariekes Augen rief ein flaues Gefühl in ihrem Magen hervor. Es war doch niemand verstorben?

»Was ist es?«

Wortlos reichte Marieke ihr eine Zeitung, die sie unter den Arm geklemmt hatte, und deutete auf eine Bekanntmachung. Es dauerte, bis Luise die Worte erfasst hatte. Sie las sie immer wieder, und doch ergaben sie keinen Sinn.

»Nein!« Sie schüttelte den Kopf, sah hilflos zu Marieke. Würde ein schelmisches Blitzen in ihren Augen erscheinen? Doch da war nur Schmerz. Einer jener Sorte, der es real machte.

Noch einmal schüttelte sie den Kopf. Fuhr sich durch das Gesicht.

Das war nicht möglich.

Es musste ein Versehen sein.

»Was ist mit euch?« Friedrichs warme Stimme schnürte ihr die Luft ab. Sie konnte es ihm nicht sagen. Als ahnte Marieke dies, nahm sie Luise die Zeitung aus der Hand und reichte sie ebenso wortlos an Friedrich.

Es war sehr schwer, mitzuerleben, wie die Erkenntnis in sein Bewusstsein drang. Und dann diese herzerschütternde Stimme, die Luise bis ins Mark ging, als er es aussprach.

»Sie wollen die Kindergärten verbieten?!«

Kapitel 51

Keilhau, ca. 1821

Es war die Geburtsstunde von etwas Großem. Bei der Aufnahme meiner drei Neffen sollte es nicht bleiben. Wenn ich mich der Erziehung von Kindern widmete, dann wollte ich dies in vollen Zügen tun. Ich überzeugte meinen Bruder Christian, ebenfalls zu der Erziehungsanstalt zu kommen, die ich aufbauen wollte. Fernab der Stadt sollte sie liegen, um die dortigen Erziehungseinflüsse auszublenden, deswegen sind wir von Griesheim ins idyllische Keilhau gezogen.

Und nun endlich war es mir vergönnt zu versuchen, mein Sphärengesetz mit Pestalozzis Methode zu verbinden. Ich nenne sie »Menschenbildung« und arbeite täglich an dem dazugehörigen Werk »Die Menschenerziehung«, in dem ich alle meine Überlegungen festhalte.

Aus den anfänglichen sechs Kindern wurden mehr. Mittlerweile sind es sechzig. Bald müssen wir anbauen, ich weiß noch nicht, woher ich das Geld dafür nehme, aber es wird sich schon eine Lösung finden. Täglich arbeiten wir im Garten oder bauen etwas mit der Hand. Bald können wir uns eigenständig mit Lebensmitteln versorgen. Der Unterricht verläuft ohne zu viel Instruktion oder Zwang. Mit Keilhau habe ich das geschaffen, was ich mir selbst gewünscht hätte: ein Internat mit Familiencharakter. Neben meinem Freund Middendorff ist nun auch Langethal hier eingezogen, und Middendorffs Neffe, Johannes Barop, besucht uns gerade. Langethals gutem Ruf ist der große Zuwachs an Zöglingen zu verdanken. Mit ihm ist zudem das Mittelalter eingezogen, das ihn fasziniert. Wir schnitzen Wurfspieße, Schwerter und Pfeile und fertigen Rüstungen und Helme aus Pappmaché. Sie glit-

zern golden und silber zwischen dem Grün der Wälder, wenn wir uns auf die Streifzüge durch die Natur begeben. Im Sommer baden wir im See, und ich lasse die Zöglinge in selbst gebauten Höhlen übernachten, wenn sie wollen, denn das hätte ich mir als Knabe gewünscht. Zudem dient es der Abhärtung, die ich ungemein wichtig finde. Deswegen nähert sich unsere Ernährung momentan der Eichelkost aus der germanischen Urzeit. Zum Frühstück gibt es harte Birnen mit Schwarzbrot. Die leinene Turntracht wird selbst bei Wind und Frost getragen; wenn die Zöglinge frieren, lässt Langethal sie einen Dauerlauf machen. Oder wir fahren Schlitten auf der Hopperbahn, was mir größtes Vergnügen bereitet.

Auch die deutsche Sprache wollen wir würdigen, und so haben wir mit unseren Schwertern sämtliche Fremdwörter herausgeschnitten. Anstelle von Buletten essen wir nun wieder Fleischklöße, und meine Nichten und Neffen nennen mich Oheim statt Onkel. Sogar die Berge und Bäche der umliegenden Gegend haben wir umgetauft, und die Schützthalquelle ist nun der Moosbach, die Remdaer Quelle der Silbersee. Auch den Bauern verhelfen wir zur Rückbesinnung. Hänold, unser Hauswirt, heißt nun Hainold, und Bauer Ziener wird wieder zum Bauern Zäuner.

Im Unterricht achte ich stets darauf, dass alle den Gang einhalten. Vieles muss ich selbst machen, damit es auch so geschieht, wie es in meinem Sinn ist, aber das stört mich nicht. Es ist enorm wichtig, dass die einzelnen Fächer ganz langsam und allmählich aufgebaut werden. Das meiste muss durch Anschauung gezeigt, noch besser jedoch selbst erfahren werden. Man muss immer vom Bekannten ausgehen, damit die Kinder selbsttätig lernen. Hierzu nutze ich am liebsten natürlich Lebensereignisse. Neulich hat es fürchterlich gewittert. Den Kindern war angst und bange zumute, doch ich konnte ihnen durch die Erläuterung dieses Naturereignisses die Furcht nehmen. Nachdem sich das Gewitter verzogen hatte, rauschte ein bräunlicher Wasserstrom den Fahrweg herunter. Die Kinder baten mich, Dämme aus Schlamm und Steinen bauen zu dürfen, was ich nur zu gerne erlaubte – zum Schrecken der Frauen –, und wenig später war ein großer See entstanden. Unter Jubel wurde der Damm eingerissen, und das schlammige Wasser schoss weiter hinunter.

Meine Zöglinge haben so spielerisch mehr über die Natur und die Gesetze der Physik gelernt, als ich ihnen in Stunden theoretisch hätte vermitteln können. So ist es mir am liebsten, wenn sie bei allem, was sie tun, lernen – selbst beim Spielen, denn so erkennen sie, was sie anzieht und was sie zu lernen wünschen.

Die Zöglinge entwickeln sich prächtig unter diesen Bedingungen. Einfache Knaben aus der Stadt gehen wohlgesittet mit Halstuch, Mütze, langen Strümpfen und Schnürstiefeln an der Hand der Eltern. Meine Schüler klettern wie Katzen, können ohne Mütze und Strümpfe meilenweit wandern, verständigen sich mittels Waldhörnern über die Anhöhen der Berge, können Eichhörnchen fangen und Vogelnester entdecken – um sie zu untersuchen, nicht etwa, um sie zu zerstören. Einmal haben sie einen verletzten Taubenfalken und ein andermal einen jungen Uhu mit nach Hause gebracht. Wir haben sie aufgepäppelt und gemeinsam in die Freiheit entlassen.

Besonders stolz bin ich auf meine Idee, Martin Luther ein lebendiges Denkmal zu setzen. Mit Middendorff habe ich über eine Stiftung das notwendige Geld zusammengebracht und mich auf die Suche begeben. Im Dörfchen Möhra habe ich Burschen ausfindig gemacht, die von Luthers Onkel abstammten. Ernst und Georg Luther waren die Söhne eines Kuhhirten. Ihre gurgelnde Aussprache entsprach der dortigen Mundart und konnte von meinen Zöglingen fast nicht verstanden werden. Sie konnten kaum buchstabieren, nur mit Mühe ihre Namen schreiben. Auch sie entwickeln sich in der Keilhauer Gemeinschaft zu frischen und naturfreudigen Menschen.

Als Zeichen unserer demokratischen Gesinnung tragen wir die altdeutsche Tracht mit langem Haar und blankem Hals. Die gewöhnlichen Menschen verstehen das natürlich nicht. Neulich sind wir auf unserer Wanderung bis auf hannoversches Gebiet vorgedrungen, wo man nicht einmal Turnvater Jahn kennt. Ausgelacht haben sie uns, als sie unsere Haare erblickt haben. »Jesas, die Zotteln!« und »Seht nur, diese Kauze«, haben sie von allen Seiten aus den Fenstern und Türen gerufen. Nur mit Ach und Krach kamen wir am Wirtshaus an, doch die resolute Wirtin hat ihre Arme rechts und links in den Türrahmen gestemmt und uns den Einlass verwehrt.

Demagogennest schimpfen sie uns. Mir scheinen die deutschen Länder in einer reaktionären Erstarrung zu sein, sie klammern sich an konservative oder rückwärtsgewandte Ansichten und Verhaltensweisen, als seien sie ein Rettungsring. Dabei haben wir das Heilmittel für unsere Zeit gefunden – das sie noch nicht zu erkennen bereit sind. Wir brauchen eine Erziehung zu freien, denkenden und selbsttätigen Menschen.

Und meine Erziehung ist der Schlüssel dazu.

Eines Tages müssen sie es einsehen. Und dann … dann werden sie mir dankbar sein und meine Leistung endlich anerkennen. Das, oder sie werden mich zugrunde richten. Es gibt keinen Mittelweg.

Kapitel 52

Marienthal, 1851

Marieke beobachtete mit einem bitteren Geschmack im Mund, wie Friedrich nach dem nächsten Stuhl tastete und darauf zusammensackte. Nach der Trunksucht ihres Vaters hatte sie stets die Finger vom Fusel gelassen, doch jetzt wünschte sie sich den stärksten aller Branntweine herbei. Einen jener Sorte, der heiß die Kehle herunterrann und im Magen brannte. Diesterweg und die Baronin kamen mit wehenden Kleidern herbeigeeilt, und Marieke nahm Friedrich die Zeitung aus der Hand, um auch den beiden Freunden ihrer Lehrer die Hiobsbotschaft zu zeigen. Sie hatte die Zeitung zur Zerstreuung gelesen, während der Kuchen im Ofen war.

»Kindergärten bilden einen Teil des Fröbel'schen sozialistischen Systems, das auf Heranbildung der Jugend zum Atheismus berechnet ist? Schulen und so weiter, welche nach Fröbel'schen oder ähnlichen Grundsätzen errichtet werden sollen, können daher *nicht geduldet* werden?«, wiederholte Diesterweg fassungslos. Er ließ die Zeitung, in der Marieke die Bekanntmachung entdeckt hatte, sinken.

»Also ich habe ja schon einiges erlebt, das hier schießt nun wirklich den Vogel ab!« Wütend fuchtelte er mit der aufgerollten Zeitung durch die Luft, bis die Baronin sie ihm aus der Hand nahm.

»Heranbildung zum Atheismus? Aber du bist der Sohn eines Pfarrers …« Luises Stimme war so belegt, dass Marieke sie kaum erkannte. Tatsächlich sprach Friedrich häufig von Gott. Die Religion war lediglich kein Bestandteil seiner Pädagogik, da die Kinder ihren Weg zu Gott eigenständig finden sollten.

»Interessant«, murmelte die Baronin, ohne den Blick von der Zeitung abzuwenden. »Das Edikt wurde gleich von zwei Ressorts unterzeichnet. Nicht nur vom Kultusministerium, sondern auch vom Minister des Inneren.« Langsam ließ sie das Papier sinken. »Das Innenministerium ist für die öffentliche Sicherheit und Ordnung zuständig. Die Regierung in Preußen muss tatsächlich befürchten, dass ... dass die öffentliche Ordnung durch die Kindergärten gefährdet sein könnte. Herrje, was für konservative, orthodoxe Tölpel!«

Friedrich blieb während alldem vollkommen regungslos. Wie ein Stein seiner Sammlung. Starrte stumm ins Leere, schien nicht einmal Luises Hand auf seiner Schulter wahrzunehmen. Jetzt griff er ohne ein Wort nach der Zeitung, zog sie der Baronin aus der Hand und studierte die Bekanntmachung immer wieder.

»Das ... das muss eine Verwechslung sein«, sagte er nach längerer Zeit. Ganz allmählich kehrte Leben in seine Glieder zurück. Zunächst eher langsam, doch schließlich sprang er sogar auf und tippte wiederholt auf die schwarz-weißen Zeilen. »Da ... hier steht es doch. ›Wie aus der Broschüre *Hochschulen für Mädchen und Kindergärten usw.* von Karl Fröbel erhellt ...‹ Ich bin doch nicht Karl! Sie müssen mich mit meinem Neffen verwechseln.« Freudig sah er von einem zum anderen.

Marieke dachte an ihren Besuch bei der *Hochschule für das weibliche Geschlecht* zurück. Die Menschen vor dem Eingang. Die Flugblätter. »Die Behörden in Hamburg hatten ihn tatsächlich auf dem Kieker«, berichtete sie, während sie sich auf die Unterlippe biss.

Friedrich deutete in ihre Richtung. »Na bitte. Da haben wir es doch. Ich werde noch heute an die Behörden schreiben und alles richtigstellen.«

Unschlüssig sahen die Freunde sich an. Die Unsicherheit lebte in den Augen weiter. Dennoch zog ein zaghaftes Lächeln, nicht viel mehr als ein Federstreich, in die Gesichter. Marieke wusste nicht mehr, wo es zuerst gewesen war, und doch verbreitete es sich von einem zum anderen. Wie die unwirklichen Sonnenstrahlen an diesem Morgen. Bis es auch sie erreicht hatte.

Friedrich nickte vehement. »Der Karl mal wieder. Ich habe ihm schon oft gesagt, dass seine Ideen zu radikal sind! Nicht umsonst haben wir uns überworfen. Er wusste noch nie, wann Schluss sein muss. Seine Ehefrau ist da nicht besser. Aber uns … uns meinen sie nicht.« Er verschränkte die Arme. Marieke fiel ein Stein vom Herzen. Ja, so musste es sein. Es konnte gar nichts anders sein. Es musste noch Hoffnung bestehen.

Kapitel 53

Marienthal, 1851

Die Helligkeit der Vorhänge, die kaum merklich im Wind wogten, verriet Luise am nächsten Morgen, dass die Sonne dennoch aufgegangen war. Die Vögel zwitscherten, und die Blumen verschwendeten ihren Duft. Sie merkten nicht die Schwere, die von Luise Besitz ergriffen hatte. Trotz der Hoffnung. Und obwohl sie Friedrichs Feder bereits über das Papier kratzen hörte. Wie damals. Doch der Zweifel lauerte nicht nur in den dunklen Ecken. Er war überall. Sie kämpfte sich auf die Ellenbogen. »Was machst du?«, fragte sie Friedrich.

»Ich bereite ein Paket vor. Ich werde jede einzelne Schrift, die ich je veröffentlicht habe, nach Preußen schicken. Das wird sie schon lehren, wer hier Atheist ist. Jetzt fehlt nur noch das Begleitschreiben.« Seine Tränensäcke waren dick wie Teebeutel, als er flüchtig aufsah.

»Hast du überhaupt geschlafen?«

Er winkte ab. »Später. Das hier ist wichtiger.«

Sie unterdrückte ein Seufzen. Natürlich war das alles von immenser Bedeutung, aber seine Gesundheit war nicht weniger wichtig. Zügig zog sie sich an und ging zu ihm hinüber. Sie strich ihm mit beiden Händen über Schulter und Bauch, bevor sie sich erkundigte, wie sie helfen könne. Er nickte zu den drei Stapeln mit Büchern und Zeitschriften. Erst wenn man sein gesamtes Werk so angehäuft sah, wurde einem bewusst, wie viel er in seinem Leben geschaffen hatte. Und die himmelhohen Stapel an Briefen waren da noch gar nicht mitgerechnet. »Wir benötigen einen Karton, in den all das passt.«

Wie sich herausstellte, benötigten sie drei, da Luise nirgendwo einen Karton im Format des großen Bücherbergs auftreiben konnte. Es fühlte sich gut an, als sie alles auf den Weg gebracht hatten. Sie setzten den Unterricht im gewohnten Gang fort, doch es ließ sich nicht leugnen, dass er an Lebendigkeit verloren hatte. Die kritischen Rückfragen blieben aus. Die Schülerinnen waren so brav wie in der Volksschule – als müssten sie für eine falsche Antwort den Rohrstock fürchten. Und auch die Lacher erstarben zu schnell.

Obwohl Friedrich wieder fröhlich war. »Jetzt ist es nur noch eine Frage der Zeit, bis Preußen das Verbot wieder aufhebt«, sagte er mehrmals am Tag und lief summend umher.

Als der Brief schließlich kam, fühlte Luise dennoch eine gewisse Beklemmung, während sie ihn beim Lesen beobachtete. Er wurde blass. Jede einzelne Falte in seinem Gesicht war plötzlich sichtbar, sein wahres Alter schien nun durch. Jegliche Dynamik verschwunden. Und auch seine immense Kraft. Luise nahm ihm den Brief aus der Hand und überflog die kalten Zeilen. Sie kämpfte die Fassungslosigkeit zurück, um die Frage stellen zu können, die ihr unbegreiflich schien.

»Sie sehen den Kindergarten als eine Staatsgefährdung?«

Kapitel 54

Marienthal, 1851

Das Tuscheln erstarb, als Marieke den Schlafsaal betrat. Irma schob etwas zu hastig unter ein Kopfkissen, und obgleich sie älter waren, glichen die betretenen Mienen der jungen Frauen ganz genau denen der Kinder in den Bewahranstalten, wenn sie etwas ausgefressen hatten.

Zögerlich schloss Marieke die Tür hinter sich. »Was habt ihr da?«

»Nichts.« Die Antwort kam zu schnell. Und Hedy, die nicht einmal einen schönen Abend wünschen konnte, ohne es auch wirklich zu meinen, wandte den Blick ab. Sie ließ das Haar vor die Augen fallen, wohl in der Hoffnung, dass man ihr errötendes Gesicht nicht sah.

Marieke verschränkte die Arme. »Denkt ihr etwa, ihr könnt mir nicht trauen?«

»Doch, schon.« Irma knetete ihre Hände und stand wieder auf. »Aber du bist mit Luise so dicke …«

»Ihr habt doch nichts gegen sie vor, hoffe ich?«, antwortete Marieke leicht misstrauisch.

»Nun ja. Nicht direkt. Wir fragen uns nur, ob es überhaupt noch Sinn ergibt, diese Ausbildung weiterzumachen. Wenn es bald keine Kindergärten mehr gibt, benötigt man auch keine Kindergärtnerinnen.«

»Wer sagt das? Friedrich hat sich doch bereits dafür eingesetzt, dass das Verbot wieder aufgehoben wird. Schon sehr bald wird alles wieder seinen gewohnten Gang nehmen.«

Irma zog den Brief unter dem Kopfkissen hervor, hielt ihn ihr wie zum Beweis entgegen. »Mein Vater hat mir geschrieben. Er hat einen Zeitungsausschnitt beigelegt, in dem nun ausdrücklich die Eröffnung oder Weiterführung eines Kindergartens untersagt wird.«

»Aber es ist nur eine Frage der Zeit, bis Friedrich und Luise …«, wollte Marieke entgegnen.

»Kindergärten widersprechen ab sofort der staatlichen Ordnung«, unterbrach Lisette sie. »Weißt du, was das bedeutet, wenn wir unter diesen Umständen dennoch als Kindergärtnerinnen arbeiten?«

Marieke presste die Lippen zusammen. Am liebsten hätte sie auch ihre Ohren zugehalten. Aber Lisettes Worte ließen sich nicht aufhalten.

»Dann wären wir Staatsfeinde!« Die Federn der Matratze quietschten leise, als Irma sich wieder setzte.

Marieke schloss die Augen. Warum? Jetzt war sie so weit gekommen, zwei Monate fehlten nur noch, bis sie die Ausbildung absolviert hätte und den Kindergarten eröffnen könnte. So lange hatte sie nach Menschen gesucht, die ähnlich dachten wie sie, und nun hatte sie welche gefunden, die all dies gar noch übertrumpften. Die weiter gedacht hatten, als sie es je für möglich gehalten hätte. Und jetzt schob die Regierung alldem den Riegel vor? Weil ihnen diese Weltsicht nicht gefiel?

»Jedenfalls …« Hedy verlagerte ihr Gewicht, blickte eher zu den Holzdielen als zu Marieke. »Jedenfalls haben wir überlegt, ob es in diesem Fall noch Sinn ergibt, die Ausbildung dennoch zu beenden.«

»Ja«, schaltete Franziska sich ein. »Ich bin schließlich hergekommen, weil ich Kinder liebe, nicht, um mich mit der Regierung anzulegen. Und wenn wir in dem Beruf ohnehin nicht arbeiten können …«

Einvernehmliches Nicken, ganz gleich, wohin Marieke sah. Das Drehen in ihrem Kopf machte ihr bewusst, dass sie den gesamten Tag noch nichts gegessen hatte. Abwechselnd blitzten Bilder in ihr auf. Die strengen Mienen der Schwestern in der Bewahranstalt. Das ausgelassene Lachen der Kinder im Park. Die stumme Kinderschlange im kargen Hof. Die fröhlich tanzende Prinzessin zwischen den Bauernkindern vor der Kulisse von Schloss Altenstein. Das verwaiste Schaukelpferd. Der Turm aus Spielgabe Nummer fünf, von glucksenden Kindern so hoch gebaut, dass er bereits wackelte.

»Und jetzt überlegen wir, wer es ihnen sagt.« Irma hielt sich am eisernen Rahmen ihres Bettgestells fest, obwohl sie auf der Matratze saß.

»Vielleicht sollten wir einfach so gehen. Ich bringe es zumindest nicht übers Herz, den beiden in die Augen zu sehen und zu beichten, dass selbst wir das sinkende Schiff verlassen.«

Das sinkende Schiff? Marieke schluckte. Die Trauer und auch die Wut. Es reichte nicht. In der Luft hingen so viele Gefühle, dass der Mief der Hafenstadt die reinste Höhenluft im Vergleich war. »Nach allem, was sie für euch getan haben, wollt ihr sang- und klanglos verschwinden? Schämt euch!«

Hedy wand sich und strich mit beiden Händen die Falten aus ihrem Rock. »Doch nur, um nicht noch mehr Leid zu verbreiten. Wir könnten ja einen Brief schreiben.«

Wieder fühlte sich all das falsch an. Sie verstand die Mädchen, es waren unangenehme Neuigkeiten, und trotzdem schrie ihr Bauch lauthals, dass dies nicht der richtige Weg sei. Als zustimmendes Gemurmel im Saal aufkam, stemmte sie die Hände auf und rief entschieden: »Nein!« Die Augen aller Mädchen lagen auf ihr.

»Nein?«, fragte Adele. »Fällt dir etwas Besseres ein?«

»Wenn ihr es nicht tut, werde ich es ihnen sagen. Aber wir können nicht einfach ohne ein Wort des Abschieds verschwinden.« Zumindest Friedrich würde dies nur schwerlich verzeihen. Er tat sich ja bereits schwer damit, wenn man einen Liedtext nicht auswendig kannte. »Kommt mit.«

Entschlossenen Schrittes liefen sie durch die langen Flure zum hinteren Teil des Schlösschens, wo Friedrich und Luise ihre Privaträume hatten, und klopften an die Tür, bevor der Mut sie verließ. Luise lächelte, als sie die Schülerinnen erblickte, doch es konnte ihre Ausgezehrtheit nicht verbergen. Sie musste mehrere Kilo in den letzten Tagen verloren haben, stocherte auch nur mehr im Essen, wenn sie überhaupt erschien. Friedrich hob aus einem Ohrensessel am Fenster grüßend die Hand, nachdem Luise die Schülerinnen hereingebeten hatte. Seine Haut hatte etwas Durchscheinendes, und schon die kleine Bewegung schien ihn ermüdet zu haben.

»Nun, was habt ihr auf dem Herzen?«

Marieke nahm all ihren Mut zusammen und wiederholte, was die Mädchen im Schlafsaal ihr erzählt hatten.

»Oh.« Luises Hand legte sich an ihren Halsansatz, tastete nach der kleinen Kette, die sie stets trug. »Ihr … ihr wollt gehen?« Unschlüssig ging ihr Blick zu Friedrich. Er würde jetzt gewiss eine seiner inbrünstigen und immer so mitreißenden Reden halten, bei denen selbst wildfremde Menschen fasziniert stehen blieben, wenn er sie unter freiem Himmel hielt. Heute erinnerte sein Ausdruck jedoch eher an einen Fünfjährigen. Dazu eine Handbewegung, als würde er Fliegen verscheuchen wollen. »Sollen ´se doch.« Dann blickte er die Schülerinnen direkt an. »Wenn ihr nach all den Wochen, nach all unseren Diskussionen noch immer nicht verstanden habt, welch ein Juwel an Bildung ihr hier genossen habt, werde ich euch nicht missen.«

Luises Blick unterbrach ihn. Sie strich sich zwei feine Strähnen hinter die Ohren, während sich ihr Brustkorb sichtbar hob und wieder senkte. »Lasst uns bitte nichts überhasten, nehmt erst einmal Platz.« Sie verteilten sich im gesamten Wohnzimmer auf die Sitzgarnitur und die Stühle um den Esstisch.

»Es ist wahr, momentan sieht es nicht gut für uns aus. Trotzdem bitte ich euch, nicht zu gehen. Zum einen wird es nicht für immer so bleiben, zum anderen seid ihr fast fertig und die Ausbildung kann euch auch in anderem Rahmen zugutekommen.«

»Also in den katholischen Kinderbewahranstalten muss man mit den Spielgaben nicht kommen, das habe ich bereits versucht«, warf Adele ein.

»Das mag sein. Aber ich habe beispielsweise gutes Geld verdient, als ich in einer vornehmen Familie als Kindermädchen gearbeitet habe. Und vielleicht wird das Verbot nicht überall so stark kontrolliert. Letztlich sind nur die Fröbelkindergärten in Preußen betroffen. Ihr könntet immer noch nach Bayern oder Österreich gehen.«

Lisette schüttelte den Kopf. »Bayern ist dem Beispiel Preußens gefolgt. Viel bleibt dann nicht mehr, wenn man nicht ewig weit reisen will.«

Ein leiser Fluch entfuhr Luise. Einige Schülerinnen tauschten überraschte Blicke. Luise fuhr sich durch das Gesicht, massierte ihre Schläfen, und trotz der Vielzahl an Menschen war in diesem Moment nur das leise Ticken der Pendeluhr zu hören. Für einen Herzschlag lang glaubte Marieke, dass Luise nun zusammenbrechen würde. Sie wirkte so zerrüttet. Doch sie erhob sich, ging zu Friedrich hinüber und stellte sich hinter ihn.

»Ich kann euch zu nichts zwingen. Wenn ihr gehen wollt, dann macht das, wir werden nicht nachtragend sein, sondern dankbar auf den Weg zurückblicken, den wir gemeinsam gegangen sind. Aber wenn ihr auch nur den kleinsten Schimmer Hoffnung habt, dann bitte ich euch zu bleiben. Wir werden einen Weg finden. Wir sind nämlich noch lange nicht am Ende. Wir werden kämpfen! Und wir können jegliche Unterstützung gebrauchen. Werdet ihr weiterhin an unserer Seite sein?«

Kapitel 55

Berlin, 1851

Ihre besten Kontakte hatte Bertha von Marenholtz-Bülow um Hilfe bitten müssen, um diese Audienz gewährt zu bekommen. Die Königin von Preußen sprach längst nicht mit jedem. Dementsprechend hatte es gedauert. Aber heute war es so weit, und die Baronin hatte die Zeit zur Vorbereitung genutzt, alles war geplant. Zunächst das übliche Anfangsgeplänkel, in dem sie zwei oder drei ihrer lustigsten Anekdoten zum Besten geben würde, um durch das einvernehmliche Lachen die Stimmung aufzulockern. Gewiss konnte sie der Königin für ihre Garderobe oder ihre modische Frisur ein Kompliment machen und sich nach dem Lieferanten des köstlichen Gebäcks erkundigen, das ihr mit Sicherheit angeboten werden würde. Die Leute mochten es, wenn sie um Rat gebeten wurden, es schaffte eine Verbindung. Sollte sie das Gefühl haben, dass noch immer nicht ausreichend Vertrautheit herrschte, wäre sie wegen der besonderen Lage sogar bereit, den neusten Tratsch weiterzureichen. Was Graf Rothaus sich auf dem letzten Diner geleistet hatte, erzählte man nur, nachdem man zuvor verstohlen über beide Schultern geblickt hatte. Mit gesenkter Stimme selbstredend.

Sie erhob sich, als der Diener mit der ausgesprochen glatten Livree den Salon betrat. Er musste sie jeden Tag austauschen, damit sie so in Form blieb. Ein Luxus, den man selten zu Gesicht bekam.

»Ihre Majestät lässt bitten.«

Die Baronin nickte stoisch, ließ in keiner Weise das Gefühl der Demütigung erkennen, dass sie aufgrund der viel zu langen Wartezeit verspürte. Mit eiligen Schritten folgte sie dem Diener, der sie durch die endlosen Gänge des Schlosses führte, und lauschte dabei dem Pochen ihrer Schnürstiefel auf dem edlen Marmorboden. Schließlich wurde der Diener langsamer, sammelte sich kurz, legte dann eine Hand an den Rücken und öffnete mit unbewegtem Gesichtsausdruck eine weiß-goldene Doppeltür. Diese führte in ein Empfangszimmer, in dem die Königin stand. Die Baronin zeigte ihre Ehrerbietung durch einen tiefen Knicks und bedankte sich für die Audienz.

»Aber ich bitte Sie, ich habe stets ein offenes Ohr für unser Volk. Womit kann ich dienen?« Die Königin sprach mit einem leichten Lächeln, und doch wurde Frau von Marenholtz-Bülow unsicher. Warum bot man ihr keinen Platz an? Es wäre nur standesgemäß; unter keinen Umständen konnte sie wie das Fußvolk im Vorbeigehen abgefertigt werden. Wie sollte sie ihren ausgeklügelten Plan hier zwischen Tür und Angel in die Tat umsetzen? Wer fing mit Höflichkeitsgeplänkel an, wenn die Zeit offensichtlich knapp bemessen war?

»Ich fürchte, es ist eine etwas längere Geschichte. Gibt es eine Möglichkeit, dass ich Sie in Ruhe darüber in Kenntnis setze?« Sie blickte flüchtig durch die halb geöffnete Flügeltür, hinter der ein samtenes Sofa wie ein Hirsch auf Grünland stand. Eine Etagere voll exotischer Früchte und hauchdünne Teetassen warteten bereits.

Der bedauernde Gesichtsausdruck der Königin löste eine diffuse Wut in der Baronin aus.

»Ich bin untröstlich, doch leider lassen meine zeitlichen Kapazitäten dies nicht zu.« Ein Blick zur goldenen Uhr an der Wand. »Uns bleiben noch drei Minuten, dann habe ich einen wichtigen Termin.«

Richtig. Sie war ja unbedeutend. Die Baronin rang den Gedanken nieder; besser die verbleibende Zeit nutzen. »Nun gut, in diesem Fall werde ich direkt mein Anliegen schildern. Ich trete heute an Eure Majestät heran, um über eine großartige neue Art der Kindererziehung mit Ihnen zu sprechen. Von Mutter zu Mutter. Ich bin gewiss, dass wir beide wissen, wie wichtig eine gute Förderung der Sprösslinge ist, die eines Tages in unsere Fußstapfen treten werden. Nun hatte ich das Glück, vor fast zwei Jahren einen Mann und seine bezaubernde Gattin kennenzulernen, deren Ideen zur Menschenbildung einen wirklich erstaunlichen Einfluss auf die Kleinen hat. Kinder, die durch ihre Methoden gefördert werden, entwickeln ein besonderes Interesse an ihrer Umwelt, stellen schlaue Fragen, sind freudig und aufgeweckt. Es ist eine Freude, dies mitzuerleben. Doch leider wurden vor einem halben Jahr die Kindergärten verboten, was gewiss nur auf ein Missverständnis zurückgehen kann. Deswegen wollte ich Sie bitten …«

Die erhobene Hand der Königin bedeutete ein knappes *Schweigt!* und ließ Baronin von Marenholtz-Bülow auf der Stelle verstummen.

»Kindergärten? Das ist Sache des Kultusministeriums. Bitte wenden Sie sich an Herrn Raumer.« Dazu ein Lächeln mit zwei deutlichen Wimpernschlägen, die jegliche Widerrede oder Nachfrage verboten. Selten hatte sich die Baronin so klein gefühlt. Nur sehr ungern zwang sie sich erneut zu einem tiefen Knicks. Er kam gerade rechtzeitig, da ein zünftiges Pochen den nächsten Gast ankündigte. Mit weit ausgebreiteten Händen ging der Besucher, der nun eintrat, auf die Königin zu und begrüßte sie mit dem Vornamen, während die Baronin sich fühlte, als sei sie unsichtbar. Geschlagen folgte sie dem Diener nach draußen. Kaum hatten sie den Flur betreten, versteinerte er. Der Klang gleichmäßiger Schritte am Ende des Flures zeigte den Grund. Der Kaiser und seine Ehrendelegation bewegten sich durch das Schloss. Rasch nahm die Baronin neben dem Diener Haltung ein und versteinerte ebenfalls zur

Statue, bis der Kaiser auf ihrer Höhe war und sie wieder knicksen musste. Sobald das einheitliche Klopfen der Absätze verklungen war, lösten sie sich aus ihrer Starre. Das war der Moment, wo die Stimmen aus dem Audienzzimmer nach draußen drangen.

»… dass ich mich für diese Kindergärten einsetze. Was denkt dieses Frauenzimmer eigentlich, warum wir sie verboten haben? Das fehlte noch, dass der Pöbel gebildet würde; da könnte man ihn ja noch viel weniger regieren!«

So dachte man hier also.

Unwillkürlich sah die Baronin zu dem Diener hin. Für einen Moment strauchelte er, da war diese Unsicherheit, ein Wanken zwischen Solidarisierung mit ihr und der fest verwachsenen Herrschaftstreue, doch viel zu schnell legte sich die Maske aus höflicher Distanz wieder über sein Gesicht, und er machte mit seiner weiß behandschuhten Hand eine präsentierende Geste in Richtung des Ausgangs.

Kapitel 56

Marienthal, 21. April 1852

Ein Jahr lang hatten sie alles versucht. Gekämpft. Hatte Luise vorher geglaubt, dass Friedrich viel Zeit an seiner Schreibtischgaleere verbrachte, hatte sie im vergangenen Jahr erst erkannt, wozu er wirklich imstande war. Unermüdlich war seine Feder über das Papier gekratzt, mit einem nahezu übermenschlichen Tatendrang hielt er die Flagge noch hoch, wenn sie selbst kaum mehr die Augen offen halten konnte. Er umschmeichelte die Gegner, zog die Wankelmütigen zurück, bekräftigte die Geschwächten, damit sie nicht aufgaben. Selbst wenn die klassischen Kindergärten, die rein nach ihren Prinzipien arbeiteten, verboten waren, bedeutete dies nicht, dass alle umgehend schließen mussten. Insbesondere, wenn die Erzieherin einer Konfession angehörte, konnte sie unter Umständen und mit reichlich Überzeugungsarbeit die Institution als eine Art Bewahranstalt weiterführen.

Wenn sie nur mutig genug war.

Denn was ein Kindergarten war und dass diese verboten waren, das war durch die öffentlichen Debatten nun deutschlandweit bekannt. Die Ironie bohrte sich täglich durch Luises Seele. Endlich hatten sie erreicht, wonach sie sich gesehnt hatten, doch nun haftete der Bezeichnung »Kindergarten« etwas Negatives an, als sei sie in den Dreck gefallen. Das Wort reihte sich ein in eine lange Reihe unflätiger Wörter.

Manchmal dachte Luise an ihren Schwager Gotthilf, wie er

jetzt hin- und hergerissen war zwischen Schadenfreude, da seine Vorhersagen exakt eingetroffen waren, und einer unbändigen Scham, da er mit einer Person, die eine der entschiedensten Verfechterinnen der Fröbelpädagogik war, verschwägert war.

Trotz aller Widrigkeiten kämpften sie weiter. Selbst den König von Preußen höchstpersönlich hatte Friedrich angeschrieben. Eine Versammlung mit den wichtigsten Pädagogen und Philosophen des Landes hatten sie einberufen in der Hoffnung, dass Preußen daraufhin das Verbot noch einmal prüfen würde. Ein jeder hatte sich für die Fröbelpädagogik und die Kindergärten ausgesprochen.

Trotzdem hatte sich ihre Lage nicht geändert.

Der Wind hatte sich noch nicht gedreht, wie Diesterweg sagte. Er war der festen Überzeugung, dass, solange kein Umschwung in politischen Dingen einträte, wenig auszurichten sei. Im Grunde genommen gar nichts. »Dass die Kindergärten sittlich und bildend wirken, daran liegt unseren Gegnern nichts«, sagte er. »Ihnen ist es ein Dorn im Auge, dass die Kindergärten nicht direkt in ihrem Sinne wirken. Das haben sie durchschaut. Sie müssten auch mehr als blind sein, um zu glauben, dass wir den Grundbaustein für den Absolutismus legen, nach dem sie streben. Sie erkennen ihre Lage ebenso klar wie wir unsere. Vermittlung ist zwischen solchen Gegensätzen nicht möglich. Da hilft kein Vertuschen, kein Drumherumreden, kein Konzedieren. Wir können nur hoffen, dass der Wind sich irgendwann dreht.«

Selbst die Baronin konnte trotz ihrer unermüdlichen Bemühungen und ihrer hervorragenden Beziehungen nichts Erfreulicheres berichten. Nach der Abkanzelung bei der Königin von Preußen hatte sie zwar eine Unterredung mit dem Unterrichtsminister von Raumer gehabt, allerdings war auch diese ergebnislos verlaufen. »Die Angst vor dem roten Gespenst ist so immens, dass es sie mit völliger Blindheit schlägt. Wie sonst ließe sich erklären, dass die Heilmittel gegen das Übel unserer Gesellschaft als Gift missverstanden werden?«, hatte sie nach dem Treffen verbittert gesagt.

Mit jedem weiteren ins Leere gegangenen Schwerthieb, die sie anfangs, getrieben von ihrer Rage, so schwungvoll ausgeführt hatten, war mehr und mehr Kraft aus Friedrich gewichen. Als hätte er sich letztlich mit jedem einzelnen Hieb selbst zum Bluten gebracht. Immer stärker. Bis alle Lebensenergie fast gänzlich aus ihm herausgesickert war. Ganz gleich, wie viele Schutzschilde Luise aufgestellt hatte, wie viel sie selbst eingesteckt hatte, welch Berge an Arbeit sie an sich gerissen hatte – die Gewissheit, dass sie nicht gewinnen würden, war nun allgegenwärtig.

Wenn sie das Essen in sich hineinzwangen.

Wenn Friedrichs Hülle mit der Wolldecke über den Knien am Fenster saß.

Wenn er an der Galeere saß, die Feder in der Hand, und sie doch nicht ins Tintenfass tauchte.

Wenn er bei den Bewegungsspielen nur am Rande sitzen blieb und nicht länger ihre Mitte bildete.

Deswegen war es Luise so wichtig, dass der heutige Tag ein besonders schöner wurde. Sein siebzigster Geburtstag. Vielleicht würde er dadurch neue Kraft schöpfen, durch die Erinnerung an seine lieben Freunde, die ihm zur Familie geworden waren und stoisch an seiner Seite standen. Alle würden heute bei ihnen zu Gast sein.

Am Vorabend hatten sie das gesamte Schloss mit grünen Kränzen und Topfpflanzen geschmückt. Nun hatten sie sich für die erste Überraschung vor seiner Tür versammelt. Die Gäste waren so zahlreich, dass sie den gesamten eisigen Flur ausfüllten.

»Bereit?« Luise sah zu den Schülerinnen, die vorne in der Ansammlung standen. Heute waren alle in Weiß gekleidet, mit Bändern in den Farben des Regenbogens und grünen Kränzen im Haar. Marieke, die Einzige, die Luise aus dem zweiten Jahr erhalten geblieben war, hatte das Orangenbäumchen im Arm, für das sie alle zusammengelegt hatten. Da ihre Kindergarteneröffnung zurückgezogen worden war, unterstützte sie nun die Ausbildungsstätte, die im kleinen Rahmen fortgeführt wurde. Hinter den Schülerinnen kamen die Freunde. Middendorff, Langethal, Barop, Diesterweg und die Baronin, selbstredend, sowie zahlreiche gute Seelen aus dem Dorf und andere lieb gewonnene Wegbegleiter.

Auf ein Zeichen hin setzten alle zu dem Lied an, das sie eigens für Friedrich komponiert und gedichtet hatten, und weckten ihn damit. Seine Augen glänzten, als er den Tönen lauschte und sah, wer alles ihm zu Ehren angereist war. Die Lehrer legten ihm unter ihrem Gesang einen Kranz aus Efeu, Myrte und Immergrün um.

Auf dass sein Leben noch lange währen möge!

Doch warum schmeckte dieser Wunsch so schal? Luise schüttelte die Frage ab, bat alle an die lange Tafel, die sie im größten Klassenraum errichtet hatten, und sie frühstückten so ausgiebig, dass es in das Mittagessen überging. Am Nachmittag kamen die Kinderscharen aus dem Dorf, jeder wollte Friedrich gratulieren und eine Kleinigkeit aus der Natur überreichen. Der Postbote brachte einen riesigen Korb voller Briefe und Päckchen aus ganz Deutschland, und den ganzen Tag über herrschten Trubel und Heiterkeit.

Auch Luise hätte ihrer Freude gern freien Lauf gelassen, doch sie behielt die Zügel in der Hand. Wollte sich nicht zu sehr auf das frohe Treiben einlassen, denn Friedrichs Lebensgeister waren durch die allgemeine Heiterkeit nicht wieder zum Leben erwacht. Ein fürchterlicher Gedanke, und doch war da die Gewissheit, dass es auf das Ende zuging. Er schlug wie ein regelmäßiger Paukenschlag auf sie ein. Färbte ihr Lächeln. Ganz gleich, wie sehr sie diese erschreckende Erkenntnis zurückdrängte.

Am Nachmittag trat Friedrich dicht an Luise heran. »Lass uns gehen. Hinauf auf den höchsten Gipfel, nur du und ich. So wie früher.«

Sie zögerte. *Schaffst du das denn auch, übernimmst du dich nicht?*, wollte sie fragen, doch ein Blick in seine Augen belehrte sie eines Besseren. Es war das, was er jetzt brauchte. Sie willigte ein und holte ihre Mäntel. Ohne viele Worte bestiegen sie den großen Inselberg, deuteten nur hin und wieder auf die Schönheiten der Natur. Hoch oben ließen sie das Panorama auf sich wirken, saugten es in sich auf, um es sicher zwischen den anderen schönen Erinnerungen verstauen zu können. Erst dann wandten sie sich einander zu, hielten sich an den Händen und legten die Stirn aneinander. Wohltuend und unendlich schmerzlich zugleich. Das Herz blutete. Erst jetzt verstand Luise, was dies wirklich bedeutete, wie es sich anfühlte.

Versprich mir, dass du diesen Augenblick nie wieder vergisst. Seine Worte in ihren Gedanken. Auch ohne, dass er sie aussprach. Weiche von mir, elendiger Schmerz. Konnte man ihn austreiben wie den Teufel? Sie wollte nicht, dass er die Schönheit ihrer Erinnerung beschmutzte. Lange, lange hielten sie auf diese Weise inne. In stiller Lebenseinigung, nach der Friedrich stets strebte.

»Luise.« Seine Stimme so leise und rau, dass sie zunächst dachte, es sei ein Klang der Natur. Nur seine Bewegung ließ sie aufblicken, sein Blick war bereits da, verband sich mit ihrem. »Versprich mir eines. Lass die tausend Stimmen da draußen nicht deine innere Stimme übertönen. Selbst wenn sie schreien. Sie plappern einander nach und hinterfragen selten, was sie sagen. Sei mutig und vertrau darauf, dass du den Weg kennst. Du hast ein verlässliches und gutes Herz, sei dir dessen stets bewusst.«

Mit ebenjenem Herzen antwortete sie. Auch wenn der Schmerz es immer wieder zusammendrückte. Fest hakte sie sich unter, als es über die grasbewachsenen Wege wieder bergab ging, unsicher, wer hier eigentlich wem Halt gab.

Zurück im Schlösschen, war die Stimmung ausgelassen – mit einem Hauch Anspannung. Auch Friedrich merkte es und ließ nicht locker, bis er den Grund dafür erfuhr. Dann pfefferte er die Zeitung auf den Tisch, und Luise warf einen hastigen Blick darauf. Ein neuerlicher Artikel, der Friedrichs Stellung zur Religion angriff.

Mit gespreizten Fingern fuhr er sich durch das Gesicht und griff nach Luises Hand. »Verzeih mir, aber ich … Es war eine wunderschöne Feier, alles war wie aus einem Guss. Sie hat mich sehr glücklich gemacht.«

Sie zwang sich zu einem Lächeln. Es war das, was ihn seit jeher ausgemacht hatte. Er konnte nicht anders. Liebte sie ihn nicht dafür? Trotzdem ließ sie seine Hand nicht los, als er den Weg zu seiner Schreibtischgaleere antrat. Ihre Arme streckten sich, die Finger glitten aneinander vorbei, und schließlich fielen die Arme herab, und die Verbindung war gelöst. Er würde die restlichen Feierlichkeiten verpassen und stattdessen im flackernden Schein der Öllampe an seinem Schreibtisch sitzen und keine Ruhe lassen, bis er mit seinen letzten Kraftreserven eine pointierte Erwiderung geschrieben hatte.

Kapitel 57

Marienthal, 1852

Obwohl sie wegen des frühen Aufstehens gehadert hatte, war Luise jetzt erleichtert, als die Tischuhr endlich 3:30 Uhr anzeigte. Kein Auge hatte sie zugetan, aus Angst, die Aufstehzeit zu verpassen. Nach dem angespannten Warten war sie nun froh, das Bett verlassen zu können. Sanft tätschelte sie Friedrichs Arm, wurde nachdrücklicher, als er nicht reagierte. »Es ist so weit, wir müssen aufbrechen.« Es dauerte noch einige Momente, bis er aus der Nebenwelt der Nacht zurückkehrte. Sie wusste, dass es ein Fehler war, aber er hatte darauf bestanden, den ersten Zug zu nehmen.

Es war Juni, das Pfingstwochenende lag vor ihnen und damit ihr erster Hochzeitstag, doch es blieb keine Zeit zum Feiern. Die nächtliche Kühle ließ Luise erzittern, nachdem sie das Federbett zurückgeschlagen hatte, die dicken Steinwände des Schlosses hielten die kalte Luft lange fest. Rasch griff sie nach ihrer Strickjacke und hastete zum Stuhl, um ihm seine Kleider ans Bett zu bringen. Er wollte nicht, dass sie ihn bediente. Sie wollte nicht, dass er fror. Kalt wurde es auf dem Weg zum Bahnhof trotzdem. Über drei Stunden liefen sie, um in Wutha den ersten Zug nach Göttingen zu erreichen, wo die Lehrerversammlung tagte. Sie wollten die Gelegenheit nutzen, um noch einmal Werbung für die Kindergärten zu machen, und bestenfalls noch mehr Unterstützer gewinnen – oder die bereits vorhandenen zumindest auf ihrer Seite zu halten.

»Was ist, wenn sie sich gegen uns wenden?«, fragte Friedrich, als sie endlich im Zug durch die Natur sausten. Seine Haut war so bleich, als wäre er reisekrank, doch er beschwerte sich nicht. Luise griff nach seiner Hand, die noch immer viel zu kalt war. »Dann haben wir es zumindest versucht. Es hätte dir ansonsten ohnehin keine Ruhe gelassen«, sagte sie schalkhaft, aber beide wussten, dass es wahr war. Er konnte nicht anders als kämpfen, selbst ohne Kraft. Und ohne Erfolgsaussichten.

Es war, als habe man sie in ihren Bemühungen wieder um Jahre zurückversetzt, wo niemand etwas von diesem demokratischen Unsinn namens Kindergarten hatte hören wollen. Das Kindergartenverbot hatte zwar nur für Preußen gegolten, doch neben Bayern hatten sich immer mehr Nachbarländer von der Furcht vor der vermeintlichen Brutstätte des Atheismus anstecken lassen. Luise dachte an den Stapel von Briefen auf Friedrichs Schreibtisch. All die Erzieherinnen, die von den Schließungen ihrer Kindergärten berichteten oder täglich deswegen bangten. »Nur ja nicht *Kindergärtnerin!*«, solle Friedrich auf den Briefumschlag mit seiner Antwort schreiben, hatte eine gefleht. Eine solche Bezeichnung könnte höchst unliebsame Folgen nach sich ziehen. Falls niemand mehr etwas mit ihnen zu tun haben wollte, wäre dies nicht verwunderlich. Letztlich war ihnen ihr freundschaftliches Verhältnis zu Diesterweg, der sich bei den Behörden unbeliebt gemacht hatte, zum Verhängnis geworden. Ohne die Lobpreisungen in seinem Jahrbuch wären diese womöglich nicht auf die Kindergärten aufmerksam geworden. Sie konnte nur darauf hoffen, dass Friedrich wieder einmal mit seinen flammenden Reden das Feuer würde entfachen können. Nur hoffentlich verausgabte er sich nicht zu sehr. Obwohl die Sonne nun hoch am Himmel stand, wirkte er noch immer, als stehe er im fahlen Licht der Dämmerung.

In Göttingen angekommen, fuhren ihnen vier Kutschen vor der Nase weg, da sie es nicht so schnell wie die anderen Fahrgäste aus dem Zug geschafft hatten. Luise ließ sich ihren Unmut darüber nicht anmerken, dass niemand auf die Schwierigkeiten einer älteren Person Rücksicht nahm, und winkte nach einer Wartezeit die nächste Droschke heran, die vorbeifuhr. Die Kirchturmuhr zeigte, dass die Versammlung bereits seit anderthalb Stunden tagte, und ihre Ungeduld wuchs, als sie nicht so zügig wie erhofft durch den Stadtverkehr kamen.

Schließlich erreichten sie das Versammlungsgebäude mit den vier mächtigen Säulen vor dem breiten Eingangsportal. Luise war inzwischen so nervös, dass sie nicht einmal mehr von dem eindrucksvollen Gebäude oder dem Stadtleben eingeschüchtert werden konnte. Sie half Friedrich aus der Droschke, geleitete ihn durch die langen Gänge und fragte sich zum Versammlungssaal durch. Sie schluckte, als sie vor der Tür mit der goldenen Klinke standen. Wie würden all die Gelehrten, die Lehrer, Philosophen und Pädagogen reagieren, wenn sie beide, die Staatsfeinde, die auch ein Jahr später noch nicht rehabilitiert worden waren, hier eintraten? Waren sie überhaupt noch berechtigt, dabei zu sein? Oder würde man sie des Hauses verweisen?

Sie lächelte Friedrich fröhlich an, doch ihre Hand zitterte, als sie auf das kühle Gold des Türknaufs traf. Die Tür ging nicht sogleich auf, Luise rüttelte daran. Hatte man abgeschlossen, als klar war, dass sie sich verspäten würden? Nein, sie klemmte nur. Still dazuzustoßen war ihnen auf diese Weise allerdings nicht geglückt. Der Redner am Kopfende des Saals verstummte, als sie eintraten. Zweihundert Köpfe wandten sich in ihre Richtung, vierhundert Augen musterten sie. Stille. Luises Körper war vollkommen angespannt. Sie wollte zu Friedrich sehen, hielt dem Blick der Masse jedoch stand. Dann ein Geräusch, das sie nicht sofort einordnen konnte. Es war zu laut. Erst in der Vielzahl ergab es Sinn. Ein Teilnehmer nach dem anderen stand auf. Es wurde lauter. Bis zweihundert Menschen dastanden. Große wie kleine, junge wie alte. Und sie klatschten. Durch ihren Applaus erwiesen sie Friedrich mitten in der laufenden Versammlung eine der deutlichsten Ehrenbezeugungen, die es gab. Mit der ganzen Hand musste Luise sich die warmen Tränen von den Wangen wischen, und als sie die Dankbarkeit in Friedrichs Gesicht sah, legte sich eine Gänsehaut auf ihre Schultern.

Kapitel 58

Rückweg nach Marienthal, 1852

Sie verließen die Versammlung trotz dieses unvergesslichen Willkommens bereits nach zwei Tagen, noch bevor sie zu Ende war. Friedrich wurde regelmäßig von einem dumpfen Husten geschüttelt und schien trotz mehrerer Kleiderschichten zu frieren. Er widersetzte sich Luises sanftem Drängen nicht länger. Zurück in Wutha, bestand sie trotz des knappen Geldes auf eine Droschke. Die heimatliche Landschaft wusste wieder zu bezaubern, aber er schwieg. Schnäuzte lediglich von Zeit zu Zeit die Nase, hielt sich fest, wenn er hustete. Wo mochte er sein mit den Gedanken? Sie holte ihn nicht zurück, sondern gönnte ihm jede Ruhe und Zuflucht, die er sich suchte. Nur auf der Höhe des Glöckli, wo sie schon so viele schöne Stunden verlebt hatten, bat er den Kutscher zu halten. Er quälte sich mit ihr hinaus, und Schritt für Schritt stiegen sie bergauf. Heute mit kleinen Schweißperlen auf seiner Stirn. So viele Verschnaufpausen. Und doch war sie nach jedem Schritt unsicher, ob er einen weiteren schaffen würde.

Endlich waren sie oben.

Die dunkelgrünen Wipfel der Tannen zwischen den lindgrünen Wiesen. Die Dörfer im Tal wie hingetupft. Der graue Streifen aus Bergen am Horizont. So schön, so vertraut und heute doch so anders.

»Ich möchte wohl, dass hier einmal mein Name steht, wenn ich nicht mehr bin«, sagte er.

Sie bewegte den Kopf. Senken und heben. Er musste so schnell wie möglich zur Ruhe kommen. Sie wollte nicht gehen, sie wollte nicht bleiben. Irgendwie schafften sie den Rückweg, und als sich endlich das Schlösschen in der Ferne abzeichnete, wurde Luise leichter zumute. Vielleicht würde es ihm nach einigen ruhigen Nächten ja wieder besser gehen. Eine Hoffnung so groß wie das Schloss. Dort jubelten die Schülerinnen über ihre Rückkehr, als seien sie Monate fort gewesen. Sie hatten alle Zimmer mit frischem Grün geschmückt. Luise beorderte Friedrich umgehend ins Bett, kochte Kamillentee und machte trotz des Frühsommers ein Feuer im Ofen an.

Dennoch waren seine Bewegungen auch in den kommenden Tagen von Langsamkeit geprägt. Das Ankleiden dauerte eine halbe Stunde. Der Weg in die Küche zwanzig Minuten. Die Allgegenwärtigkeit des möglichen Abschieds machte die beigefarbenen Alltagsmomente so kostbar, so klar umrissen und greifbar, dass sie sich wie Perlen auf einer Kette verbanden. Eine Kette der letzten Male. Das erste Lächeln nach dem Aufwachen. Der Morgengruß mit kratziger Stimme. Das Knistern der Zeitung, wenn er blätterte. Die Tür, die er ihr trotz allem aufhielt. Jede einzelne Perle sollte sie umso mehr wertschätzen, in Ehren halten. Trotzdem wollte sie sie weit von sich schleudern.

Luise gab den Freunden und der Familie Bescheid, jeden Tag kamen Kinder aus dem Dorf und brachten Geschenke aus der Natur. Als die kleine Martha ihm einen Feldblumenstrauß reichte, konnte er nicht mehr zum Dank ihre Hand drücken.

Schließlich verließ er das Bett nicht mehr. Er spürte, dass er endgültig gehen musste, und so spürte sie es auch. Wollte nicht. Wollte schreien und wüten, wie ein Kind. Es war zu früh. Sie wollte den Gedanken nicht wahrhaben, drückte ihn weit fort, ließ ihn nicht mehr herein. Doch er kehrte zurück. Klopfte gehässig an die Fenster und glitt gespenstergleich durch die Wände.

Es würde geschehen.

Es war unabwendbar.

Ganz gleich, was sie wollte und hoffte.

Wie immer blieb er die Ruhe selbst, erfreute sich durch das geöffnete Fenster an der Natur, nahm das Leben, wie es kam. Vertraute auf Gott. Versuchte, ihr die Last zu nehmen. Erinnerte sie, dass sie schon einmal getrennt gewesen waren. Dass ihre Bindung so stark war, dass selbst der Tod sie nicht brechen würde. War die lange Trennung, während der sie in Rendsburg gewesen war, nur eine Vorbereitung auf das, was nun folgen würde? Dennoch war es vollkommen anders; das, was nun bevorstand, würde sie nicht schaffen.

Es würde sie zerbrechen.

»Luise.« Er rief sie aus ihrer rastlosen Verzweiflung zu sich, und sie setzte sich auf die viel zu weiche Matratze. »Ich weiß, dass du immer dachtest, du seist schwach. Klein. Weil dir das so vermittelt wurde. Aber was die anderen sagen, was sie sehen und denken, muss nicht die Wahrheit sein.«

Sie schüttelte den Kopf. Abschiedsworte holten den Abschied lediglich näher heran. Sie wollte keinen Abschied nehmen, es gab noch so viel, was sie zu bereden hatten. Das Atmen schmerzte. Sie konnte sie nicht tragen, die Last der ungesagten Worte. All die Gespräche, die sie noch nicht geführt hatten.

Und doch – unaufhaltsam eilte er dem Abschied entgegen. »Schau mich an. Meine Schweigsamkeit in jungen Jahren, als ich versucht habe, die Welt zu erfassen, wurde zu jener Zeit als Argwohn gedeutet. Ein Sonderling sollte ich sein. Aber lehrt uns nicht die Natur, dass die Dinge nicht so sind, wie sie scheinen? Wer vermutet ein solch faszinierendes Innenleben, wer den Amethyst von außen betrachtet?«

Wieder schüttelte sie den Kopf. Die Masse an Gefühlen drohte sie zu überwältigen. Ihm zuliebe wollte sie sie zurückdrängen, doch das Zittern zwängte sich bereits in ihre Unterlippe, drohte ihre Oberfläche aus vermeintlicher Stärke zusammenbrechen zu lassen.

»Aber bist du nicht deinen Weg gegangen?«, fragte er mit einer schmerzenden Zärtlichkeit in den Augen. »Ganz ohne Rüstzeug? Hast nicht auch du ohne jegliche Förderung als Kind, ohne Hochschulbildung erkannt, was die Kinder benötigen? Was sie wirklich brauchen statt Strenge und Gehorsam? Ist die Stärke nicht noch viel größer, wenn man ohne Waffen kämpft? Zeigt sich nicht wahre Kraft, wenn man es trotz allem wagt? Du bist eine Kämpferin. Bitte vergiss das nie.«

Da war sie wieder. Die Bitte, etwas auf ewig zu verinnerlichen. Hatte er sie so oft an sie herangetragen in weiser Voraussicht auf diesen Tag? Weil er wusste, dass ihnen nicht mehr viel Zeit blieb?

Luise konnte sich nicht bewegen, sie benötigte ihre ganze Kraft, um einfach zu *sein*.

»Verlacht haben sie mich. Beschimpft als Teufelsbraten, trotzigen Draufgänger. Hochmütig und undankbar war ich angeblich. Und dann haben sie mir alles genommen. Aber ich weiß, dass ich recht habe. Es ist alles da draußen … In der Natur. In Gott. Und die Natur lügt nicht. Auch wenn meine Ideen nun versickern werden wie Regenwasser. Als hätten sie keinerlei Gehalt.«

Jetzt endlich erwachte Luise aus ihrer Starre. Sie spürte, dass sie ihm Kraft spenden musste. »Du hast etwas Großes geschaffen. Und ich werde dafür sorgen, dass es niemals in Vergessenheit gerät«, flüsterte sie.

Ein minimales Kopfschütteln. Wollte er nicht, dass sie weiterkämpfte? Dachte er, sie hätte nicht die Kraft dazu?

»*Wir*, Luise. Meine Menschenerziehung funktioniert nicht ohne die entsprechende Ausbildung der Kindergärtnerinnen. Und das war deine Idee. Die Spielgaben wären nur halb so ausgereift ohne deine Anregungen. Ich brauchte dich als ergänzendes Element, damit unser geistiges Kind, der Kindergarten, sich verbreiten konnte. *Wir* haben etwas Großes geschaffen. Und wenn es dir irgendwie möglich ist ... Ja, bitte sorge dafür, dass unsere Idee weiterlebt.«

Sie rang die Tränen nieder, um es ihm guten Mutes zu versichern, wusste, dass sie alles geben würde. Sie würde kämpfen, bis der Wind sich gedreht hatte, doch der nahende Abschied war nun so übermächtig, dass er sie erdrückte.

Friedrich strich ihr über die Wange. »Ich bin nicht mehr da, aber du wirst mein Andenken weiterhin spüren. Du findest mich in den frühen Sonnenstrahlen, bevor die Welt erwacht. In den ersten Knospen des Frühlings. In Worten der Dankbarkeit. In all den Dingen, die wir gleichermaßen zu schätzen wussten und die für unsere erste Verbindung gesorgt haben«, erinnerte er sie, und sie nickte mit brennender Kehle.

Sie hatte gewusst, dass der Zeitpunkt kommen würde. Ein unvermeidlicher Teil des Lebens, der dieses so kostbar machte. Niemand ging eine Beziehung mit einem wesentlich älteren Menschen ein, ohne sich dies bewusst zu machen. Dennoch hatte sie gehofft, dass sie mehr Zeit haben würden. Für nur einen Hauch mehr hätte sie alles gegeben. Nur einige weitere Meter des gemeinsamen Weges. Ein paar Schritte. Einen einzigen. Gleichzeitig wusste sie, dass es immer zu früh sein würde, wenn man jemanden gehen lassen musste, den man liebte.

Aber jetzt, heute, war es definitiv zu früh. Der Sommer fing gerade erst an. *Nur diesen Sommer noch,* bettelte Luise in Gedanken. Doch Gedanken waren machtlos. Und Friedrich war bereit. Er hatte letzte Anordnungen getroffen, sich seinen Patenbrief vorlesen lassen, die Freunde ins Zimmer gerufen.

»Ihr müsst nun zusammenhalten«, sagte er mit schwacher Stimme zu Middendorff und Barop vor einer Kulisse aus viel zu lieblichem Vogelgezwitscher. »Kümmert euch um Luise«, jetzt drückte er mit überraschender Kraft ihre Hände, »und lebt den Kritikern unsere Werte in Keilhau vor.«

Alle nahmen sich zusammen, um die gleiche Stärke zu zeigen, wie er sie in sich trug. Es wurde viel gelächelt, auch wenn ihre Augen sie dennoch verrieten. Jeder gab letzte Versprechungen, suchte verzweifelt nach den schönsten Worten, die man jemandem zum Abschied mitgeben konnte, der ein endgültiger sein würde.

»Mein Leben war sehr ausgefüllt«, sagte er im behutsamen Licht der Abendsonne, die die weißen Wände rosé leuchten ließ. Er lächelte einen nach dem anderen an und verweilte mit dem Blick schließlich bei Luise. Durch seine Augen schickte er ihr wunderschöne Abschiedsworte, beteuerte ihr seine Liebe und wie glücklich er war, dass sie sich gefunden hatten. Endlich wirkte er wieder strahlend. Und mit dem Untergang der Sonne verließ auch er ihre Welt.

Kapitel 59

Marienthal, 1852

»Es ist so dunkel, als würde die Natur selbst trauern«, sagte Marieke, die am Fenster stand. Ihre Stimme war so tonlos, wie Luise sich fühlte. Die grauen Wolken hatten sich zwar ihrer Last entledigt, doch sie verdeckten den Himmel noch immer. Luise war dankbar für das scheinbare Innehalten der Natur; strahlender Sonnenschein und surrende Bienen hätten die Unerträglichkeit dieses Tages nur betont.

Marieke kam herüber, als die Kutsche auf den Hof gefahren kam, reichte Luise die Hand zum Aufstehen und wich den restlichen Tag nicht mehr von ihrer Seite. Sie lenkte sie mit sanften Bewegungen zu den Dingen, die erledigt werden mussten, sodass Luise hinter dem Nebel bleiben konnte. Anwesend und doch nicht da. Bei der Fahrt zur Kirche. Dem letzten Blick auf den … *Leichnam.* Dieser leblose Körper mit dem friedlichen Lächeln im Eichensarg mit weißem Polster, der angeblich ihr Mann sein sollte. Umgeben von zarten Gewinden aus Blumen und Sträuchern, die er so liebte. Auf seinem Herzen ruhte ein Myrtenkranz, den eine Kindergärtnerin gebunden und im Namen aller Schülerinnen dort hingelegt hatte.

Nutze die Gelegenheit, um seine edlen Züge unauslöschlich abzuspeichern, hatte Middendorff neben ihr gesagt. Aber sie hatte die Erinnerungen, die sie bewahren wollte, bereits verstaut. Den echten, lebendigen Friedrich.

Der Sargdeckel wurde aufgelegt, und obwohl der leblose Körper ohnehin schon nicht mehr ihr Friedrich war, flossen die Tränen nun stumm über Luises Wangen. Ein leichtes Ziehen an ihrem Arm zeigte, dass es Zeit zum Niederknien war. Sie genoss die Härte der Gebetsbank regelrecht, die fest gegen ihre Beine drückte. Auf der Anrichte lagen drei Kränze, in der Mitte der Lorbeerkranz, den ein unbekannter Befürworter gestiftet hatte, oben und unten ein Eichenkranz, der an die beiden Säulen, auf die Friedrich in seinem Leben gebaut hatte, erinnern sollte. Der Kampf für ein geeintes Land und Gottvertrauen.

Die Trauerrede wäre ergreifend gewesen, wurde Luise im Anschluss versichert. »Von den einen geliebt, verehrt, bewundert, gepriesen, von den anderen missverstanden, verkannt, gelästert und verdammt, schwingt er sich über alle und eilt aus dieser Welt«, hatte der Pfarrer gesagt. *Eilt aus dieser Welt.* Mehr hatte sie in der verbliebenen Zeit nicht mehr denken können, nur der schmerzhafte Satz kreiselte unnachgiebig durch ihren Kopf.

Er ist fort.

Der Gedanke war so unfassbar, dass sie ihn wohl oft hören musste, um ihn zu verstehen. Fort. Ab sofort war sie ganz auf sich gestellt.

Die Grenzen der nächsten Tage flossen ineinander. Sie hielt sich an die Arbeit, packte Kiste um Kiste im gespenstisch leeren Schloss, das die Schülerinnen bereits verlassen hatten. Luise und Marieke würden mit Middendorff und Barop nach Keilhau gehen.

Ein letztes Mal ging Luise zum Friedhof, legte eine Hand auf den Grabstein, den Friedrichs Schüler Ernst Luther eigens für ihn gefertigt hatte. Die zweite Spielgabe: Kugel, Walze und Würfel aufeinandergestellt, sie konnte sich nichts Passenderes als Andenken für Friedrich vorstellen. Der Stein war dennoch kalt, und sie konnte seine Präsenz nicht spüren, wie er es versprochen hatte.

In Keilhau angekommen, umfing sie die schmerzhafte Vertrautheit. Hier hatte alles angefangen. Sie freute sich, die alten Freunde wiederzusehen, und wusste doch nicht, wie sie jemals wieder froh werden sollte.

»Und nun?« Marieke sah sie aus ihren Puppenaugen an. »Möchtest du … möchtest du, dass ich gehe?«

Bei dieser Vorstellung zog sich alles in Luise zusammen. Sie wollte nicht auch noch ihre liebste Freundin verlieren.

»Ich … ich will dir nicht zur Last fallen«, erklärte diese zögerlich. »Du hast so viel zu regeln, so viele Gedanken in deinem Kopf, und ich weiß, dass du mich bei all deinen Freunden hier nicht brauchst.«

»Möchtest du denn gehen?«

Ein hörbares Einatmen. »Nach Hamburg? Nie im Leben. Mit dieser Stadt verbinde ich nur schlechte Erinnerungen, dorthin möchte ich nie wieder zurückkehren. Außerdem möchte ich nach euren Ideen mit Kindern arbeiten, meinen Beitrag leisten, dass sich eure Menschenerziehung weiterverbreitet. Friedrichs Andenken bewahren und verbreiten.«

Zum ersten Mal seit Tagen lächelte Luise wieder. Zart, aber es war sichtbar. Das war es, was wichtig war. Was Friedrich getan hätte. Weitermachen. Weiterkämpfen. Auch ohne Kraft. Hier in Keilhau konnten sie nicht viel ausrichten. Sie hatte zwar vorgeschlagen, die Ausbildungsstätte auf dem Gelände fortzuführen, doch es fehlte nicht nur der Platz. Middendorff und Barop fürchteten auch um den Ruf der Schule. Sie wollten nicht riskieren, dass auch ihr Lebenswerk, das sie von Friedrich übernommen hatten, ins Kreuzfeuer geriet. Ihr Witwengeld sollte für eine kleine Ausbildungsstätte reichen, langfristig würden sie schließlich Beiträge von den Eltern bekommen. Frischer Mut floss durch ihre Adern, und sie sah Marieke fest an.

»Dann lass es uns angehen.«

Noch am selben Tag suchte sie Barop auf, von dem sie wusste, dass er ihr das Witwengeld, das Friedrich ihr vermacht hatte, aushändigen sollte.

»Luise«, sagte er mit einem Lächeln und erhob sich von seinem klobigen Schreibtisch mit der tannengrünen Schreibunterlage. Sie fragten einander nicht mehr nach dem jeweiligen Befinden, wussten um den Schmerz des Gegenübers. »Was kann ich für dich tun?«

Die Standuhr tickte im Hintergrund. Luise knetete den geblümten Stoff ihres Rockes, der auf ihren Knien lag. Geld war kein einfaches Thema. Aber wenn sie eine neue Ausbildungsstätte eröffnen wollte, benötigten sie es.

»Friedrich sagte mir, dass ich mich an dich wenden soll. Wegen des Geldes, das er mir hinterlassen hat.«

»Das ist richtig.« Er griff nach seiner Brille, die neben dem Karteikasten lag, und rückte näher an den Schreibtisch heran. »Ich wäre damit in den kommenden Tagen ohnehin an dich herangetreten.«

Sie ließ den mittlerweile zerknitterten Stoff ihres Kleides wieder frei. »Das ist schön.«

Er räusperte sich, legte beide Arme auf den Tisch und rückte noch näher heran. Nahm die Brille wieder ab, klappte die Bügel umständlich ein. »Es gibt da allerdings gewisse Schwierigkeiten.«

»Schwierigkeiten? Friedrich sagte mir, dass du sein Geld verwaltest.«

»Ja, das ist auch so.« Unter dem Tisch verhakten sich seine Beine. »Nun ist es jedoch so, dass er in seiner Zeit hier nicht unbeträchtliche Schulden gemacht hat. Selbst wenn ich das, was er als Witwengeld vorgesehen hat, gegenrechne, bleibt der Schuldenberg noch immer beträchtlich.«

Er hatte die ganzen Schulden nie abgebaut? *Ach, Friedrich.* Sie strich sich die Haare aus dem Gesicht, unsicher, was jetzt von ihr erwartet wurde.

»Du wirst verstehen, dass ich dir unter diesen Umständen das

Geld nicht aushändigen kann? Ich muss im Sinne der Schule handeln.«

Ja, sie verstand. Sie war nicht nur Witwe, sie war zudem vollkommen mittellos.

Kapitel 60

Keilhau, 1853

Marieke konnte die Luise, die sie im Dorfladen von Liebenstein kennengelernt hatte, schon seit Friedrichs Tod nicht mehr wiedererkennen. Doch dass ihr nicht einmal eine kleine Rente blieb, hatte die Freundin endgültig zu Boden gedrückt. Tagelang suchten sie nach einer Lösung, so auch heute, als sie langsam durch Blankenburg spazierten.

Als sie ein orangerotes Gebäude passierten, hellte sich Luises Gesichtsausdruck auf. »Hier hat alles angefangen, das ist der erste Kindergarten der Welt.«

Mit frischem Interesse begutachtete Marieke das Haus. Im unteren Bereich war es einfach nur grau und hatte eine Doppeltür mit Kassettenfächern. Vier Reihen weißer Fenster, einige groß, andere klein. An sich nichts Besonderes. Und doch war hier der Grundstein für etwas so Großes gelegt worden. Genau wie die alles verändernde Erkenntnis, dass Kinder nicht lernen wie Erwachsene, sondern sich die Welt durch Spielen erschließen, im Grunde genommen recht einfach war. So wie auch Friedrichs Spielgaben. Aber sie hatte höchstpersönlich mitbekommen, wie Erziehung aussah, wenn diese Dinge nicht berücksichtigt wurden. Mit seinen Überlegungen hatte er so viel für die Menschheit getan, selbst wenn die Erkenntnis, dass Menschen nicht von Natur aus sündhaft veranlagt sind, von den großen Philosophen gekommen war. Er hatte diese Erkenntnis auf die Kinder und die Erziehung angewandt. Und in diesem schlichten Gebäude hatte alles seinen Anfang genommen.

Abrupt blieb Marieke stehen. »Wie wäre es denn, wenn wir statt einer ganzen Erziehungsanstalt erst mal einen Kindergarten eröffnen?«

Luise war ebenfalls stehen geblieben und hatte den Kopf leicht schräg gelegt. Auf ihrer Stirn erschienen feine Runzeln, während ihr Blick über das Gebäude wanderte.

»Ich weiß, es ist nicht viel, um die Idee zu verbreiten«, führte Marieke den Gedanken weiter. »Aber es wäre besser als gar nichts. Und in Sachsen wäre es möglich.«

In Hamburg ebenso, aber in diese Stadt würden sie keine zehntausend Pferde zurückbringen. Außerdem fürchtete Luise sich vor Großstädten, und das war durch ihre Erzählungen nicht besser geworden. Dresden wäre daher sicherlich die bessere Wahl. Die Stadt war deutlich kleiner, nicht so weit weg und sollte malerisch schön sein. Zudem ging es dort ohne Hafen bestimmt nicht ganz so überlaufen und schnelllebig zu wie in Hamburg. Auch in Sachsen wäre ein solches Vorhaben jedoch vermutlich ein Wagnis. Nach dem Scheitern der Revolution war überall die Macht der Monarchen wiederhergestellt worden. Seitdem war die Zensur nicht nur wiedereingeführt, sondern sogar verschärft worden. Soziale Reformen wurden zurückgenommen, und jegliche liberale Tendenzen wurden unterdrückt. Mit aller Macht wurde versucht, die alte Ordnung wiederherzustellen.

Da war Dresden keine Ausnahme.

Dem Hörensagen nach hatte der Außen- und Kulturminister von Sachsen sogar ein schwarzes Buch mit den Namen aller, die sich verdächtig gemacht hatten, anlegen lassen. Offenbar versorgte er die Reaktion der gesamten deutschen Länder, also die Autoritäten, die die alte Ordnung wiederherstellten, mit seinen Listen. Wenn sie hier negativ auffielen, wären sie auf ewig und überall gebrandmarkt. Doch das wäre es ihr wert. Für die Kinder. Jeder Kindergarten bedeutete eine Bewahranstalt weniger. Und für Luise. Wenn sie eine konkrete Aufgabe hätten, würde ihre liebe Freundin sich vielleicht nicht mehr jeden Tag ihrer Trauer hingeben. Erst gestern war sie Luises Blick gefolgt, der zu den Fenstern der Küche gegangen und danach voll Traurigkeit gewesen war. Wie sollte sie je den Schmerz und die Trauer abschütteln, wenn selbst Fenster sie traurig machten?

»Das ist wahr. Kindergärten sind dort nicht grundsätzlich verboten, werden jedoch besonders kritisch beobachtet. Und ich fürchte, mit meinem Namen …«

Es musste schwer sein. Mit so viel Stolz hatte Luise den Namen Fröbel getragen. Wenn man die zwei zusammen erlebt hatte, musste man unweigerlich lächeln, da sie so herzlich miteinander umgegangen waren, man spürte sofort eine eigene Sehnsucht im Bauch. Niemals hätte Marieke sich vorstellen können, sich für einen so viel älteren Mann zu erwärmen, aber die beiden teilten eine Verbindung, die alles andere zur Nebensächlichkeit werden ließ. Und nun war sein Name zu einer Art Schandmal geworden.

Marieke legte ihre Hand auf Luises Arm. »Dann machen wir es unter meinem Namen.«

Kapitel 61

Dresden, 1853

»Wieder nichts.« Luises Kopf surrte, die neuerliche Ernüchterung war nur schwer zu ertragen. Seit einem Monat waren sie in Dresden. Eine trubelige Stadt, in der Luise sich jeden Tag unwohl fühlte, aber immerhin noch übersichtlich und nicht ganz so groß wie Hamburg oder Berlin. Sie hatten sich für so etwas Modernes wie einen Kindergarten in einer Stadt größere Erfolgschancen ausgerechnet als auf dem Land, da dort oft eher traditionell gedacht wurde. Also hatte Luise beschlossen, die Zähne zusammenzubeißen. Doch es war schwer. Allein der Gedanke, dass Friedrich womöglich auch durch genau diese Straßen spaziert war, an jenen Tagen, als sie sich so oft wie möglich geschrieben hatten, machte es schier erträglich. Oft las sie abends erneut in seinen zahlreichen Briefen, immer auf der Suche nach Hinweisen, was er sich hier angesehen hatte. Hatte er gesehen, wie wunderhübsch sich nachts an der Brühlschen Terrasse die Lichter auf den Wellen der Elbe spiegelten? Hatte die Pracht der Frauenkirche und der Gedanke, wie viele Menschenhände daran gearbeitet haben mussten, die gleiche Demut in ihm geweckt wie in ihr?

Dass Dresden eine wunderschöne Stadt war, hatte sie trotz aller Vorbehalte erkannt. Sie hatte nur nicht damit gerechnet, dass die Raumsuche so schwer werden würde. Dabei hätte dies ein einfacher von vielen notwendigen Schritten sein sollen. Um ihren Verein anzumelden, der als Träger der Vorschule fungieren sollte, mussten sie sogar auf das Polizeipräsidium, da dieses für die Registrierung und Verwaltung von Vereinen zuständig war. Nur eine Formsache, dennoch wurde Luise bei dem Gedanken mulmig, bei der Polizei vorzusprechen und dabei bewusst falsche Angaben zu machen. Konnte das überhaupt gut gehen? Um ihr anzusehen, dass sie log, brauchte man nicht einmal ein geschultes Auge. Es würde alles von Marieke abhängen. Doch wenn sie nicht bald eine geeignete Wohnung fanden, würden ihre Pläne für den Kindergarten ohnehin platzen.

Und dann?

Daran mochte sie lieber nicht denken. Sie wollte weder den Freunden in Keilhau auf der Tasche liegen noch zu ihrer Schwester zurück und sich tagtäglich Gotthilfs Hohn aussetzen. Sie mussten es schaffen! Sie wollten eine kleine Vorschule einrichten, sagten sie den Vermietern. Dass sie mitten in der Stadt keine Wohnung mit Garten bekommen würden, hatten sie bereits vermutet, doch zumindest einen Hof, wo sie Beete aufstellen könnten, sollte es geben. Bisher hatte aber nur eine einzige Wohnung einen winzigen Hof gehabt – der jedoch voller Mülltonnen stand und entsetzlich roch. Die nächste Räumlichkeit war mehr ein zugiger Dachboden gewesen, die darauf folgende ein düsterer Kellerraum, der verräterisch nach Schimmel roch. »Vollkommen unbedenklich!«, hatte der Vermieter beteuert, aber Luises Bauchgefühl riet davon ab.

»Was ist als Nächstes dran?«, fragte sie Marieke, während sie nach der Besichtigung des Kellers mutlos durch die Straßen schlenderten.

Marieke zog die Zeitung hervor, die sie auf die Seite mit den Anzeigen gefaltet hatte. Um die infrage kommenden Inserate hatte sie dicke Kreise gezogen. »Geräumiger Saal in bester Lage zu den Geschäften«, las sie vor. *Saal* klang vielversprechend, dann würde es mit Gewissheit nicht abermals ein miefiges Kellerloch sein. Dafür würden sie sogar die höhere Miete in Kauf nehmen.

Eine Dreiviertelstunde später hatten sie die Lokalität unweit des Hauptbahnhofes erreicht. »... und das alles würde Ihnen zur Verfügung stehen.« Der Ladenbesitzer breitete, als sie die Wohnung betraten, die Arme aus und zeigte ein Lächeln, das bis zu den Backenzähnen reichte. Unschlüssig trat Luise tiefer in den Raum, der sie mit einem zu warmen Dunst empfangen hatte. Sie merkte, dass der Boden ihre Schuhe nur ungern wieder frei gab und sich mit einem schmatzenden Geräusch beklagte, wenn sie die Sohlen fortriss. Durch hohe Fenster fiel Licht auf die langen Holzdielen – und zeigte dabei allerdings nur zu gut die unterschiedlichen Schattierungen. Weite Kreise aus einstiger Flüssigkeit hatten sich über ihn gemalt, dazwischen kleinere Kleckse, die vermutlich vom Priemen kamen.

Stühle und Tische der Lokalität waren noch vorhanden, zwei von ihnen umgefallen, und an der hinteren Wand zog sich eine Theke entlang.

»Abends muss der Betrieb unseres Lokals natürlich weitergehen, aber tagsüber steht er zur freien Verfügung.«

Sie merkte Mariekes Schulter an ihrer. »Das ... das heißt, wir hätten die Räume nicht für uns?«

»Doch, wie ich schon sagte, das Lokal hat nur abends geöffnet.«

Luise versuchte, Ruhe zu bewahren, was ohne tiefes Einatmen, das sie im Fuselmief vermeiden wollte, nicht leicht war. Sie stupste mit der Stiefelspitze einen Weinkorken beiseite. »Ich meinte vielmehr, dass wir nicht die Einzigen wären, die die Räume nutzen. Es ist ja nun leider nicht so, dass man von den anderen Mietern nichts mitbekommt ...«

Er winkte ab. »Ach, die drei Staubkörner. Dann fegen Sie zu Beginn einmal gut durch, und schon merkt man nichts mehr davon.«

Am liebsten hätte Luise die Augen geschlossen. Sie dachte an Friedrich, hatte die erstaunten Laute noch im Kopf, wenn er mit den Kindern im Garten eine Schnecke beobachtet hatte. Die sich gegenseitig überbietenden Stimmen, wenn sie wetteiferten, wer den Namen einer Blume zuerst erkannte. Und hier sollten die Kinder zwischen Fuselresten und Tabak spielen? Wenn ihre Augen sie nicht täuschten, waren vor der rechten Wand gar noch einige Brocken Erbrochenes zu sehen. Das hatte man bestimmt ausschließlich für die Besichtigung entfernt, das Wegwischen könnte hier zu ihrem Alltag gehören.

Sie sah zu Marieke. Ein minimales Kopfschütteln. Das konnten sie den Kindern nicht antun, selbst wenn Licht und Größe perfekt gewesen wären.

»Ich fürchte, da kommen wir nicht zusammen. Es handelt sich schließlich um Kinder, die hier spielen sollen.«

Er zuckte mit den Schultern. »Bisschen Abhärtung hat noch niemandem geschadet.«

Die Unterhaltung ging noch ein wenig hin und hier, doch als er merkte, dass Luise standhaft bleiben würde, verschwand die fröhliche Miene, und er setzte sie an die Luft, wie er sonst vermutlich nur Betrunkene hinausbeförderte.

»Was denken sich die Leute nur?«, fragte Marieke, sobald sie außer Hörweite waren.

Luise seufzte. Wie oft hatte sie sich diese Frage schon gestellt?

»Haben wir noch etwas?«

Marieke zog die Zeitung aus der Tasche und blätterte. »Nur eine private Wohnung. Da mache ich mir nicht allzu viel Hoffnung, aber einen Versuch ist es wert.«

Sie machten sich auf den Weg, obwohl es sehr wahrscheinlich war, dass die Räumlichkeiten zu klein sein würden. Ein junger Mann mit vollem Bart öffnete, obwohl die Einrichtung, die sich hinter ihm auftat, mit den schweren Möbeln und dem Nippes auf den Kommoden eher zu Luises Mutter gepasst hätte. Mit der breiten Schleife seines Halsbinders und dem tadellosen Anzug bot er ein ganz anderes Bild als der Wirt, dessen geöffneter Hemdkragen Einblick in die gelben Stellen der Innenseite geboten hatte.

Sein Blick blieb einen Hauch zu lange auf Marieke liegen, und erst nach einem Wimpernschlag begann er zu sprechen. Er stellte sich als Georg Lohse vor, und sie erfuhren, dass seine verstorbene Mutter im Rollstuhl gesessen hatte und er an der Wohnung einige Veränderungen hatte vornehmen müssen, damit sie sich frei bewegen konnte. Alle Durchgänge waren besonders breit, das Wohnzimmer riesig, da er es mit dem Gästezimmer zusammengelegt hatte. An Mariekes Aufregung bemerkte Luise, dass sie das Gleiche dachte. Diese Wohnung wäre perfekt! Aus dem Schlafzimmer könnten sie ein Büro mit Materialraum machen, und auch die Küche war mit einem Nebenraum zusammengelegt worden und dementsprechend weitläufig. Einen Garten gab es nicht, aber der nächste Park lag direkt um die Ecke.

So könnte es gehen.

»Und was ist das für eine Art von Vorschule, die Sie planen?«, fragte er nun und rückte seinen Halsbinder zurecht. Sein Blick wanderte immer wieder zu Marieke, die in ihrem blauen Kleid heute besonders hübsch aussah.

»Ach, nur eine Vorbereitungsschule auf die richtige Schule«, sagte Marieke rasch. Sie wusste, dass Luise nicht gut im Lügen war.

Er lachte leise. »Das habe ich vermutet. Aber wie ist ihr Konzept? Was haben Sie vor?«

Sein Interesse schien echt zu sein, denn er sah sie aufmerksam und nicht argwöhnisch an.

Luise räusperte sich. »Nun ja, wir werden singen. Und beten. Sehr viel beten. Wir legen ausgesprochenen Wert auf eine christliche Erziehung.«

Verdunkelte sich seine Miene gerade? Sollte sie auf einen der wenigen Befürworter getroffen und durch ihre Beschönigung geradeweg ins Unglück gelaufen sein?

»Und was noch?« Er fixierte Marieke, und wenn Luise sie nicht so gut gekannt hätte, hätte sie wohl nicht gemerkt, wie nervös sie das machte. Die vorbereitete Antwort hatte Luise nun bereits verbraucht.

»Wir … wir werden basteln. Und spielen. Was man mit Kindern eben so macht.« Ihr Lachen war schriller als gewöhnlich, aber das wusste er zum Glück ja nicht.

»Und welche Spiele haben Sie eingeplant?«

Marieke schlang mit beiden Armen die Strickjacke enger um sich, hielt sie wie zum Schutz vor ihrem Körper. »Wir … nutzen dazu verschiedene Spielgaben.« Noch im selben Moment sah Marieke aus, als habe sie sich auf die Zunge gebissen. Das war nicht verwunderlich, denn bisher war Friedrich der Einzige, der spezielle Spielgaben für seine Methode entwickelt hatte. Aber das wussten nur Menschen, die vom Fach waren.

»Sie arbeiten nach Fröbel.«

An der sachlichen Art, wie er es sagte, erkannte Luise, dass jegliches Abstreiten sinnlos war.

»Sie sind vom Fach, Herr Lohse?«, fragte sie so schmeichlerisch, wie sie konnte.

»Ich bin Lehrer.«

Luise atmete auf. Seine Miene war undurchdringlich, doch Luise erinnerte sich an den Applaus der Lehrerversammlung. Viele in diesen Kreisen waren bestens informiert, wussten, wofür sie kämpften. Wenn sie jemandem erklären konnte, dass sie gewiss keine Staatsfeinde waren, dann einem Lehrer.

»Vieles in unserem Konzept beruht auf Friedrich Fröbels Ideen«, sagte sie zur Sicherheit trotzdem leicht beschönigend. »Aber ich versichere Ihnen, dass wir dennoch weder Gott ablehnen noch die öffentliche Ordnung stören wollen. Glauben Sie den Gerüchten da draußen kein Wort. Wir …«

Er schnitt ihr das Wort ab. »Diese Anschuldigungen da draußen sind mir vollkommen gleichgültig.« Er trat ans Fenster, hinter dem sich eine Front aus hübschen Giebelhäusern in unterschiedlichen Beige-Schattierungen auftat. Luise atmete auf, und auch Marieke bekam wieder rosige Wangen. Bis er weitersprach.

»Ich halte seine Methoden losgelöst davon für kompletten Humbug.«

Kapitel 62

Dresden, 1853

Marieke hielt beim Auspacken ihres Brotes inne, sodass das Butterbrotpapier sich im Wind wiegte. »Ich glaube, ich kann meinen Augen nicht trauen«, sagte sie entsetzt, und Luise folgte ihrem Blick. Sie hatten sich zum Feierabend auf eine Parkbank unweit der kleinen Wohnung gesetzt, die sie nun aus der Not heraus angemietet hatten. Etwas Besseres hatte sich schlichtweg nicht finden lassen. Sie hatten viel zu kleine Räume, kaum Platz zur freien Bewegung, die doch so wichtig war. Luise wünschte, es stände ihnen frei, einige Wände einzureißen, so wie der Lehrer es getan hatte – ebenjener, der nun mit einer Aktentasche in der Hand die Stufen des roten Backsteingebäudes mit den gotischen Fenstern heruntersprang.

»Warum muss er gerade hier seine Schule haben? Dann trennt allein der Park unseren Kindergarten von seiner Arbeit. Wir könnten ihm jederzeit in die Arme laufen.«

Luise schmunzelte. »Er hat dir gefallen, oder? Der Herr Lohse?«

»Im Leben nicht! Hast du etwa schon vergessen, was er gesagt hat? Als sinnlose Spielereien hat er die Reime und Bewegungsspiele betitelt.« Marieke schnaubte, und sie beobachteten stumm, wie er mit weit ausgreifenden Schritten in die entgegengesetzte Richtung eilte. Mit Mantel und Hut wirkte er sogar noch stattlicher als zuvor in der Wohnung.

»Man kann unterschiedlicher Meinung sein und sich dennoch

verstehen«, gab Luise zu bedenken. »Denk nur an all die Diskussionen im Schlösschen zurück. Hatten wir nicht oft das Gefühl, dass es so viele Ansichten wie Köpfe gab?« Im Nachhinein betrachtet, kam ihr die Zeit in Marienthal ungeheuer glücklich vor. Täglich war sie von frischem Leben umgeben gewesen, es hatte Trubel und Heiterkeit geherrscht, an zwei Tagen die Woche hatte sie ihren Tee mit der Herzogin eingenommen, und jeden Abend war sie an Friedrichs Seite eingeschlafen. Ach, hätte man doch nur einen winzigen Teil des damaligen Glücks ebenfalls in Butterbrotpapier einschlagen und für später aufbewahren können. Dann würde sie jeden Abend in dem armseligen Gästezimmer, wo sie untergekommen waren, einen Krümel davon naschen. Ein einziger würde gewiss genügen, um gegen den Trübsinn zu wirken. Aber auch ohne konserviertes Glück durfte sie die Schwermut nicht gewinnen lassen. Friedrich hätte dies nicht gewollt, und auch für Marieke wollte sie stark sein. Sie erinnerte sich daran, was sie in den letzten beiden Wochen erreicht hatten. Endlich eine Wohnung gefunden, sie in mühevoller Kleinarbeit auf Hochglanz geschrubbt, Einladungen an Eltern verschickt, eine Annonce in einer Zeitung aufgegeben. All das war eine gute Ablenkung für die nächste schwere Aufgabe gewesen: den Gang zur Polizei, um ihren Verein eintragen zu lassen. Bei dem Gedanken konnte Luise kaum weiteressen. Aber wenn sie das geschafft hatten, könnten zum ersten Oktober bereits die Kinder kommen. Gewiss würde es schön werden, wenn sie frisches Leben in die Räume brachten – und zum Grübeln endlich keine Zeit mehr bliebe.

»Nur dass wir damals im Schlösschen maximal einen Fingerbreit voneinander entfernt lagen. Wir haben diskutiert, welche Lieder und Spiele am förderlichsten sind und welcher Aspekt der Menschenbildung am bedeutendsten. *Dass* Spiele förderlich sind, wurde nie infrage gestellt. Daher muss auch kein dahergelaufener Herr Lehrer versuchen, mir etwas über Kleinkinderziehung zu erzählen. Verurteilen kann man schnell, dabei hat er bestimmt nie einen Schritt in einen Kindergarten gesetzt.«

Luise stimmte nachdenklich zu. Solchen Menschen begegneten sie immer wieder. Leute, die die Fröbelpädagogik ablehnten, noch bevor sie sich darüber informiert hatten. Trotzdem tat es ihr in diesem speziellen Fall leid. Herr Lohse hatte einen intelligenten Eindruck gemacht, und die immense Mühe, die er in den Umbau der Wohnung seiner Mutter gesteckt hatte, sprach ihrer Ansicht nach für ein gutes Herz.

»Vielleicht, wenn wir uns länger mit ihm unterhalten hätten … Ich hatte durchaus das Gefühl, dass er uns mochte. Dich im Besonderen.« Sie zwinkerte Marieke zu.

Diese klopfte die Krümel von ihren Fingern. »So einer? Der ist doch Bildungsbürger. Und ich? Ich bin aufgewachsen im ärmsten Armenviertel von Hamburg. Für so einen bin ich doch … so was wie Abschaum.« Mittlerweile hatte Luise alles über das Gängeviertel in der Hafenstadt gehört. Seit sie erfahren hatte, unter was für Umständen andere aufwuchsen, fühlte sie sich trotz ihrer einfachen Herkunft privilegiert.

»Allerdings hast du eine fundierte Ausbildung genossen. Macht dich das nicht auch zum Bildungsbürger?«

Marieke biss sich auf die Unterlippe. »Niemals. Allemal gebildeter Abschaum. Abschaum mit Brille sozusagen. Du hast ja gehört, wie er mit uns geredet hat. Das klang nicht so, als würden wir uns von Pädagoge zu Pädagoge unterhalten.«

Was das betraf, musste Luise ihr zustimmen. Ihr fiel keine Möglichkeit mehr ein, Marieke den Lehrer schönzureden. Aber vermutlich würden sie ihn ohnehin nicht so schnell wiedersehen, er hatte in seinen Pausen bestimmt Besseres zu tun, als im Park spazieren zu gehen.

• • •

Luises Hintern kribbelte, als sie sich schließlich von den simplen Holzstühlen erheben durften. Die ganze Zeit im Polizeipräsidium hatte sie sich nervös umgesehen und sich wie eine Verbrecherin gefühlt, dabei wollten sie doch einfach nur einen Verein anmelden. Und dabei eine Kleinigkeit unerwähnt lassen. Wann immer uniformierte Polizisten von der Straße hereinkamen, verkrampfte sie sich, fest davon überzeugt, dass sie gekommen waren, um sie abzuführen. Völlig absurd. Aber das Warten hatte ihre Nerven zermürbt. Über zwei Stunden hatte man sie trotz des vereinbarten Termins ausharren lassen, bis sie in das Kontor des Beamten gerufen wurden.

»Was führt Sie zu mir?«, fragte der Mann mit den adrett zurückgekämmten weißen Haaren, der vor einem monströsen Aktenschrank saß, welcher bis ins letzte Regal gefüllt war. Sie erklärten ihm, dass sie einen Verein zur Förderung des leiblichen Wohls von Kindern gründen wollten, der Träger einer Vorschule wäre.

»Eine Vorschule?« Seine Stirn war plötzlich gefurcht. »Aber das hat doch nichts mit diesen …«, er begann in einem Blätterstapel zu suchen. » … mit diesen … Kindergärten zu tun? Irgendwo habe ich das Edikt. In diesem Fall müssten wir das zunächst ansehen und prüfen.«

Luise hielt die Luft an. Sie starrte auf das Tintenfass und den achtlos danebenliegenden Siegelstempel, um dem Mann nicht in die Augen zu sehen.

»Nein«, sagte Marieke rasch, und ihre Stimme war zwar ein wenig belegt, aber nicht so zittrig, wie Luises es gewesen wäre. »Wir haben ein vollkommen anderes Konzept. Wir bereiten die Kinder einfach auf die Schule vor. Wir singen, beten, marschieren und üben stumme Körperbewegungen ein. Nur durch ein gottesfürchtiges Leben kann ein sittsames Volk herangebildet werden.«

Luises Muskeln wurden wieder lockerer. Vermutlich weil Marieke kurzerhand die Betätigungen aus der katholischen Kinderbewahranstalt heruntergebetet hatte. War sie deswegen so ruhig dabei geblieben? Nur aus den Augenwinkeln sah sie, wie Marieke verstohlen ihre Hand abwischte, während sie nervös beobachtete, wie der Beamte fahrig nach einem Formular suchte.

»Im Himmel!«, fluchte er urplötzlich, begutachtete den Haarriss an seiner Fingerspitze und tastete nach einem Taschentuch.

»Oh-oh!« Marieke hob den Zeigefinger. »Fluchen betrübt den lieben Gott.«

Luise hielt die Luft an, doch erst als der Beamte Marieke verblüfft ansah, zwinkerte sie ihm zu. Ein meckerndes Lachen erfüllte daraufhin das Büro. »Ich merke schon, Sie verstehen sich auf Erziehung.« Lächelnd zog er das Formular aus dem Stapel, beugte sich darüber.

Alle vier Jahreszeiten vergingen, bis er ihre Adresse, Mariekes vollständigen Namen, den der Vorschule und ihr Ziel notiert hatte.

»Und wen darf ich als Vorsitzenden eintragen?« Fragend sah er zwischen Luise und Marieke hin und her.

»Das wäre dann ich.« Marieke hatte ihr selbstbewusstes Lächeln am Vorabend geübt.

Er tauchte den Federhalter in die Tinte. »Gut. Wie lautet der Name Ihres Gatten?«

Die Frage ließ sie hochschrecken wie eine aufgescheuchte Krähe. Marieke saß nur noch auf dem vorderen Viertel des Stuhls, ihre Stimme war trotzdem fest. »Ich bin nicht verheiratet.«

»Sie sind ledig?« Die weißen Augenbrauen waren in die Höhe gezuckt.

»Das ist richtig.«

»Nun. Ledige Frauen können keinem Verein vorstehen.«

»Warum nicht?«

»Sie …« Für einen Moment glaubte Luise, er würde jetzt sagen, dass es ledigen Frauen an der geistigen Reife fehle. »Es verstößt gegen die Regeln«, sagte er jedoch schlicht. Hilflos tauschten Marieke und Luise einen Blick aus. Von dieser Regelung hatte bisher keine der Kindergärtnerinnen etwas berichtet. Entweder herrschten in jeder Stadt andere Regeln, oder sie hatten alle eine Möglichkeit gefunden, diese zu umgehen.

»Und da können Sie keine Ausnahme machen?« Solch ein charmantes Lächeln hatte Luise noch nie zuvor bei Marieke gesehen, doch er ließ sich nicht erweichen. Stattdessen nickte er zu Luise. »Was ist denn mit Ihnen?« Sein Blick glitt über ihre Finger zum Ehering, den sie nie ablegte, und Luise schob die rechte Hand rasch unter die linke. »Mein Mann ist leider … er ist … leider nicht länger bei uns.« Die Worte kamen ihr noch immer nicht leicht über die Lippen. Würden sie das jemals? Wäre es eine Schande, wenn sie es taten? In jedem Fall fühlte es sich falsch an, dass er nicht mehr war.

»Witwen wären erlaubt. Wie lautet Ihr Name?«

»Ich … äh …« Sie räusperte sich. Sollte sie einen falschen Namen angeben? Allerdings würde er amtliche Dokumente sehen wollen. »Nein, das geht leider nicht.«

Er sah zur Tischuhr, die links neben seinem Aktenberg lag. »Wollen Sie jetzt eine Vorschule eröffnen oder nicht?«

»Ich … wir …« Rasend schnell ging sie alles durch. Freunde, die sie bitten könnten, Ausreden, die sie einwerfen könnten.

Marieke erhob sich. »Wir werden uns diesbezüglich noch einmal melden.«

Kapitel 63

Dresden, 1853

Der Park war nicht groß, und so passierte Marieke bereits zum vierten Mal den Kaskadenbrunnen und das kleine Teppichbeet bei dem Versuch, durch Spazieren ihre Gedanken anzukurbeln. Wie konnten sie einen Verein gründen, obwohl sie keinen Mann kannten, der bereit war, für sie zu bürgen?

Der Name Fröbel war nun selbst für die Unterstützer zum roten Tuch geworden. Nicht wenige von ihnen arbeiteten zwar weiterhin nach Friedrichs Methoden, aber es geschah stets nur im Geheimen. Als handle es sich um etwas Unsittliches und nicht etwa um moderne Kindererziehung. Mit den Menschen in Keilhau waren sie zwar nicht direkt im Streit auseinandergegangen, doch das Verhältnis war angespannt, und Middendorff und seine Mitstreiter fürchteten zu sehr um ihre Schule, als dass sie ein Risiko eingehen würden.

Selbst in Hamburg kannte sie lediglich einige Frauen, Männer eher vage. Und der Gedanke, wie Schwester Martha für sie unterschrieb, war so abwegig, dass Marieke grinsen musste.

»Wenn Sie so frohen Mutes sind, kann ich wohl davon ausgehen, dass Sie noch fündig geworden sind, was die Räumlichkeiten betrifft?« Die tiefe Stimme, geschmeidig wie eine Feder, hielt Marieke vom Weitergehen ab. Braune Augen, die zur Iris hin ins Grüne übergingen. Das war ihr nicht aufgefallen, als sie Georg Lohse kennengelernt hatten.

»Das schon. Aber es wird Sie gewiss erfreuen zu hören, dass wir die Vorschule trotzdem nicht gründen können.«

Sie wollte weitergehen, doch sein nahezu bestürztes »Nicht?!« ließ sie innehalten. »Haben Sie Ihre Meinung geändert?«

»Natürlich nicht. Wir sind weiterhin überzeugt, dass die Fröbelpädagogik das Beste ist, um die Entwicklung der Kinder zu fördern.« Obwohl Friedrich stets von Menschenerziehung oder Menschenbildung gesprochen hatte, war auch Marieke dazu übergegangen, den Begriff zu verwenden, den Luise entwickelt hatte.

»Finden Sie? Für die Förderung ist doch später die Schule da. Vorher sind die Kinder in der Familie, wo sie die Fürsorge der Mutter erleben, noch immer am besten aufgehoben. Dass zu frühes Lehren und Lernenlassen einem Kind nicht guttut, hat schon Pestalozzi in seinem Werk *Wie Gertrude ihre Kinder lehrt* festgestellt. Aber das sagt Ihnen vermutlich nichts.«

»Doch. Natürlich bin ich damit vertraut.«

Seine Augenbrauen schnellten für eine Sekunde nach oben. Wie hätte er auch ahnen sollen, dass sie bei Luise und Friedrich gewohnt und sich im Laufe der Zeit durch die gesamte Bibliothek gelesen hatte?

»Aber bei Pestalozzi geht es vor allem um Erziehung zur Selbsttätigkeit. Nichts anderes ist auch Fröbels Ziel. Und was die Erziehung zu Hause betrifft … was ist mit jenen Kindern, deren Mutter darauf angewiesen ist, Geld zu verdienen? Sollen jene Kinder sich selbst überlassen sein?« Fragend sah sie ihn an, während sie langsam ihren Weg durch den Park fortsetzten. »Zudem gibt es nichts Schöneres, als Kinder unter Gleichaltrigen zu erleben. So etwas gibt es in den bürgerlichen Familien doch kaum. Haben Sie jemals miterlebt, wie Vierjährige sich in ihren lieblichen Stimmen gegenseitig die Welt erklären? Dieser vertraute geschwisterliche Ton? Wie sie sich selbst in diesem zarten Alter bereits innerhalb ihrer Gruppe abstimmen?«

»Mag sein«, murmelte er nachdenklich, doch Marieke war noch nicht fertig. »Und wissen Sie, wie heiter die Kinder sind, wenn sie nach dem Kindergarten nach Hause zurückkehren? Die Spielgaben, die Friedrich Fröbel entwickelt hat, dienen nicht nur der Beschäftigung, es geht darum, sich mit ihrer Hilfe die Welt zu erschließen. Damit«, sie hob den Zeigefinger in die Luft, »wären wir wieder beim Thema Selbsttätigkeit, das Sie vorhin eingebracht haben. Allerdings«, sie wendete auf dem Fußballen, ging die nächsten Schritte rückwärts, um ihn ansehen zu können. »Allerdings hat Pestalozzi kaum Hinweise gegeben, wie ebenjene Selbsttätigkeit gefördert werden soll. Er hat uns zwar das Ziel genannt, den Weg jedoch nicht. Und hier greift Fröbel.« Sie deutete mehrmals mit dem Zeigefinger auf eine Stelle in der Luft. »Mit seinen Spielgaben hat er uns die notwendigen Mittel gegeben, um das Ziel zu erreichen. Es ist von daher eine Weiterentwicklung Pestalozzis – genau das, was unsere Gesellschaft gebraucht hat.«

Georg Lohse neigte den Kopf, ließ den Blick zum ausgefransten Saum von Mariekes Kleid wandern, eines alten von Luise, das sie vor Jahren übernommen hatte, und von dort über die zu kurzen Ärmel des Mantels in ihr Gesicht.

»Nur um die Spielgaben richtig einzusetzen, braucht es eine gewisse Anleitung, um auch die richtigen Fragen zu stellen«, ergänzte sie noch schnell.

Sie waren langsam weiter durch den Park geschritten, und wegen ihres Feuerwerks an Einwänden hatte Marieke kaum bemerkt, dass der Springbrunnen nun ein sechstes Mal in Sichtweite kam. Sein eifriges Plätschern erschien ihr wie Beifall für ihre Argumentation – doch trotz seiner offensichtlichen Begeisterung wirkte der Lehrer weiterhin wenig angetan.

»Was das Spielen in Gruppen Gleichaltriger betrifft, stimme ich Ihnen unter Umständen zu«, sagte er. »Das erlebe ich in der Schule auch immer wieder. Dadurch werden allerdings hin und wieder auch weniger wünschenswerte Dinge erlernt. Wenn jedoch ein Spielzeug dermaßen gekünstelt ist, dass es monatelanger Anleitung bedarf, um damit zu spielen, erscheint es mir für Kindergartenkinder schlichtweg ungeeignet. Sie können auch einfach so spielen, um sich die Welt zu erschließen. Allzu starre Anleitungen schaden da nur.«

»Es ist kein gekünsteltes Spielzeug! Friedrich hat jahrelang Kinder beobachtet und nachgespürt, womit sie gerne spielen. Dann erst hat er seine Spielgaben entwickelt. Nach Maßgaben der Natur! Sie sind dadurch sehr leicht und einfach einzusetzen.«

»Sagten Sie vorhin nicht, es bedürfe eines monatelangen Trainings?«

Dann hatte er ihr immerhin zugehört. Umso mehr störte es sie, dass sie sich selbst widersprochen hatte. So hatte sie es zudem gar nicht gemeint. Und jetzt lächelte er! Nicht unverschämt, aber es ärgerte sie dennoch.

»Sie sind einfach und trotzdem vielfältig einsetzbar. Das macht sie so faszinierend. Die Kinder können sie nutzen, um Häuser und Türme zu bauen, mit den richtigen Fragen können sie durch sie aber ebenso etwas über physikalische Grundprinzipien lernen.«

Lohse antwortete nicht sofort und schaute nachdenklich vor sich hin, als sie die nächsten Meter zurücklegten. »Und wenn das alles so perfekt ist …«, fragte er schließlich zögerlich, »woran hapert es dann? Warum können Sie beide den Kindergarten nicht eröffnen?«

»Die Vorschule«, korrigierte Marieke barsch. »Wegen dieser verdammten Gesellschaft. Eine Gesellschaft, die von Männern für Männer gemacht wurde. Und dementsprechend ausschließlich Männer als Vereinsgründer akzeptiert. Wenn Sie mich jetzt bitte entschuldigen würden?«

Ohne eine Antwort abzuwarten, stapfte sie davon, vorbei an dem Kaskadenbrunnen in Richtung der angemieteten Wohnung, wo Luise Spielgaben herstellte, die sie in die wenigen deutschen Länder verkauften, wo die Kindergärten noch bestehen durften.

»Wenn das alles ist, helfe ich Ihnen gerne weiter.«

Marieke blieb stehen. Seine Worte waren von hinten gekommen, doch sie drehte sich nicht sofort um. Hatte sie überhaupt richtig verstanden? Warum sollte ein wildfremder Mensch ihnen helfen? Noch dazu einer, der von der Fröbelpädagogik nicht überzeugt war?

Zaghaft blickte sie über die Schulter zurück. Da stand er direkt neben dem Brunnen, der sein ewiges Lied sang. Stattlich im Anzug, der seine Ernsthaftigkeit noch verstärkte. Kein Mensch, der zu scherzen beliebte. Ihre Schulter war bereits herumgeschwungen, sodass sie der Bewegung einfach folgen musste. Aber mehr tat sie nicht. Zwang sich, stehen zu bleiben, obwohl er mit seinem Angebot ihr meilenweit entgegengeeilt war. Aber es gab im Leben nichts umsonst.

»Wieso sollten Sie das tun?«, rief sie zu ihm hinüber.

»Ich mag von den Ansätzen nicht überzeugt sein«, erklärte er, während er den Abstand zwischen ihnen verringerte. »Aber ich bin immer noch Demokrat. Ich stimme Ihnen zu, wenn Sie sagen, dass es nicht gerecht ist, dass es Frauen nicht gestattet ist, einem Verein vorzustehen. Und ich kann nicht dulden, dass Ihr Vorhaben – so unbedarft es auch sein mag – daran scheitern soll.«

Marieke studierte seine Züge. Der Mund inmitten des gepflegten Barts wirkte freundlich, obwohl er nicht lächelte. Er sah ihr fest in die Augen, und sie nahm wieder die eigenartige Farbmischung wahr. Doch da war kein Anzeichen von Hohn. Oder Unaufrichtigkeit.

»Ich weiß nicht …«, sagte sie dennoch wahrheitsgemäß. Das Angebot war zu nett, als dass es wahr sein könnte. Es musste einen Haken geben.

»Warum denn nicht? Ich habe nach der Unterschrift doch

nichts mehr mit dem Kindergarten zu tun, oder? Wie Sie wissen, bin ich ein Befürworter des selbsttätigen Lernens. Sie werden dann schon selbst mit der Zeit mitbekommen, dass Ihr Vorhaben nicht auf Gegenliebe stößt. Aber an den Behörden soll es nun wirklich nicht scheitern. Also …?« Er hielt ihr die Hand entgegen.

Jetzt musste Marieke nicht mehr lange zögern. Sie ergriff die Hand und schüttelte sie mit frischer Entschlossenheit. »Wir werden nicht scheitern!«, kündigte sie an.

Kapitel 64

Dresden, 1853

Es war schön, wieder Kinderlachen zwischen dem Vogelgezwitscher im Park zu hören. Mariekes Tatendrang war wie ein Floh auf Luise übergesprungen und hatte auch in ihr neues Feuer entfacht. Dass die scheinbar unüberwindbare Hürde gemeistert war, hatte eine große Last von ihrer Brust genommen. Ab jetzt wussten sie, was zu tun war.

Nun mussten sie nur mehr die Eltern von ihrer neuen Einrichtung begeistern – und das wollten sie über das Herz der Kinder erreichen. Sind die Kinder glücklich, sind die Eltern es auch, sagte man schließlich. Und wie konnte man Kinder glücklicher machen als durch Spiele?

Wie zu den schönsten Tagen in Marienthal hatten Luise und Marieke daher begonnen, in den späteren Nachmittagsstunden, wenn die Strahlen der Sonne am längsten waren, mit den im Park anwesenden Kindern ihre Spiele aufzuführen. Sie sangen Lieder zum Ball, machten Bewegungsspiele dazu, liefen als Graugänse oder Pferde über den von gelben Blättern betupften Rasen. Heute war der siebte Tag in Folge, und wie schon in Marienthal hatten sich die Spiele im Park schnell herumgesprochen, weshalb an diesem Tag über dreißig Kinder gekommen waren – und die Traube der dazugehörigen Begleitpersonen war entsprechend groß.

Mariekes Haare hatten sich an den Schläfen vom Schweiß gelockt, doch sie strahlte gleichzeitig eine unbändige Frische aus und lächelte Luise nun mit Blick auf die zahlreichen Zuschauer zu. Es war wirklich perfekt für ihr Vorhaben.

Nachdem die Spiele beendet waren, klatschte Luise mehrmals in die Hände. »Ganz herzlichen Dank für Ihr zahlreiches Erscheinen. Wer mehr über diese Spiele erfahren möchte oder wünscht, dass die Kinder regelmäßig an derartigen Aktivitäten teilnehmen, darf gerne noch bleiben, denn ich stelle nun unsere geplante Vorschule vor.« Zufrieden stellte Luise fest, dass sich nur vereinzelt Personen entfernten. Die meisten Augen folgten ihr auf Schritt und Tritt, und sie war dankbar, dass ihr das freie Reden durch ihre Tätigkeit als Schulleiterin mittlerweile nicht mehr so große Schwierigkeiten bereitete.

»Anfang Oktober eröffnen wir unsere Vorschule, gleich drüben in der Akazienstraße hinter diesem Park. Die hier gezeigten und viele weitere Spiele sind der größte Bestandteil unserer Beschäftigungen. Außerdem werden wir basteln, malen und singen.«

»Und beten? Ist es eine christliche Einrichtung?«

Luise konnte nicht anders, als kurz zu Marieke zu schielen. »Ja, natürlich beten wir auch.« Sie wollten kein Risiko eingehen und hatten beschlossen, dass ein kleines Gebet im Morgenkreis gewiss keinen Schaden anrichten würde, auch wenn sie wie Friedrich der Meinung waren, dass Gott ohnehin überall war und die Kinder bestenfalls ihren eigenen Weg zu ihm fanden. Doch die momentane Situation war zu heikel.

»Meine Kollegin teilt nun die Handzettel aus, und wir sind noch etwas hier, falls Sie Fragen haben.« Die meisten Menschen warteten nicht, bis Marieke sie mit den Handzetteln erreicht hatte, sondern bildeten eine große Traube um ihre Freundin. Die Zettel wurden ihr aus der Hand gerissen, als seien es warme Semmeln und nicht einfach bedrucktes Papier, von dem es ohnehin mehr als genug gab.

Gemeinsam beantworteten Marieke und Luise Fragen zum Tagesablauf und den Gruppengrößen, als schließlich eine Frau mit vornehmem Hut, die vom Benehmen her aber eher bäuerlich wirkte, die Hand hob. »Wie ist das mit der Bezahlung? Kostet es was?«

Luises Haaransatz begann zu kribbeln. Da zahlreiche Kinderbewahranstalten von Ordensschwestern geführt und von der Stadt gefördert wurden, waren die dortigen Gebühren oft vergleichsweise gering. Marieke hatte berichtet, dass ihre Bewahranstalt zehn Groschen pro Monat gekostet hatte. Selbst wenn sie nur ihre Minimalausgaben veranschlagten, lag ihr Mindestbetrag mit 23 Groschen weitaus höher. Eigentlich wollten sie bedürftigen Familien den Beitrag gänzlich erlassen, damit wäre der bürgerlicher Familien sogar noch höher.

»Unsere Vorschule ist mit keiner üblichen Kinderbewahranstalt zu vergleichen«, erklärte Marieke neben ihr in einer sehr sachlichen Stimmlage und blickte besonnen zu den Zuschauern. Als sie kurz stockte, folgte Luise ihrem Blick und stellte zu ihrer Freude fest, dass ihr Retter, der Herr Lohse, sich dazugestellt hatte. Ihm waren die nachmittäglichen Spielrunden nicht verborgen geblieben, zumal sich auch einige Elementarschüler seiner Schule hinzugesellt hatten.

»Sie müssen berücksichtigen, dass meine Kollegin und ich eine professionelle Ausbildung genossen haben und mehrjährige Erfahrung. Wir mussten Räume anmieten und außerdem die Spielmaterialien herstellen und regelmäßig neues Bastelmaterial kaufen. Wir können daher keine kostenfreie oder nahezu kostenfreie Betreuung anbieten, wie Sie es vermutlich von den Bewahranstalten gewohnt sind.«

Einige nickten stumm, offen zu sprechen traute sich jedoch augenscheinlich keiner. Bis eine hochgewachsene Frau die Stimme erhob. »Bieten Sie denn ein Mittagsmahl?«

Es war schwer, das Lächeln aufrechtzuerhalten. Zu gerne würden sie allen Kindern ein Mittagessen anbieten, doch die kleine Wohnung bot weder ausreichend Raum zum gemeinsamen Essen noch eine große Küche, wo dieses hätte zubereitet werden können.

»Leider nicht«, sagte Luise, um Marieke zu entlasten. »Wie gesagt unterscheidet sich unser Tagesablauf stark von den Bewahranstalten, bei uns werden die Kinder eben nicht lediglich *bewahrt*. Daher bleibt uns auch keine Zeit zum Kochen. Dennoch ist der Aufenthalt in unserer Vorschule sehr lohnenswert. Sie werden sehen, dass die Kinder frohen Mutes nach Hause kommen.«

»Das ist doch alles Nonsens!« Ein Mann mit einer Melone auf dem Kopf, die seinem hochroten Gesicht keinen Gefallen tat, drängte sich nach vorne. »Wenn hier irgendwelche abgeklärten Tanten vorhaben, allein des Geldes wegen die Kinder abzurichten, sollte keiner von Ihnen Ihren Nachwuchs in diese merkwürdige Vorschule schicken.« Mahnend blickte er in die Menge.

Luise sah, dass Georg Lohse etwas sagen wollte, doch Marieke war schneller. »Es war nie die Rede davon, die Kinder *abzurichten*. Wir werden mit ihnen singen, spielen und die Welt entdecken. Ganz so, wie Sie es hier bereits erlebt haben.«

»Unsinn, geldgierig sind Sie! Und Habgier ist eine Todsünde.«

»Wir haben gewisse Ausgaben für den Aufbau und Erhalt unserer Vorschule zu decken. Aber ich versichere Ihnen, dass wir uns an den Einnahmen nicht bereichern werden.« Das Gegenteil war der Fall. Mit dem Minimalbeitrag würden Marieke und sie weiter ihre alten Kleider auftragen und in einfachsten Verhältnissen leben müssen. Das war in Ordnung, aber an den Kindern, da konnten und wollten sie nicht sparen.

»Solange Sie nicht wie die Ordensschwestern um der Liebe Christi willen die Kinder behüten, pflegen, und zum Spielen anleiten, sie im Gebet und in der Religion unterweisen, so lange ist Ihre Einrichtung verwerflich. Ich finde es eine Ungeheuerlichkeit, was Sie hier versuchen.«

Kapitel 65

Dresden, 1853

Für Georg Lohse waren die ersten Tage des neuen Schuljahrs stets wie Weihnachten. Mit einer gewissen Freude verbunden, man wusste nie, was man bekam – vor allem jedoch anstrengend. Deswegen war er froh, dass die erste Woche geschafft und die meisten Regeln nun auch bei den neuen Schülern bekannt waren. So langsam konnte er mit dem eigentlichen Unterricht beginnen.

»Nehmt bitte alle euren Federhalter auf«, sagte er zu den Erstklässlern, »und legt ihn in die Kuhle zwischen Daumen und Zeigefinger. Man führt den Federhalter lediglich mit den vorderen drei Fingern. Zeichnet nun lockere Schwingen über das Papier.« Das, was einem als Erwachsener so sehr in Fleisch und Blut übergegangen war, dass man nicht mehr darüber nachdachte, war für die Elementarschüler eine immense Herausforderung. Nicht wenige wollten die Feder halten wie einen Kochlöffel. Sie kratzten zu tief ins Papier und hinterließen auf dem Weg vom Tintenfass kreisrunde Flecken.

Gemächlich schlenderte Lohse durch die Reihen. Er musste fast jedem Schüler einzeln zeigen, wie er die Feder richtig hielt. Bis er zu Fridolin und Otis kam. Die Brüder, die erst kürzlich nach Dresden gezogen waren, hatten im Gegensatz zu ihren Mitschülern in den vergangenen Tagen keinerlei Schwierigkeiten gehabt, sich von ihrer Mutter zu lösen. Dabei war diese nicht eine jener nachlässigen Frauen gewesen, denen man anmerkte, dass sie froh war, die Plagegeister loszuwerden. Sie schien eine überaus herzliche Person zu sein, hatte zum Abschied die Kragen der Jungen gerichtet und sie in eine Umarmung gezogen. Die Brüder hatten sich ohne jegliche Scheu im gesamten Raum umgesehen. Jeden Winkel hatten sie unter die Lupe genommen, während andere noch mit dem Abschiedsschmerz kämpften. Sie wussten rasch, wo die Malkittel, der Tafelschwamm und die Kreide lagen.

Anfangs war Lohse ein wenig konsterniert gewesen, aber als er zum Ende des Tages gefragt hatte, wer die Tafel wischen wolle, waren die beiden die Ersten, die sich begeistert gemeldet hatten und obendrein ohne jede Erklärung die Aufgabe ausführen konnten.

»Das macht ihr beide ganz hervorragend«, lobte er sie nun und war ehrlich angetan – von der aufrechten Körperhaltung, der Leichtigkeit, mit der sie die Feder hielten, und den flüssigen Schwüngen auf dem Papier.

Sein Ziel war es stets, dass die Kinder einen gewissen Wissenshunger, eine Freude am Lernen, ja geradezu ein Bedürfnis danach aus der Schule mitnahmen. Wenn ihm dies in den vier Jahren gelang, war er zufrieden. Doch das war ein weiter Weg. Aber bei diesen Brüdern schien der Wissensdurst bereits vorhanden zu sein. Er musste ihre Mutter, Frau Schweizer, nach dem Unterricht unbedingt ansprechen, um herauszufinden, wie sie das erreicht hatte.

Er nahm den Kreidestummel auf und zeichnete eine schematische Blume an die Tafel. Nach dem für die Schüler recht anstrengenden Schreiben wandte er sich gerne anschaulicheren Themen zu. »Wenn wir uns die Blumen in der Natur anschauen, werdet ihr rasch feststellen, dass alle ähnlich aufgebaut sind.« Er deutete auf den Stängel. »Euch ist bestimmt schon aufgefallen, dass alle einen Stängel haben. Aber wer weiß, was das hier ist?«

»Das ist der Blütenboden«, krähte Otis, ohne zu zögern. Georg konnte nicht verhehlen, dass er überrascht war. Die Frage hatte sich eher an die älteren Schüler gerichtet.

»Danke, Otis. Denk aber bitte daran, vorher aufzuzeigen. Sonst nimmst du den anderen Schülern die Gelegenheit, ihr Wissen ebenfalls kundzutun.« Normalerweise bekam er nach diesem Hinweis eine schmollende Unterlippe zu sehen. Zu seiner Verblüffung wirkte Otis jedoch ehrlich betroffen. Er erhob sich leicht, wandte sich mit ernstem Gesichtsausdruck in alle Richtungen und bat doch tatsächlich seine Mitschüler um Entschuldigung. So viele Gedanken machte sich sonst selten ein so junger und neuer Schüler um seine Mitschüler.

Georg wandte sich wieder der Blume zu, deutete auf die äußeren Blätter. »Und was haben wir hier?«

Otis' und Fridolins Arme waren beide in die Höhe geschnellt, die Augen flehentlich aufgerissen, während die anderen Schüler seinen Blick mieden. Er entschied sich diesmal für Fridolin, der nicht nur auf die Kelch- und Kronblätter hinwies, sondern sogar die Staubblätter benennen konnte. Dass er ohne Schwierigkeiten auch den Stempel identifizierte, war da schon keine Überraschung mehr. Auch nicht, dass die beiden sich zu ihren Sitznachbarn wandten, um diesen beim Abzeichnen der Blüte zu helfen, nachdem sie selbst fertig waren.

»Und ist das eine Lilie oder eine Iris?«, rief Fridolin aufgeregt in den Raum, während die anderen weiterhin mit Abmalen beschäftigt waren. Georg lachte auf. Er hatte einfach das Schema aus dem Lehrbuch übernommen; welcher Gattung die Blume war, wurde nicht ausgewiesen, und offen gestanden wusste er nicht einmal, wie eine Iris aussah. Aber die Blüte war einer Lilie nicht unähnlich.

»Das ist natürlich eine Lilie, du Depp«, sagte Otis, womit er sich einen Seitenpuff von Fridolin und dieser sich wiederum einen mahnenden Blick von Georg einhandelte.

Nach dem Unterricht passte Georg Frau Schweizer ab, bat sie, einen Moment zu warten. Nachdem sich das Klassenzimmer bis auf sie und ihre Kinder geleert hatte, wandte er sich der Mutter zu und bedankte sich für ihr Kommen. Die Jungen malten derweil geometrische Formen an die Tafel. Sogar das konnten sie schon. Und sie hatten versprochen, hinterher alles wieder sauber zu wischen.

»Gibt es ein Problem? Sie waren doch nicht zu vorlaut?«, fragte Frau Schweizer und klammerte sich an den Henkel ihrer Handtasche.

»Nein, ganz im Gegenteil. Ihre Jungen haben einen überaus positiven Eindruck bei mir hinterlassen. Sie sind aufgeweckt, hilfsbereit und rücksichtsvoll. Sie verfügen bereits über ein gewisses Wissen, und auch auf dem Schulhof bewegen sie sich zielsicher und geübt. Sie wirken eher, als wären sie Zweitklässler. Darf ich fragen, wie Sie Ihre Jungen zu Hause beschäftigt haben? Oder hatten Sie ein besonders eifriges Kindermädchen?«

Die Antwort brauchte einen Moment, bis sie herauskam. »Ja.« Frau Schweizer zögerte. »Sozusagen.«

»Interessant. Und was hat sie mit den Kindern unternommen? Ich nehme an, sie waren viel in der Natur?«

Langsam und mit geschürzten Lippen nickte sie. »Ja. Ja, das waren sie. Und sie haben gespielt. Und gebastelt.« Sie winkte ab. »Was man eben so macht mit Kindern.« Ihr Blick ging zum Fenster hinaus. »Ich fürchte, ich muss mich nun leider auf den Weg machen. Oder kann ich sonst noch etwas für Sie tun?«

Er war überrascht, dass sie das Gespräch so zügig abbrach, hatte er doch gerade erst eine seiner zahlreichen Fragen gestellt. Aber er wollte ihr auch nicht zu nahetreten.

Otis kam angefegt und umarmte das Bein seiner Mutter. Sie strich ihm zärtlich über das Haar, das etwas wild von der Stirn abstand. »War es schön heute in der Schule?«

»Ja!« Aus ihm sprach die Begeisterung, die sich meist irgendwann zwischen Kind- und Erwachsensein verlor. Schade eigentlich. »Genauso schön wie bei Hedy im Kindergarten!«

Frau Schweizer lachte verlegen auf. Mit zusammengepressten Backenzähnen sah sie beschämt zu Georg hinüber, ganz so, als würden sie hier kein normales Elterngespräch, sondern eine Gerichtsverhandlung führen.

Kapitel 66

Dresden, 1853

»Marieke!« Gegen ihren Willen musste Marieke lächeln, als sie die Stimme erkannte. Sie wandte sich um und sah wie vermutet Georg Lohse auf sie zukommen. Nach ihrem Abkommen, das sie mit einem Handschlag besiegelt hatten, waren sie übereingekommen, sich fortan zu duzen. Heute schritt er allerdings nicht gemessenen Schrittes über die Kieswege im Park, er rannte. So schnell, dass die Bänder seiner Schleife nach hinten wehten.

»Marieke«, japste er außer Atem, als er sie erreicht hatte. »Ich glaube es jetzt.«

»Was glaubst du?«

»Dass die Fröbelpädagogik förderlich ist. Mehr als das; sie kann wahre Wunder vollbringen. Da sind zwei Jungen in meiner neuen Klasse … ihr Entwicklungsstand ist beeindruckend. Nicht nur was ihre geistigen Fähigkeiten betrifft, sondern auch im Hinblick auf ihren Gemeinsinn sind sie ihren Mitschülern weit voraus. Neugierig entdecken sie ihre Umwelt, stellen Fragen, und sie bewegen sich sicherer als mancher Drittklässler. Auf dem Schwebebalken, mit dem Ball oder ohne … es ist ein himmelweiter Unterschied zu den anderen frisch Eingeschulten.«

Marieke drückte den Stapel Bücher, den sie zum Vorlesen mitgebracht hatte, an sich und genoss die Sonne, die sich in ihr ausbreitete.

»Du musst mir alles über den Kindergarten erzählen, ja? Wann ist die Eröffnung? Ich möchte unbedingt zum Hospitieren vorbeikommen.«

»Wir mussten den geplanten Termin verschieben. Durch die Anklage, dass nur, wer aus reiner Nächstenliebe Kinder betreut, sie richtig erziehen kann, hat sich in der letzten Woche niemand mehr angemeldet. Aber Luise und ich planen gerade einen Tag der offenen Tür, wo wir alles genau zeigen wollen.«

»So ein Unsinn! Wenn du mich fragst, sollte jede anständige Kindergärtnerin fürstlich entlohnt werden.«

Er zwinkerte ihr zu, aber etwas sagte ihr, dass er es nicht vollkommen als Scherz meinte.

»Es freut mich ja, dass du nun offensichtlich bekehrt worden bist. Aber warum hast du uns überhaupt geholfen, wenn du nicht zumindest ein bisschen überzeugt warst?«

Das war ihre stille Hoffnung gewesen. Dass er einer jener Männer war, die gerne diskutierten und daher manchmal der Diskussion wegen dagegenhielten, obwohl sie vielleicht nicht grundsätzlich anderer Meinung waren. So sehr hatte sie es gehofft, denn dann hätte sie die Nervosität, diese Lebendigkeit, die sie stets in seiner Gegenwart spürte, nicht länger unterdrücken müssen.

Er deutete auf eine Parkbank in der Sonne, und sie setzten sich. Mit betontem Abstand. Sie zwei gehörten nicht zusammen. Sie diskutierten nur, wie etwa Kollegen es tun würden.

»Nun ja.« Mit der Hand strich er einige widerspenstige Haare nach unten. »Es gibt schließlich immer noch Kants kategorischen Imperativ. Man soll andere so behandeln, wie man auch selbst gerne behandelt werden möchte.«

»Wobei das eine unzulässige Verkürzung ist. Kant ging es eher darum, dass man auch *ohne* Gegenleistung ehrenvoll handelt.«

Sein Blick verweilte auf ihr. So lange, dass sie begann, an ihrem faltigen Kleid herumzuzupfen. Hatte er hier einen Makel entdeckt? Gut möglich. Es bestand ja mehr aus Makeln als aus untadeligem

Stoff. Da nützte auch das In-Form-Zupfen nichts. Und er hatte sie mittlerweile schon oft darin gesehen, sie besaß schließlich nur drei Kleider.

Doch ihre Kleidung schien ihn gar nicht zu interessieren. Er kehrte direkt zum Thema zurück. »Was ich nun ja getan habe. Man könnte fast meinen, dass ich es durch selbsttätiges Handeln erkannt habe. Die beste Form des Lernens, wie wir wissen. Einer der wenigen Punkte, in denen wir uns einig waren.« Sie hatte nicht gewusst, dass sich auf seiner linken Wange ein Grübchen bildete, wenn er lächelte. Hatte er sie noch nie angelächelt? Oder hatte sie ihn zuvor nie richtig angesehen?

»Fürwahr. Wobei man behaupten könnte, dass der Unterricht und die Jungen in diesem Fall als eine Art Spielgabe fungierten, die zu dieser Erkenntnis beigetragen hat.«

»Dann willst du also behaupten, dass ich den lieben langen Tag nichts anderes tue, als zu spielen?« Er tat so, als sei er zutiefst entrüstet.

»Das ist in Ordnung. Ein sehr weiser Mann hat mal gesagt: *Spielen ist Leben.*«

»Du bist mit der Materie wirklich gut vertraut. Mit dem Bildungswesen allgemein. Du musst Fröbels Schriften außerordentlich gut studiert haben.«

Marieke seufzte. Sie dachte so oft an die Tage im Schlösschen zurück. An die Zeit mit Luise, Friedrich und den anderen Schülerinnen, die Freundinnen geworden waren. »Nicht nur das.«

»Du hast sie auch diskutiert?«

»Er war mein Mentor. Und der Ehemann meiner liebsten Freundin.«

»Luise.« Er stöhnte auf, fasste sich an die Stirn. »Sie ist Luise Fröbel, nicht wahr? Warum habe ich das nicht gleich durchschaut?!«

Marieke nickte mit zusammengepressten Lippen. »Das macht diese ganze Sache mit dem Kindergarten so schwierig … wenn du … wenn du nun dein großzügiges Angebot zurückziehen willst … du hättest unser volles Verständnis.«

»Nein.« Sie liebte die Entschiedenheit in seiner Stimme. »Nun erst recht nicht. Wenn der Kindergarten so etwas bei den Kindern zu bewirken vermag, darf er unter keinen Umständen untergehen. Ich werde unterschreiben. Doppelt und dreifach, wenn es sein muss.«

Marieke wehrte sich innerlich. Sie wollte ihn ablehnen, so wie er sie nach der Wohnungsbesichtigung abgelehnt hatte. Aber wie er so in der Inbrunst seiner Überzeugung vor den Bäumen im ersten Anflug des Herbstes dastand, konnte sie nicht anders, als den Kampf gegen ihre Gefühle aufzugeben. Jene, die ohnehin schon längst gewonnen hatten, selbst als er ihre Pädagogik noch kritisch gesehen hatte.

»Nichtsdestotrotz … wenn es euch Schwierigkeiten bereitet und zudem das Risiko vergrößert … Luise könnte doch den Namen wechseln. Vielleicht zu ihrem Mädchennamen zurückkehren?«

Marieke schüttelte den Kopf. So viele hatten sich abgewendet, so viele Befürworter waren verstummt. Es fühlte sich an, als würde das letzte Licht verlöschen, wenn selbst seine treusten Anhängerinnen nun aufgaben. »Es käme ihr vor wie Hochverrat. Und mir ebenso.«

Kapitel 67

Dresden, 1853

Wenn Luise die Spielgaben betrachtete, die ordentlich aufgereiht auf der Fensterbank warteten, und die Brote, die sie liebevoll mit Kräutern aus dem Wald garniert hatten, den geschrubbten Boden und die Fenster, die so klar waren, dass man kaum das Glas bemerkte, war sie stolz. Friedrich wäre es ebenso gewesen. Alles war für den Besuch der Eltern und ihrer Kinder perfekt vorbereitet. Unzählige Handzettel hatten sie in den letzten Tagen verteilt, sogar Geld für eine Zeitungsannonce zusammengelegt, denn was wäre ein Kindergarten ohne Kinder?

Georg Lohse hatte sie tatkräftig unterstützt. Sie genoss seine begeisterten Erzählungen von den beiden Jungen, da Hedy, die Kindergärtnerin, die maßgeblich für diese positive Entwicklung seiner Schüler verantwortlich war, eine ihrer ersten Schülerinnen gewesen war. Und sie freute sich, dass er oft in Mariekes Nähe aufzufinden war. Ihr entgingen nicht seine scheinbar zufälligen Berührungen, wann immer er im engen Flur an Marieke vorüberlief. Selbst wenn seine Hand nur eine Sekunde auf Mariekes Rücken verweilte oder ihre Fingerspitzen einander lediglich streiften, wenn sie sich etwas reichten. Und dann war da noch das Lächeln zwischen den beiden, das einen Hauch fröhlicher strahlte als ein gewöhnliches Lächeln. Die Energie zwischen ihnen war so stark, dass sie spürbar war. Ob es bei Friedrich und ihr ebenso gewesen war? Hatten die anderen längst geahnt, was war, während sie vor sich selbst noch zu leugnen versucht hatte, was längst geschehen war?

Kurz vor zehn läutete es an der Tür, und sie ließen aufgeregt die ersten drei Familien ein. Luise wählte die dritte Spielgabe für den Jungen, dessen Haare vorne in einem Wirbel vom Kopf abstanden, und die zweite für das etwas jüngere Mädchen mit den Rattenschwänzen.

Würfel, Kugel, Walze. Friedrichs Grabstein. Luise lächelte, obwohl der Schmerz sich ausbreitete wie ein Tropfen Tinte in einem Wasserglas. *Weiteratmen!*, mahnte sie sich. Sie widmete ihre gesamte Aufmerksamkeit den Kindern, um nicht an das Grab inmitten verschiedener Grüntöne zu denken. Da war er doch ohnehin schon längst nicht mehr. Nein, er hatte sie nie verlassen, erinnerte sie sich, sie trug ihn weiterhin in sich. In diesem Moment freute er sich mit ihnen über das Erblühen eines weiteren Kindergartens, so wie er stets über jeden einzelnen gejubelt hatte.

Bereitwillig beantwortete sie die Fragen der Eltern zu den Spielgaben, führte sie durch die Räumlichkeiten, während es abermals schellte und Marieke aufsprang, um die nächsten Familien einzulassen.

Luises Schritte wurden leichter. In den letzten Tagen, nach dem, was im Park passiert war, war ein klammes Gefühl in ihrem Magen ihr stetiger Begleiter gewesen. Die nagende Angst, dass womöglich niemand kam – doch nun war die Wohnung voll. Was allerdings bei einer solch kleinen Wohnung schnell ging, und sie vermutete, dass mindestens doppelt so viele Familien kommen müssten, wie sie Anmeldungen anpeilten. Und das war die wohlwollende Rechnung. Aber der Tag war noch jung.

Am späten Nachmittag fühlte Luises Mund sich faserig an, nachdem sie den ganzen Tag geredet und Spielgabe um Spielgabe erklärt hatte. Alles, ohne ein einziges Mal Friedrichs Namen zu erwähnen. Oder ihren eigenen. Offiziell waren sie eine Vorschule, die sich verschiedener pädagogischer Systeme bediente. Ganz klein und unscheinbar stand der nichtssagende Name *Vorschule Akazienstraße* an der Klingel. Sie war erschöpft, aber frohen Mutes – mit einer Prise Schwermut, denn es waren nicht so viele Familien gekommen, wie sie gehofft hatten.

»Ob wir noch mehr Handzettel hätten verteilen sollen? Um noch mehr Aushänge in den Geschäften bitten?« Sie sah zu Marieke und dann zu Georg, spürte Mariekes Hand auf ihrem Oberarm. »Wann hättest du die verteilen wollen? Nachts? Dann wärst du vermutlich heute vor Erschöpfung zusammengebrochen. Glaub mir, wir haben alles gegeben. Ich verstehe auch nicht, warum so wenige gekommen sind.«

Georg strich sich mit der Rechten durch den Bart, sodass es leise knisterte. »Mir ist es ebenfalls ein Rätsel. Auf dem Weg zur Schule bin ich mindestens an sieben Plakaten vorbeigekommen. Und in der Schule, wo man ja nun die meisten Eltern des Bezirks antrifft, habe ich sie zentral aufgehängt. Jede Mutter mit jüngeren Kindern habe ich höchstpersönlich eingeladen. Viele haben freudig ihre Zusage gegeben – trotzdem ist kaum jemand von ihnen aufgetaucht.«

Ein schrilles Klirren ließ Luise zusammenfahren, ihre Hand wanderte zum Herzen, doch noch bevor sie dort ankam, spürte Luise einen heftigen Tritt gegen die Hüfte. Aber es konnte kein Tritt sein, wurde ihr inmitten des Dusels bewusst, während der Schmerz von der Hüfte ausgehend in sämtliche Richtungen stob. Sie stöhnte auf, zeitgleich mit Marieke, die schockiert Luises Namen rief. Gestützt von Marieke und Georg sank Luise auf einen der Zwergenstühle und presste die Hand gegen ihre Hüfte. Erst als die Gedanken nicht mehr duselten, stellte sie die Frage.

»Was war das?«

Georg hob einen faustdicken Stein von den Dielen, sah zum zersplitterten Sprossenfenster und wieder zurück. »Wie es aussieht, hat die Ablehnung neue Ausmaße angenommen. Jetzt, da eure Pläne konkret werden …«

»Was für Hurensöhne!«, zischte Marieke und erinnerte Luise durch ihre Worte daran, dass sie unter anderen Einflüssen aufgewachsen war. »Hier hätten noch Kinder sein können! Oder stell sich einer vor, was passiert wäre, wenn wir das Geschoss an den Kopf bekommen hätten.« Marieke nahm Georg den Stein aus der Hand und löste das Paketband, das zusammen mit einem beigefarbenen Zettel um ihn gewickelt war. Hatte man für den Fall der Fälle den Schlag abmildern wollen?

Dass sie zu naiv gewesen war, erkannte Luise, als Marieke laut nach Luft schnappte und die Hand vor den Mund schlug. Georg, der über ihre Schulter mitgelesen hatte, strich Marieke sanft über den Rücken. Mariekes Hand zitterte, als sie Luise den Zettel hinhielt.

»Warnung an alle Eltern«, las Luise leise murmelnd vor. »Bei der neu eröffneten Vorschule in der Akazienstraße handelt es sich um einen Kindergarten unter anderem Namen. Vor einem Besuch dieser Einrichtung warnt der Kirchenvorstand der protestantischen Gemeinde eindringlich, denn hier wird demokratisches, freiheitsliebendes und unchristliches Gedankengut vermittelt. Die gesamte Institution ist durchdrungen von einem unweiblichen, politischen Parteigeist.« Luise ließ das Blatt sinken. »Jetzt warnt sogar die protestantische Kirche vor unserem Kindergarten? Wissen sie nicht, dass Friedrich begeistert von Luther war? Dass er seine Neffen kostenfrei in Keilhau aufgenommen hat, damit sie eines Tages ihrem Onkel nacheifern können?«

Georg sank neben ihr auf den nächsten Zwergenstuhl. »Es ist ein Kampf um die Jugend. Die Kirchen halten die Kinder in den frühesten Lebensjahren für am empfänglichsten für sich und hoffen, sie in ihrem Geiste großziehen zu können. Wenn die Kinder nicht in einen Kindergarten gehen, kommen sie eher in eine Institution der protestantischen Kirche und werden, so geprägt, dieser dann später eher angehören.«

»Aber das sollen sie doch auch!« Luise warf frustriert ihre Hände in die Luft. »Nur eben aus freien Stücken. Nicht, weil sie von klein auf indoktriniert wurden.«

Die Erkenntnis kam, als Luise den Kopf in den Nacken legte, die dunklen Flecken an der Decke studierte. »Nein.« Sie massierte ihren Nacken. »Es kann einfach nicht sein. Jemand wird den Namen der Kirche unrechtmäßig für seine Zwecke benutzt haben und macht in ihrem Namen Propaganda gegen uns. Die katholische Kirche ist uns nicht wohlgesinnt, aber die protestantische hat viele von Friedrichs Elementen der Menschenerziehung übernommen. Sie nutzen die Spielgaben und unterrichten die Erzieherinnen, bevor sie eine Bewahranstalt eröffnen. Es kann so nicht sein.« Sie sprang auf. »Wo ist die protestantische Kirche? Ich muss sie warnen, sie müssen wissen, was hier geschieht.«

Der unbändige Zorn versorgte sie mit einer kraftvollen Energie. All die Verleumdungen und Anfeindungen der letzten Jahre … sie hatte genug. Im Namen der Kirche zu handeln war eine Ungeheuerlichkeit, die dem Ganzen die Krone aufsetzte.

Den Zettel fest in der Hand stapfte sie wenig später durch den Park, Marieke und Georg hinter ihr. Vermutlich versuchten sie, sie aufzuhalten, da waren nebelige Worte und immer wieder ihr Name, aber sie wollte nichts hören. Der Zorn rauschte zu laut durch ihre Ohren. In der Ferne sah sie bereits das Gebäude der Heiligen-Geist-Kirche aus hellem Sandstein mit dem schwarzen Kuppeldach vor sich. Sie würden aus allen Wolken fallen, wenn sie schwarz auf weiß sahen, in welcher Weise sich jemand ihres Namens bediente. Die Abendmesse war gerade vorüber, und Menschen strömten aus der Tür mit dem Spitzdach, das die Form des größeren Spitzdachs des Kirchenbaus im kleineren Format spiegelte. Angeregte Unterhaltungen verbanden sich zu einem Geräuschteppich, und jetzt sah Luise, dass nicht wenige von ihnen Zettel in der Hand hielten. Je näher sie dem Gotteshaus kaum, desto mehr verräterisches Weiß sah sie in Händen oder aus Jackentaschen herausblitzen. Sicherlich eine Bekanntmachung oder der Text eines neuen Liedes, das nicht im Gesangbuch zu finden war?

Ein verwaister Zettel flatterte im Zwielicht über den erdigen Boden mit den vereinzelten Grashalmen. Luise zögerte nicht lang und hastete im Zickzackkurs hinterher. Sie musste ihn mit ihrem Fuß stoppen, damit er nicht entkam. Der Boden schien tiefer, als sie sich danach bückte, und ihr wurde schwindelig, als sie sich wieder aufrichtete. Sie musste den Text nicht lesen. Bereits am Satz erkannte sie, dass es haargenau der gleiche Handzettel war, der vor nicht einmal einer Stunde zusammen mit dem Stein so schmerzhaft gegen ihre Hüfte geprallt war.

Marieke und Georg erreichten sie, sahen über ihre Schulter, und Marieke schimpfte umgehend los, während Luise sich einen Moment der lähmenden Ohnmacht hingab. Eine Institution, die Fürsorge und Nächstenliebe predigte, war zu so etwas imstande? Eine Institution, der auch sie angehörte? Sie glaubte nicht, dass jemand von der Kirche den Stein geworfen hatte, aber diese öffentliche Warnung zerstörte noch viel mehr, als ein Stein es je vermocht hätte. Wie oft würden sie noch beteuern und beschwören müssen, dass sie nicht gegen die Kirche waren? Sie hatten doch sogar ein Morgengebet eingeplant und würden die christlichen Feste feiern. Der durchdringende Ton der Kirchenglocke holte sie aus ihrer Starre.

»Das können die nicht mit uns machen!« Entschlossen ging sie gegen den Strom aus Menschen in die Kirche. Wo war der Pastor? Direkt hinter dem Eingang musste sie abermals innehalten. Nach Luft schnappen. Auf der Pinnwand mit den Bekanntmachungen war ein weiteres Mal die Warnung an alle Eltern zu finden, die sie in der Hand hielt. Nur waren dort die Buchstaben so riesig, dass es

Luise so vorkam, als würden sie den gesamten Kirchenraum ausfüllen. Der Gedanke war schwer zu fassen. Sie befand sich hier in einer Kirche, einem Gotteshaus, das dafür erschaffen war, dass Christen unter seinem Dach zusammenkamen, beteten, Predigten hörten und das Sakrament empfingen. Alles war auf gegenseitige Unterstützung und Gemeinschaft ausgerichtet – und gleichzeitig waren sie offenbar imstande, vor einer Einrichtung wie dem Kindergarten zu warnen?

Der Pastor trat in seinem bodenlangen Talar an ihre Seite. Die weiße Stola lag noch über seinen Schultern, und der sorgfältig gestutzte Bart bestärkte seinen würdevollen Habitus. »Ah, ich sehe, Sie machen sich bereits vertraut? Mir ist zugetragen worden, was sich in dieser sogenannten Vorschule abspielt, und da ich selbst Nichten und Neffen im Kleinkindalter habe, ist es mir ein persönliches Anliegen, davor zu warnen.«

Luise musterte seine steingrauen Augen inmitten des faltigen Gesichts, das eigentlich recht gütig wirkte, und verschränkte die Arme. »Was genau wissen Sie denn über diese Vorschule?«

Er schien ihre Abneigung zu spüren, vergrößerte den Abstand und löschte das Lächeln aus seinem Gesicht. »Genug.«

»Haben Sie sich die Institution denn einmal angesehen, vor der Sie hier so vehement warnen?«

»Das muss ich nicht. Ich habe zuverlässige Quellen. In Preußen sind diese Kindergärten sogar verboten, ich denke, das sagt genug.«

Zu gerne hätte sie gewusst, wer diese angeblichen Quellen waren. Wie hatten sie herausgefunden, dass sie im Grunde genommen ein Kindergarten waren? Aber mit Wut und Anfeindungen würde sie nicht weiterkommen. Und sie musste etwas tun. Der spärlich besuchte Tag der offenen Tür hatte gezeigt, wie weitreichend der Einfluss der Kirche war. Was hatte Friedrich in solchen Momenten der Ablehnung getan? Sie erinnerte sich an das Paket mit all seinen Büchern, das er nach Preußen geschickt hatte. Er hatte stets mit offenen Karten gespielt, geduldig erklärt, dass er nichts zu verstecken hatte.

Sie hielt ihm die Hand entgegen. »Wenn ich mich vorstellen darf? Ich bin die stellvertretende Leiterin der Vorschule. Ich möchte Sie herzlich einladen, sich ein eigenes Bild zu machen.«

Sie lächelte. Seine Miene blieb versteinert.

»Niemals«, sagte er nach einer kurzen Pause. »Ihr Vorhaben ist ein Gräuel in Gottes Augen, und ich werde alles in meiner Macht Stehende tun, um die Eröffnung zu verhindern.« Danach wandte er sich ohne ein weiteres Wort ab.

Kapitel 68

Dresden, 1853

Sie würden nicht aufgeben. Die Worte des Pastors hatten trotz aller Schärfe und Unterstellungen ihren Kampfgeist nur gestärkt. Bis spät in die Abendstunden hatten Luise und Marieke in ihrer stickigen Kammer zusammengesessen und diskutiert, waren aufgestanden, hatten die Plätze getauscht und waren die vier Schritte über die knarzenden Dielen auf und ab gelaufen. Schließlich war der Abend trotz ihrer desolaten Lage darin gemündet, dass sie mit einem »Jetzt erst recht!« die Gläser hatten klirren lassen.

Selbst wenn acht Eltern die Anmeldung zurückgezogen hatten – sechs Kinder würden kommen. Es war ein Anfang. Früher oder später würde der Wind sich wieder drehen, dann würden sie mit Rückenwind über die höchsten Wellen gleiten. Sie mussten es lediglich schaffen, diesen Sturm zu überstehen. Nach den Rudern greifen und pullen, was das Zeug hielt, bis sie ruhigere Gewässer erreicht hatten.

Wegen ihres Kampfeswillens konnte Luise an diesem Morgen keine Minute still sitzen. Schon seit zwei Stunden war sie wach, stand auf, lief um den wackeligen Tisch herum, setzte sich wieder und lauschte Mariekes gleichmäßigem Atem. Das Rübenkrautbrot hatte sie zur Seite geschoben, die Vorstellung, etwas den zugeschnürten Hals hinunterzuschlucken, war zu unangenehm. Eine Weile starrte sie auf die Maserung der Holzdielen, die ihre Last an den vorangegangenen Tagen so geduldig getragen hatten. In den

Fugen hatten sich Staub und tote Mücken gesammelt, auch wenn Marieke und sie alles so gut wie möglich geputzt hatten. Sie stand abermals auf. Ging abermals im Zimmer umher, bückte sich unter ihrer Wäscheleine hindurch und betrachtete die Wände, an denen sich lange Risse bis zur Decke hin zogen. Die feuchte Luft machte ihr heute besonders zu schaffen, aber die Fenster ließen sich weder richtig öffnen noch schließen. Sollte sie nicht doch das andere Kleid anziehen, das geblümte? Das, was sie gerade trug, klebte klamm an ihrem Körper. Mit einem frischen würde es allerdings rasch ähnlich sein. Aber vielleicht gefielen den Kindern Blumen besser?

Sie tastete nach dem Amethyst an ihrem Hals und versuchte, Friedrich zu spüren. *Es wird gut werden, warte nur ab,* würde er in seiner ruhigen und klaren Stimme sagen. Im Gegensatz zu ihr wäre er freudig aufgeregt anstatt nervös. Sie stellte sich vor, wie die Kinder ankommen und den Raum für sich entdecken würden. Gleich nach dem Morgengebet hatten sie Freispiel eingeplant, vermutlich würden die Mädchen und Jungen wetteifern, wer den höchsten Turm baute, bis einer auf die Idee käme, Bilder aus den Bauklötzen zu legen, und sie sich gegenseitig mit den kreativsten Einfällen übertrumpften. Danach die Kreisspiele. Sie liebte es, wenn sich die lieblichen Kinderstimmen in den Liedern mischten, und das Herz ging ihr auf, wenn sie beobachtete, welche Freude die Kinder daran hatten, die vorgegebenen Bewegungen passend zum Lied zu machen.

Alles war vorbereitet. Neben den Spielgaben hatten sie und Marieke Kastanien, Eicheln und Steine für das freie Legen gesammelt. In Druckereien und Geschäften hatten sie nach Papier- und Pappabfällen gefragt und daraus weiteres Spielzeug und Bastelmaterial angefertigt. Es gab Flechtblätter und dank einiger großzügiger Spenden bunte Perlen zum Auffädeln, Tafeln zum Malen, ein Springseil, Spielbälle, Puppen mit Bettchen, Fahnen und Bilderbücher. Sie hatten sogar für jedes Kind einen Buntstift anschaffen können, und Luise freute sich schon jetzt auf die strahlenden Kindergesichter, wenn sie ihre Welt in Farben auf das Papier bringen konnten.

Vom Bett her raschelte die Decke, und Marieke streckte sich ausgiebig. »Der Herrgott scheint doch nicht ganz gegen uns zu sein«, sagte sie und nickte zum Fenster, durch dessen milchige Schmutzigkeit sich das gute Wetter erahnen ließ.

Luise stimmte zu. Stand wieder auf. »Meinst du, dieses Kleid ist gut?« Sie fächerte den Rock auseinander, als würde Marieke nicht jedes ihrer Kleidungsstücke so gut wie ihre eigenen kennen. Marieke schmunzelte. »Bei all den Spielsachen, die die Kleinen heute zu entdecken haben, fürchte ich, werden sie dein hübsches Kleid kaum wahrnehmen. Sei also ohne Sorge. Kinder wissen noch, worauf es ankommt.«

Marieke wusch sich rasch, zog sich an, und Luise bot ihr das Rübenkrautbrot an, das sie mit wenigen Happen verspeiste. Sie beschlossen, schon einmal in den Kindergarten zu gehen, obwohl es viel zu früh war. Um sich beschäftigt zu halten, klebten sie Zichorienbilder, diese kleinen Sammelbilder mit Tieren, die dem Zichorienkaffee beilagen, an kleine Hölzchen, sodass sie aufrecht standen.

»Das wird der Höhepunkt für jedes Bauklotzhaus«, kündigte Marieke an, und auch Luise sah es förmlich vor sich, wie die Kinder ganz aufgeregt die kleinen Tiere in ihre Häuser würden einziehen lassen.

Als es schließlich klingelte, musste Luise sich zusammenreißen, um nicht eine Sekunde später die Tür aufzureißen. Nach drei Atemzügen ging sie gesittet zur Tür und begrüßte die erste Mutter mit ihrer Tochter herzlich, aber professionell. Die nächsten Ankömmlinge ließen nicht lange auf sich warten. Als sie und Marieke wenig später das Morgengebet beendet hatten und den Kindern ihre Spielgaben aushändigten, war jegliche Nervosität verschwunden. Jetzt war Luise wieder sie selbst, konnte handeln, ohne lange nachzudenken. Sie liebte es, den Kindern Fragen zu beantworten und dezente Anregungen zu geben, wie sie ihr Spiel weiterentwickeln konnten.

Es klingelte abermals. Wie von selbst sah Luise zu Marieke, auch die schien überrascht, da alle angemeldeten Kinder bereits eingetroffen waren. Luise stand vom Spielteppich auf. »Vielleicht hat sich jemand umentschieden?« Einige hatten sich in der vergangenen Woche wieder abgemeldet, obwohl sie beim Tag der offenen Tür durchaus angetan gewirkt hatten.

Sie öffnete die Tür und wurde im nächsten Moment grob zur Seite gedrückt. Sieben Konstabler in hellgrauen Mänteln und blauen Mützen marschierten in den Raum und sahen sich um, als würden sie hier Diebesbeute erwarten. Der eine mit einer goldenen Kopfbedeckung drückte ihr ein Edikt gegen die Brust. Bevor ihre Furcht endgültig die Kontrolle übernehmen konnte, wandte sie sich an Marieke. »Rasch, geh mit den Kindern in den Park. Nehmt den Ball und die Seile mit.«

»Dürfen wir hier später weiterspielen?«, fragte Hanna, das Mädchen mit den Rattenschwänzen, und Luises Wunsch, etwas Leichtes, Beruhigendes zu sagen, war größer als die Semperoper. *Natürlich. Ihr geht nur kurz raus, und später geht es hier weiter.* Die Sätze wären so einfach. Doch wenn sie auf die Konstabler sah, die mit mürrischer Miene in die Zimmer spähten, wusste sie, dass sie besser nicht zu viel versprach.

Sie schaffte es zu lächeln. Für die Kleine, die durch die Konstabler noch eingeschüchterter sein musste als sie selbst. »Schauen wir mal«, sagte sie, obwohl ihre Augen brannten und ihre Gedanken sich zu grauenvollen Bildern zusammenwebten.

•••

Die Konstabler scherten sich nicht um die liebevoll zusammengetragenen Sachen. Sie rissen Schublade um Schublade heraus. Die in mühevoller Kleinarbeit hergestellten Spielsachen krachten unter ihren schweren Stiefeln. Der Boden war in kürzester Zeit überzogen von zertretenen Papierkugeln und von Zichorienbildern mit zerbrochenen Stäbchen. Wie ein lebendiger Besen hastete Luise hinter ihnen her und klaubte so viele Utensilien vom Boden, wie sie zu fassen bekam. Aber wohin damit? Ganz gleich, in welcher Kiste sie die Materialien sammelte, der nächste Konstabler würde kommen und den Inhalt auf seiner Suche nach was auch immer abermals ausleeren.

»Bitte. Seien Sie vorsichtig«, bettelte sie, während bunte Papierstreifen aus ihrem Rettungshaufen zu Boden segelten. Blind für die Wahrheit, konnte Luise nur ans Weitermachen denken. *Sie benötigten die Materialien doch für den nächsten Kindergarten, den sie eröffneten!*

Die Konstabler hörten sie nicht einmal.

»Vorsicht, die Puppe!«, rief Luise, bevor Irmgards Gesicht unter dem nächsten Stiefel zerschmettert wurde. Luise nahm die Puppe mit dem zertretenen Kopf hoch, musste dafür die Hälfte der Bastelmaterialien opfern, die aus ihrem Arm abermals auf den Boden klatschten.

»Wenn Sie mir sagen, was Sie suchen, kann ich Ihnen gewiss behilflich sein«, flehte Luise in Richtung der wühlenden Männer.

»Das wird nicht nötig sein.« Die barsche Stimme ließ sie herumfahren. Der Konstabler mit der goldenen Kopfbedeckung lächelte böse und ließ seinen Daumen durch die Blätter und Hefte fahren, die er in der Hand hielt. Luise ließ die Sachen fallen, stürzte zu ihm hinüber und versuchte, ihm den Papierstapel zu entwinden. Friedrichs Schriften.

Er trat zurück, bevor sie ihn erreicht hatte, Luise griff ins Leere. In ihrem Kopf flackerten Bilder auf, sie und Friedrich in seinem Kontor in Keilhau.

Was genau verstehst du unter dieser Sphärentheorie?

Warum ist die Bindung zwischen Mutter und Kind solch eine besondere?

Weshalb ist die manuelle Arbeit im Unterricht von so zentraler Bedeutung?

All die Themen, die sie so lange diskutiert hatten. Der Konstabler sollte die Schriften nicht berühren, es kam ihr wie eine Entweihung vor.

»Bitte, nicht die Texte«, flüsterte sie, nachdem er ihr abermals ausgewichen war.

»Ich denke, hiermit ist es amtlich. Bücher und Aufsätze von Friedrich Fröbel. Diese Einrichtung ist mit sofortiger Wirkung geschlossen. Wer ist der Inhaber?«

»Es ... es ist kein Kindergarten. Wir haben uns mit Fröbels Pädagogik auseinandergesetzt, arbeiten aber nicht ausschließlich danach.«

»Versuchen Sie nicht, mich zum Narren zu halten. Wer ist der Vorsitzende des Vereins?«

Luise schwieg. Auch als die Konstabler schließlich zur Wohnung hinaustrabten. Mit dem Rücken zur Wand glitt sie zu Boden und tauchte in das Meer aus kaputtem Spielzeug ein. Es war zu ruhig. Statt Kinderlachen und Geplauder nur ein Rattern aus der Nachbarwohnung und ein bellender Hund in der Ferne. Sie wusste nicht mehr weiter. Sie hatte es ihm versprochen. Und dennoch versagt. Sie war nicht stark. Sie hatte es versucht, doch sie war es nicht. Es war vorbei.

Kapitel 69

Dresden, 1853

Marieke fiel es nicht leicht, Fröhlichkeit vorzutäuschen, während ihr Blick zweimal pro Minute in Richtung der kleinen Wohnung hinter dem Park wanderte, die sie angemietet hatten. Nach einer halben Stunde hielt sie es nicht mehr aus und klatschte in die Hände.

»Habt ihr Lust auf einen kleinen Ausflug?« Enthusiastische Fragen hatten stets eine enthusiastische Antwort zur Folge. »Gut, dann bringen wir jetzt alle Kinder nach Hause.« Einen derartigen Ausflug hatten sie für später im Jahr ohnehin geplant, dass sie ihn nun direkt am ersten Tag machen mussten, war nicht ideal, aber da sie momentan nicht sicher war, ob es überhaupt einen zweiten Tag geben würde, blieb ihr keine Wahl.

Zuerst brachten sie Anton nach Hause, der direkt neben dem Park wohnte. Danach Hanna und ihren Bruder und schließlich die letzten drei Kinder. Mariekes Gedanken hielten währenddessen nie still. Mit wild pochendem Herzen trat sie aus der letzten Villa heraus. Was wäre der beste nächste Schritt? Direkt zurück zu Luise? Oder besser Georg verständigen? Sie hatten sich in der vergangenen Woche verlobt, sodass sie in seiner Schule nicht in Erklärungsnöte käme, wenn sie ihn aufsuchte und einen familiären Notfall vortäuschte. Aber was hieß *vortäuschte*? Es war ein Notfall. Einer der schlimmsten, die sie sich hätte ausmalen können – selbst wenn sie in den letzten Wochen wie auf zu dünnem Eis vorangeschritten waren, immer darauf vorbereitet, einzubrechen. Wenn es so weit war, rechnete man dennoch nicht damit.

Sie entschloss sich, zuerst zu Georg zu gehen, auch wenn es nicht allzu unwahrscheinlich erschien, würde er als Mann vielleicht mehr ausrichten können. Immer zwei Stufen auf einmal nehmend, hastete sie die Treppe zum Haupteingang der Schule hinauf. Sie war nicht sicher, wo Georg sein Klassenzimmer hatte, wusste nur, dass es im Erdgeschoss lag. Atemlos sah sie sich nach einer Person um, die sie ansprechen konnte, als sich am Ende des Flures eine Tür öffnete. Zwei Konstabler in ihren hellgrauen Mänteln, die Marieke in der kurzen Zeit zu hassen gelernt hatte, traten heraus. Es folgten zwei weitere, und – Mariekes Schrei war schrill – sie hatten Georg in ihrer Mitte.

• • •

Marieke rannte neben den beiden Konstablern her, die Georg festhielten. »Warten Sie! Was haben Sie vor?«

Die mürrischen Gesichter der Gendarmen blieben stumm.

»Sie verdächtigen mich kommunistischer und sozialistischer Machenschaften«, sagte Georg tonlos, dem sie die Hände zusammengebunden hatten. Marieke hatte das Gefühl, nicht ausreichend Luft zu bekommen. War das ihre Schuld? Wurde er wegen des Kindergartens verhaftet?

»Warten Sie, das alles ist ein riesengroßes Missverständnis. Geht es um den Kinderg… um die Vorschule? Herr Lohse hat nichts damit zu tun.«

»Still jetzt!« Georg sah sie mahnend an. *Reite du dich nicht auch noch mit hinein,* sagten seine Augen beschwörend.

Das geht doch nicht. Du kannst nicht für uns ins Zuchthaus gehen, antwortete sie verzweifelt, ebenfalls mit ihren Augen. »Halt! Sie können nicht gehen!« Sie hielt einen der Konstabler am Ärmel, aber der schüttelte sie mit einer unwirschen Bewegung ab. Sie wollte erneut zugreifen, doch da schwang er zu ihr herum. »Noch einmal, und Sie landen mit in der Haftanstalt, Fräulein«, zischte er so abfällig, dass feine Spucketropfen ihr Gesicht übersäten.

»Tu, was er sagt, Marieke!«, bat Georg hilflos. Inzwischen waren sie am unteren Ende der Eingangstreppe angekommen. Er sah so verzweifelt aus, dass sie die Arme hängen ließ. Vom Gefängnis aus würde sie ihm am allerwenigsten helfen können. Wie betäubt stakste auch sie die Treppenstufen hinunter und beobachtete, wie die Männer Georg grob in die Kutsche schubsten. Sein Gesicht verlor sich in der Dunkelheit der Kabine. Dann kam wieder Leben in Marieke. Wütend rannte sie der Kutsche hinterher, bis ihre Lunge so sehr brannte, dass sie keine Luft mehr bekam. Auf die Oberschenkel gestützt, rang sie um Atem, ignorierte das Stechen in ihren Seiten. Sobald sich ihr Herzschlag ansatzweise beruhigt hatte, machte sie kehrt, rannte die gesamte Strecke zur Akazienstraße zurück und schloss mit bebenden Händen die Tür auf. Im nächsten Moment stand sie in einem heillosen Chaos. Kommodenschubladen standen offen, aus ihnen quollen Kleider heraus, der ganze Boden war übersät von ihren Utensilien. Lauter Spielsachen waren in ihren so fröhlich-bunten Farben zu einem kunterbunten Teppich der Zerstörung geworden. Selbst die Bilder hingen schief an der Wand.

»Luise?« Nicht einmal ihre Stimme war in Ordnung, sie krächzte. Bei jedem Schritt knirschte es, doch es ergab keinen Sinn mehr, auf diese Kleinigkeiten achtzugeben.

»Luise, bist du hier?«

In der Küche standen alle Schränke offen, Mehl, Haferflocken, Äpfel und selbst der kostbare Kakao auf den Ablageflächen und dem Boden.

»Luise?« Aus ihrem aufgeregten Rufen war ein kraftloses Fragen geworden. Schließlich fand Marieke ihre Freundin im hinteren

Gruppenraum. Bewegungslos saß sie inmitten des Chaos, den Rücken an der Wand, und starrte vor sich hin.

»Sie haben Georg mitgenommen«, sagte Marieke traurig.

Nach einer Weile nickte Luise langsam. Sonst nichts.

»Was machen wir denn jetzt?«

Ihr Wortwechsel glich einem schwergängigen Eisenbahnwaggon, kam kaum in Gang und stockte immer wieder.

»Ich weiß es nicht.«

Abermals ließ Marieke ihren Blick über das Chaos gleiten. Man wusste nicht, wo man anfangen sollte, und doch wäre das hier noch die am einfachsten zu bewältigende Baustelle. Sie war nichts gegen das Chaos in ihrem Leben.

Sie hatte ihre Heimat verlassen. Der Mann, zu dem sie gepilgert war, war verstorben und obendrein bei den Behörden verhasst. Mit ihrem Beruf machte sie sich zur Staatsfeindin, und ihr angehender Ehemann war verhaftet worden. Wie kam man aus so einer Situation je wieder heraus? Sie hatte das beklemmende Gefühl, sich verrannt zu haben. So lange hatte sie für die Fröbelpädagogik gekämpft. Aber wenn diese so sehr verhasst war – wer sagte eigentlich, dass nicht sie selbst falschlag?

Vielleicht war es richtig, in der Bewahranstalt stupide Dinge zu lehren. Dann erwartete man immerhin nicht zu viel vom Leben. Womöglich war ein freier Geist nicht erstrebenswert – wohin hatte er sie schon gebracht?!

Mit dem letzten bisschen Verstand verdrängte sie diese dunklen Gedanken. Sie ging zu Luise hinüber und hielt ihr die Hand entgegen. »Na los, wir müssen uns etwas überlegen.«

Luise bewegte sich nicht.

»Komm! Irgendetwas *müssen* wir tun.«

Noch immer keine Regung.

Langsam wurde Marieke wütend. Sie stemmte die Hände in die Hüften. »Jetzt komm schon, wir können ihn doch nicht dort sitzenlassen. Er hat für uns den Kopf hingehalten und zahlt nun den Preis dafür. Einen verdammt hohen Preis.«

»Ich frage mich, wer uns verraten hat.« Luise sprach, ohne Marieke anzusehen.

»Ist das denn jetzt wichtig? Jeder könnte es gewesen sein. Die Kirche. Oder einer aus dem Park.«

»Mir fällt eigentlich nur einer ein.« Mit einem Mal sah sie Marieke fest in die Augen. Da war etwas, was Marieke bisher noch nicht bei Luise gesehen hatte: Argwohn. Nun wanderte Luises Blick zu Mariekes Verlobungsring.

»Georg? Nie im Leben!«

»Von Anfang an war er gegen uns.«

»… und hat seine Meinung geändert.«

»Vielleicht war das nur gespielt. Um an Informationen zu kommen.«

Es fühlte sich heiß an, als Marieke schluckte. Wenn alles nur gespielt war, wäre auch seine Zuneigung gespielt gewesen. Was unterstellte Luise hier eigentlich?

»Niemals würde er so etwas tun!«

»Und doch sind wir am Tag unserer Einweihung aufgeflogen.«

Kapitel 70

Jacobsdorf, 1853

Es war später Nachmittag, als Luise die Villa ihres Schwagers erreichte. Sie blieb stehen. Die Reise hatte ihr die letzte Kraft geraubt – oder war es doch das Leben gewesen? Dass sie ausgerechnet hier um Hilfe betteln musste, war der Höhepunkt ihrer Niederlage. Erschöpft betrachtete sie das herrschaftliche Gebäude vor sich. Das imposante Säulenvordach, das den Eingangsbereich schützte, zeichnete sich deutlich vor dem dunklen Sandstein ab. Die beneidenswert großen Fenster gaben dem klassizistischen Bau etwas Offenes.

Doch die Offenheit der Architektur ließ keine Rückschlüsse auf die Gesinnung der Bewohner zu, da machte Luise sich nichts vor. Das Wiedersehen würde kein leichtes werden. Sie würde Reue zeigen müssen, wo sie keine empfand. Doch wohin hätte sie sonst gehen sollen? Sie musste sich auf die Großherzigkeit ihrer Schwester verlassen, die hoffentlich ihren Mann überreden konnte, dass Luise bleiben durfte, bis sie eine neue Stellung gefunden hatte. Luise hatte endgültig keinen Pfennig mehr, aber der Preis für den Aufenthalt hier wurde ohnehin in anderer Währung gezahlt. In Demut.

Früher war sie ein fester Bestandteil ihrer Person gewesen, doch in den letzten Jahren hatte sie die Demut eigentlich abgelegt. Wie fühlte sie sich noch mal an? Ob sie gleich nach dem Klingeln den Kopf senken sollte? Auch ohne die Antwort zu wissen, zog sie an der Glocke, teilte dem Mädchen mit, dass sie ihre Schwester besuchen wolle, und wurde hereingebeten.

Sie hatte vergessen, wie hoch die stuckverzierten Decken waren und wie breit die repräsentative Treppe. Offensichtlich war diese vor Kurzem mit einem neuen Teppich ausgestattet worden, zumindest leuchtete das Grün besonders frisch.

Als Johanna Luise sah, schlug sie die Hände vor den Mund. Im nächsten Moment stürzte sie auf ihre Schwester zu, schloss sie fest in die Arme. »Es tut mir so leid, ich wäre so gerne zu deiner Hochzeit gekommen, aber …« Sie ließ eine vage Kopfbewegung für sich sprechen, und die Tränen in Johannas Augen verwischten Luises Enttäuschung darüber. Da waren neue Falten um die Augen ihrer Schwester, und die Ausgezehrtheit ihres Körpers zeigte, dass es einem auch im Luxus nicht zwangsläufig gut gehen musste.

»Na wen haben wir denn da?« Mit der rechten Hand auf dem Geländer stolzierte Gotthilf in einem eleganten Anzug aus dunklem Stoff die Treppe hinunter. Sein Schnurrbart glänzte, und entgegen ihrer Schwester hatte er an Umfang gewonnen.

»Gotthilf«, Luise nickte ihm zu und setzte schon an, ihre Erklärung vorzubringen, an der sie während der gesamten Zugfahrt gearbeitet hatte, doch er unterbrach sie.

»Ich habe mich schon gefragt, wann du hier wieder aufschlägst. Hat länger gedauert als vermutet, das muss ich zugeben.« Er reckte das Kinn zur Seite.

Dummerchen. Nur das fehlte noch in seinem Satz.

Oh, wie sie es hasste, auf ihn angewiesen zu sein. Aber sie hatte selbst ihren Notgroschen in den Kindergarten investiert.

»Es … es tut mir leid.« Sie hatte eine Schule geleitet. In einem Schlösschen. Warum fühlte sie sich jetzt wieder wie eine Fünfjährige? »Ich hatte gehofft, dass ich … dass ich womöglich einige Tage bleiben kann? Nur bis ich eine Anstellung gefunden habe.«

Johanna legte einen Arm um sie. »Aber natürlich darfst du

das, wir freuen uns über deinen Besuch. Nicht wahr, Gotthilf?« Auffordernd sah sie ihren Gatten an. Schweigend erwiderte er ihren Blick, ohne dass seine Haltung zu dieser Frage erkennbar gewesen wäre. Gewiss war Luises Bleiben nicht das Einzige, was in diesem Moment stumm verhandelt wurde. Zumindest schien Johanna nicht mehr ganz das scheue Reh zu sein, das nach den Wünschen ihres Mannes umhersprang. Sie hielt seinem Blick stand.

»Wie gesagt. Ein paar Tage würden bereits ausreichen«, wiederholte Luise.

Gotthilf verzog das Gesicht. »Ich weiß nicht. Wenn herauskommt, dass Fröbels Witwe bei mir wohnt …«

Sie musste es sagen. Es gab keinen anderen Ausweg. »Bitte.« Ein leises Flüstern.

Er zog die Augenbrauen hoch zur akkuraten Scheitelfrisur.

»Oder wenn ich vielleicht mein Erbe jetzt …?«

»Nee, nee, nee. Dazu müsste ich schon wissen, was du damit vorhast.«

Sie hatte geahnt, dass sie mit ihrer Bitte wieder gegen eine Mauer laufen würde.

»Bitte, dann lasst mich zumindest hier wohnen«, flehte sie etwas lauter. Wenn die Tage wärmer wären, würde sie in einer Scheune schlafen, doch der November war zu kalt dafür, legte sich abends in Schwaden über das Land, als wolle er die Hexen zum Tanz verführen, und kroch nach dem Einatmen in jeden Winkel des Körpers.

»Platz haben wir ja genug.« Flüchtig ließ er seinen Blick durch die herrschaftliche Empfangshalle schweifen und zwang Luise damit, seinen Reichtum abermals zu registrieren. »Wenn ich einwillige, lehne ich mich allerdings weit zum Fenster hinaus. Fröbel. Dieser Name ist ein regelrechtes Unwort bei uns. Diese Hirngespinste dieses Menschen! Es ist eine Schande, so etwas in der Familie zu haben.«

Luise senkte den Blick und schenkte ihm die Demut, die er verlangte. Sie hasste sich dafür, aber tat es dennoch. Hatte sie nicht ohnehin schon alles verloren? Sie benötigte jetzt einfach nur einen Ort, an dem sie sich ihrem Versagen hingeben konnte. Vielleicht waren Gotthilfs Worte genau richtig dafür. Sie hatte sie verdient.

»Wenn du bleiben möchtest, ginge dies nur unter einer Bedingung.«

Luise hob den Blick, haderte mit dem, was kommen mochte. Was konnte er verlangen? Dass sie als Dienstmädchen arbeitete? Ihm die Füße küsste? Sich ihm hingab? In diesem Moment hätte sie ihm alles zugetraut.

»Du legst seinen Namen ab.«

Sie starrte ihn an. Ihn, der es geschafft hatte, das Letzte zu verlangen, auf das sie im Leben stolz war. Oh, er war wirklich gut. Wusste, wie man messerscharf das letzte bisschen Stolz und Glück aus den Menschen schnitt.

Johanna legte ihr erneut den Arm um die Schultern. »Das wird sie bestimmt. Nicht wahr, Luise?« Hoffnungsvoll sah sie sie an. »Dieser Name macht dich doch nicht mehr glücklich. Gleich nächste Woche können wir zu den Behörden gehen.«

Sie wollte ihr helfen. Sein Name war in diesen Zeiten tatsächlich eine schwere Bürde. Es wäre nur sinnig, ihn abzulegen. Selbst Friedrich hätte vermutlich eingewilligt, wenn es der Sache half. Doch sie wollte diese letzte Bindung nicht kappen.

»Und jetzt lasse ich dir ein Bad zubereiten. Du musst von der langen Reise ganz ausgekühlt sein.«

Luise ließ sich von ihrer Schwester in das hochmoderne Badezimmer leiten, während ihre Gefühle in alle Himmelsrichtungen strudelten. Vor allem aber zogen sie sie nach unten. Zu schwer war die Erkenntnis, dass sie Friedrich gehen lassen musste, wenn sie ohne zu große Not weiterleben wollte.

• • •

Im Kamin, im Herzen des Wohnzimmers, schlugen die Flammen hoch und verbreiteten durch ihr leises Knistern Behaglichkeit. Die polierten Messinglampen mit den Schirmen aus feinster Spitze erleuchteten zusätzlich jeden Winkel des Raumes. Sie brachten die kunstvoll verzierten Kommoden und Bücherschränke aus Nussbaumholz zur Geltung und das Leder des Knopfrückensofas zum Glänzen. Es ächzte, als Luise sich niederließ und sich gegen das Quastenkissen lehnte. Mit den Goldrandvasen, den Gemälden und den Bronzestatuen war sie umgeben von einem unbekannten Luxus. Gotthilf war es beruflich weiterhin gut ergangen. Offensichtlich.

Trotz aller Behaglichkeit und des echten Kaffees, den es hier zu trinken gab, hätte sie alles dafür gegeben, wieder in der billigen Pension in Dresden zu sein. Wenn nur der Kindergarten hätte bestehen dürfen. Aber es war vorbei. Sie rief sich dies stets aufs Neue in Erinnerung, weil der Verstand noch immer Mühe hatte, es endgültig zu erfassen. Der Kindergarten war unwiderruflich geschlossen. Eine der wenigen verbliebenen Sachen, die sie noch mit Friedrich verbunden hatten. Und nun, da sie selbst mit ihrer engsten Freundin gebrochen hatte, war sie vollkommen allein. War es da nicht vielleicht tatsächlich ein kluger Schritt, den Namen Fröbel aufzugeben? So viele Niederlagen. Jede Bewegung erschien mittlerweile anstrengend, jeder Atemzug. Aufgeben war die richtige Entscheidung, der einzige Weg, um Frieden zu finden und nicht mehr zu leiden.

In den kommenden Tagen versuchte sie, die Tristesse durch das Lesen der Werke von Charles Dickens zum Verschwinden zu bringen, aber die meisten Wörter in den Büchern kamen gar nicht in ihrem Verstand an, sondern wurden schon vorher von der Dunkelheit abgeschmettert.

Sobald sich draußen die Sonne durch ein Loch zwischen den grau-weißen Wolken schob, verließ Luise die bedrückende Villa und lief durch den Garten. Sie mochte die Melancholie des Rosengartens in dieser Jahreszeit, wenn die verbliebenen Blüten langsam verwelkten und ihre Leuchtkraft verloren. Auf dem Teich schwammen gelbbraune Blätter, und auf der weitläufigen Rasenfläche hinterließ jeder Schritt einen dunklen Abdruck im seidig weichen, feuchten Gras. Friedrich hätte seine Freude an diesem Wandel der Natur gehabt.

Der Mann, zu dem sie bald nicht mehr offiziell stehen würde.

Seine treuste Verfechterin knickte ein wie die Grashalme unter ihren Schuhen. Luise kämpfte die Übelkeit zurück und ging zum Pavillon, der einen malerischen Ausblick auf die Umgebung bot. Viel zu schön für ihre Stimmung.

Da zog rhythmisches Hufgeklapper ihre Aufmerksamkeit zu der geschwungenen Auffahrt, und sie erhob sich. Ein junger Mann mit einer braunen Beuteltasche über der Schulter stieg aus einer Droschke, tippte sich zum Abschied an die Kappe, und der Kutscher erwiderte seinen Gruß. Zum ersten Mal seit Tagen wurde ihr wieder etwas wärmer. Conrad.

Er war noch mehr in die Höhe geschossen seit ihrer letzten Begegnung und wirkte mit dem Winterjackett und den Lederschuhen überaus stattlich, trotz der hochwertigen Kleidung jedoch kein bisschen arrogant.

Luise war nicht sicher, was seine Aufmerksamkeit erregt hatte, sie hatte nur still dagestanden, vielleicht war es der Rock, der sachte im Wind wehte, doch bevor er die Stufen zur Villa genommen hatte, sah er zu ihr hinüber. Seine bedeutungsvollen Augen hatten nichts an Tiefe verloren, aber er wirkte gelöster als früher. Jetzt blieb er stehen. Luise hob zögerlich die Hand, und ein breites Grinsen erschien in seinem mittlerweile kantigen Gesicht. Zügig lief er zu ihr hinüber.

»Luise!«, rief er schon von Weitem. Ja, er war fast ein Mann, da ließ man das *Tante* weg. »Schön, dass du wieder da bist. Ich war nicht sicher, ob wir uns je wiedersehen.«

Er schloss sie in eine feste Umarmung, und sie setzten sich trotz der Kälte in stillem Einvernehmen in den Pavillon, wo es keine weiteren Ohren gab.

Eine Weile sprachen sie über Conrads Schule, die er fast beendet hatte, und seine Pläne für die Zukunft. Er wollte Advokat werden, berichtete er stolz. Sich für die Schwachen einsetzen.

»Und dir? Wie ist es dir ergangen? Das mit deinem Ehemann hat mir unendlich leidgetan. Ich wollte sofort zu dir reisen, aber …« Sein Hals bewegte sich, als er schluckte.

»Dein Vater hat es untersagt?«

Er nickte. »Noch bin ich ja leider nicht alt genug. Aber sobald ich einundzwanzig bin, hält mich hier nichts mehr. Und bis dahin …« Verschwörerisch grinste er sie an. »Vollkommen untätig bin ich trotzdem nicht. Vieles kann ich im Geheimen machen.« Nachdem er über die Schulter geblickt hatte, öffnete er die Beuteltasche und zog die untere Hälfte einiger Zettel aus einem der Lehrbücher. »Ich verpasse kaum eine Kundgebung der Demokraten«, sagte er mit gesenkter Stimme, »und versorge die anderen Abtrünnigen – so nennen wir die Kinder aus den bürgerlichen Häusern, die dennoch Gerechtigkeit für alle fordern – mit Flugblättern. Beim Diner morgen ist es wieder so weit. Das Herz wird mir vermutlich bis zum Hals klopfen, aber mir ist es das wert, selbst wenn Dietendorf dann wieder …«

Er schüttelte sich leicht, und die Abscheu in seinem Gesicht sprach Bände. Luise war sicher, dass Gotthilf weiterhin regelmäßig den Riemen für sich hatte arbeiten lassen.

Sie griff nach seiner Hand. Eine weitere Schuld, mit der es schwer zu leben war. »Es tut mir so leid, dass ich damals nichts für dich tun konnte.«

Überrascht sah er sie an. »Aber du hast mir doch so viel gegeben.«

»Ich? Was hab ich dir denn geben können? Ich war nur anderthalb Jahre bei euch und konnte nicht verhindern, dass er weitermacht. Und dann bin ich gegangen und habe euch im Stich gelassen.« Sie sank bei diesen Worten in sich zusammen. Sie war gegangen, um für eine bessere Welt für Kinder zu kämpfen. Aber den Kampf hatte sie verloren.

»Warte einen Augenblick!«

Conrad war aufgesprungen, rannte zum Haus und kam wenig später mit fliegendem Jackett wieder heraus. Dann zog er etwas aus der Jackentasche, das sie schon längst vergessen hatte. »Bipscha«, sagte sie fast zärtlich und streckte ihre Hand danach aus. Sie ließ die Fingerspitzen über die Rillen zwischen dem glatten Strickgarn gleiten. Das selbst gestrickte Zebra war ganz platt gelegen, und das linke Auge war verrutscht. Der Kopf hing schief am Körper, und am Hals lugte die Füllwolle aus dem Körper. Das Kuscheltier, das sie Conrad zum Abschied geschenkt hatte, hatte offenbar viel mitgemacht. »Du hast es all die Jahre aufbewahrt?« Versonnen lächelte sie. Es knisterte leise, als sie das Tier drückte. Conrad nahm es ihr stumm aus der Hand und nickte. Strich ihm zärtlich die Ohren nach hinten. »Selbst als ich eigentlich schon zu alt dafür war. Aber …«, er zwinkerte ihr zu, »es ist ja auch nicht irgendein Tier.« Leise lachte Luise auf. »Es ist ein Kraft-Spender«, erinnerte er sie beide.

Conrad wurde wieder ernst und sah Luise aus seinen besonderen Augen an. »Dieser eine Satz, von dem du mir damals gesagt hast, dass du ihn eingenäht hättest … Er hat mich durch die Jahre getragen. Ich habe ihn nie hervorgeholt, aber immer, wenn ich Bipscha gedrückt habe, war da dieses Knistern. In dem Moment habe ich deine Stimme gehört, die die Worte gesagt haben. Nur so habe ich es überstanden.«

Luise blinzelte, und Conrad sprach weiter. »Du hast ein ganz besonderes Einfühlungsvermögen, was Kinder angeht, Luise. Du spürst, was sie am meisten brauchen. Und ich … ich habe gehört, dass du die Kindergärten aufgeben willst?«

Sie ballte die Fäuste. Am liebsten hätte sie es ihm gegenüber nicht zugegeben, da er offenbar stolz auf sie war, aber die Wahrheit musste heraus, ganz gleich, wie bitter sie war.

»Ich … ich kann nicht mehr«, flüsterte sie. »Der Gegenwind ist zu stark.«

Lange sah er sie an. Dann erhob er sich und hielt ihr das Zebra entgegen. »In dem Fall brauchst du das hier jetzt wohl dringender.«

Regungslos beobachtete sie, wie Conrad auf die Villa zuging. Bevor er eintrat, hob er noch einmal grüßend die Hand. Luise blieb allein im Pavillon zurück und versuchte, einen klaren Gedanken zu fassen, aber selbst dazu fehlte ihr die Kraft. Traurig sah sie auf Bipscha. Sie ließ das zerknitterte Zebra nicken, es wirkte dabei so kümmerlich, dass es wehtat. Und es knisterte. Schwermütig steckte sie die Fingerspitzen in die weiche Füllwolle, tastete nach dem Zettel und zog ihn hervor. Es war merkwürdig, ihre eigene Handschrift auf dem vergilbten Papier zu sehen. Für Conrad hatte sie sich um ihre sauberste Feinschrift bemüht.

Du bist einzigartig und wundervoll und stärker, als du denkst, hatte die dreißigjährige Luise damals geschrieben. Eine ganz andere Version ihrer selbst. Und doch war sie damals stärker gewesen als heute. Oder nicht?

Kapitel 71

Jacobsdorf, 1853

»Guten Morgen«, sagte Gotthilf ungewohnt fröhlich, als Luise am Montag den Salon betrat. »Ich habe bereits einen Boten mit einer Nachricht zu unserem Notar gesandt, dann können wir die Namensänderung so schnell wie möglich hinter uns bringen.«

Luise nickte beklommen und tastete nach einem Stuhl. Sie erinnerte sich, wie Conrad sich am Samstag nach dem Essen unter einem Vorwand zurückgezogen und aller Wahrscheinlichkeit nach Flugblätter der Demokraten in den Manteltaschen seiner Kumpane verteilt hatte. Auf Gotthilfs Anwesen ging so einiges vor sich, von dem er nichts wusste. Aber gegen sein neustes Vorhaben konnte sie sich nicht wehren. Er bestand sogar darauf, sie zu begleiten. Als fürchte er, sie könnte eine provisorische Unterschrift leisten, um sie später gegebenenfalls zu widerrufen. Allerdings konnte sie nicht abstreiten, dass ihr der Gedanke nicht tatsächlich gekommen war.

Obwohl es unhöflich war, hörte Luise nicht richtig zu, was Johanna erzählte, als sie am folgenden Tag in die Stadt zum Notar fuhren. Sie starrte auf die Häuser, fragte sich, welches Leben die Familien hinter den Fassaden führten. War es ein glückliches? Oder war es von tiefem Kummer geprägt wie das ihre?

»Sie sind sich darüber im Klaren, was es bedeutet, wenn Sie dieses Dokument unterzeichnen?«, fragte der junge Notar, nachdem er das Schriftstück vorgelesen hatte, und neigte seinen Lockenkopf. Als Luise sich all der Augen, die auf ihr lagen, bewusst wurde, nickte sie.

»Wenn Sie also Ihren Mädchennamen wieder annehmen wollen, bitte ich Sie, die Urkunde hier unten zu unterzeichnen, damit der Vorgang besiegelt ist.« Enthusiastisch wie ein Hundewelpe tippte er auf die Stelle und sah sie mit einem geschmeidigen Lächeln an, so als wäre es etwas Wundervolles, was sie hier tat. Und nicht die restlose Kapitulation.

Weil wieder alle so erwartungsvoll guckten, rutschte Luise auf dem Stuhl nach vorne, beugte sich über das Schriftstück, als würde sie es studieren, dabei war der Notar es Punkt für Punkt mit ihnen durchgegangen. Er rückte nun erst den Federkiel und dann das Tintenfässchen näher an sie heran. Luise blickte zwischen den Gegenständen umher, so als würde all das keinen Sinn für sie ergeben. Und in gewisser Weise tat es das auch nicht.

»Herrgott, so schwer kann es doch nicht sein, Luise«, sagte Gotthilf schnaubend. »Federkiel in die Tinte und dann unterschreiben! Oder soll ich deinen Arm dabei führen?«

Der Notar lachte nervös auf. »Also das wäre …«

Gotthilf hob den Arm. »Ich habe lediglich gescherzt. Aber wenn du jetzt bitte zur Tat schreiten könntest, Luise? Es gibt Menschen hier, die heute noch wichtige Verpflichtungen zu erledigen haben.«

So wie sie, wenn ihr Kindergarten nicht geschlossen worden wäre. Nur war so etwas für Gotthilf keine richtige Arbeit. Sie wartete noch ein klein wenig und griff dann erst nach dem Federkiel. Betont langsam. Eine letzte Rebellion in Miniatur.

»So«, sagte Gotthilf, als spräche er mit einem Kind, »ja, und jetzt schön in das schwarze Fässchen. Ich weiß gar nicht, warum du so lange zögerst. In einigen Jahren wird ohnehin keine Menschenseele mehr den Namen Fröbel kennen.«

Nur eine Unterschrift, und sie wäre frei. Frei von Kampf und Leid. Der Wind hätte sich nicht gedreht, doch er würde aufhören zu blasen. Das restliche Leben wäre einfach, womöglich sogar angenehm – aber vor allem belanglos. Ereignislos wie ein zu heißer Sommertag. Und vermutlich auch ebenso unbefriedigend.

Es lag in ihrer Hand, das stand ihr plötzlich klar vor Augen. Entweder die Welt würde Friedrichs Pädagogik vergessen, oder sie, Luise, stellte sich noch einmal in den Wind. Aber was, wenn sie erneut scheiterte? Würde sie das noch einmal durchstehen?

Sie dachte an Friedrich. Immer wieder Friedrich. Ganz gleich, wie oft sein mühselig gebautes Netz zerstört worden war. Wie wenig Kraft er noch gehabt hatte. Er hatte sich jedes Mal aufs Neue aufgerafft, hatte erst die großen Fäden gesponnen und dann die immer feineren Zwischenfäden, die schließlich die Belohnung fingen – wenn er geduldig genug wartete. Auch Conrads Worte kamen ihr in den Sinn.

Sie war nicht allein. Und auch nicht schwach. Entschlossen legte sie den Federkiel zurück auf den Schreibtisch und stand auf. Dann sah sie Gotthilf direkt in die Augen. »Das werde ich nicht zulassen. Man wird Friedrich Fröbel und seine Errungenschaften für die Kinder nie vergessen. Mehr noch! Durch seine Ideen wird eine neue Zeit hereinbrechen. Eine Zeit, in der jeder Mensch wichtig ist. Eine Zeit der Kinder!«

Gotthilfs Gesicht lief rot an, sein Zorn war unübersehbar – der Wind wehte wieder. Und das Absurde war: Sie merkte nun, wie sehr sie ihn vermisst hatte.

Kapitel 72

Dresden, 1853

Die Rückfahrt nach Dresden hatte ohne Fahrschein für den Zug Tage gedauert. Luise hatte sich an Mariekes Erzählung erinnert und war einen Teil der Strecke tatsächlich ohne gefahren, bis auch sie vom Schaffner zusammen mit ihrer Scham vor die Tür gesetzt worden war.

Einen Teil des restlichen Weges hatte sie in vornehmen Kutschen oder auf Karren zwischen Butterfässern, Tuchballen und Ziegelsteinen zurücklegen können, die meiste Zeit war sie jedoch gelaufen. So wie Friedrich es früher oft getan hatte. Johanna hatte ihr zwar alles Geld gegeben, das sie für den Haushalt dahatte, um ihr zumindest einen Teil ihres rechtmäßigen Erbes auszuzahlen, doch das würde Luise für etwas anderes brauchen.

Sie kämpfte sich die letzten Meter des Hügels hinauf und seufzte erleichtert, als sich das majestätische Stadtbild Dresdens vor ihr auftat. Die historische Stadtmauer und zwischen all den Stein- und Ziegelbauten die Türme der Frauenkirche, der Hofkirche und in der Mitte das Schloss der Wettiner Herrscher. Am Rande der Stadt ließen sich Häuser mit Strohdächern erkennen, dort mussten die Armenviertel sein.

Luise strich sich die nassen Haare aus der Stirn und dehnte die müden Glieder. Obwohl ihre Schuhe mittlerweile ganz ausgebeult waren und in der Mitte ein kleines Loch hatten, zwang sie ihre Füße zum Weitergehen. Sie ignorierte den Schmerz in ihren Oberschenkeln, die wegen der Märsche der letzten Tage noch brannten, denn bald hatte sie es geschafft.

Zumindest den ersten Teil ihres Plans.

Von der Pensionswirtin erfuhr sie, dass Marieke jetzt in einer Gerberei arbeitete. »Drüben bei Schöttler & Söhne«, sagte die Frau und nickte in den Bereich der Stadt, wo Luise vom Hügel aus die rauchenden Schlote gesehen hatte. Luise schluckte. Gewiss war die Arbeit dort nicht leicht. Die Tierhäute wurden, das wusste sie, mithilfe von Kalk von Haaren, Fleischresten und Schmutz befreit. Um sie zu konservieren, wurde das Leder zudem mit Fichtenharz oder Fischhaut behandelt. Sie wunderte sich daher nicht, dass Marieke vollkommen abgekämpft aussah, als sie in ihrem schlichten Schürzenkleid mit langen Ärmeln und glockenförmigem Rock aus dem Fabrikgebäude trat. Aus ihren zahlreichen Taschen lugten Messer, Scheren, Schaber und allerlei Werkzeuge heraus, die Luise nicht zuordnen konnte.

»Marieke!« Trotz ihres vermutlich recht langen Arbeitstages war ihre junge Freundin so flott unterwegs, dass Luise einige Schritte rennen musste.

»Was willst du?« Marieke schien weder überrascht noch erfreut zu sein, die alte Gefährtin zu sehen. Sie warf Luise nur einen Seitenblick zu, blieb aber nicht stehen.

»Mit dir reden. Können wir uns irgendwo in Ruhe hinsetzen? Gibt es hier einen Park?«

Marieke schaute zur Kirchturmuhr. »Ich habe keine Zeit. In acht Stunden beginnt meine nächste Schicht. Bis dahin muss ich schlafen, sonst klappe ich zusammen.«

»Aber das ist es ja. So kann es doch nicht weitergehen. Du bist Kindergärtnerin, du …« Luise verzog das Gesicht, als ihr ein eigentümlicher Geruch in die Nase stieg.

»Schwefelsäure. Beschleunigt das Gerben«, erklärte Marieke unumwunden, während sie weiterhin mit kraftvollen Schritten über den Bürgersteig ging. »Und falls du dich nicht erinnerst: Uns will hier keiner. Aber irgendwo muss das Geld herkommen. Nicht jeder hat eine reiche Schwester.«

»Du hast recht. Mir ist allerdings klar geworden, dass wir das alles vollkommen falsch angegangen sind. Wir müssen es noch einmal versuchen. Machst du mit? Du weißt, dass wir gut zusammenarbeiten.«

Endlich blieb Marieke stehen und sah sie aus Augen mit dunklen Ringen darunter an. »Ich kann nicht mehr, Luise. Haben wir nicht alles versucht? Gekämpft, bis uns die Kräfte verlassen haben und dann noch ein bisschen weiter?«

»Das haben wir. Dennoch dürfen wir nicht aufgeben«, versuchte Luise es noch einmal eindringlich.

»Mein Verlobter sitzt im Zuchthaus, verflucht noch mal. Was, wenn abermals ein Verbot kommt? Was, wenn uns wieder alle beschimpfen und letztlich alles zerstören?«

»Was Georg betrifft …«, sie senkte den Blick. »Es tut mir leid, dass ich ihn verdächtigt habe. Ich war blind vor Wut, konnte nicht mehr klar denken. Natürlich war nicht er es, der uns verraten hat. Viele wussten Bescheid, vielleicht war es sogar der Pfarrer. Ich habe die Baronin und Diesterweg gebeten, ihre Kontakte spielen zu lassen. Es sieht gut aus, dass er bald wieder herauskommt.«

Marieke legte die Hände vor den Mund und blinzelte Tränen weg, bevor sie Luise im nächsten Moment in die Arme fiel.

»Also, hilfst du mir?«, fragte Luise, nachdem sich beide beruhigt hatten.

Marieke atmete tief ein und schloss für einen Moment die Augen. Doch dann schüttelte sie den Kopf. »Es tut mir leid, aber ich schaffe das nicht noch einmal«, flüsterte sie. »Ich bleibe in der Fabrik, auch wenn der Lohn gerade mal für das Zimmer und ein wenig Essen reicht.«

Der *Zweifel* ist das größte Gift für jede aufstrebende gute, wahre, schöne Idee, hatte Friedrich mal gesagt, er ist der *Teufel*, der sie zu untergraben strebt.

Luise berührte Marieke am Arm. Die Worte hatte sie sich unterwegs wieder und wieder zurechtgelegt. »Komm. Es wird nicht einfach werden, aber wir werden einen Weg finden. Wir wissen, wie es geht, wir wissen, dass es richtig ist. Lass es uns noch einmal versuchen.«

Marieke presste die Lippen zusammen und strich sich seufzend die verschwitzten Haare aus dem Gesicht.

Kapitel 73

Dresden, 1853

Die linke Augenbraue des Schusters wanderte nach oben, als er ihre Bitte hörte, aber er erfüllte Luise den Wunsch. Glücklich verließ sie mit einer Schuhpinne den Laden. Jetzt hatte sie alles beisammen. Zwei Tage lang hatte sie Gedanken gewälzt, wie sie Marieke doch noch überzeugen könnte. Dann war die Erleuchtung gekommen. Ja, in den letzten Monaten war so ziemlich alles missglückt, und da war es schwer, wieder neuen Mut zu fassen. Aber wie hatte sie selbst ihre Kraft wiedergefunden? Wie hatte Friedrich es so lange geschafft, durchzuhalten und weiterzumachen?

Sie hatten stets vor Augen gehabt, warum sie es taten.

Diese Erinnerung galt es, bei Marieke zu wecken. Selbst wenn sie noch erschöpfter wirkte, als sie Luise am Fabriktor entdeckte, wo diese an eine Laterne gelehnt auf sie gewartet hatte.

»Luise«, sagte sie müde, ohne stehen zu bleiben. »Deine Bemühungen in allen Ehren, aber mein Entschluss steht fest. Ich kann einfach nicht.«

Luise ging neben ihr her. »Das verstehe ich. Lass mich dir nur drei Sachen geben. Kannst du bitte kurz stehen bleiben?«

Marieke atmete schwer ein, kam ihrem Wunsch jedoch nach und sah sie mit verschränkten Armen an.

»Hand auf«, bat Luise.

Marieke legte den Kopf schräg und streckte missmutig die Hand aus. Luise legte die Schuhpinne hinein.

»Was ist das?« Marieke runzelte die Stirn und inspizierte den dunklen Nagel.

Würde sie erkennen, worauf Luise damit anspielte?

»Du hast mal erzählt, dass die Kinder in der Bewahranstalt nur Schuhpinnen zum Bilderlegen hatten. Und natürlich dies – solltest du heute Abend noch Langeweile verspüren ...« Luise legte ihr ein Stofffleckchen mit vielen losen Fäden in die Hand, und wie erhofft musste Marieke lachen. Ein trauriges Lachen, durchwebt von zahlreichen schmerzhaften Erinnerungen. Luise konnte sehen, wie Mariekes Gedanken zurück nach Hamburg schwebten. Genau das sollten sie.

»Erinnere dich daran, warum du bei uns angefangen hast«, sagte Luise mit sanfter Stimme. »Warum du vierhundert Kilometer größtenteils zu Fuß gegangen bist, um mehr über Friedrichs Pädagogik zu erfahren. Denk an die Kinderbewahranstalten. Und daran, dass du für die Kinder eine bessere Welt wolltest als das hier.« Damit deutete sie auf den unförmigen Blutfleck auf Mariekes grauer Wollschürze. »Und nun das Beste ...« Zwischen Zeigefinger und Daumen hielt sie einen Himbeerbonbon hoch, der Marieke ebenfalls wehmütig lachen ließ. Hiermit hatte alles angefangen. Am Himbeerbonbon, den sie dem kleinen Mädchen spendiert hatte, hatte Luise erkannt, dass auch Marieke das Wohl der Kinder über ihr eigenes stellte. Sie legte ihn in Mariekes Hand. »Na los, jetzt iss ihn schon.«

Mit einem traurigen Schmunzeln ließ Marieke den Bonbon im Mund verschwinden und schloss genüsslich die Augen.

»Erinnere dich an dein einstiges Ziel«, forderte Luise sie auf. »Lass es uns noch einmal wagen.«

Marieke legte die geballte Faust mit der Pinne und dem Stofffleckchen an ihr Herz, während ihr Blick in die Ferne ging. Luise gab ihr Zeit zum Nachdenken, streckte ihr erst die Hand entgegen, als schon lange keine Arbeiter mehr aus der Fabrik kamen und sie mutterseelenallein in der Dämmerung auf dem Bürgersteig standen. »Für die Kinder?«

»Für die Kinder«, antwortete Marieke mit einem nun etwas festeren Lächeln und schüttelte ihre Hand.

•••

Schon am nächsten Abend saßen Marieke und Luise nach der Fabrikarbeit zusammen, um ihren Schlachtplan zu entwickeln. Aber bei allem, was sie bereits versucht hatten, blieben wenige unbetretene Wege, die sie womöglich ans Ziel führen konnten.

»Hier in Dresden müssen wir es gar nicht erst versuchen. Wenn wir noch mal einen Kindergarten unter anderem Namen eröffnen, passiert bestimmt das Gleiche«, fasste Luise ihre Lage zusammen.

Marieke ließ sich auf dem Bett nach hinten fallen. Mittlerweile hatte Luise sich sogar schon an den leichten Schwefelsäuregeruch gewöhnt, der trotz des Waschens von Mariekes Kleidung ausging. »In den anderen deutschen Ländern wird es aber nicht besser sein. Bestimmt sind wir jetzt in diesem schwarzen Buch des Kultusministers mit allen Namen der irgendwie Verdächtigen. Da er die Reaktion ganz Deutschlands mit seinen Listen versorgt, haben wir überall schlechte Karten.«

Und wieder schlugen die Reaktionäre ihre Pläne nieder, noch bevor diese konkret geworden waren. So wie damals bei der Revolution. Wenn weiterhin jegliche demokratische Bewegung für mehr Bürgerrechte unterdrückt wurde, würde die alte Ordnung ewig bestehen. »Vielleicht sollten auch wir auswandern?«, überlegte Luise laut. So, wie sie es ihren Schülerinnen geraten hatte. Aber ohne Sprachkenntnisse würden sie sich nur schwer zurechtfinden, und bei der Arbeit mit Kindern waren diese zwingend notwendig. Jahre würden ins Land ziehen, bis sie eine fremde Sprache beherrschten, und je mehr Zeit nach Friedrichs Tod verstrich, desto stärker würde er in Vergessenheit geraten. Und all die Kinder, die in dieser Zeit nach den veralteten Methoden erzogen wurden … Sie durften nicht noch mehr Zeit vergeuden.

»Das Einzige, was mir einfiele, wäre Hamburg.«

Luise begann zu schwitzen. »Hamburg?«

»Ja. Als freie Hansestadt ist sie nicht an die preußische Gesetzgebung gebunden.«

Luises Herz pochte schneller. Wenn das so wäre, könnten sie es dort richtig machen. Als Kindergarten. Als Fröbel-Kindergarten, um genau zu sein. Ohne Geheimnisse, ohne Verstecke. Sie könnte dem Kindergarten vorstehen und sobald er etabliert wäre, weitere Kindergärtnerinnen ausbilden, die neue Ausläuferstellen für weitere Fröbelkreise bilden könnten.

Aber es war Hamburg. Eine jener Großstädte, die seit jeher Unbehagen in ihr ausgelöst hatten. Und Unbehagen war noch untertrieben – sie hatte eine Heidenangst vor dieser Stadt. Wenn sie an die hohen Gebäude dachte, wurde ihr schwindelig. Dazwischen die engen Gassen, die einen Fäkaliengeruch auszudünsten schienen, und an jeder Ecke vermutlich Taschendiebe oder Messerstecher.

»A-aber du hasst Hamburg.«

Marieke zuckte mit den Schultern. »Für das Wohl der Kinder würde ich zurückkehren. Wird ohnehin Zeit, dass ein ordentlicher Kindergarten dorthin kommt. Also. Für die Kinder?« Sie hielt Luise die Hand entgegen, so wie diese es zuvor bei ihr gemacht hatte.

Luise bewegte die Finger. Kutschen preschten durch ihre Gedanken, und eine Frau wurde von hinten erstochen. Dazu donnernder Zuglärm und jede Menge Geschrei. Aber sie ergriff tapfer Mariekes schmale Hand. »Für die Kinder.«

Kapitel 74

Hamburg, 1853

Die erste Veränderung, die Marieke wahrnahm, war der Geruch. Vorsichtig hielt sie die Nase in den Nordwestwind, der von der Nordsee herüberwehte, und schnupperte.

Luise, die permanent über ihre Schulter blickte und dicht an Mariekes Seite blieb, kicherte. »Was machst du denn?«

Marieke legte den Zeigefinger über die Lippen bis an die Nasenwand. »Etwas ist anders.« Sie schnupperte erneut. »Ja, es riecht anders. Eindeutig besser.«

Mit gerunzelter Stirn führte sie Luise durch den Irrgarten aus Gassen, in denen sie sich wie früher regelmäßig unter Wäscheleinen hatten hinwegducken müssen. Es pesten auch immer noch Kinderbanden um die Ecken, sobald sie näher kamen. Die Rinnsteine in den Gassen führten weiterhin kleine Bäche an einen unbekannten Ort, aber wenn sie sich nicht täuschte, war der Geruch, der von der Brache ausging, nicht mehr ganz so stechend. Sie bogen in die größere Gasse nach links, und Marieke zögerte. Irgendwo hier war diese besonders günstige Pension gewesen, in der sie gewiss ein paar Tage unterkommen könnten. Aber sie war verwirrt. Das marode Haus mit dem klaffenden Loch in der Wand war verschwunden. An seiner Stelle stand ein mehrstöckiger Bau mit einem Vordach aus Backsteinen, dessen Erker stuckverziert war. Hier wohnten mit Sicherheit nicht mehr die Böttchers mit ihren elf Kindern und den beiden Schlafgängern. Zaghaft ging sie weiter und stieß auf immer mehr Häuser, die sehr viel hochwertiger als die vorherigen waren.

»Jo, dat is wegen de Cholera-Epidemie«, sagte die Wirtin später, als sie die Pension gefunden hatten und Marieke sich bei ihr danach erkundigte. Ihr Gesicht zeigte, dass auch sie nicht ohne Verluste davongekommen war. Erst jetzt wurde Marieke bewusst, wie viel Glück sie gehabt hatte, dass sie in jenen Jahren nicht in Hamburg gewesen war. »So veel Leid, so veel Dood. Dat komplette Veertel hebbt se afsperrt. Danach hebbt se hier allens nee makt. De Kloak un ook de Waterleitungen.« Sie klopfte nicht ohne Stolz auf einen Wasserhahn im Flur. »Hier köönt nun all Water holn.«

Als Marieke sich wieder Luise zuwandte, sah sie, dass diese kein Wort verstanden hatte, und erklärte ihr rasch, dass in den vergangenen Jahren eine fürchterliche Cholera-Epidemie in ihrem Viertel gewütet hatte und die Stadt im Zuge dessen gewisse Hygienemaßnahmen eingeführt hatte.

»Und jetzt?«, fragte Marieke, nachdem sie die Taschen mit ihren Habseligkeiten auf ihr Zimmer gebracht hatten.

»Wir könnten nach einem geeigneten Gebäude Ausschau halten? Vielleicht finden wir eines mit einem Vermietungsschild im Fenster oder ein leer stehendes, wo wir anfragen können?«

Sie machten sich auf den Weg, irrten abermals durch die Gänge, als ein durchdringendes Wumm-wumm-wumm, das sich anfühlte, als habe sich ihr Herzschlag nach außen verlagert, ihre Aufmerksamkeit verlangte. Sie folgten dem Geräusch, bis sie einen Jüngling entdeckten, der sich ein Plakat umgebunden hatte. Im Herzschlagrhythmus holte er aus und schlug auf die große Trommel, die er vor den Bauch gebunden hatte, untermalte damit die Bedeutung seiner Parolen.

»Hamburger! Lasst uns zusammenstehen und unsere Grundrechte einfordern! Schluss mit der Unterdrückung. Lasst uns unsere Stimme erheben, kommt zu unserer öffentlichen Versammlung heute um 15 Uhr auf dem Johannes-Brahms-Platz in Pepermölenbek!«

Luise und Marieke sahen sich an. Es brauchte keine Worte, um zu beschließen, hinzugehen. Keiner stand der Idee des Kindergartens näher als die Demokraten mit ihren Forderungen nach Gerechtigkeit, der Abschaffung von Armut und nach mehr Freiheiten und Rechten für die Bürgerinnen und Bürger. Die Erziehung zur Selbsttätigkeit und zum freien Denken entsprach ganz ihren Vorstellungen. Vielleicht könnten sie hier gute Kontakte für den Aufbau des Kindergartens knüpfen.

Schon von Weitem erkannte Marieke, dass sie nicht die Einzigen waren, die den Johannes-Brahms-Platz ansteuerten. Zahlreiche Menschen in Handwerkerkluft strömten herbei, aber nicht wenige waren auch im Anzug, mal mit Stehkragen, mal ohne. Sie war nicht sicher, ob es wirklich so war, aber es wirkte wie eine bunte Mischung aus sämtlichen sozialen Klassen und Ständen, und sie fühlte sich umgehend wohl. Schon früher hatte sie von diesen Versammlungen gehört. In der Regel waren es damals eine Handvoll Menschen gewesen, die in einem Lokal zusammengekommen waren und über soziale Ungerechtigkeit wetterten.

Heute war es anders.

Es waren so viele Menschen anwesend, dass sie sogar noch die Straße mit bevölkerten. Es mussten wohl tausend sein. Ob das inzwischen immer so war? Die Redner hatten ein leichtes Spiel. Sie endeten ihre Reden mit Parolen wie »Und ich sage: Schluss jetzt! Wir müssen uns gegen die Ausbeutung der arbeitenden Klasse durch die Tyrannei der Eliten zur Wehr setzen!«, oder »Es ist an der Zeit, dass die Demokratie Wurzeln schlägt!«, und »Wenn wir zusammenarbeiten, können wir eine Gesellschaft aufbauen, die auf Gerechtigkeit, Solidarität und gegenseitigem Respekt basiert!«, und die Masse jubelte.

Luise und Marieke klatschten eifrig mit und strahlten sich dabei an, denn die Vorstellung war zu schön. Eines Tages könnte es tatsächlich so sein, und der Kindergarten würde einen wichtigen Beitrag dazu leisten.

Doch dann erklomm ein Mann das Podest, der sich von den Vorrednern unterschied. Zu seinem tiefschwarzen Anzug trug er einen Zylinder. Aus der Brusttasche lugte ein seidenes Tuch hervor, und die ebenso seidene Krawatte wurde von einer silbernen Nadel geziert.

»Sie können hier gerne Ihre Fantasie-Schlösser bauen, und in der Theorie klingt es an und für sich sogar gut. Aber sehen wir doch den Tatsachen ins Auge: Würden wir wirklich jedem die politische Teilhabe ermöglichen und die Menschen vor dem Gesetz gleichstellen, würde das zum Chaos führen!«

Laute Protestrufe wollten ihn unterbrechen, und er hob beschwichtigend die Hände, ließ seine Stimme über die Masse hinwegschallen.

»Ich sage nur, wie es ist. Wenn jeder mitmischen kann, würde dies letztlich der Wirtschaft und dem Wohlstand der Stadt schaden. Seht sie euch doch an, die Säufer in den Kneipen am Hafen … Sollen die wirklich entscheiden, was in unserem Land geschieht? Dazu ist so jemand doch gar nicht in der Lage! Nein. Das sind viel zu radikale Ideen. Wenn Sie damit durchkommen, wäre das nicht nur eine Bedrohung für die soziale Stabilität, sondern auch für den Frieden in Hamburg.«

Unruhe lief wellenartig durch das Publikum, und auch Luise neben Marieke murmelte: »Ich weiß nicht, ob das wirklich so ist. Aber wenn es angeblich an der mangelnden Bildung scheitert, muss man eben das Wichtigste für die Bildung der Bürgerinnen und Bürger tun.«

Dem konnte Marieke nur zustimmen. Genau das war schließlich das Ziel der Kindergärten – die Kinder zu selbstbestimmten und frei denkenden Menschen zu erziehen. Sie stupste Luise mit dem Ellenbogen an. »Ja«, sagte sie eindringlich. »Sag das laut!«

Luise sah nach links, wo nichts als Menschenmassen waren, und nach rechts, wo sich das Bild wiederholte. »Ich kann doch hier nichts sagen. Öffentlich. Vor all den Menschen.«

Marieke lächelte. »Wenn sich jemand mit der Thematik auskennt, dann du. Ich finde, du bist genau die Richtige, um unsere Ansichten öffentlich kundzutun.«

Luise sah aus, als hätte sie bei einer Schweineschlachtung zugesehen.

»Für die Kinder?«, fragte Marieke. Sie wusste, dass die Erinnerung Luise die fehlende Kraft geben würde. »Und für Friedrich?«

Noch einmal blickte Luise in alle Richtungen. Ihr Atem ging schneller, und in ihren Augen loderte nun eine Angst, als müsse sie als Nächstes höchstpersönlich auf die Schlachtbank. Marieke nickte ihr zuversichtlich zu, erfüllt von der Gewissheit, dass Luise es schaffen würde.

Und schließlich räusperte Luise sich.

»Ich stimme Ihnen zu, dass in einer demokratischen Gesellschaft die Bürgerinnen und Bürger in der Lage sein sollten, aktiv an politischen Entscheidungsprozessen teilzunehmen, um sich für ihre Interessen und Rechte einzusetzen«, rief sie sehr laut, um bis zur Bühne gehört zu werden. »Bei nicht wenigen ist das bereits jetzt der Fall, sehen Sie sich doch nur um.« Sie deutete auf die zahlreichen Köpfe zu ihrer Linken und Rechten. Hatten die Menschen um sie herum anfangs weiter mit ihren Nachbarn gesprochen, waren sie nach und nach verstummt. Ein kleiner Kreis hatte sich um Luise gebildet, sodass sie eine Art Miniatur-Bühne unter den Zuschauern hatte.

Der Reaktionär im schwarzen Anzug schnaubte. »Mit Verlaub, das ist aber nur ein sehr kleiner Teil. Und selbst wenn dem so sein sollte – es wachsen ja immer neue Generationen heran. Haben Sie sich mal angesehen, was die Jugend von heute so treibt? Lungern in Gruppen herum, priemen und bechern den ganzen Tag ...«

Das Gemurmel der Menschen wurde lauter, und Luise erhob ihre Stimme darüber hinweg. »Das entspricht nicht meiner Beobachtung. Sehen Sie sich um. Auch viele junge Menschen sind hier unter den Zuhörern.« Sie deutete auf einige Jünglinge und junge Frauen, die stolz die Brust reckten und dem Reaktionär vernichtende Blicke zuwarfen.

»Ts. Das ist ja noch gar nichts.«

»Können bitte alle unter Zwanzigjährigen mal die Hand heben und ›Hier!‹ rufen?«, fragte sie. Zahlreiche Arme schossen in die Höhe, und die Rufe waren so vielstimmig, dass Marieke nicht sicher war, ob es nicht vielleicht ein paar geheime Unterstützer gab. Der Reaktionär verschränkte die Arme, und Luise sprach weiter. »Gerade der nächsten Generation ist an einem Wandel gelegen. Und selbst wenn es nicht so sein sollte, ist es doch auch eines unserer Ziele, die Menschen zu befähigen, ihre Bürgerrechte und -pflichten wahrzunehmen, damit sie politisch partizipieren können.«

»Und wie, bitte schön, soll das gehen?«, fragte er von oben herab. »Man kann aus etwas Niederem nichts Höheres machen.«

Marieke schnappte nach Luft; sie bewunderte, wie Luise weiterhin die Ruhe bewahrte.

Die ging jetzt langsam auf den Mann zu, die Menschenmasse öffnete sich mit jedem ihrer Schritte wie eine Schneise. »Doch, das kann man. Durch Wachstum. In unserem Fall: durch Bildung.«

Er lachte. »Mit ein bisschen Rechnen und Schreiben ist es aber noch nicht getan. Dadurch fällt man noch lange keine klugen Entscheidungen.«

»Deswegen geht es im Unterricht um so viel mehr. Mittlerweile werden die Kinder dazu angeregt, eigene Entscheidungen zu treffen, Dinge zu entdecken und Fragen zu stellen. Mit anderen Worten: Es geht darum, eine kritische Denkfähigkeit zu entwickeln. Und damit ein wesentlicher Bestandteil einer demokratischen Gesellschaft zu werden, in der die Menschen fundierte Entscheidungen treffen. Und die entsprechende Bildung fängt bereits im Kindergarten an.«

»Kindergarten? Hören Sie mir nur damit auf. Die Kindergärten sind ja schon die Wurzel allen Übels mit ihrem unchristlichen Gedankengut.« Der Reaktionär machte eine abwehrende Handbewegung.

Luise hatte die Bühne jetzt erreicht, und der Hauptredner der Demokraten kam an den Rand, bückte sich nach unten und hielt ihr die Hand entgegen. Sie sollte auf die Bühne kommen. Marieke merkte Luises Zögern und war selbst nicht sicher, ob sie es gewagt hätte, doch schließlich packte Luise die Hand und war im nächsten Moment oben. Sie wirkte klein zwischen den zwei Männern, aber durch ihre kerzengerade Haltung und den wachen Blick gleichzeitig kompetent. Es war ihr Thema, das sie jahrelang mit Friedrich, Diesterweg, der Baronin, Middendorff, Langethal und nicht zuletzt all den Schülerinnen mit ihren frischen Ansichten diskutiert hatte. Trotz aller Schüchternheit machte ihr hier so schnell keiner etwas vor.

»Der Kindergarten fördert kein unchristliches Gedankengut, das ist ein Missverständnis. Friedrich Fröbel war selbst der Sohn eines Pfarrers und sehr religiös. Er wollte lediglich den Kindergarten nicht mit einer Kirche verankern, denn – und da wären wir wieder beim eigentlichen Thema – es geht ja um den freien Willen. Das Ziel ist die Selbsttätigkeit der Kinder und die Fähigkeit, eigene Entscheidungen zu treffen. So auch bei diesem Thema. Die Kinder finden ihren Weg zu Gott selbst und können dann eigenständig entscheiden, welcher Kirche sie angehören wollen. Und so wird es mit der Politik auch sein, wenn die Menschen – und damit meine ich *alle* Menschen – entsprechend gebildet werden. Sie werden dann je nach Ziel und Interesse ihre eigenen politischen Entscheidungen fällen. Und diese Möglichkeit darf man ihnen nicht von vornherein absprechen!«

Applaus brandete auf, doch der Reaktionär fuchtelte in der Luft herum, um anzuzeigen, dass er noch nicht fertig war. »Das ist der größte Humbug, den ich je gehört habe. Und ich sage Ihnen was: Diese perfiden Kindergärten sind ebenso eine Gefahr für die gut funktionierende gesellschaftliche Ordnung wie die Demokratie!«

Der Redner der Demokraten hatte Luise nun ein Sprachrohr gereicht, und so tönten ihre nächsten Sätze besonders laut, bis in die hinterste Reihe der Menschenmenge, die sich noch einmal mehr vergrößert hatte.

»Die Frage ist ja, für wen die momentane gesellschaftliche Ordnung gut funktioniert. Und kann man es wirklich als *gut* bezeichnen, wenn es nur einen sehr kleinen Teil der Gesellschaft betrifft? Was ist mit dem Rest?«

Genau das war das Problem. Ein winziger Teil der Gesellschaft schuf Regeln und Gesetze für die gesamte Bevölkerung, die unter jenen Regeln litten. Applaus und Jubelrufe zeigten, dass die Zuhörer ganz bei Luise waren.

»Ich bleibe bei meiner Sichtweise. Es wäre der reinste Wahnsinn, alle Menschen politisch gleichzustellen. Eine riesige Bedrohung für die soziale Stabilität, wenn jeder da mitmischen darf.«

»Allerdings haben wir ja soeben festgestellt, dass Bildung der Weg wäre, um diese Bedrohung zu überwinden. Was spricht also noch dagegen?«

Die Handbewegungen waren da – aber die Worte fehlten. Nachdem er sich bereits wiederholt hatte, hatte Luise ihrem Kontrahenten mit der Zusammenfassung ihrer Argumente den Wind aus den Segeln genommen. Nun lächelte sie und zog dabei die Augenbrauen hoch. »Oder geht es vielmehr darum, dass wir nicht mehr so leicht zu beherrschen sind, wenn wir erst gebildet sind?«, fragte sie provozierend. Marieke kamen sogleich die Worte der Königin ins Ohr, von denen die Baronin so entsetzt berichtet hatte. *Das fehlte noch, dass der Pöbel gebildet würde; da könnte man ihn dann wohl noch viel weniger regieren!*

Der Kopf des Reaktionärs wechselte die Farbe, aber Luise, die kaum wiederzuerkennen war, ließ ihn nicht mehr zu Wort kommen. Sie trat an den Bühnenrand und rief in die noch immer jubelnde Menge. »Passt es Ihnen nicht in den Kram, dass wir die gleichen Rechte wollen? Gesicherte Grundrechte verlangen? Dass wir uns nicht länger den Mund verbieten lassen? Kurz: dass wir uns nicht länger unterdrücken lassen?«

Der Jubel der Menge war mit jeder Parole lauter geworden, Mariekes Kehle brannte schon, und sie klatschte so stark in die Hände, dass die Handinnenflächen juckten. Trotzdem hörte sie nicht auf. Luise genoss mit rosigen Wangen ihren Erfolg, ließ den Blick wieder und wieder über die Menge gleiten. Erst als nach Minuten wieder Ruhe einkehrte, und der Reaktionär wohl ausreichend Zeit zum Argumentesammeln gehabt hatte, bedachte er Luise mit einem abfälligen Blick und wandte sich mit seiner Frage halb an Luise, halb an die Menge.

»Sie reden hier über Bildung und Demokratie, als hätten Sie es studiert. Aber woher wollen Sie all das eigentlich wissen? Sie sind schließlich nur eine Frau. Keiner der großen Pädagogen, die sich mit diesen Fragen auseinandergesetzt haben …« Seine Stimme triefte vor Spott und Häme.

Luise schenkte ihm einen nonchalanten Seitenblick, dann wandte sie sich an die Menge. »Glauben Sie mir, ich habe mich jahrelang mit diesen Themen auseinandergesetzt.«

»Ach ja? Wer sind Sie denn bitte, dass Sie meinen, etwas über die kindliche Entwicklung und Bildung beisteuern zu können?«

Marieke sah, wie Luises Brust sich hob. Ihr Blick glitt über die

Menge, deren Ende schon nicht mehr auszumachen war. Dann trat sie einen Schritt nach vorn und hob das Sprachrohr an die Lippen. »Ich bin Luise«, tönte es laut wie ein Schiffshorn in die raue Hamburger Abendluft. »Zusammen mit meinem Mann habe ich mein Leben den Kindern und der Pädagogik gewidmet. Ich bin Luise Fröbel.«

Ein Flüstern ging durch die Menge, erst leise, dann immer lauter – bis es in einem tosenden Applaus brandete und der Reaktionär mit bleichem Gesicht die Bühne verließ.

Kapitel 75

Hamburg, 1854

Es war noch kühl an diesem Frühlingsmorgen, und Luise schlang die Strickjacke enger um sich, als sie nach draußen trat, um zu sehen, ob das Laken noch hing, das sie an der Fassade des weinberankten Hauses in Eimsbüttel angebracht hatte. Die Kirschbäume in der Straße standen jetzt in voller rosafarbener Blüte, und sie nahm sich einen Moment, um sich daran zu erfreuen, ganz so, wie Friedrich es getan hätte. Sie wollte wieder hineingehen, als sie eine dünne Frau mit großen Schritten und einem Bollerwagen die Straße entlangeilen sah. Offenbar hatte auch Marieke es nicht länger im Bett ausgehalten.

»Was ist denn das?«, fragte Luise nach der Begrüßung mit Blick auf ein verhülltes Etwas im Bollerwagen. »Und wo ist Georg?« Es war ihnen tatsächlich gelungen, eine Begnadigung für Mariekes Verlobten zu erwirken, und er war vor einigen Monaten in ihre kleine Wohnung im Süden von Hamburg gezogen.

»Nur eine winzig kleine Überraschung«, sagte Marieke schmunzelnd. »Georg kommt später nach, er muss noch Klassenarbeiten korrigieren. Ist alles bereit?« Sie sah sich im Erdgeschoss des Hauses um, das Luise angemietet hatte. Nach der Volksversammlung war die Sprecherin eines Frauenvereins an sie herangetreten, der auch schon mit Friedrich in Kontakt gewesen war und seine Ideen begeistert unterstützt hatte. Mithilfe des Vereins hatten sie die Finanzierung des Kindergartens bewältigen und endlich eine Wohnung anmieten können, die ausreichend Platz bot und über den Garten sogar einen kleinen Zugang zur Natur ermöglichte. Luise wohnte in der Wohnung darüber, und langfristig wollten sie einige der ungenutzten Zimmer zu einer Ausbildungsstätte für weitere Erzieherinnen ausbauen.

Diesmal hatte es keine Probleme mehr gegeben, genügend Eltern für die Einrichtung zu begeistern. Kritiker gab es noch immer, aber die Zahl der überzeugten Anhänger war in Hamburg so groß, dass es sogar eine Warteliste gab.

»Wenn es nach mir ginge, hätten die Kinder schon letzte Woche kommen können«, sagte Luise, während sie den Teekessel befüllte. Sie hatten ausreichend Spielgaben gefertigt und dank der finanziellen Unterstützung das weitere Spielzeug diesmal nicht selbst herstellen müssen.

»Gut. Dann fehlt meinerseits nur noch eins.« Marieke verschwand durch die Tür, durch die sie gekommen war, und kehrte mit dem verhüllten Etwas aus dem Bollerwagen zurück.

»Was ist es denn nur?«, fragte Luise erneut.

»Ein kleines Eröffnungsgeschenk. Na los, pack es aus.«

Luise löste das Paketband, und zu ihrer Verwunderung fand sie ein wunderschön gearbeitetes Schaukelpferd im Inneren des Kartons vor. Andächtig hob sie es heraus. »Hui, das ist ja mal ein Prachtstück! Verzeih meine Frage, aber wie kommst du an solch eine Kostbarkeit?«

»Ja, das traut man dem Pöbel nicht zu, nicht wahr?« Marieke zwinkerte. »Es wurde der Kinderbewahranstalt, in der ich gearbeitet habe, von einer wohlhabenden Dame gespendet, war dort jedoch nicht willkommen. Ich hatte es der Familie meiner Schwester gegeben. Nachdem dort jetzt aber selbst die Jüngste Maxtoria als öde bezeichnet hat, war es an der Zeit, ein neues Zuhause dafür zu finden.«

»Maxtoria?«

»Eine Zusammensetzung der früheren Besitzerin, da sie und ihre Brüder sich nicht zwischen Maximilian und Victoria entscheiden konnten.«

Luise lachte. Welch ungewöhnliche Idee.

»Ich denke, hier ist es perfekt aufgehoben. Du hast doch nichts dagegen?«

Luise strich andächtig über den roten Sattel, bewunderte das edle Geschirr und den Schweif aus echtem Rosshaar. Die melancholischen Augen des Pferdes erinnerten sie ein klein wenig an Friedrich.

»Aber ganz und gar nicht. Es wird den Kindern eine immense Freude bereiten.«

Sie sollten sich nicht täuschen. Maxtoria war so beliebt, dass die Kinder, die nach und nach mit ihren Eltern eintrudelten, Schlange standen, um auch einmal reiten zu dürfen. Nachdem alle eingetroffen waren, bat Luise sie, sich vor dem Gebäude zu versammeln.

»Ich bedanke mich für Ihre Unterstützung und Ihr Kommen. Heute ist ein ganz besonderer Tag für mich. Nicht nur der Kindergarten öffnet heute seine Pforten, auch für mich selbst beginnt ein neues Leben. Lange Zeit habe ich nichts als Unbehagen bei dem Gedanken an Hamburg gespürt. Doch nun merke ich, dass man selbst im Alter noch viel dazulernen kann und dass man die Dinge erst entdecken sollte, bevor man sie verurteilt. Ganz so, wie wir es auch den Kindern zeigen. Ich bin sicher, dass wir eine erfüllende Zeit hier haben werden, und freue mich darauf. Leider ist eine mir sehr wichtige Person heute nicht anwesend. Eine Person, der diese Einrichtung zu verdanken ist. Um das zu zeigen, habe ich beschlossen, dass das hier nicht irgendein Kindergarten sein soll. Es ist ein besonderer Kindergarten.« Mit diesen Worten zog sie an der Leine des Lakens, das die Buchstaben verhüllt hatte, die sie in großen Lettern an die Fassade hatte malen lassen.

Sie war in ihrer Verzweiflung kurz davor gewesen, diesen besonderen Namen abzulegen. Was für ein Fehler wäre das gewesen! Viel zu spät war ihr klar geworden, dass sie damit arbeiten musste. Sie durfte sich nicht verstecken, denn das, was sie erarbeitet hatten, war nicht einfach schön oder nett. Es war *wichtig*. Für sie, für die Kinder und sogar für die ganze Gesellschaft, ganz gleich, wie großspurig das klang. Deswegen eröffneten sie hier nicht eine kleine Vorschule, wie sie es in Dresden angedacht hatten. Es war ein echter Kindergarten. Ganz nach den Prinzipien, die Friedrich entwickelt hatte. Und welcher Name wäre passender, als der, der nun das Gebäude zierte?

Fröbel-Kindergarten stand an der Wand, damit jeder, aber wirklich jeder sehen konnte, dass hier die Kinder nicht einfach nur verwahrt wurden. Hier durften sie spielen – und durch das Spiel die Welt selbsttätig für sich entdecken. So, wie Luise es auf ihre Art auch getan hatte.

Kapitel 76

Sankt Petersburg im Januar 1869

Das charakteristische Wisch-wisch-wisch der Kufen war so konstant, dass Luise nach einer Weile glaubte, der Schlitten würde eine raue Melodie für sie summen. Ein unmelodisches Lied, aber in seiner Ursprünglichkeit betörend. Flauschige Felle wärmten sie von allen Seiten, und der Atem der Pferde schwebte in regelmäßigen Abständen davon.

Neben dem Bürgerkindergarten hatte sie in den vergangenen Jahren auch einen Volkskindergarten und wie geplant eine kleine Ausbildungsanstalt für Kindergärtnerinnen ins Leben gerufen. Beides hatte ihr viel Freude gebracht. Friedrichs Foto stand auf der Kommode in ihrer Dachgeschosswohnung, und es verging kein Tag, an dem sie nicht an ihn dachte. Sie hatte seine sämtlichen Schriften drucken lassen, da dies zu seinen Lebzeiten sein Wunsch gewesen war. Jeder, der Interesse hatte, sollte lesen können, was Friedrich zu sagen hatte.

Vor neun Jahren – zehn Jahre nach der Einführung des Verbots – hatte die preußische Regierung endlich ein Einsehen gehabt und das Kindergartenverbot aufgehoben. Der Weg dorthin war lang gewesen. Sie alle hatten sich dafür eingesetzt. Die Baronin hatte die halbe Welt bereist und Vorträge gehalten, alle Unterstützerinnen und Förderer hatten regelmäßige Versammlungen abgehalten und Petitionen eingereicht, um ihre Forderungen nach einer Aufhebung des Verbots und der Anerkennung des Kindergartenwesens durch die preußische Regierung zu untermauern. Und doch hatte es so lange gedauert.

Dennoch war es absurderweise vielleicht das Beste, was ihnen hatte passieren können. Aus der Not heraus waren viele Kindergärtnerinnen ausgewandert. In den anderen Ländern wusste das Konzept ebenso zu überzeugen wie zu Beginn in Deutschland. Als Folge gab es heute überall auf der Welt Kindergärten. Und weil sich das Wort nicht immer übersetzen ließ, sprach man sogar in Japan und in Amerika vom *Kindergarten*. Mit nicht wenigen der Kindergärtnerinnen stand Luise in Kontakt, da sie sich noch immer vertrauensvoll an sie wandten, wenn sie Rat suchten. Die Kreise der Fröbelpädagogik hatten sich also nicht, wie ursprünglich geplant, über Deutschland ausgebreitet, sondern über die ganze Welt. Luise hatte ihr Versprechen gehalten – keiner würde Friedrich je vergessen.

Sie vielleicht, vermutlich sogar. Aber sein Name würde auf ewig mit der Pädagogik verbunden bleiben.

In die Winterlandschaft schlichen sich immer mehr Häuser, und schließlich zeichnete sich in der Ferne eine Stadt ab. Sankt Petersburg. Der Schlitten sauste am Ufer der Newa entlang, und als sie auf den Winterpalast zuhielten, stockte Luise der Atem. Die Fassade des sandfarbenen Gebäudes enthielt zahlreiche weiße Säulen, und die goldenen Verzierungen ließen keinen Zweifel an dem Reichtum und der Macht der Zarenfamilie.

In dem weitläufigen Garten, der den Palast umgab, entdeckte Luise Springbrunnen und Skulpturen, die eine dicke Schneeschicht auf den Schultern trugen.

Der eisige Atem des Windes wurde sanfter, als der Schlitten seine Fahrt verringerte, und als er schließlich direkt vor dem Haupteingang zum Stehen kam, spürte Luise noch immer die Geschwindigkeit in ihren Gliedern. Noch einmal ließ sie die Pracht des Palasts auf sich wirken. Ihnen war hoffentlich kein Fehler unterlaufen? Die Zarenfamilie wollte Luise doch tatsächlich bei sich haben? Oder hatte sie den Brief falsch verstanden? Andererseits hatte man sie wie versprochen mit dem Schlitten in Kronstadt abgeholt. Eine ganze Woche war sie mit dem Dampfschiff unterwegs gewesen, für dessen Überfahrt die Monarchen ebenfalls aufgekommen waren. Zwei heftige Stürme hatte Luise währenddessen miterlebt, die nicht nur das Schiff, sondern auch ihren Magen durcheinandergewirbelt hatten. Danach hatten viele Mitreisende über die elendige Langeweile geklagt, sie selbst aber hatte nichts davon gespürt, sondern es genossen, ihre Korrespondenz aufholen zu können, die ähnliche Ausmaße wie bei Friedrich angenommen hatte.

In diesem Moment trat eine kleine Gruppe von Menschen aus dem Palast. Sofort erkannte Luise freudig überrascht Caroline Gehrke, mit der Luise lange im brieflichen Kontakt gestanden hatte. Im vergangenen Jahr hatte Caroline sie in Hamburg besucht und daraufhin zu sich nach Russland eingeladen. Luise sollte ihren neu gegründeten Kindergarten einige Wochen leiten sowie Fröbels *Mutter- und Koselieder* erklären, das Werk, das endlich die Aufmerksamkeit bekam, die es verdiente.

Eine Frau zog Luises Aufmerksamkeit durch ihre aufwendige Tiara mit roten Edelsteinen und ihren opulenten Schmuck besonders auf sich. Sie trug ein eng anliegendes Kleid mit hohem Kragen, dessen Rock bis zur Ostsee wallte. Das Mieder war mit Spitze, floralen Stickereien sowie Perlen verziert und wurde an der Vorderseite von einer Reihe glänzender Knöpfe verschlossen. Selbst die Schuhe der Dame waren mit feinen Stickereien versehen, und Luise schämte sich ihrer alten Schnürstiefel.

Ausgerechnet diese Frau streckte Luise jetzt die Hand entgegen, die in einem weißen Seidenhandschuh steckte, der bis zum Ellbogen reichte.

»Frau Fröbel. *Dobro požalovat' v Rossiju* – herzlich willkommen in Russland. Es ist mir eine Ehre, Sie in Sankt Petersburg begrüßen zu dürfen.«

Internationale Anerkennung. Luise konnte nicht fassen, dass die Großfürstin eine einfache Person wie sie persönlich begrüßte, und schüttelte ihr mit einem warmen Flattern im Bauch die Hand. Sie würde ihr Bestes geben, um auch hier so viel wie möglich von der Fröbelpädagogik zu verbreiten.

In diesem Moment erfasste Luise eine Windböe von hinten, bauschte ihren schlichten Rock auf und ließ lose Strähnen ihrer Frisur direkt neben den Schläfen nach vorne flattern. Luise lächelte und dachte an all die Kämpfe auf ihrem Weg, der sie schließlich bis zum Palast der Zarenfamilie gebracht hatte. Jetzt bestand kein Zweifel mehr: Der Wind hatte sich gedreht.

Epilog

4. Januar 1900

»Marienthal«, sagte Marieke mit einem Beben in der Stimme. »Der Sarg soll nach Marienthal bei Liebenstein gehen. Auch wenn wir sie in Hamburg schmerzlich vermissen werden. Aber sie wollte neben ihrem Mann beerdigt werden.«

Luises Ende war wie das von Friedrich kein überraschendes gewesen. Schon zu Weihnachten hatte sie prophezeit, dass dies ihr letztes Fest sein würde, obwohl sie zu jener Zeit noch rüstig gewesen war. Aber nach und nach hatte die Schwäche immer mehr Raum eingenommen. An der Bescherung für die Kinder – sie bekamen einen blank polierten Apfel und einen Groschen – hatte sie noch teilgenommen, doch ihre eigenen Geschenke waren ungeöffnet geblieben.

Nur als Marieke ihr eine Hyazinthe ans Bett gebracht hatte, war die Kraft für einen Moment zurückgekehrt und hatte sie lächeln lassen. »Das ist Frühlingsluft. Die hat er immer so sehr gemocht.«

Der Abschied war also nicht aus dem Nichts gekommen. Als Luise schließlich am vierten Januar um die Mittagszeit entschlafen war, traf es Marieke dennoch mit einer überraschenden Heftigkeit. Sie war wieder einmal dankbar für Georg, der genau wusste, dass sie jetzt nur seine sanft massierende Hand auf ihrem Rücken brauchte und keine Beileidsbekundungen oder Fragen. Nur das Ziel, ihrer Freundin den Abschied aus dem Leben zu geben, den sie sich gewünscht hatte, den sie verdient hatte, hielt sie aufrecht.

»Ein Dorf bei Liebenstein?«, fragte der Bestatter, ohne den Blick von seinem Formular zu heben. »Das ist unmöglich. Das Hamburger Bestattungsgesetz schreibt vor, dass Menschen in der Stadt beerdigt werden müssen, in der sie gestorben sind.«

Freudlos lachte Marieke auf. *Unmöglich*. Diesem Wort schenkte sie schon lange nicht mehr allzu viel Glauben. Sie hatten das Unmögliche geschafft. Es würde einen Weg geben. Sie legte den Kopf schief und sah den Mann nachdenklich an.

Er fing ihren Blick auf. »Sie können natürlich unter dem Vorwand, dass Ihre Freundin nur schläft, den Leichnam in eine andere Stadt karren und erst vor Ort ihren Tod verkünden.« Er fasste sich an die Stirn. »Aber nein, nun haben der Arzt und meine Wenigkeit den Tod ja bereits festgestellt. Tja, da bleibt uns wohl keine Wahl.«

Marieke verschränkte die Arme. »Ich habe Kontakte.«

Endlich sah er von seinem Schriftstück auf, sein Blick glitt über das schlichte Baumwollkleid hin zu ihrem Gesicht. Er mochte es ihr nicht zutrauen, aber in den vergangenen Jahren hatte sie zahlreiche namhafte Personen kennengelernt, die sich alle für die gleiche Sache einsetzten. Sie war nicht allein. Endlich legte er Stift und Formular weg.

»Warum sagen Sie das nicht gleich?«

Drei Tage später wurde der reich geschmückte Sarg unter Mariekes Begleitung nach Marienthal überführt. Der Herzog von Sachsen-Meiningen hatte seinen Einfluss spielen lassen, um dies zu ermöglichen. Sie hatten zahlreiche Kränze in Hamburg zurücklassen müssen, so viele Freunde, Vertraute, Mitstreiter und ehemalige Schülerinnen wollten Luise die letzte Ehre erweisen.

In Marienthal war es noch überwältigender gewesen. Erst recht der Schmerz, als Marieke durch die vertrauten Straßen ging, die so viele lang vergessene Bilder zurückholten. Der Dorfladen, wo sie Luise zum ersten Mal begegnet war. Der Springbrunnen, wo sie sich im Sommer nass gespritzt hatten. In der Ferne die Wipfel des Parks, wo Friedrich wie ein Wiedehopf, umgeben von Kindern, über das Gras getanzt war.

Und nun hatte sich an den Straßenrändern wohl die halbe Stadt versammelt. Sie standen dort, nicht wenige mit Buchsbaumsträußen in der Hand, während der Zug mit Luises Sarg zu Friedrichs Grab prozessierte. »Es ist ja, als ob unsere Herzogin kommt!«, hörte sie eine Bäuerin sagen, als sie den Sarg in die Kapelle brachten, und Marieke versuchte, die Tränen wegzulächeln. Das und nicht weniger gebührte ihrer Freundin, die in ihrer stillen Art doch so viel vollbracht hatte.

Luise hatte sich gefreut, als ihr die Kindergärtnerinnen Großbritanniens durch Fräulein Eleonore Heerwart ihre wärmsten Empfehlungen ausgesprochen hatten. Zu ihrem achtzigsten Geburtstag hatte sie von der Stadt Hamburg einen silbernen Lorbeerkranz erhalten, und als 1898 der Internationale Frauentag in Hamburg tagte, wurde sie durch Deputationen geehrt. Noch im vergangenen Jahr hatte sie sich bei der Gründung eines Feierabendhauses für müde gearbeitete Kindergärtnerinnen eingebracht und entsprechend ihrer Natur dem Vorhaben ihren letzten Groschen für den Grundstein geopfert. Außerdem hatte sie bestimmt, dass ein Monstrum von Schreibtisch, an dem Fröbel wohl seine *Menschenerziehung* geschrieben hatte, dorthin zur Nutzung kam.

Marieke schloss für einen Moment die Augen, als der Herzog von Meiningen eine herrliche Palmenspende am Grab niederlegte. Die Zahl der Menschen, die weihende Worte sprachen oder Kränze niederlegten, nahm kein Ende.

Die Vorsitzende des Internationalen Kindergärtnerinnenvereins, die Direktion des Pestalozzi-Fröbelhauses Berlin, die Leiterin des dortigen Comenius-Seminars und unzählige Kindergärtnerinnen aus der ganzen Welt waren anwesend. Pfarrer Engelhardt aus Schweina hielt eine bewegende Rede und erinnerte an den unvergesslichen Einfluss, den einst Friedrich Fröbel und Luise hier ausgeübt hatten, sodass sie bis heute in liebevoller Erinnerung geblieben waren. Die vielen Kinder, die dem Zug gefolgt waren, standen in weiten Kreisen mit Blumen in der Hand um das Grab, warfen die Sträuße ihrer liebsten Freundin und Wegbegleiterin auf den Sarg und falteten die Händchen.

Trotz der zahlreichen Menschen breitete sich eine friedliche Stille in Marieke aus, und andächtig lauschte sie den Worten des Pfarrers.

»Luise hatte den Wunsch gehabt, zusammen mit ihrer Freundin das Grab ihres Mannes noch ein letztes Mal besuchen zu können. Sie hat akzeptiert, dass sich ihr dieser Wunsch nicht mehr erfüllen sollte.« Mariekes Kehle brannte. Sie hatte dem Pfarrer von ihrem großen Versagen berichtet, das sie bis heute so bitter bereute. Dass sie die Reise ein ums andere Mal verschoben hatten. »Die gemeinsame Ruhestätte, die sie mit ihrem Gatten findet, soll nun dafür sorgen, dass Friedrich Fröbel und seine Frau im Leben verbunden, durch den Tod nicht getrennt und nun wieder im Tode vereint sind. Unzertrennlich wird beider Gedächtnis in den Herzen vieler fortleben.«

Das hätte Luise gefallen. Noch heute erinnerte Marieke sich daran, wie glücklich die beiden sich angesehen hatten, damals, kurz vor ihrer Hochzeit, als Luise Marieke im Garten des Schlösschens von der Ausbildungsstätte berichtet hatte, über die Marieke ja längst im Bilde gewesen war. Die Verbindung zwischen den Verlobten war so stark gewesen, dass man sie fast mit den Händen hatte greifen können. Und so hatte es Marieke nicht verwundert, dass Luise nie aufgehört hatte, von Friedrich zu reden. Seine Steinsammlung hatte einen Ehrenplatz in ihrer Wohnung gehabt, täglich hatte sie mit seinen Spielgaben gearbeitet, und sein Geschenk, die Amethyst-Kette hatte sie nie abgelegt. Bei allem, was gewesen war.

Viele hatten Luise für schwach gehalten, aber Marieke wusste, dass Luise die stärkste Person gewesen war, die sie je kennengelernt hatte. Nachdem man ihr die späte Liebe genommen, das Erbe versagt und den Traum eines Kindergartens zerstört hatte, und auch nachdem selbst sie sich von Luise abgewendet hatte, hatte diese dennoch weitergemacht. Nie hatte sie aufgegeben. Und weiterzumachen ohne Kraft war noch viel stärker, als stets mutig voranzugehen, wenn einem die Furchtlosigkeit ohnehin in die Wiege gelegt worden war. Luise hatte gekämpft bis zum Schluss – für die Kinder und die Kindergärtnerinnen. Und jetzt war es so weit. Alle Zeichen deuteten darauf hin. Und Marieke spürte es. Das 19. Jahrhundert würde das Jahrhundert der Kinder werden.

Nachwort

Liebe Leserinnen und Leser,

im Kindergarten wird gespielt, das ist doch selbstverständlich, oder? …

Es ist schön, dass man es sich heute gar nicht mehr anders vorstellen kann. Doch ich wollte zeigen, dass der Weg dorthin alles andere als leicht war.

Bei einem Roman mit Personen, die tatsächlich gelebt haben, kommen oft Fragen auf, was denn nun wirklich passiert und was der Fiktion entsprungen ist. Gerne möchte ich für alle Interessierten hier zu den wichtigsten Punkten Auskunft geben, was sich tatsächlich so ereignet hat und was ich für die Geschichte verändert habe.

Luises und Friedrichs Leben

Luise und vor allem auch Friedrich Fröbel hatten ein sehr aktives Leben und Kontakt zu zahlreichen Menschen. Es wäre unmöglich gewesen, sämtliche Stationen seines Lebens mit den dazugehörigen Menschen in diesem Roman zu zeigen, ohne die Geschichte zu überfrachten. Ich war daher gezwungen, einiges davon unerwähnt zu lassen und hin und wieder zeitliche Verschiebungen vorzunehmen.

Die Jahre in Keilhau habe ich beispielsweise zusammengefasst. Fröbel war zwischen 1817 und 1848 immer mal wieder dort, hat zwischenzeitlich aber auch neue Projekte angefangen. Die Ausbildungsstätte für Erzieherinnen war zunächst in Liebenstein und erst später im Schlösschen von Marienthal, das heute ein Stadtteil von Bad Liebenstein ist.

1831 ist Fröbel von Keilhau nach Frankfurt gezogen, um dann 1831 in die Schweiz umzusiedeln, wo er auch noch einmal Ort und Stellung gewechselt hat. Der Badeunfall, nach dem viele Zöglinge die Schule verlassen haben, und die darauf folgende Untersuchung durch eine Prüfungskommission hat sich schon sehr viel früher ereignet.

Fröbel ist angeblich aber wirklich in Kleidung, die nach Kuhstall roch, zum Herzog von Sachsen-Meiningen gegangen und hat sich tatsächlich wegen seines Zögerns von ihm abgewendet, es ging hier allerdings um ein anderes Projekt.

Fröbel hat wirklich Steine gesammelt, und nahezu alle Erlebnisse seines Lebens, die zwischendurch eingestreut wurden, wurden in seiner oder Luises Biografie erwähnt. Ich habe dann allerdings ganze Szenen daraus entwickelt und Kontexte hinzugefügt, die wiederum fiktiv sind. Fröbel ist tatsächlich in den Karzer gekommen, da sein Vater sich geweigert hat, das Geld zu zahlen. Es ist aber möglich, dass Fröbel gerne über seine Verhältnisse gelebt hat. In einer Quelle wird geschildert, dass er sich, kaum an der Uni angekommen, gleich beste Arbeitsmaterialien hat anfertigen lassen.

Rousseau war eine wichtige Inspiration für Fröbels Erziehungslehre, andere Philosophen und große Denker wie Novalis, Schlegel, Kant, Fichte und Herder aber ebenso.

Seine Försterlehre hat Fröbel möglicherweise nicht in Hirschberg an der Saale, wie er selbst in seiner Biografie angegeben hat, absolviert. Sein Neffe, Karl Fröbel, weist darauf hin, dass sein Onkel dafür in ein Dorf namens Scheibe bei Neuhaus am Rennsteig (vier Wanderstunden von Oberweißbach entfernt) gezogen sei. Da der Förster damals noch lebte, soll Fröbel unter Umständen die Ortsangabe verändert haben, um den Förster zu schützen.

Fröbels Neffe Karl hat tatsächlich von 1849–1851 die »Hochschule für das weibliche Geschlecht« in Hamburg geleitet, an der dann auch wirklich Amalie Krüger tätig war. Er muss aber schon vorher mit seinem Onkel (wie auch die anderen Neffen) in Konflikt geraten sein. Amalie hatte versucht zu vermitteln, aber Friedrich war nur sehr kurz an dieser Schule tätig, und hier gab es tatsächlich auch viele interne Konflikte, was das Ziel und die Ausrichtung der Schule betraf.

Luises Einfluss auf die Fröbelpädagogik und das Verhältnis der beiden zueinander

Inwiefern Luise Einfluss auf die Pädagogik ihres Mannes genommen hat, ist nur schlecht belegt, und ich musste viel mutmaßen. Es ist aber gesichert, dass sie eng mit Fröbel zusammengearbeitet hat und tatsächlich aus Heizgründen mit in seinem Arbeitszimmer saß. Außerdem weiß man, dass sie seine Spielgaben weiterentwickelt hat, wenn auch nicht bekannt ist, in welchem Ausmaß genau.

Im Roman habe ich es so dargestellt, dass es Luises Idee war, eine Bildungsanstalt für Kindergärtnerinnen zu gründen. Dies konnte ich den zahlreichen Briefen, die sich Friedrich und Luise in der Zeit ihrer Trennung geschrieben haben, so nicht entnehmen. Er hat aber händeringend nach einer Lösung gesucht, wie die zwei wieder zusammenarbeiten können. Ich bin nicht sicher, wann genau die beiden sich ihre Liebe gestanden haben, mir ist nur aufgefallen, dass die Anreden untereinander vertraulicher wurden.

Die Kette mit dem Amethyst ist erfunden, sie haben sich aber gerne gegenseitig gepresste Blumen geschickt, und Fröbel hatte vorgeschlagen, sich in einem zweiwöchentlichen Rhythmus zu schreiben.

Wer noch mehr davon lesen möchte: Große Teile von Fröbels Briefen sind heutzutage online frei zugänglich.

Das Kindergartenverbot und die Folgen

Die Geschehnisse um das Kindergartenverbot und Fröbels Tod liegen sehr nah an den wahren Begebenheiten. 1849 lernte Diesterweg während eines Kuraufenthaltes Friedrich Fröbel persönlich kennen, obwohl er zuvor Vorbehalte hatte, und auch Frau von Marenholtz-Bülow machte zu dieser Zeit seine Bekanntschaft, es war aber nicht am selben Tag.

Fröbel ist ein Jahr nach dem Verbot gestorben, nachdem er zuvor alles versucht hatte, um es rückgängig zu machen. Ihm zu Ehren gab es auf der Lehrerversammlung wirklich stehende Ovationen und damit eine letzte große Anerkennung seiner Leistungen. Viele meinen aber, dass das Kindergartenverbot ihm die letzte Lebenskraft genommen hat.

Henriette Döbel aus Magdeburg berichtete in einem Brief an Fröbel, dass die Polizei ihr am Tag der Eröffnung den Kindergarten untersagt habe, da sie sich bei der behördenbekannten Auguste Herz habe ausbilden lassen, die wiederum eine bedeutende Schülerin Fröbels war. Ihre Biografie war das vage Vorbild für die Zeit in Dresden, die von Luises tatsächlicher Biografie abweicht. Hier hat sie nie versucht, einen Kindergarten zu gründen, wohl aber mit einer ihrer Schülerinnen einige Jahre später in Eimsbüttel in Hamburg. Die Rede auf der Volksversammlung ist jedoch erfunden. Dennoch hat Luise es mit ihrem ruhigen, aber stetigen Streben noch weit gebracht und wurde auch in Wirklichkeit bis nach Russland eingeladen, das zu jener Zeit ein besonders mächtiges Land war.

Im hohen Alter musste sie dennoch durch ihre zunehmende Mittellosigkeit viele Entbehrungen in Kauf nehmen, da Fröbel vergebens versucht hatte, ihr eine Pension zu organisieren, und sein Erbe ihr wegen seiner Schulden tatsächlich vorenthalten wurde. Zum Glück ist nach einigen Jahren Fröbels Großnichte Henriette Schrader-Breymann an Friedrich III. herangetreten, der Luise fortan eine lebenslange Rente aus seinem Privatvermögen gewährt hat.

Katholische Bewahranstalten

Die beschriebenen Praktiken in den katholischen Bewahranstalten entstammen größtenteils echten historischen Ratgebern, wie sie vom *Niedersächsischen Institut für frühkindliche Bildung* zusammengestellt wurden. (Martha: *Winke für Leiterinnen von Bewahranstalten, aus welchen auch Eltern, Kindergärtnerinnen, Nonnen und Kindermädchen manches lernen können. Nebst einem Anhang von Versen, Liedern und Spielen*, Donauwörth 1902, und Schwestern Athanasia und Eusebia: *Nützliche Beschäftigungen für die Kleinen. Vademecum für Kleinkinderschulen und die Familie*, Mainz 1890)

Es ist allerdings anzumerken, dass die Kirchen damals von den Behörden ziemlich alleingelassen wurden mit der Aufgabe der Kinderbewahrung beziehungsweise -erziehung. Die strenge Erziehung wurde mitunter tatsächlich so praktiziert, es ist aber davon auszugehen, dass vermutlich nicht alle Schwestern sich in dem Maße an die empfohlenen Regeln gehalten haben, wie ich es in diesem Roman geschildert habe.

Die Schwestern plädierten beispielsweise auch dafür, nur sehr selten körperlich zu strafen und die Kinder eher zu ignorieren, in der Ecke stehen zu lassen oder von Beschäftigungen auszuschließen. Nur bei auffälliger Bosheit oder um Starrsinn zu brechen, rieten sie zu einer gelinden Züchtigung. Es gibt übrigens auch Fotos, die zeigen, dass sich nicht alle Schwestern an das Verbot von Schaukelpferden gehalten haben.

Generell hatten die damaligen Bewahranstalten aber tatsächlich eher das Ziel, die Kinder zu bewahren, statt sie zu fördern. Die eher eintönigen Beschäftigungen mit den vielen Wechseln kann man sich wie geschildert vorstellen. Wie im Roman erwähnt, ist nicht Boshaftigkeit der Grund für diese Behandlung der Kinder, sondern ein anderes, damals vorherrschendes Menschenbild.

Ich hoffe, ich konnte hiermit etwas Klarheit in das Verhältnis zwischen Fiktion und Realität bringen, und hoffe außerdem, dass Sie die Reise in die Kindererziehung der Vergangenheit genauso spannend fanden wie ich.

Herzliche Grüße
Lena Riess

Personenregister

Luise Fröbel, geb. Levin (1815–1900)
Als sie klein war, lebte Luise mit ihrer Familie gegenüber von Friedrich Fröbels Bruder, Christian Fröbel, in Osterode im Harz. Später arbeitete sie als Haushaltshilfe in Keilhau, begeisterte sich für die Kindergärtnerinnenausbildung und wurde nach und nach zu Friedrich Fröbels engster Vertrauten. Beide heirateten 1851, als sie die Vorsteherin des Marienthaler Ausbildungsseminars war, das sie nach seinem Tode nur noch kurze Zeit weiterführte.

Nach einer kurzen Zwischenstation in Keilhau ging sie 1854 nach Hamburg, wo sie 1860 einen Kindergarten gründete und Pädagoginnen ausbildete. Ihr Einfluss auf die Kindergartenbewegung war insbesondere in den USA und in Russland groß. Sie verstarb am 4. Januar 1900 in Hamburg und wurde einige Tage später nach der Überwindung bürokratischer Hürden neben Friedrich Fröbel beigesetzt.

Friedrich Fröbel (1782–1852)
Friedrich Fröbel war der Begründer des Kindergartens, wie wir ihn heute kennen, und gilt mit seinen Erkenntnissen über die Bedeutung der frühkindlichen Bildung als einer der bedeutendsten Pädagogen des 19. Jahrhunderts. Er wurde am 21. April 1782 in Oberweißbach in Thüringen geboren und verstarb am 21. Juni 1852 in Marienthal (heute ein Stadtteil von Bad Liebenstein).

1831 heiratete er Emilie Fröbel, eine Nichte Friedrich Fröbels. Im Laufe der Zeit ging die Leitung der Erziehungsanstalt immer mehr an Barop über, der über ein eigenes Vermögen verfügte und geschickt zu wirtschaften wusste. Nachdem kurz nach Fröbel auch Middendorff verstorben war, war er der alleinige Leiter der Anstalt.

Christian Fröbel (1770–1866)
Friedrichs Bruder. Er war als Webereibesitzer in Osterrode der Nachbar von Luises Eltern. Er kam auf Friedrichs Anregung mit seiner Frau Johanna und den Kindern Albertine, Emilie, Ferdinand, Wilhelm und Elise nach Keilhau.

Christoph Fröbel (1768–1813)
Friedrichs zweitältester Bruder aus Griesheim, der überraschend früh verstorben ist. Zu Lebzeiten hat er oft zwischen Friedrich und seinem strengen Vater vermittelt. Seine Söhne Julius, Karl und Theodor wurden zusammen mit den Kindern von Christian die ersten Zöglinge von Keilhau.

Traugott Fröbel (1778–1831)
Friedrichs Bruder, der gleichzeitig mit ihm noch beim Vater wohnte und ihn später während des Studiums in Geldnöte brachte, indem er das geliehene Geld nicht rechtzeitig zurückzahlte.

Georg Lohse (fiktiv)
Georg Lohse ist erfunden, wurde aber inspiriert von einem echten Lehrer und Privatgelehrten aus Dresden.

Eine Inspirationsquelle war August Köhler, ein Lehrer, der Fröbels Theorien vehement ablehnte und sie als »eitel Firlefanz und Spielerei« (zit. n. Justus 1877, S. 16) bezeichnete. Als er jedoch die Stadt und die Stellung wechselte, beobachtete er, dass einige seiner Schüler sehr gut vorgebildet waren und ihren Klassenkameraden in zahlreichen Dingen weit voraus – das waren die Kinder, die zuvor einen Kindergarten besucht hatten, der von einer Fröbelschülerin geleitet wurde.

Durchmischt habe ich die erste Inspiration mit einer vagen Anlehnung an Geschehnisse im Leben von Heinrich Wilhelm Herz, dem Ehemann von Auguste Herz, einer der bedeutendsten Schülerinnen von Friedrich Fröbel. Sie und ihr Mann gründeten zusammen einen Erziehungsverein, der den ersten Volkskindergarten Dresdens ins Leben gerufen hat. Auch das Ehepaar hatte vehement mit den Behörden zu kämpfen. Der Kindergarten einer Schülerin von Auguste Herz wurde tatsächlich am Tag der Eröffnung wieder geschlossen, da die Konstabler einmarschiert sind.

Johanna Dietendorf, geb. Levin (fiktiv)

Luise hatte zwar fünf ältere Geschwister, bei denen sie zeitweise im Haushalt ausgeholfen und die Kinder betreut hat, der Handlungsstrang um Johanna und Gotthilf ist jedoch erfunden. Wahr ist allerdings, dass die Familie Vorbehalte gegen Luises Ausbildung zur Erzieherin und gegen ihre Heirat mit Friedrich hatte und nicht zur Hochzeit erschienen ist.

Gotthilf Dietendorf (fiktiv)

Ihn hat es so nicht gegeben, er ist inspiriert von Karl Otto von Raumer, dem preußischen Kultusminister und Hauptvertreter der orthodox-monarchistischen Reaktion. Dank seiner Politik gehörte er zur Kamarilla, dem inoffiziellen und einflussreichen Beraterkreis um den König. Sein Ziel war es, das christlich-kirchliche Element zum Fundament der Volksschule zu machen. Schülerinnen und Schülern sollte nach seinem Dafürhalten sogar die Beschäftigung mit den deutschen Klassikern untersagt werden. Von Raumer veranlasste 1851 federführend das Kindergartenverbot.

Adolph Diesterweg (1790–1866)
Friedrichs späterer Freund gilt als einer der einflussreichsten deutschen Pädagogen des 19. Jahrhunderts, denn seine Forderungen nach Bildungsgerechtigkeit hatten einen nachhaltigen Einfluss auf das deutsche Schulwesen und die Entwicklung der Lehrerbildung.

Er setzte sich für eine reformorientierte und demokratische Bildung ein und forderte die Einführung einer allgemeinen Volksschule, in der alle Kinder, unabhängig von ihrer sozialen Herkunft, praxisorientiert und lebensnah unterrichtet werden sollten.

Bertha von Marenholtz-Bülow (1810–1893)
Sie war eine der bedeutendsten Vertreterinnen der Fröbelbewegung und hat Friedrich Fröbel tatsächlich während eines Kuraufenthaltes 1849 in Bad Liebenstein kennengelernt. Sie hat sich stark für die Aufhebung des Kindergartenverbots starkgemacht und sich auch nach Fröbels Tod für die Verbreitung der Kindergartenidee eingesetzt. Es ging ihr hierbei vor allem um Kindergärten für die Arbeiterkinder. Teilweise wird sie für eine umstrittene Interpretation der Fröbel'schen Erziehungsgrundsätze kritisiert.

Albertine Middendorff, geb. Fröbel (1801–1889)
Sie war Middendorffs Frau und Friedrich Fröbels Nichte.

Caroline Gehrke aus Petersburg
Es lassen sich nur wenige Informationen über Caroline Gehrke finden, aber in ihrer Biografie schildert Luise, dass Gehrke sie 1868 in Hamburg besucht und nach Petersburg eingeladen habe, um dort den Kindergarten eine Zeit lang zu leiten und mehr Menschen für die Fröbelpädagogik zu gewinnen. Auch die Großfürstin wird erwähnt, die offenbar wünschte, dass Luise noch mehr Einrichtungen besuchte.

Die wichtigsten Quellen

Berthelt, August (HG): Allgemeine deutsche Lehrerzeitung: zugl. Organ d. allgemeinen deutschen Lehrerversammlungen u. d. Deutschen Lehrer-Pensionsverbandes, Band 14, 1862 (Diskussion über Fröbelpädagogik), Druck und Verlag Julius Klinkhardt, Leipzig

Schule als Teil der Neuordnung
https://geschichtsbuch.hamburg.de/epochen/restauration-revolution-reform/schule-als-teil-der-neuordnung/

Der Kindergarten als Staatsgefährdung – Das preußische Kindergartenverbot von 1851 https://www.nifbe.de/component/themensammlung?view=item&id=665:der-kindergarten-als-staatsgefaehrdung&catid=37:paedagogik https://www.nifbe.de/component/themensammlung?view=item&id=665:der-kindergarten-als-staatsgefaehrdung&catid=37:paedagogik (Manfred Berger für das Niedersächsische Institut für frühkindliche Bildung und Entwicklung)

Adolph Diesterweg (1790–1866)
https://www.nifbe.de/component/themensammlung?view=item&id=968:adolph-diesterweg-1790–1

866&catid=37:paedagogik (Manfred Berger für das Niedersächsische Institut für frühkindliche Bildung und Entwicklung)

Katholische Kleinkinderziehung von 1800–1920
https://www.nifbe.de/component/themensammlung?view=item&id=626 (Manfred Berger für das Niedersächsische Institut für frühkindliche Bildung und Entwicklung)

Berger, Manfred, 2015: Louise Fröbel (1815–1900) https://www.kindergartenpaedagogik.de/fachartikel/geschichte-der-kinderbetreuung/manfred-berger-frauen-in-der-geschichte-des-kindergartens/165/ (Abgerufen 02.04.2023)

Fröbel, Friedrich: Plan der Bildungsanstalt für Kinderpflegerinnen und Erzieherinnen. Aus: Gedenkschrift zum 100. Todestag von Friedrich Fröbel. Verlag Volk und Wissen. Berlin 1952

Fröbel, Friedrich: Autobiography of Friedrich Fröbel, 1782–1852. Übersetzt von Michaelis, Emilie; Moore, Henry Keatley. S. Sonnenschein & Co., lim. 1908 London

Heiland, Helmut: Fröbelbewegung und Fröbelforschung – Bedeutende Persönlichkeiten der Fröbelbewegung im 19. und 20. Jahrhundert. Georg Olms Verlag AG, Hildesheim 1992

Krieg, Elsbeth: Immer beaufsichtigt – immer beschäftigt. Kleinkinderziehung im Kaiserreich im Kontext der Stadt- und Industrieentwicklung. VS Verlag für Sozialwissenschaften | Springer Fachmedien Wiesbaden GmbH 2011

Martha: Winke für Leiterinnen von Bewahranstalten, aus welchen auch Eltern, Kindergärtnerinnen, Nonnen und Kindermädchen manches lernen können. Nebst einem Anhang von Versen, Liedern und Spielen, Donauwörth 1902, und Schwestern Athanasia und Eusebia: Nützliche Beschäftigungen für die Kleinen. Vademecum für Kleinkinderschulen und die Familie, Mainz 1890

Middendorff, Wilhelm: Friedrich Fröbels Ausgang aus dem Leben – Friedrich Fröbels letztes Geburtsfest, letzte Lebenstage, Begräbnisfeier. Aus: Zeitschrift für Friedrich Fröbels Bestrebungen. Bad Liebenstein. Die Verlagsbuchhandlung der Kinder-Beschäftigungs-Anstalt. 1852. https://www.froebelweb.de/index.php/friedrich-froebel/kleine-geschichten Rede am Grabe Friedrich Froebels.pdf

Osann, Christiane: Friedrich Fröbel. Lebensbild eines Menschenerziehers, Düsseldorf 1956

Friedrich Fröbel's gesammelte pädagogische Schriften: «Die« Pädagogik des Kindergartens: Gedanken Friedrich Fröbel's über das Spiel und die Spielgegenstände des Kindes, Band 2, Friedrich Fröbel. Enslin, 1862

Schröcke, Kurt (auf Anregung von Frau Alfeis-Eisenach): Louise (sic!) Fröbel – Fröbels zweite Gattin. Verlag des Fröbelhauses. Blankenburg, 1912

Weston, Peter: Friedrich Froebel – His Life, Times and Significance. Roehampton Institute London 1998

www.froebelweb.de

Marieke Hansen (fiktiv)

Marieke ist eine fiktive Figur, anhand deren der Status quo der Kinderbewahranstalten veranschaulicht werden sollte. Luise Fröbel ist aber tatsächlich mit einer Schülerin nach Hamburg gegangen, und auch ihre letzten Jahre wurden von einer lieben jüngeren Freundin begleitet. Nach Luises Tod hat diese die Beerdigung neben Friedrich arrangiert.

Henriette Schrader-Breyman (1827–1899)

Sie war eine Großnichte von Fröbel und gilt als eine der entschiedensten Verfechterinnen der Fröbelpädagogik.

1848 hat sie einen Erzieherinnen-Kurs in Keilhau absolviert und sich mit großer Energie in die Schriften Fröbels eingearbeitet. Luise spricht in ihrer Biografie aber eher von Alwina (Middendorffs Tochter), die sie an den Erkenntnissen des Kurses hat teilhaben lassen und zu einer guten Freundin für Luise geworden ist. Diese beiden Figuren wurden aus Gründen der Übersicht zusammengelegt.

Henriette hat tatsächlich gemeinsam mit Luise in der Erziehungsanstalt gearbeitet und hat später Fröbels Erziehungsgrundsätze mit Pestalozzis Gedanken zur Erziehung verbunden und das Pestalozzi-Fröbel-Haus gegründet.

Amalie Krüger

Sie war eine der ersten Frauen, die von Friedrich Fröbel zur Kindergärtnerin ausgebildet wurden. Zeit ihres Lebens setzte sie sich für die Verbreitung und Durchsetzung der Kindergartenidee ein. Sie arbeitete als Kindergärtnerin und engagierte sich auch für die Ausbildung junger Frauen zu Kindergärtnerinnen u. a. in Zürich, Hamburg (an der Hochschule von Karl Fröbel), Halle und Berlin.

In ihren Briefen hat sie Friedrich tatsächlich mit »Fröbelchen« angeredet, und in einem Brief an Luise berichtete Friedrich, dass ihr Auftauchen in Dresden ihn sehr erzürnt hat. Vereinzelt wird auch vermutet, dass Friedrich sie einst heiraten wollte, davon ist jedoch nichts gesichert. In welchem Verhältnis die beiden tatsächlich zueinander standen, bleibt der Spekulation überlassen.

Wilhelm Middendorff (1793–1853)

Der Theologe und Pädagoge war Fröbels engster Freund und Mitbegründer der Erziehungsanstalt in Keilhau und des ersten Kindergartens. Die Freundschaft bestand seit ihrer gemeinsamen Zeit bei den Lützower Jägern, und sie haben eine Weile zusammengewohnt. Auch Middendorffs Veröffentlichungen waren wegbereitend für die damalige Pädagogik. Er hat Fröbels Nichte Albertine geheiratet, eine Tochter von Christian Fröbel aus Osterrode.

Heinrich Langethal (1792–1879)

Auch er war seit der gemeinsamen Zeit bei den Lützower Jägern ein Freund und Kollege Friedrich Fröbels. 1817 wurde er drittes Gründungsmitglied der Keilhauer Erziehungsanstalt, wo er Religion, Tonlehre und Erdkunde unterrichtete. Sein jüngerer Bruder war einer der ersten Zöglinge dort. Langethal hatte im Laufe der Jahre verschiedene Stellungen in der Schweiz und in Deutschland inne, von denen nicht alle nachverfolgbar sind, daher wird er im Roman nur am Rande erwähnt.

Johannes Arnold Barop (1802–1878)

Er studierte ab 1821 an der Universität Halle Theologie, wo er auch führendes Mitglied einer Burschenschaft war – was ihm eine Haftstrafe einbrachte und der Schule tatsächlich später zum Verhängnis geworden ist. 1823 besuchte er seinen Onkel, Wilhelm Middendorff, in Keilhau. Er war von dem Leben dort so angetan, dass er entgegen seinen eigentlichen Plänen fast ein ganzes Jahr blieb. Im Frühjahr 1826 nahm er gegen den Wunsch seiner Familie eine Festanstellung in Keilhau an.